KB261783

# 문학연구와
# 문학교육의 소통

다문화 시대의 문학을 위하여

**김수이**

충북 제천 출생. 경희대 국문과 및 동대학원 졸업. 문학평론가. 평론집으로『환각의 칼날』,『풍경 속의 빈 곳』,『서정은 진화한다』가 있으며, 저서로『한국 현대문화와 문학의 상생』,『한류와 21세기 문화비전』(편저) 등이 있다. 문학연구, 문학평론, 문학교육의 세 영역을 생산적으로 소통, 발전시키는 일에 관심이 있으며, 현재 경희대학교 교양학부 교수로 재직하고 있다.

청동거울 문화점검 **48**

# 문학연구와 문학교육의 소통
— 다문화시대의 문학을 위하여

2008년 9월 19일 1판 1쇄 인쇄 / 2008년 9월 25일 1판 1쇄 발행

지은이 김수이 / 펴낸이 임은주 / 펴낸곳 도서출판 청동거울 / 출판등록 1998년 5월 14일 제13-532호
주소 (137-070) 서울 서초구 서초동 1359-4 동영빌딩 / 전화 02)584-9886~7
팩스 02)584-9882 / 전자우편 cheong1998@hanmail.net

주간 조태봉 / 편집 김상훈 임연화 김은선 / 마케팅 김상석

값 22,000원



ISBN 978-89-5749-113-3

청동거울 문화점검 48

# 문학연구와 문학교육의 소통

## 다문화 시대의 문학을 위하여

김수이 지음

청동거울

문학연구, 문학비평, 문학교육. 현재 우리 사회에서 이 세 영역은 서로 분리된 채 유기적이고 생산적으로 소통하지 못하는 상황에 있다. 주지하다시피 문학연구는 일정한 시간이 지난 과거의 작가와 작품을 대상으로 하며, 주로 대학의 상아탑 속에서 엄격한 기율에 의해 전개된다. 문학연구의 결과물은 아카데미즘에 입각한 특수한 용어와 체계로 구성되며, 이로 인해 일반 독자와 학습자들에게 전달되기까지는 많은 시간과 압축·간략화의 과정을 필요로 한다. 문학연구는 문학을 해석·평가·논의하는 학문제도의 방식으로, 이를 준수하는 연구성과와 연구자만이 제도권 문학연구의 장에 편입될 수 있다.

반면, 문학비평은 당대의 문학작품들이 산출되는 문단에서 현장비평의 형태로 이루어지며, 시의성과 동시대성을 지닌 최근의 작품을 텍스트로 삼는다. 문학비평은 문학연구에 비해서는 상대적으로 이해하기 쉬운 표현과 유연한 형식을 갖추고 있다. 하지만 일반 독자와 학습자들이 접근하기에는 역시 만만치 않은 영역으로 인식되고 있다. 문학비평은

문학을 해석·평가·논의하는 문학제도의 일환으로, 대학의 국문학과나 문예창작과의 커리큘럼의 한 부분을 형성하고 있다. 그럼에도 문학비평은 학문제도의 평가 시스템에서는 '타자'로 배제되어 그 학술적 가치를 거의 인정받지 못하고 있다. 문학비평은 활동 반경이 현장문단으로 제한되며, 제도권의 문학연구와 문학교육에 접목되기까지는 많은 장벽에 둘러싸여 있다. 상당한 시간이 지나면 문학비평의 산물은 당대의 세계관과 현장 감각이 담긴 연구성과로 인정받고, 문학연구의 진전에 기여하는 유용한 연구자료로 채택된다. 그러나 그 시기가 될 때까지 문학비평은 아카데미즘의 영역에서 외부자의 위치를 면하기 어렵다. 문학비평과 문학교육의 관계 또한 이에 못지않게 소원한 상태에 있다. 문학비평의 산물이 학교 현장의 문학교육에 적극적으로 활용되거나 학습자에게 텍스트 그대로 직접 제시되는 예는 거의 찾아볼 수 없는 일이다.

마지막으로, 문학교육은 초등·중등·고등·대학 교육과정에서 공히 이루어지고 있으며, 문학전문가가 아닌 일반 독자/학습자가 중심이 된다. 문학교육자와 정책 담당자들은 기존의 문학연구 성과에 교육의 원리와 지향성을 결합해 목표를 설정하고, 이에 준해 교과 과정과 텍스트를 구성한다. 이때 문학교육의 세부 내용과 향방은 '문학'이 제도교육에서 어떻게 인식되고 그 효용을 인정받으며, 교육적으로 어떻게 재구성되고 변주되는가에 의해 결정된다. 이 과정에서 문학연구의 성과는 어

느 정도 반영되지만, 그 성과들은 대체로 적잖은 시간이 경과한 것이어
서 문학교육은 당대의 문학연구의 발전된 양상과는 필연적으로 균열과
시차(時差)를 가지게 된다. 물론 문학연구의 성과가 그 즉시 문학교육
현장에 반영되기는 어려운 일이다. 논의의 핵심은 기존의 내용을 개선
하고 새로운 성과들을 부지런히 반영하는 작업이 지속적으로 수행되지
않는다면, 문학연구 현장과 문학교육 현장의 괴리는 시간이 지날수록
더욱 커질 수밖에 없다는 사실이다. 현재 우리의 문학교육 현실은 이러
한 위험에서 그리 자유롭지 않다. 시의성과 동시대성을 특징으로 하는
문학비평과 문학교육의 괴리는 더욱 심각한 상황에 있다. 문학비평이
문학교육에 반영되기 위해서는 문학연구에 수용되기까지의 오랜 시간
을 견뎌야 하고, 문학연구자의 이차적인 해석·가공과 문학교육 관련자
의 선택의 과정을 거쳐야 하기 때문이다.

　'문학'이라는 동일한 뿌리에서 파생된 문학연구, 문학비평, 문학교육
의 세 영역이 이처럼 분리되어 각각의 길을 가고 있는 것은 시급한 반성
을 요하는 사안이다. 이 책은 이러한 반성에서 촉발되어 문학연구, 문학
비평, 문학교육의 생생하고 행복한 소통을 모색하려는 의지를 담고 있
다. 이 소통의 시도는 문학연구, 문학교육학 연구, 문학사 연구 등을 가
로지르고 통합하면서, 다양한 영역이 밀접하게 교류하면서 발전하는 민
주적인 연구와 실천의 경지를 지향한다.

　1장 문학연구의 장은 나의 전공인 한국 현대시의 '자연(/생태) 인식'을 주제로 한 시사적 성격의 연구들로 이루어져 있다. 근대 초기에서 최근에 이르기까지 전통 서정과 모더니즘을 아울러 현대시를 추동해 온 근대적 사유와 감각의 특징을 규명하려는 목적에서 창출된 글들이다. 이 장에는 '기독교'의 시적 의미와 미학적 형상화의 특징에 대한 탐색도 곁들여 놓았다. 현대시를 새로운 관점에서 고찰하고 재해석하고자 한 최근 문학연구의 한 동향을 보여주는 것이라고 할 수 있다.

　이 책의 중심이 되는 2장 문학연구와 문학교육의 소통에서는 문학연구와 문학비평, 문학교육의 긴밀한 공조가 필요한 현실적인 문제들에 집중해 논의를 전개했다. 논술교육의 토대로서 문학비평교육의 필요성, 다문화시대의 문학교육의 방향과 방법론 등을 그 구체적인 의제로 채택했다. 최근 문학교육의 전제와 실태를 점검하고, 문학연구의 성과를 반영해 문학교육의 갱신을 도모하는 데 주력하면서, 문학연구가 교육에 어떻게 반영되어야 하는지 실제 사례를 들어 논의하였다.

　3장 문학교육의 자산, 문학비평의 실제에는 서정주에서 이문재에 이르는 작가에 대한 6편의 비평문을 실어 놓았다. 문학사적 정리 과정과 연구 작업을 거치지 않고, 현장비평과 문학교육이 실시간으로 소통하기를 바라는 마음을 담아 놓았다.

　이 책의 문제의식과 해결의 의지는 단지 학문적이며 현실적인 기원을 갖고 있는 것은 아니다. 그동안 나는 문학연구자, 문학비평가, 문학교육자의 길을 동시에 걸어오면서,—물론 각각 의미 있고 보람 있는 여정이었지만—이 세 분야가 제도적으로 구획된 현실 속에서 존재적으로 분열되는 불행한 경험을 지속해 왔다. 이것이 개인적인 문제는 아닐 것이며, 개인적으로 해결해야 할 문제도 아닐 것이다. 거창하게 말하면, 이 책은 우리 문학연구 및 비평, 교육의 왜곡된 관행과 나의 실존적인 고통이 부딪히는 자리에서 태어난 것이다.

여기에 이르기까지 나를 지켜주신 하나님, 나와 함께해 준 모든 사람들에게 감사드리며 경의를 표한다.


2008년 가을, 가장 눈부신 햇빛 아래서

저자 씀

# 제1부 문학연구의 장
— 현대시의 주요 쟁점과 세계 인식을 중심으로

# 제2부 문학연구와 문학교육의 소통

# 제3부 문학교육의 자산, 문학비평의 실제

# 문학연구의 장

현대시의 주요 쟁점과 세계 인식을 중심으로

# 근대 초기시에 나타난 자연 인식의 세 가지 양상
## - 1930년대 이상, 서정주, 백석의 시를 중심으로

## 1. 자연 인식과 근대성의 상관관계

이 글은 한국 근·현대 생태시사를 기술하기 위한 예비작업이자 각론의 성격을 지닌다. 근대사회의 폐해인 생태문제는 20세기 후반에 우리 문학의 핵심 주제로 부상했고, 이에 따라 생태시 연구도 활발해졌다.[1] 이 논의들은 생태시가 근대 산업사회의 산물임을 전제하면서, 작품의 범주를 산업화시대 이후로 국한하는 것을 자연스러운 일로 여긴다. 이러한 관행은 생태시가 등장한 시기가 산업화가 본격화된 1970년대 이후라는 점에서 타당하지만, 자칫하면 생태시를 아무런 전사(前史) 없이 출현한 예외적인 시 형태로 오인하게 만들 우려

---

1) 대표적인 예로 다음의 저작들을 들 수 있다. 최승호 편, 『21세기 문학의 유기론적 대안』, 새미, 2000. 이은봉, 『시와 생태학적 상상력』, 소명출판, 2000. 이숭원, 『초록의 시학을 위하여』, 청동거울, 2000. 신덕룡, 『생명시학의 전제』, 소명출판, 2002 등.

가 있다. 생태 문제는 근본적으로 근대의 패러다임에서 기인한 것이
므로, 생태시의 역사와 그에 대한 논의 역시 마땅히 근대 초기로 소
급되어야 한다.[2] 이 때 중심이 되는 개념은 '자연 인식'이다. 생태 문
제는 근대의 특수한 자연 인식의 산물로, 산업화 이전에도 자연을 노
래한 시들은 근대적 자연 인식을 어떤 형태로든 반영하고 있기 때문
이다. 다시 말해 근대적, 반근대적, 항근대적 등의 다양한 자연 인식
을 표출하는 시들은 생태시의 전사(前史)로 기록될 자격을 충분히 갖
추고 있다고 할 수 있다. 이런 맥락에서, 한국 근·현대 생태시사는
근대 초기에서 산업화 이전까지의 시에 나타난 자연 인식을 탐구하는
생태시 전사(前史)와, 산업화 이후 생태 현실에 적극 개입한 시들을 고
찰하는 본격적인 생태시사의 두 단계로 나누어 기술되어야 한다.

생태 문제와 그 인식론적·실천적 개념인 생태주의는 근대가 낳은
역사적 산물이다. 따라서 근대(성)의 문제를 배제하고 생태시를 논하
는 것은 무의미할 뿐 아니라 불가능한 일이기도 하다. 산업화 시대

---

2) 사실, 산업화 이전의 문학에서 생태적 인식과 상상력을 추출하는 작업은 인식론의 발전방향
을 역으로 거스르는 일이 된다. 생태학이나 생태주의라는 개념이 존재하지 않았던 시대에 그
수원(水源)을 찾는 시도는 기원을 소급하는 환원주의의 오류를 범할 위험이 있다. 그럼에도
이런 작업이 의미를 지니는 것은 생태적 가치관, 혹은 생태주의의 지향점은 미래가 아닌 과
거에 놓여 있으며, 인간이 자연의 섭리에 순응하며 살았던 과거에 이미 달성되었기 때문이
다. 생태주의란 과거를 끊임없이 경유하고 참조해 건강한 미래를 창조하기 위한 '열린 시간'
의 노력을 의미하며, 생태문학 논의에서 과거는 완결된 시간이 아니라 가능성 있는 미래의
자격으로 호출된다. 라인하르트 코젤렉은 이를 '지나간 미래'라는 말로, 헬레나 노르베리-
호지는 '오래된 미래'라는 말로 개념화한 바 있다.(라인하르트 코젤렉, 한 철 역,『지나간 미
래』, 문학동네, 1998. 헬레나 노르베리-호지, 김종철 등 역,『오래된 미래 ; 라다크로부터 배
운다』, 녹색평론사, 2001. 참조) 생태경제학의 지평을 연 슈마허의 '가난의 문화'의 개념도
같은 맥락에 있다. 슈마허는 서구 물질문명이 덧없는 것과 영원한 것을 구분하지 못해 생태
위기를 자초했다고 진단하면서, 진정한 진보를 위해서는 욕심을 필요 이상으로 축소하는 '가
난의 문화'를 이룩해야 한다고 주장한다. 슈마허가 말하는 '가난의 문화'는 단순히 경제적으
로 궁핍한 문화를 뜻하지 않는다. 그것은 자연의 가치와 생산성을 따르는 소박한 삶을 의미
하며, 그러한 삶은 이미 인류가 경험한 과거의 시대에 실제로 존재했다. 슈마허 역시 과거를
'미래의 대안'이라는 열린 시각으로 보고 있는 것이다. (E. F. 슈마허, 이승무 역,『내가 믿는
세상』, 문예출판사, 2003, pp. 128~131 참조)

이전의 생태시 전사(前史)를 기술할 때, 근대(성)의 확산의 측면에서 주안점을 두어야 할 시기는 1930년대이다. 1930년대는 경성이 근대도시로 탈바꿈하면서 근대문명이 일상생활 속에 폭넓게 확산된 시기이다. 1930년대를 기점으로 식민지 조선은 근대적 체제를 확립하게 되었고, 도시[근대문명]와 시골[자연]의 차이를 감각적으로 경험하게 되었다. 그러나 조선이 경험한 근대는 타자에 의해 강제된 탓에 반주체적이고 반생명적인 양상으로 치달았다. 국토/인간/자연의 침탈이 동시에 행해지면서 국가와 민족 등의 관념적인 실재는 물론, 자연과 인간의 실물(實物)에 대해서도 대대적인 통제와 변형이 가해진 것이다. 근대의 기획이 현실화되기 시작한 1930년대는 도시가 자연을 주변으로 축출한 시기이며, 식민지 현실에서 강제된 근대화의 파행성 속에서 근대적·반근대적·항(抗)근대적 의식이 다각도로 분출한 시기이다. 1930년대 시에서 이러한 변화들은 대체로 '자연(물)'이라는 객관적 상관물을 통해 표출된다. 우리 시에서 1930년대는 근대적 자연관이 뚜렷이 분화되는 분수령이라는 점에서 그 근대적 위상을 공고히 하고 있다. 따라서 자연 인식을 키워드로 생태시 전사(前史)를 기술하는 작업은 생태 문제의 본질인 근대성의 실체를 탐구하는 일과 직결되며, 근대성의 실체 규명은 한국 근·현대 생태시사를 관통하는 핵심적인 문제의식이 된다.

 근대적, 반근대적, 항근대적/생태적 자연 인식을 내장한 이상, 서정주, 백석의 시를 살펴보면, 1930년대 시에 나타난 자연 인식의 지형도를 대략적으로나마 작성해 볼 수 있다. 자연 인식의 유형들을 고찰함에 있어 초점에 두어야 할 것은 '감각(sense)'의 문제이다. 근대적, 반근대적, 항근대적, 생태적 자연 인식의 차이는 일차적으로 감각의 차이에서 비롯되기 때문이다. 결론을 먼저 말하면, 이상은 시각 중심으로 재편된 인공적인 감각을, 서정주는 촉각 중심의 원초적인 감각을, 백석은 오감(五感)이 균형을 이룬 전일적(全一的)인 감각을 시의 원질(原質)로 삼았다. 이 감각의 차이가 이들의 자연 인식의 독특한 특징을 규정하고, 나아가 인간과 삶에 대한 가치관의 차이를 결정했던 것이라고 볼 수 있다.

## 2. 근대적 자연 인식과 시각중심주의 – 이상의 경우

이상의 시는 자연을 자연 자체로 형상화하지 않는다. 자연물을 시의 제재로 택하는 일도 드물다. 이상 시의 중심 제재는 거울, 시계, 총, 장화, 데드마스크, 수학과 물리학의 법칙, 숫자, 기호, 표, 그림 등의 근대문명의 품목들이다. 하지만 이상이 근대문명을 새로운 물품과 문화의 차원에서만 이해했던 것은 아니다. 이상의 탁월성은 근대가 형성되던 시기에 이미 근대의 정체를 명민하게 간파했고, 근대의 공과를 자신이 속한 식민지 현실의 토대 위에서 예리하게 통찰한 점에 있다.[3] 서구적 근대〔관념적 차원〕와 식민지 근대〔현실적 차원〕를 동시에 산 이상은 근대 도시 경성에서 출생하고 성장한 도시의 아들

---

3) "이상의 작품 세계는 실제로 근대성·식민주의, 그리고 공동체적 정체성이, 식민지와 메트로폴 양쪽에서 많은 요인들(계급과 경제분야, 성, 지리학적인 지역, 민족주의적 사고와 식민지 정책의 양 국면을 포함한)의 영향을 받으면서 서로에 맞서 자신들을 강화하고 전복하며 전유하고 정의하는, 다양하면서 끊임없이 재조정해 나가는 과정들을 독특한 의미 구조 안에 담아내고 있다."는 평가는 이러한 판단을 뒷받침한다. – 월터 K. 류, 「이상의 「산촌여정 – 성천 기행 중의 몇 절」에 나타나는 활동사진과 공동체적인 동일시」, 『이상문학전집 5』, 문학사상사, 2001, pp. 191~192.

이었으며, 자신의 시대에 일면(一面)으로 존재했던 근대를 전면(全面)적으로 산 문제적 인물이었다. 도시가 부과하는 소외된 삶의 경험, 비주체적 실존은 이상의 시에서 부조리한 상황과 분열된 의식의 난해한 유희로 변주되면서 암호화된다. "이상은 근대 사회의 경험의 인공화와 추상화는 불가피하다고 판단한다. 그리고 그것이야말로 인간적인 삶에 지대한 결손을 초래하는 것이라고 간주한다"[4]는 지적은 이상 시의 난해성의 기저를 잘 설명해 주고 있다. 경험의 인공화와 추상화를 피할 수 없다고 본 근대인 이상은 자연에 대해서도 동일한 관점을 취한다.

地區 表面積의 百分의 九十九가 이 恐怖의 草綠色이리라. 그렇다면 地區야말로 너무나 單調無味한 彩色이다. 都會에는 草綠이 드물다. 나는 처음 여기 漂着하였을 때 이 新鮮한 草綠빛에 놀랐고 사랑하였다. 그러나 닷새가 못 되어서 이 一望無際의 草綠色은 조물주의 沒趣味와 神經의 粗雜性으로 말미암은 無味乾燥한 地球의 餘白인 것을 發見하고 다시금 놀라지 않을 수 없었다.

어쩔 作定으로 저렇게 퍼러냐. 하루 왼終日 저 푸른 빛은 아무 짓도 하지 않는다. 오직 그 푸른 것에 白紙와 같이 滿足하면서 푸른 채로 있다.

이윽고 밤이 오면 또 巨大한 구렁이처럼 빛을 잃어버리고 소리도 없이 잔다. 이 무슨 巨大한 謙遜이냐.[5]

---

4) 한상규, 「1930년대 모더니즘 문학의 미적 자의식」, 『이상문학전집 4』, p. 356.
5) 이상, 「倦怠」, 《조선일보》, 1937. 5. 4.~11, 『이상문학전집 3』, p. 143.

성천 기행의 경험을 쓴 이 수필에서 이상은 "지구 표면적의 백분의 구십구가 이 공포의 초록색"이라는 사실 앞에 경악한다. 그에게 초록의 자연은 "조물주의 신경의 조잡성으로 말미암은 무미건조한 지구의 여백"에 불과하다. 이상이 자연에 대해 느낀 공포의 본질은 자연이 이처럼 일자적(一者的)이고 즉자적(卽自的)인 존재라는 점에 있다. 이상은 자연의 '스스로 그러한〔自然〕' 자족성에 혐오감마저 갖기에 이른다. 이상에게 세계의 기준은 자연이 아닌 도시이며, 감각의 원천 또한 도시이기 때문이다. 도시의 척도로 자연을 감각하고 판별하는 이상은 자연에게, "이 무슨 거대한 겸손이냐"고 조소한다. 전통 사유에서는 발견되지 않는 부정적이고 냉소적인 자연관이 출현하는 순간이다. 자연을 자신과 단절된 타자(the other)로 인식하는 이상은 시각의 권위로 자연을 포획하려는 근대적 주체로 자신을 정립한다. 더욱이 그의 시에서 시각은 '시선'이라는 근대적 사유의 형태로 변형되어 있다. 이러한 특징은 근대가 인간과 세계를 장악하기 위해 고안한 전략인 '시각중심주의'의 그것에 그대로 들어맞는다. 근대는 시각을 중심에 두고 다른 감각을 거세함으로써 인간을 시각의 감각과 욕망이 기형적으로 발달한 존재로 변형시켰다.[6] 근대인은 시각의 기능이 극도로 확장된 새로운 육체를 소유한 인간이라고 할 수 있다. 이런 관점에서 이리가레이는, 데카르트 이후 서구 문명의 역사는 시각을 중심으로 한 정권의 장기 집권의 역사였다[7]고 비판적으로 요약

---

6) 시각의 이러한 특성에 대해 임철규는 시각의 발현 장소인 '눈'이 대상을 타자화하는 활동을 통해 인간 역사의 폭력성과 밀착되어 왔으며, 이 점에서 인간에게 구원은 없다고 이야기한다. ─ 임철규, 『눈의 역사 눈의 미학』, 한길사, 2004, p. 39 참조.

7) 정화열, 『몸의 정치』, 민음사, 1999, p. 181.

한다. '보는 행위'는 대상을 반성적으로 사유하는 이성의 활동을 대신하는 '유사(類似)―이성의 활동'이라는 것이다.

눈은 다른 어떤 기관보다 사물을 객관화하고 지배한다. 그것은 거리를 설정하고, 유지하려 한다. 우리의 문화에서 냄새 맡고, 맛보고, 만져보고, 듣는 것보다 보는 것을 우위에 둔 것은 결과적으로 신체적 관계를 빈곤하게 만들었다. (…) 시각이 지배하는 순간, 몸은 자신의 물질성을 상실한다.[8]

'봄'으로써 '이성적'으로 활동하는 인간의 몸은 본래의 생생한 물질성[육체성]을 상실한다. 몸의 물질성[육체성]의 상실은 자연 자체에 대한 상실로 귀결된다. '인간에 대한 인간의 지배'가 '자연에 대한 인간의 지배'를 낳았다[9]는 말은 이런 맥락에서 이해될 수 있다. 이상의 「권태」가 보여주는 것은 근대 초기의 식민지 사회에서 '인간=자연'의 육체성이 상실되는 최초의 자각적인 장면인 것이다. 이상의 「권태」는 자연을 외부에서 차갑게 응시하는 근대적 주체의 탄생과, 근대적 자연 인식의 본격적인 등장 시점이 기록된 문학사적 증거물이라고 할 수 있다. 여기에 자연의 유기적인 생명력이나 우주적 신성성 등이 개입할 여지는 없다. 자연의 총체성은 근대적 주체의 기능적·효율적·합리적·이성적 시선에 의해 훼손되고 붕괴되었기 때문이다. 즉 우리 문학에서 근대적 주체는 1930년대의 이상을 통해 '시선'에 의한 자연의 몰락과 함께 탄생했다고 볼 수 있다.

---

8) 정화열, 앞의 책, p. 257에서 재인용.
9) 머레이 북친, 박홍규 역, 『사회생태주의란 무엇인가』, 민음사, 1998, p. 55.

시각중심주의로 요약되는 이상의 근대적 자연 인식은 그대로 그의 내면 풍경으로 전이된다. 자연을 포획한 이상의 의식은 언제나 자연보다 우월한 위치에 존재한다. 시선의 권력으로 자연을 제압한 이상은 자연을 자신의 분열된 내면을 형상화하기 위한 지적 조작의 대상으로 삼는다. 자연은 이상의 시에서 철저히 타자화되고, 그의 (무)의식의 풍경을 인화하는 도구로 전락한다. 이상의 시 중 드물게 자연물을 시화한 몇 편의 시들도 대상에 대한 해소될 수 없는 거리와 관념적인 풍경으로 일관된다.

① 벌판한복판에 꽃나무하나가있소. 近處에는 꽃나무가 하나도없소 꽃나무는 제가생각하는 꽃나무를 熱心으로 생각하는것처럼 熱心으로 꽃을 피워가지고 섰소 꽃나무는 제가생각하는 꽃나무에게갈수없소 나는 막 달아났소 한꽃나무를爲하여 그러는것처럼 나는참그런이상스러운흉내를 내었소

— 「꽃나무」 전문[10]

② 꽃이보이지않는다. 꽃이香기롭다. 香氣가滿開한다. 나는거기墓穴을판다. 墓穴도보이지않는다. 보이지않는墓穴속에나는들어앉는다. 나는눕는다. 또꽃이香기롭다. 꽃은보이지않는다. 香氣가滿開한다. 나는잊어버리고再차거기墓穴을판다. 墓穴은보이지않는다. 보이지않는墓穴로 나는꽃을깜빡잊어버리고들어간다. 나는정말눕는다. 아아. 꽃이또香기롭다. 보이지도않는꽃이 — 보이지도않는꽃이.

— 「絶壁」 전문[11]

---

10) 〈카톨릭청년〉, 1933. 7, 김윤식 편, 『이상전집 1』, 문학사상사, 1989, p. 183.

③ 능금한알이墜落하였다. 地區는부서질程度만큼傷했다. 最後. 이미如何
　　한情神도發芽하지아니한다.

-「最後」 전문[12]

　이 시의 풍경들은 모두 실재하는 자연의 풍경이 아니다. 이상이 상
상적으로 조작한 자연의 풍경은 자연이 지닌 본래의 의미가 탈각된
상태에 있다. 이상의 시에서 자연은 이상의 내면을 표현하는 추상
적·개인적·인공적인 기호로 등록된다. 꽃나무, 꽃, 능금 한 알 등의
자연물은 이상의 내면풍경을 가시화하는 심리적 기호로 활용될 뿐이
다. 비현실적인 환상의 형태로 직조된 이러한 풍경은 전적으로 시각
에 의해 창조되고 향유된다. 이 속에는 현실의 자연물을 '이성적인
시각'을 통해 간접화한 뒤, '상상의 시각'을 통해 한 번 더 간접화하
는 이중의 과정이 내재해 있다. 이상의 상상의 시각이 창조한 풍경은
독자들의 상상의 시각에 의해 재창조됨으로써 더 복잡한 추상의 상
태로 진입하게 된다.

　이상의 의식 속에 포획된 자연은 '모형 정원'의 상징으로 응축된
다. '정원'이 실제의 자연을 대신하는 경험 공간이라면, '모형 정원'
은 자연물을 인공적으로 축소·변형시켜 만든 물화된 장식품이다.
'모형 정원'은 '정원'과 달리 실물 크기의 자연물로 구성되지 않으
며, 자연의 실재를 환기하는 효과도 지니지 못한다. '모형 정원'은
'정원'처럼 자연을 향유하는 유사 체험의 기능을 제공하지 못하며,
오히려 '모형 정원'은 장식화한 자연의 배후에 있는 인공의 손길을

---

11)《조선일보》, 1936. 10. 4.~9, 김윤식 편, 앞의 책, p. 80.
12) 임종국 편, 『이상전집 2』, 1956, 김윤식 편, 앞의 책, p. 233.

감지하게 만든다. '모형 정원'은 자연을 자연 본래의 전일성과 총체성의 상태에서 분리해 '구경'의 대상으로 전락시킨 근대의 시각중심주의의 산물인 것이다. 자연이 〈자연 → 정원 → 모형 정원〉으로 변형·축소되는 과정은 자연이 그 실재성을 축출당하고, 인간이 시각적인 관조의 대상으로 전락하는 과정을 그대로 상징한다. 1930년대의 이상은 자연을 근대적 주체로서 인식하고 조작하는 것을 넘어, 시각〔구경〕의 대상인 '모형'의 차원으로까지 인식하기에 이른 것이다.


이슬을아알지못하는다ㅡ리야하고바다를알지못하는金붕어하고가繡놓여져있다. 囚人이만들은 模型庭園[13]이다. 구름은어이하여房속으로야들어오지아니하는가. 이슬은들窓琉璃에닿아벌써울고있을뿐.
季節의順序도끝남이로다. 算盤알의高低는旅費와一致하지아니한다. 罪를끝내버리고싶다. 罪를내어던지고싶다.

ㅡ「囚人이만들은模型庭園」 전문


이 시는 1956년 『이상전집』(임종국 편)에 게재된 유고시로, 원문은 일어로 되어 있다. '소정원'은 일어로 '상정(箱庭)', 곧 진짜 정원이 아니고 장식용으로 유리상자 같은 데 들어 있는 정원 모형을 뜻한다.[14] 소정원의 일어인 '상정(箱庭)'은 이상의 이름자인 '상(箱)'을 떠

---

13) 임종국이 편한 『이상전집』(1956)에는 '소정원'으로 번역되어 있으나, 이 글에서는 박현수의 견해에 따라 '모형 정원'이라는 어휘를 취하기로 한다. "소정원의 원문은 '箱庭'으로, 일어로는 '하코니와'로 발음되는데, 이것은 유리상자에 실제의 정원이나 산수 풍경을 모방하여 만든 축소된 모형 정원(miniature garden)이다. 따라서 모형 정원으로 부르는 것이 의미상 적합하다." — 박현수, 「이상 시의 수사학적 연구」, 서울대 박사, 2002, p. 67.

14) 김윤식, 앞의 책, p. 222.

올리게 한다. 본명이 김해경인 이상이 필명을 '상(箱, 상자)'으로 정한 것은 자신의 정체성을 "수인이만들은소정원"으로 인식했기 때문이라고 할 수 있다. '수인이만들은소정원'은 근대세계에 의해 변형된 자연인(自然人) 이상이 강제적으로 학습한, 왜곡된 자연〔인간〕의 알레고리인 것이다. 이상은 "이슬을아알지못하는다—리야하고바다를알지못하는금붕어하고가수놓여져있"는 모형 정원을 보면서, "죄를끝내버리고싶다. 죄를내어던지고싶다"고 탄식한다. 이처럼 근대사회에서 장식용으로 전락한 자연인 '모형 정원'의 풍경과, 이상의 분열된 의식의 내면 풍경은 정확히 일치하는 양상을 보인다.

내팔이면도칼을든채로끊어져떨어졌다. 자세히보면무엇에몹시威脅당하는것처럼새파랗다. 이렇게하여잃어버린내두개팔을나는燭臺세움으로내방안에裝飾하여놓았다. 팔은죽어서도오히려나에게怯을내이는것만같다. 나는이런얇다란禮義를花草盆보다도사랑스레여긴다.

— 「烏瞰圖 詩第十三號」 전문[15]

'나'는 "면도칼을든채로끊어져떨어"진 팔을 방 안에 '燭臺세움'로 장식한다. '나'는 "죽어서도오히려나에게怯을내이는것만같"은 자신의 팔을 감상하면서 '화초분'보다 더 '사랑스러'움을 느낀다. 이상이 자신의 육체의 일부를 절단해 장식한 이 방은 근대사회의 일원인 그의 훼손된 육체와 분열된 정신이 전시된, 상상의 모형 정원이다. 이상은 근대가 만든 '자연의 모형 정원'이 곧 '인간의 모형 정원'이기

---

15) 《조선중앙일보》, 1934. 7. 24.~8.8, 김윤식 편, 앞의 책, p. 46.

도 한 사실을 분명히 인식하고 있었다. 근대세계는 자연과 인간을 본래의 전체성에서 "끊어져떨어지"게 해 인공의 도시에 "裝飾하여놓"음으로써 하나의 사물로 변형시킨바, 이상은 자신이 근대가 만든 '모형 정원'의 관람객[근대적 주체]이자 장식품[근대적 주체에 의해 타자로 명명된 대상]이라는 사실을 정확히 간파하고 있었던 것이다. 이것이 바로 이상의 남다른 탁월성인 동시에 비극의 원인이었다. 자연의 타자로서 자연을 냉소적으로 관찰한 이상은 자신을 그 주된 관찰의 대상으로 삼는다. 이상이 자신의 육체를 '모형 심장'이나 '義足'(「烏瞰圖-詩第十五號」), '데드마스크'(「自像」) 등의 인공의 모조품으로 간주한 것은 그의 자연관과 인간관, 자연 인식과 자기 의식이 동일선상에 있음을 증명한다. 그 연결 고리는 '모형'의 개념으로, 실물(失物)과 생물(生物)의 대립쌍인 '모형'은 근대가 자연과 인간에게 강요한 물화된 존재 방식을 상징한다. 이상의 시는 자연과 인간이 '모형 정원'으로 전락한 현실을 조망한 '오감도'이자, 자신이 바로 그 모형(모조품)이라는 사실 앞에 절망한 공포의 기록인 것이다.

## 3. 반(反)근대적 자연 인식과 원초적 감각 - 서정주의 경우

서정주가 1930년대에 쓴 시들은 1941년에 〈남만서고〉에서 발간된 첫 시집 『화사집』에 수록되어 있다. 동시대의 시인 이상이 '무서운 사내'라고 부른[16] 젊은 시절의 서정주는 보들레르와 니체 등의 서양

---

16) 황종연, 「신들린 시, 떠도는 삶」, 『작가세계』, 1994, 봄, p. 28.

사상을 접하면서 육체의 관능에 심취하는 한편, 육체와 정신의 이원적인 분리의 문제에 대해 고뇌한다. "미당의 육체적 에로티시즘은 무엇보다 인간의 발가벗은 원형을 탐문하는 한편, 현재의 결핍된 존재를 더 크고 풍부하게 하려는 노력의 일환이었다."[17]는 지적은 서정주의 초기시에 나타난 육체 인식과 현실 인식의 밀접한 상관 관계를 시사해 준다. 서정주는 첫 시집 『화사집』의 서두에서 "애비는 종이었다"(「자화상」)고 선언하면서 식민지 현실에 대한 '부정과 일탈의 욕망'을 시의 원동력으로 삼는다.[18] 서정주에게 자연 상태의 육체에 대한 탐닉은 '종'으로 표상된 식민지 현실에서 벗어나려는 욕망과 본질적으로 같은 것이었다. "자신이 사회의 공식적 질서와 유리된 존재임을 당당하게 선언하고 있는 젊은 시인에게 가장 유혹적인 자기 생명의 표현은 생명, 그것 자체의 원초적 충동에 자기를 맡기는 것, 바로 관능적 열광의 상태에 몰입하는 것"[19]이었기 때문이다.

서구 모더니즘의 영향을 흡수한 『화사집』 시편들은 자연 인식에 있어서도 서구적인 요소를 함유하고 있다. 성경에 등장하는 '뱀'과 '이브'를 제재로 삼거나(「花蛇」), '병든 수캐'(「자화상」), '숫사슴'(「正午의언덕에서」) '山되야지'(「麥夏」), '능구렝이'(「대낮」), '개고리', '머고리'(「입마춤」), '문둥이'(「문둥이」) 등 한국 전통시의 목록에서 찾기 힘든 자연물을 소재로 하여 '추(醜)의 미학'을 선보이는 것이다. 서정주는 서구의 영향을 흡수한 가운데 전통적인 시정신과 가치관을 추구

---

17) 최현식, 「서정주와 영원성의 시학」, 연세대 박사, 2002, p. 36.
18) 이에 대해서는 졸고, 「서정주 시의 변천과정 연구 – 욕망의 변화양상을 중심으로」, 경희대 박사, 1997 참조.
19) 황종연, 앞의 글, p. 29.

한다. 이러한 서구 지향과 전통 지향의 결합 양상은 두 가지 측면으로 설명할 수 있다. 첫째는 사회사적인 관점으로, 근대화의 본격적인 세례를 받은 1930년대 식민지 조선의 현실에 대한 서정주의 반응이 이중적이었다는 사실이다. 서정주는 서구문물과 문화에 매혹을 느낀 동시에, 식민지 현실에 대한 부정과 일탈 의식 속에서 일제가 강제로 주입한 서구적/근대적 가치관에 대해서는 반발했던 것이다. 서정주는 '서구적＝근대적'의 등식 또한 그대로 받아들이지 않았다. 서정주는 서구적인 것에 심취했지만, 근대적인 것에 매료된 것은 아니었다. 그가 심취한 '서구적'인 것의 내용물은 영원성과 육체성을 추구한 고대 그리이스인과 니체, 보들레르로 이어지는 디오니소스적인 전통, 즉 반근대적인 전통이었다. 둘째는 개인사적인 관점으로, 시골 출신인 서정주의 감각이 서구적인 것에 호기심을 느끼는 차원에 머물렀다는 점이다. 서정주는 맥고모자, 양복, 연극, 문학, 철학 등의 서구 문물과 문화에 매혹을 느끼지만, 이내 불교와 신라의 전통 세계로 귀의하면서 자신의 정체성의 전통적인 토대를 확인하게 된다.[20]

서구적인 외양과 전통적인 가치관의 이중성 속에서 서정주의 시는 반근대적인 지향성을 가시화한다. 서정주의 반근대적 지향성은 그의 시의 소재와 공간이 대부분 자연이라는 점, 그 자연(물)이 원초적이고 관능적인 상태로 그려진다는 점 등으로 입증된다. 자연 상태의 육

---

20) 전라북도 고창군 부안군 선운리 질마재 태생의 시골 청년 서정주는 1929년 봄 4월에 전북 줄포의 소학교를 졸업하고, 중앙고등보통학교에 입학하면서 서울로 올라온다. 이후 퇴학과 낙향을 거쳐 1935년에 중앙불교전문학교(오늘날의 동국대학교)에 입학한 그는 그마저 중도 포기하고 제주도와 해인사 등지로 방랑을 거듭하면서 불교 공부를 한다. 그 과정에서 연극에도 관심을 가져보고, 마르크스와 오스카 와일드와 앙드레 지드도 접해 보지만, 러시아의 작가 고리키 하나에게만 공감하게 된다. 이로써, 젊은 시절의 서정주는 자신의 정체성의 지반이 한국적이고 전통적인 것이라는 사실을 확인하게 되었다고 할 수 있다. - 서정주, 『미당산문』, 민음사, 1993, pp. 185~205 참조.

체와 원초적인 감각에 탐닉하는 것은 근대의 이성중심주의와 과학적 사고를 정면으로 위반하는 행위이다. 이러한 즉물적인 감각과 육체의 주인은 합리적으로 사유하는 근대적 주체와는 대립하는 자리에 있다. 『화사집』에서 서정주는 원초적이고 즉물적인 감각을 열정적으로 분출하며, 원시성에 대한 갈망을 통해 반근대적 지향성을 분명히 한다. 서정주는 시골 출신의 태생적인 감각과 근대에 대한 저항감을 토대로 서구적 요소를 시적 소재의 차원에서 흡수하면서, 다음과 같은 독특한 풍경을 창출한다.

麝香 薄荷의 뒤안길이다.
아름다운 베암…
을마나 크다란 슬픔으로 태여났기에, 저리도 징그라운 몸뚱아리냐

꽃다님 같다.
너의할아버지가 이브를 꼬여내든 達辯의 혓바닥이
소리잃은채 낼룽그리는 붉은 아가리로
푸른 하눌이다. …물어뜯어라. 원통히무러뜯어.

다라나거라. 저놈의 대가리!

돌 팔매를 쏘면서, 쏘면서, 麝香 芳草ㅅ길
저놈의 뒤를 따르는 것은
우리 할아버지의안해가 이브라서 그러는게 아니라
石油 먹은듯…石油 먹은듯…가쁜 숨결이야

바늘에 꼬여 두를까부다. 꽃다님보단도 아름다운 빛…

크레오파트라의 피먹은양 붉게 타오르는 고흔 입설이다…슴여라! 베
암.

우리순네는 스믈난 색시, 고양이같이 고흔 입설…슴여라! 베암.
- 「花蛇」 전문[21]


한국 전통시의 계보에서 볼 때 매우 이질적인 이 시는 서정주의 회
고에 의하면, 1936년 그가 해인사에 머물 때의 자연의 경험을 질료
로 창작된 작품이다.

이것을 쓴 때는 내가 해인사 원당(願黨)이란 암자에 있던 여름의 어떤
밤이었는데, 조그만 박쥐 새끼 한 마리가 열어 놓은 창틈으로 날아들어와
방안을 퍼덕거리며 수선을 떠는 것을 잡아서 내 양말 깁기용 큰 바늘로
벽에 꽂아 놓고 나서, 이 여름 구상해 오던 것을 술술 써 냈다. 육체를 중
요시하는 자의 감각은 고대 그리스나 로마인들이 흔히 했던 것처럼 일종
의 잔인을 또 자초하는 것인 모양이지.[22]

「화사」의 시적 발상이 서정주가 칩거하던 절의 방 안으로 날아든
'박쥐 새끼 한 마리'였다는 진술은 그의 자연 경험이 어떻게 시로 육

---

21) 『미당 서정주 시전집 1』. 민음사, 1983.
22) 서정주, 『미당자서전 2』. 민음사, 1994. p. 56.

화되는가를 단적으로 예증한다. 서정주에게 시쓰기의 원천은 자연에 대한 실제 체험과 감각으로, 이는 박쥐를 손으로 잡아 벽에 꽂는 행위, 즉 직접적인 접촉에 의한 촉각에 의해 매개된다. 촉각의 실감은 시 속에서 "물어뜯어라. 원통히무러뜯어" "바눌에 꼬여 두를까부다", "슴여라! 베암" 등의 생생한 표현으로 변주되며, "너의할아버지가 이브를 꼬여내든 達辯의 혓바닥"과 "石油 먹은듯… 가쁜 숨결", "크레오파트라의 피먹은양 붉게 타오르는 고흔 입설" 등과 같이 청각과 시각 등의 다른 감각에도 구체성을 부여하는 동력이 된다.[23] 서정주는 자신처럼 "육체를 중요시하는 자의 감각"이 "고대 그리스나 로마인들이 흔히 했던 것처럼 일종의 잔인을 또 자초하는", 고대적이며 원시적인 종류의 것임을 언급한 바 있다. 식민지 현실과 착종된 근대의 시공간에서 최대한 이탈하고자 한 서정주의 욕망을 읽어낼 수 있는 대목이다. 「화사」에 등장하는 "뱀과 내레이터 사이의 이율배반적인 갈등 관계는 결국 서정주 자신의 관능(피)과 자의식(죄의식) 사이의 갈등 관계로 요약되는 것"[24]이라고 할 때, 관능과 자의식의 갈등은 육체의 원초적 본능을 따르고자 하는 쾌락원칙과 식민지 현실이 강요하는 현실원칙 사이의 갈등으로 확대 해석될 수 있다.

다음의 시는 서정주의 자연 인식이 실제 경험과 촉각 중심의 원초적인 감각에 기반하고 있음을, 관능적인 육체에 대한 탐닉과는 다른

23) 시 「대낮」, 「입마춤」 등에서도 같은 특징을 발견할 수 있다. "따서 먹으면 자는듯이 죽는다는/붉은 꽃밭새이 길이 있어//핫슈 먹은 듯 취해 나자빠진/능구렝이같은 등어릿길로,/님은 다라나며 나를 부르고……//强한 향기로 흐르는 코피/두손에 받으며 나는 쫓느니//밤처럼 고요한 끌른 대낮에/우리 둘이는 웬몸이 달어……"(「대낮」), "땅에 긴 긴 입마춤은 오오 몸서리친/쑥니풀 지근지근 니빨리 히허여케/즘생스런 우름은 달드라 달드라 우름가치"(「입마춤」)

24) 천이두, 「지옥과 열반」, 조연현 외, 『미당 연구』, 민음사, 1994, p. 54.

차원에서 형상화하고 있다.

하늘우에선 아득한 고동소리. ……순녜가 아르켜준 上帝님의고동소리.
……네名의少女는 제마닥 한개ㅅ식의 바구니를 들고, 허리를 굽흐리고,
차라리 무슨 나물을 찾는것이아니라 절을하고 있는것이었다. 씬나물이나
머슴둘레, 그런것을 찾는것이아니라 머언 머언 고동소리에 귀를 기우리
고 있는것이었다. 後悔와같은 表情으로 머리를 숙으리고 있는것이었다.


(…)


그러나 내가 가시에 찔려 앞어할때는, 네名의少女는 내곁에 와 서는것
이었다. 내가 찔레ㅅ가시나 새금팔에 베혀 앞어헐때는, 어머니와같은 손
가락으로 나를 나시우러 오는것이였다.


손까락 끝에 나의 어린 피ㅅ방울을 적시우며, 한名의少女가 걱정을하
면 세名의少女도 걱정을허며, 그 노오란 꽃송이로 문지르고는, 하연 꽃송
이로 문지르고는, 빠맑안 꽃송이로 문지르고는 하든 나의像처기는 어쩌
면 그리도 잘 낫는것이였든가.


정해 정해 정도령아
원이 왔다 門열어라.
붉은꽃을 문지르면
붉은피가 도라오고.
푸른꽃을 문지르면

푸르숨이 도라오고.

少女여. 비가 개인날은 하늘이 왜 이리도 푸른가. 어데서 쉬는 숨ㅅ소리기에 이리도 똑똑히 들리이는가.
　무슨 꽃으로 문지르는 가슴이기에 나는 이리도 살고싶은가.
　　　　－「무슨꽃으로 문지르는 가슴이기에 나는 이리도 살고 싶은가」 부분[25]

이 시는 화자가 네 명의 소녀와 함께 나물을 캐러갔다가 가시에 손가락이 찔려 피를 흘린 경험을 서술한다. 나물을 캐는 일 자체가 직접적인 촉각에 의한 자연 체험이거니와, '내'가 가시에 '찔린' 것과 소녀들이 그 '상처기'에 꽃을 '문지르는' 것은 모두 강렬한 촉각의 감각을 경유한 행위들이다. 이 촉각의 감각과 행위는 원이가 자신을 짝사랑하다 죽은 정도령을 꽃을 문질러 살려냈다는 옛 설화의 모티브와 겹쳐지면서 죽음을 물리치는 신성한 생명의 행위로 승화된다. 실상, 비합리적인 일이 횡행하는 설화의 세계는 근대의 입장에서는 축출하고 계몽해야 할 타자이다. 1930년대의 서정주가 근대화의 흐름에 역행해 설화의 세계로 나아간 것은 자연을 지배와 개발의 대상으로 본 근대의 자연관에 대한 반발의 차원으로 이해할 수 있다. 서정주의 자연 인식은 한 송이 '꽃'에서 신성한 치유력과 생명력을 발견해내는, 자연에 대한 숭배와 믿음에 근거한다. 서정주는 식민지 현실과 파행적인 근대화로 인해 '피 흐르는 상처기'를 치유해줄 존재로, '꽃'으로 표상되는 신성하고 아름다운 자연을 선택한 것이다.

---

25) 『미당 서정주 시전집 1』, 민음사, 1983.

서정주가 1930년대에 쓴 시들은 근대적 자연 인식에 반발하고 역행하는 양상을 보인다. 자연 상태의 육체의 욕망을 탐구한 시편들이나, 자연의 신성한 생명력을 노래한 시편들 모두 가장 원초적인 감각이라고 할 수 있는 촉각의 실감을 바탕으로 현실원칙이 발현되기 이전의 자연의 세계를 노래한다. 서정주의 초기시에는 촉각과 함께 청각, 후각, 미각 등의 감각도 자주 등장하는데, 이 역시 문명화된 상태가 아니라 동물적이고 원초적인 상태로 시화되는 특징을 보인다. 원초적인 감각의 직접성에 기초한 반근대적 자연 인식의 산물인 서정주의 시는 앞서 살펴본 이상과는 대척점에 있는 사례로, 시각적인 관찰과 거리감, 타자성에 의거한 근대적 자연 인식에 반발한 대표적인 예라고 할 수 있다.

## 4. 항(抗)근대적·생태적 자연 인식과 전일적(全一的) 감각
### - 백석의 경우

백석은 한국 근·현대생태시사에서 생태적 자연 인식의 선구자로 기록되어야 할 시인이다. 백석은 동물적이고 원초적인 자연을 노래한 서정주와는 또 다른 각도에서 근대 도시 문명과 대치되는 자연의 풍광과 가치관을 시화한다. 사진기자였던 아버지부터가 문명에 개화한 근대인이었던 백석은, 일본에 유학해 영문학을 전공하고, 기자, 교사, 측량기사의 직업을 거치는 등 근대문명의 강력한 영향 아래 생활한다. 그러나 백석은 근대문명의 발전 방향과는 반대로 낙향하여 농사를 짓고 살게 되며,[26] 전통 생활세계의 풍물과 자연의 체험을 모태로 시를 쓴다. "산골로 가는 것은 세상한테 지는 것이 아니다/세상 같은 건 더러워 버리는 것이다"(「나와 나타샤와 흰당나귀」)라고 노래한 백석은 근대 도시 문명에 대한 저항의 일환으로 자연과 농촌을 선택한다.[27] 이에 따라 백석의 시에서 자연은 그의 감각과 정신의 지향성을 표출하기 위해 선택하고 변형, 재구성한 형태가 아니라, 농촌의 실제 삶의 체험 속에서 육화된 모습으로 그려진다. 자연 인식의 면에서 백석은 근대적 주체의 눈으로 자연을 시각적 관찰의 대상으로 파악한 이상과 다르며, 근대의 억압적인 제도에 반발하여 원초적 욕망의 자유로운 해방구로서 원시적인 자연을 동경한 서정주와도 변별된다. "백석의 시에 전반적으로 나타나는 가장 중요한 정신은 시적 대상으로서의 자연과 행위주체자로서의 인간(자아)이 결코 분리되어질 수 없는 '하나'라는 사실"[28]이며, 백석은 자연과 인간, 시적 주체와 대상이 평등하게 결합된 전일성(全一性)의 자연관을 형상화한다.

　그 증거로 백석의 시[29]는 미각, 시각, 청각, 촉각, 후각 등의 오감

---

26) 1912년 평안북도 정주 출생의 백석은 한국 사진기술사의 초창기 인물이며 《조선일보》 사진반장을 지낸 백용삼의 아들로, 일본 도쿄 아오야마학원에서 영문학을 공부한 후 귀국해 1934년에 《조선일보》 기자로 입사한다. 1936년에 기자를 그만두고 낙향해 교사로 일하다가 다시 만주로 가 측량기사와 소작인 생활을 한다. ─ 「백석연보」, 『백석시전집』, pp. 179~180 참조.

27) 물론, 백석의 귀향을 근대도시의 삶의 방식에 대한 적극적인 거부의 차원에서 행해지는 오늘날의 각성된 귀향(정확히는 귀농)과 완전히 동일시할 수는 없다. 그러나 백석의 귀향 역시 당대의 엘리트가 누릴 수 있었던 지적·문화적·경제적인 삶을 스스로 거부한 결과라는 점에서 오늘의 그것과 상당한 유사성을 가지며, 근대적 귀향(귀농)의 선구적인 사례로 간주할 수 있다.

28) 이동순, 「민족시인 백석의 주체적 시정신」, 『백석 시전집』 해설, 창작과비평사, 1987, pp. 167~168. 나아가, 이동순은 백석 시에 나타난 합일의 구체적인 의미를, ① 균등과 원형보존의 정신을 대전제로 해서 생존과 죽음의 구별을 무너뜨리는 합일 ② 모든 살아 있는 것들끼리 더욱 하나가 되게 하는 합일 ③ 계층간의 구별을 허물어뜨리는 합일 ④ 주체와 객체 간의 구별을 무너뜨리는 합일 ⑤ 식물질을 위주로 하되, 동물질의 폭력성까지도 식물질에 흡수시키는 합일 ⑥ 사소한 사물에 대한 깊은 애착에서 보여주는 합일 등으로 세분화한다. ─ 이동순, 같은 글, pp. 168~169 참조.

(五感)을 균형 있고 풍부하게 활용[30]한다. 백석의 시에 나타난 감각의 특성에 대해서는 이미 논의된 바 있는데, 유종호는 백석의 시가 미각, 촉각, 후각 등의 근접 감각[31]을 통해 기억을 재현하면서, 인간의 본원적인 행복의 회복과 아울러 인간 잠재력의 해방과 평화를 간구[32]한다고 해석한다. 이 해석을 바탕으로, 이문재는 주로 음식물을 표현할 때 활발하게 동원되는 미각, 촉각, 후각 등 근접 감각이 생태적 감수성을 되살리는 데 있어 필수불가결한 조건[33]이라고 보고, 백석 시의 자양분을 생태학적 상상력으로 규정[34]한다. 그런데 백석의 시가 다른 시인들의 시에 비해 근접 감각을 두드러지게 활용하는 것은 사실이지만, 이러한 특징은 여러 감각의 전일성이 실현된 상태로 보는 것이 더 타당할 것이다. 이때 전일성은 단지 감각의 문제에 한정되지 않는다. 인간과 자연, 주체와 타자를 분리한 근대 세계가 인간의 감각마저 해체하여 시각 중심의 체제로 만든 것을 상기할 때, 감각의 전일성은 자아의 전일성 및 대상(세계)과의 합일감과 동일한 의미가

---

29) 백석의 첫 시집 『사슴』은 1936년에 선광인쇄주식회사에서 발간되었다. 본고에서는 『사슴』에 실린 시들과 백석이 1939년까지 발표한 시들을 논의 대상으로 한다. 텍스트는 이동순 편, 『백석 시전집』, 창작과비평사, 1987로 하였다.

30) 김영익의 분석에 의하면, "이미지즘의 세례를 받았던 백석은 모든 시편(98편)에 걸쳐 시각 이미지를 사용하는 한편, 청각 61.2%(68편), 촉각 26.5%(26편), 미각 23.4%(23편), 후각 18.3%(18편) 순으로 다양한 감각 이미지를 동원하는데, 시각과 청각, 청각과 후각 등 2종류 이상이 함께 등장하는 복합감각 이미지가 93.8%에 달해, 그 다채로움이 배가된다." – 김영익, 「백석 시문학 연구」, 충남대 박사, 1999, p. 155.

31) 유종호는, 시각은 청각, 기억과 함께 원격 감각이며, 미각, 촉각, 후각은 지각 혹은 경험과 더불어 근접 감각이라고 정의한다. – 유종호, 「시원회귀와 회상의 시학 – 백석의 시세계 1」, 『다시 읽는 한국시인』, 문학동네, 2002, p. 249 참조.

32) 유종호, 앞의 글, pp. 256~257 참조.

33) 이문재, 「백석 시의 생태학적 상상력 고찰」, 경희대 석사, 2004, p. 36.

34) 이문재의 논문은 백석의 시를 생태학적 입장에서 본 최초의 연구 성과로, 백석 시의 자연 인식의 특징을 항근대적·생태적인 자연 인식으로 파악하는 필자의 관점은 이 논문에 많은 것을 빚지고 있다.

된다. 대상 및 세계와 합일을 이룬 자아는 그 자체로도 전일적인 상
태에 있으며, 감각의 통일성을 보유한다. 백석의 시에서 자연은 하나
의 유기적인 공동체이자 통일체로 형상화[35]되며, 이는 오감의 전일
성을 내장한 시적 주체의 생생한 감각적 경험으로 가시화된다. 이 점
에서 백석의 시는 살아 있는 것들의 상호의존성을 탐구하는 생태학[36]
의 탁월하고 문학적이며 감각적인 모델이라고 할 수 있다.

   감각의 전일성이 자아의 전일성 및 대상(세계)과의 합일감과 동일
한 맥락임은 다음의 시에서 뚜렷이 확인된다.


   낡은 나조반에 흰밥도 가재미도 나도 나와 앉아서
   쓸쓸한 저녁을 맞는다

   흰밥과 가재미와 나는
   우리들은 그 무슨 이야기라도 다 할 것 같다
   우리들은 서로 미덥고 정답고 그리고 서로 좋구나


   우리들은 맑은 물밑 해정한 모래톱에서 하구 긴 날을 모래알만 헤이며
잔뼈가 굵은 탓이다

---

35) 유기적인 전체성의 자연 인식은 백석의 시 전반을 지배하는데, 대표적인 예로 「모닥불」을
   들 수 있다. 이 시에서 자연물과 사물, 인간은 평등한 수평 관계로 모닥불 앞에서 하나가 된
   다. 자연과 사물, 인간이 평등하다는 인식은 백석의 시에서 독특한 병렬법의 수사학으로 미
   학화된다. "새끼오리도 헌신짝도 소똥도 갓신창도 개니빠디도 너울쪽도 짚검불도 가락잎도
   머리카락도 헌겊조각도 기와장도 닭의짖도 개터럭도 타는 모닥불//제당도 초시도 門長늙
   은이도 더부살이 아이도 새사위도 갓사둔도 나그네도 주인도 할아버지도 손자도 붓장사도
   땜쟁이도 큰개도 강아지도 모두 모닥불을 쪼인다"(「모닥불」, 『백석 시전집』)
36) 도널드 워스터, 강헌·문순홍 옮김, 『생태학, 그 열림과 닫힘의 역사』, 아카넷, 2002, p. 538.

바람 좋은 한 벌판에서 물닭이 소리를 들으며 단이슬 먹고 나이 들은
탓이다

외따른 산골에서 소리개소리 배우며 다람쥐 동무하고 자라난 탓이다


우리들은 모두 욕심이 없어 희여졌다

착하디 착해서 세괏은 가시 하나 손아귀 하나 없다

너무나 정갈해서 이렇게 파리했다


우리들은 가난해도 서럽지 않다

우리들은 외로워할 까닭도 없다

그리고 누구 하나 부럽지 않다

- 「咸州詩抄 - 膳友辭」 부분[37]


저녁밥을 먹는 장면을 그린 이 시는 '선우사(膳友辭)'라는 소제목이
암시하는 것처럼 반찬을 '나'의 벗으로 묘사한다. "낡은 나조반에 흰
밥도 가재미도 나도" 함께 '앉아' 있는 합석(合席)의 상황에서 먹는
주체와 먹히는 객체의 거리는 존재하지 않는다. 인간과 자연물, 살아
있는 것과 죽은 것의 서열 관계도 성립하지 않는다. "흰밥과 가재미
와 나는" "서로 미덥고 정답고 그리고 서로 좋"은 친구이며, 자연의
이름으로 평등한 존재이다.[38] 백석은 그 이유를 "맑은 물밑 해정한

---

37) 이동순 편, 『백석 시전집』, 창작과비평사, 1987.

38) 다른 자연물과의 동류 의식, 생명체에 대한 존중 의식은 다른 시에서도 나타난다. 논배미에
　　서 나는 오리 울음소리를 들으며, "오리야 너이들의 이야기판에 나도 들어/밤을 같이 밝히
　　고 싶고나"(「오리」)라고 이야기하는 것이나, 방안에 들어온 새끼거미를 "고히 보드러운 종
　　이에 받어 또 문박으로 버리며//이것의 엄마와 누나나 형이 가까이 이것의 걱정을 하며 있
　　다가 쉬이 만나기나 했으면 좋으련만 하고 슬퍼한다"(「修羅」)고 노래한 것이 그 예이다.

모래톱"과 "바람 좋은 한 벌판"에서 자연물을 "동무하고 자라난" 유년기의 체험으로 설명한다. 자연 속에서 자연물의 일부로 성장한 인간에게 자연과 인간, 주체와 대상, 인식과 감각은 분리되지 않는다. 이성의 통제를 받지 않는 전일적인 감각으로 세계를 경험하는 존재는 세계를 자신과 분리해 대상화·타자화·서열화하여 소외시키지 않는다. 더불어, 이러한 존재는 근대 문명의 인위적인 질서와 자본주의의 경제적인 가치를 신봉하지 않는다. 자연의 공동체인 "우리들은 모두 욕심이 없어 희여져" "가난해도 서럽"거나, "누구 하나 부럽지 않"은 상태에 있는 것이다. 이 시는 생태적 근본주의자들이 강조하는 '자발적 가난'을 선구적으로 예시[39]하는 문제적인 사례라고 할 수 있다.

자연을 자족적인 공동체로 보는 백석의 생태적 가치관은 병을 치유하는 약을 자연에서 찾은 풍속을 시화한 데서도 드러난다. "병이 들면 풀밭으로 가서 풀을 뜯는 소는 人間보다 靈해서 열 걸음 안에 제 병을 낫게 할 藥이 있는 줄을 안다"(「절간의 소 이야기」)고 믿은 것이나, "피성한 눈숡에 저린 팔다리에 거마리를 붙"(「오금덩이라는 곳」)이고, "정한 마음으로 냅일눈 약눈을 받"아 "진상항아리에 채워두고는 해를 묵여가며 고뿔이 와도 배앓이를 해도 갑피기를 앓어도 먹을 물"(「古夜」)로 삼은 풍속, "내가 아직 굳은 밥을 모르던 때 살갗 퍼런 막내고무가 잘도 받어 세수를 하였다는 내 오줌"(「童尿賦」)에 관한 일화 등은 모두 자연 만물이 상생(相生)하는 생태적 자연 인식을 예시하고 있다.

<hr>

39) 이문재, 앞의 글, p. 41.

　백석의 항(抗)근대적·생태적 자연 인식이 농축된 결정체는 그가
농사꾼이 되면서 쓴 시 「歸農」이다. 이 시에는 자연과 인간의 생명
공동체 의식, 농사지으며 가난하게 사는 삶의 행복과 보람, 벌레와
흙을 각기 '충왕(蟲王)'과 '토신(土神)'으로 예우하는 자연에 대한 공
경심 등이 담담하고 자족적인 어조로 서술되어 있다.

> 나는 이젠 귀치 않는 測量도 文書도 짜증이 나고
>
> 낮에는 마음놓고 낮잠도 한잠 자고 싶어서
>
> 아전노릇을 그만두고 밭을 老王한테 얻는 것이다
>
> (…)
>
> 수박이 열면 수박을 먹으며 팔며
>
> 감자가 앉으면 감자를 먹으며 팔며
>
> 까막까치나 두더지 돝벌기가 와서 먹으면 먹는 대로 두어두고
>
> 도적이 조금 걷어가도 걷어가는 대로 두어두고
>
> 아, 老王, 나는 이렇게 생각하노라
>
> 나는 老王을 보고 웃어 말한다
>
> (…)
>
> 老王은 나귀를 타고 앞에 가고
>
> 나는 노새를 타고 뒤에 가고
>
> 마을끝 蟲王廟에 있는 蟲王을 찾어뵈려 가는 길이다
>
> 土神廟에 있는 土神도 찾어뵈려 가는 길이다
>
> —「歸農」 부분[40]

시의 구절을 빌면, 백석이 귀농한 이유는 "귀치 않는 測量도 文書도 짜증이 나고/낮에는 마음놓고 낮잠도 한잠 자고 싶어서"이다. 측량과 문서로 상징되는 근대 제도와 생활 방식에 대한 저항감과, 자연의 원리에 따라 살고 싶은 소망 때문인 것이다. 이 지점에서, "규격화되고 표준화된 도시문화가 민족적 개성을 확보하지 못한 국적불명의 문화인 반면, 자립적으로 지속 가능한 생명문화인 농촌 문화는 우리 민족의 정체성을 지탱해온 고유 문화"[41]라는 지적은 유용한 논점을 제공해 준다. 백석의 귀농은 '이성의 제국'인 근대 도시에서 탈출해 농촌으로 돌아가 생태적 삶의 방식을 몸소 실천함으로써 민족 고유의 문화를 지키려는 노력으로 이해할 수 있는 것이다. 백석은 물화된 근대에 대항해 인간이 자연의 생명 공동체로 살아가는 전통적인 농촌의 삶을 선택한다. 백석의 생태적 삶과 자연 인식은 근대의 폐해를 극복하는 실천적 대안이라는 점에서, 또한 전통의 현재화와 '자발적 가난'을 통해 서구적 근대에 맞선 구체적 노력이라는 점에서 주체적이며 항(抗)근대적인 의미를 지닌다. 단순히 근대에 대한 심리적 저항감의 차원에서 육체의 원초적인 상태를 동경한 서정주의 반근대적인 자연 인식과는 분명한 차이를 보이는 것이다. 백석의 시는 생태적 자연 인식을 바탕으로 시[문학]와 삶을 하나로 전유한 모범적인 사례에 속하며, 이러한 그의 시적 지향이 분단 역사에 의해 왜곡되고 차단된 것은 아쉬운 점이라고 할 수 있다.

---

40) 『백석 시전집』. 이 작품은 원래 1941년 『조광』 7권 4호에 발표된 것이다. 1930년대를 대상으로 한 본고의 시대 범주에서는 벗어나지만, 백석이 1930년대에 쓴 시들에 나타난 자연 인식의 결정체에 해당하는 시라는 점에서, 또한 1940년대 초반이 문학사의 암흑기로 1930년대와 변별되는 독립성을 갖지 못한다는 점에서 논의에 포함시켜도 무리가 없을 것이다.

41) 임재해, 『민속문화의 생태학적 인식』, 당대, 2002, pp. 51~52 참조.

## 5. 결론

1930년대 시에 나타난 자연 인식을 근대적(이상), 반근대적(서정주), 항근대적·생태적(백석) 자연 인식의 세 측면에서 살펴보았다. 이를 통해 근대 도시 문명이 정착되기 시작한 1930년대가 근대적 자연 인식과 이에 대립하는 자연 인식이 분화되는 최초의 분기점임을 규명할 수 있었다. 한국 근·현대 생태시사 기술을 염두에 둘 때, 생태 문제가 출현하기 전인 산업화시대 이전을 대상으로 한 생태시 전사(前史)에 있어 1930년대가 차지하는 위치는 이로써 확고해졌다고 할 수 있다. 한국 근·현대 생태시사에서 생태시와 비(非) 생태시의 인식론적 출발점은 1930년대로 소급될 수 있으며, 본론의 논의를 전체적인 맥락에서 요약하면 다음과 같다.

먼저, 시각을 절대시하는 이상의 시는 근대적 자연 인식을 선취한 문제적이며 비극적인 사례에 속한다. 근대적 주체에게 시각은 이성의 역할을 대신하는 감각으로, 이상은 자연을 자신과 분리된 타자(他者, the other)로 인식하고 관찰과 분석의 대상으로 삼는다. 이상의 시가 난해한 실험 보고서처럼 보이는 것은 이 때문이다. 이상의 자연 인식은 자연을 물화된 장식품으로 보는 '모형 정원'의 단계로까지 진행되며, 자연의 일부인 자신의 육체마저 '모형 심장'과 '의족' 등의 모조품으로 규정하는 양태를 보인다. 시각 중심으로 분리되고 재편된 이상의 감각은 그의 분열된 의식 세계의 실상을 반영하는 거울과 같다. 근대적 자연 인식을 지닌 이상에게 있어 감각의 분열 양상과 의식의 분열 양상은 구조적으로 동일하다.

식민지 근대의 파행적인 질서에서 일탈하고자 한 서정주는 반근대적인 자연 인식을 드러낸다. 근대 세계의 이성중심주의에 반발해 동물적인 욕망을 자유롭게 표출하기를 원한 서정주는 촉각을 위주로 한 원초적인 감각을 열정적으로 분출한다. 이러한 특징은 생명에 대한 경외감을 노래한 시에서도 예외가 아니다. 서정주의 시에 형상화된 자연은 의식 속에서 재구성된 이상의 관념적인 자연과 달리, 직접적이고 구체적인 경험을 바탕으로 한다. 그러나 서정주가 추구한 자연은 문명에 훼손되지 않은 원시적이고 신성한 세계를 의미한다는 점에서 또 다른 관념성을 노출하고 있다고 할 수 있다.

백석의 시에서 자연은 실물(實物)의 상태와 체험의 현장으로 그려진다. 백석은 농촌의 생활 풍속과 자연 풍광을 세밀히 묘사하면서 오감(五感)을 조화롭게 사용한다. 삼각의 전일성을 소유한 백석은 분열된 감각을 지닌 이상과 정반대의 위치에 있는, 자연 만물을 생명 공동체로 이해한 생태적 자연 인식의 선구자라고 할 수 있다. 이상이 자신의 의식 속에서 자연을 삭제하고 근대 도시 문명을 택한 후 근대의 모순 속에서 자아의 분열을 거듭한 반면, 백석은 도시를 거부하고 자연과 농촌을 택하면서 감각의 전일성과 자아의 전체성을 향유한다. 이 점에서 백석은, 직접적인 체험에 기초하고 있지만 자연을 근대에서 이탈하고 싶은 자신의 욕망의 투영체로 상정한 서정주의 자연 인식과도 차별성을 보인다. 서정주의 자연 인식이 근대의 반발해 원초적인 자연을 지향하는 반근대적인 것이라면, 백석의 자연 인식은 반생명적인 근대에 대항하면서 생태적인 삶의 대안을 제시한 항근대적인 것이라고 할 수 있다.

이상, 서정주, 백석 등 세 시인의 시가 1930년대 시에 나타난 자연 인식의 전모를 대변하는 것은 아니다. 그러나 이들의 시가 1930년대

시에 나타난 자연 인식의 대표적인 양상을 가름하는 것만은 틀림없
는 사실이다. 동시대의 다른 시인들의 시에 나타난 자연 인식을 고찰
을 통해 이 논의는 더 완성도 있게 보강되어야 할 것이다.

# 모더니즘 글쓰기 주체의 시각중심주의
### - 1930년대 이상의 시와 산문을 중심으로

## 1. 근대의 시각중심주의와 새로운 글쓰기 주체의 탄생

모더니즘 문학은 근대세계의 분열된 글쓰기 주체가 세계와 자신에 행하는 자의적이며 인위적인 가공과 재구성을 통해 형성된다. "이러한 주관적인 재구성의 방식을 취함으로써, 현실 세계의 엄격한 원칙을 벗어나 주체는 자기 자신만의 새로운 현실을 창조할 수 있"[1]기 때문이다. 역설적이게도 근대의 파편화된 글쓰기 주체는 균열된 세계와 자신을 인공적으로 재배치하고 재축조하는 방법을 통해 하나의 세계를 창조한다. 세계의 파열을 거부하는 동시에 내면화하면서, 근대 모더니즘의 글쓰기 주체는 부조리한 세계와 그 속의 자신을 변용하는 과정을 자신의 정체성과 작품의 창작 원리로 흡수한다.

---

1) 최미숙, 『한국 모더니즘 시의 글쓰기 방식과 시 해석』, 소명출판, 2000, p. 37.

한국문학의 모더니즘을 선도한 1930년대 이상의 시와 산문에는 근대의 시각중심주의(Occurcentrism)에 입각한 새로운 글쓰기 주체가 등장한다. 시각중심주의는 시각의 감각을 코기토(cogito)의 이성과 동등하게 대우하는 근대적 사유의 한 계열체로, 시각(視覺)보다 심안(心眼)을 우위에 둔 전통적 사유와 대비되는 것이다. 이상의 시와 산문에는 시각을 중심으로 한 감각의 재편성을 통해 근대 모더니즘의 글쓰기 주체가 출현하는 광경이 구체적이고 세밀하게 형상화되어 있다. 이상 문학의 글쓰기 주체는 시각을 중심으로 감각의 위계를 혁신함으로써 시각의 속성인 성찰적 거리(distance)와 소외를 특징으로 하는 근대적 주체의 정체성을 확보하며, 이러한 토대와 정황을 문학의 내용은 물론 형식과 미학에도 심층적으로 반영한다. "한국의 모더니즘은 그 기획에서부터 이전의 모든 것을 부정한다는 이유만으로도 충분히 희망적인 것이었다"[2]는 견해에 입각할 때, 모더니스트 이 상의 기획은 근대의 시각중심주의에 입각한 한국문학의 전면적인 형질 변화를 꾀한 것이었다고 할 수 있다.

이상의 시와 산문은 시각중심주의에 입각한 근대적 글쓰기 주체가 탄생한 최초의 현장으로, 이상이 시각 중심의 근대적 사유와 미학을 선구적으로 육화하고 작품의 창작원리로 삼고 있다. 이상이 행한 시각을 중심으로 한 감각의 위계의 재편성은 이상의 개인적인 실험에 국한되는 사안이 아니라, 이전 시대의 문학과 변별되는 패러다임의 전환에 관한 기획으로 근대문학의 특수한 행보에 속하는 것이다. 이 행보는 관찰하고 감시하는 글쓰기 주체와 그러한 관찰과 감시에 포획

---

2) 정문선, 「한국 모더니즘 시 화자의 시각체제 연구─보는 주체로서의 화자와 보이는 대상으로서의 공간을 중심으로」, 서강대 박사, 2002, p. 171.

된 대상의 소외, 글쓰기의 대상으로서 인간과 자연(물)의 위상 변화, 글쓰기의 새로운 제재인 인공물과 사물의 등장 등으로 구체화된다.

최근 이상 시에 대한 연구는 선행 연구들이 간과한 부분을 예각적으로 규명하는 데 중점을 두고 있다. 이상 시에 나타난 육체의식을 고찰[3]하고, 문화기호학적 측면에서 이상 시의 원리를 규명[4]하며, 이상 시를 멀티미디어 양식의 선구적인 사례로 재조명[5]하거나, 이상 시를 모더니즘 시 화자의 시각 체제를 보여주는 적실한 예로 파악[6]하는 것 등이 그것이다. 이 연구들은 각기 이상의 시를 이해하는 유용한 방식과 결과물을 제출했음에도, 이상 시 전체를 관통하는 원리를 구명하는 데까지는 이르지 못하고 있다. 일례로, 모더니즘 시 화자의 시각 체제를 연구한 경우, 한국 모더니즘 시의 화자를 '역사와 이데올로기의 관람객(viewer)'으로 규정하면서 시 화자의 성격을 이데올로기적 차원에 종속시키는 한계를 드러낸다.


## 2. 이상 시에 나타난 시각중심주의

### 1) 근대적 시각중심주의, 시각적 주체와 대상의 위계질서

이상의 시는 관찰과 감시의 시선을 지닌 시각적 주체가 현상(現像)

---

3) 조해옥, 『이상 시의 근대성 연구』, 소명출판, 2001.

4) 박현수, 「이상 시의 수사학적 연구」, 서울대 박사, 2002. 이경훈, 「미쓰코시, 근대의 쇼윈도우-문학과 풍속 1」, 『현대문학의 연구』 15, 한국현대문학연구학회, 2000. 8.

5) 김민수, 『멀티미디어 인간 이상은 이렇게 말했다』, 생각의나무, 1999.

6) 정문선, 앞의 논문.

하는 시각적 장면과 풍경으로 구성된다. 한자 파자(破字), 다양한 크기와 형태의 활자, 각종 기호들의 기하학적 배열, 외국어, 숫자, 순열 조합, 그림 등을 활용한 이상의 시는 시각중심주의에 기초한 근대적 주체의 감각이 재편성되는 과정과 그 극단의 양상을 다채롭게 전시 (display)한 쇼케이스와 같다. 이상의 시는 시대와 사회를 초월한 시의 보편 제재인 '자연(물)'에 대해서도 시각 우위의 근대적 감식안을 내세운다. 자연(물)을 시각적으로 포획하고 재구성하는 이상의 시는 "자연에 대한 억압을 기반으로 하는 이성의 운명에 대한 완벽한 은유"[7]에 해당한다고 할 수 있다. 이상의 시는 인간의 이성이 자연과 인간의 감각을 어떻게 타자화하고 재편성했는가는 증명하는 예이자, 그 과정이 곧 근대적 주체의 탄생과 분열의 과정이었음을 반증하는 예인 것이다.

시각의 주체와 대상의 관계에 대해 이상의 산문에는 극히 상반되는 두 개의 장면이 등장한다. 하나는 이상이 관찰과 구경의 '주체'가 되는 장면이며, 다른 하나는 이상이 관찰과 구경의 '대상'이 되는 장면이다. 관찰과 구경의 매체로서의 시각은 주체에게는 대상을 포획하는 강력한 권능과 권위를, 대상에게는 주체성과 자율성의 박탈을 부과하면서 주체와 대상의 관계를 원천적으로 규정하는 권력의 도구로 작용한다.

① 獄史의 案內를 받아 工場 各部分을 차례 차례 求景하기로 하였다. 求景하기 前에 獄史는 우리들에게 부디 부디 다음 몇가지 點에 主義해 달

---

7) 슬라보예 지젝 외, 이운경 역, 『매트릭스로 철학하기』, 한문화, 2003, p. 322.

라고 일러주는 것이었다. 卽 담배를 피우지 말 것, 그들에게 무슨 必要로 든 決코 말을 건네지 말 것, 그네들의 얼굴을 너무 차근차근히 들여다보지 말 것 等이다. 차례대로 이윽고 見學이 시작되었다. 그러나 나는 처음부터 벽돌 製造 같은 것에는 秋毫의 趣味도 가지지는 않았다. 罪囚들의 生活, 動靜의 姿態를 볼 수 있다는 것이 이 見學이 나로 하여금 즐겁게 하여 주는 理由의 全部였다. 나는 일부러 끝으로 좀 처어지면서 그 똑같이 赤土色 服裝에 몸을 두르고 깃에다 番號札을 붙인 이네들의 모양을 살피기로 하였다. 그런데 果然 아니나다를까, 그들은 끝없는 憎惡의 視線을 우리들에게 던지는 것이 아니냐 나는 놀랐다. 가슴이 두근두근해 왔다. 그리고 제출물에 怯이 나서 얼굴이 달아 들어오는 것을 어찌하는 수가 없었다. 너무나 똑똑이 不快한 表情을 지어 보이는 그들을 나는 차마 바로 쳐다보는 재주가 없었다.

自己의 恥辱의 生活의 內面을 惑 恥辱이라고까지 하지는 않더라도 決코 남에게 떠벌려 자랑할 것이 못되는 제 生活의 內面을 어떤 生面不知 사람들에게 莫不得已 求景시키지 않으면 안되는 것을 누구나 다 싫어하리라. 仰不愧御天 俯不怍於人 이런 心境에서 사는 사람이라도 그런 一點의 흐린 구름이 지지 않은 生活을, 남이 그야말로 求景꺼리로 알고 보려 달려들 때에는 저으기 不快할 것이다. 況此 罪囚들이 自己네들의 恥辱的 生活을 白日 아래서 餘地없이 求景꺼리로 어떤 몇사람 앞에 내놓지 않으면 안되는 境遇에 그들의 心痛함이 또한 服役의 괴로움보다 오히려 倍大할 것이다.[8]

---

8) 이상, 「秋燈雜筆 – 求景」, 김윤식 엮음, 『이상문학전집 3』, 문학사상사, 1993, p. 79.

② 그다지 名譽롭지 못한 그러나 생각해 보면 또 그렇게까지 不名譽라고까지 할 것도 없는 疾患을 가지고 어떤 學府 附屬病院에를 갔다. 診察이 끝나고 인제 治療를 始作하려 그 그리 보기 좋지 않은 베드 위에 올라 누웠다. 그랬더니 난데 없이 數十名의 黑裝束의 壯丁 一團이 우— 闖入하여는 내 寢牀을 둘러싸는 것이다. 말할 것도 없이 이 學府 在學의 學生들이요 이것은 臨床講義 時間임에 틀림없다. 손에는 各各 노—트를 들었고 視線을 내 患部인 한點에 集中시키고 있는 것이다. 醫師 즉 敎授는 徐徐히 입을 열어 用意周到하게 내 治療받고자 하는 個所를 주므르면서 流暢한 言語로 講義를 開始하는 것이 아닌가. 이것은 나에게 있어서 참으로 千萬意外의 일일뿐 아니라 정말로 不快하기 짝이 없는 逢變일 수밖에 없는 일이다.

그들은 大體 누구의 許諾을 얻어 나를 實驗動物로 使用하는 것인가. 옆구리에 腫氣 하나가 나도 그것을 남에게 내어 보이는 것이 不快하겠거늘 아픈 탓으로 恥部를 내보이지 않으면 안되는 그 자그마한 機會를 타서 밑천 들이지 않고 그들의 實驗動物을 얻고자 꾀하는 것일 것이니 治療를 받기 위하여는 반드시 이런 屈辱을 받아야만 된다는 制度라면 辭此不避일 것이나 그렇다 하더라도 이 變만은 어디까지든지 不快한 일이다.[9]

①은 이상이 경성제대 건축학과 재학시절 형무소 견학의 일환으로 죄수들이 일하는 마포 벽돌공장을 보러 갔다가 "죄수들의 생활, 동정의 자태"를 '구경'한 경험을 서술한 것이고, ②는 이상이 종기를 치료하러 병원에 갔다가 뜻하지 않게 임상강의의 '실험동물'이 되어

---

9) 이상, 「秋燈雜筆 – 寄與」, 김윤식 엮음, 앞의 책, p. 83.

수십 명의 학생들의 시선에 포위되어 관찰당한 정황을 서술한 것이다. ①은 죄수들이 노동하는 '형무소'라는 근대적 공간을, ②는 치료와 임상강의가 결합된 '병원'이라는 근대적 공간을 배경으로 하고 있다.[10] 감옥과 병원은 근대적 주체와 대상이 '시각'에 의해 직선적인 서열 관계로 구조화되는 과정과 결과를 극명하게 보여주는 공간이다. 감옥과 병원의 근대적 공간에서 이상이 집중적으로 서술하는 것 역시 이러한 '불쾌한' 시각적 체험이다. 실제로 두 편의 글에서 이상은 '견학', '구경', '시선', '들여다보'기, '보'기, '쳐다보'기, '살피'기, '내보이'기 등의 시각과 관련된 어휘들을 자주 사용한다. 시각 이외의 다른 감각들, 청각, 후각, 미각, 촉각 등은 여기에서 별다른 비중을 차지하지 못한다.

두 편의 산문에서 관찰의 대상이 되는 것은 사물이 아니라, 인간의 육체와 내면, 즉 인간 자체이다. ①에서 이상은 "나는 처음부터 벽돌 제조 같은 것에는 추호의 취미도 가지지는 않았다. 죄수들의 생활, 동정의 자태를 볼 수 있다는 것이 이 견학이 나로 하여금 즐겁게 하여 주는 이유의 전부였다."고 고백한다. 건축학도로서 벽돌공장 건물을 견학하러 간 이상이 진정한 관찰과 관심의 대상으로 삼은 것은 '벽돌 구조'가 아니라, "죄수들의 생활, 동정의 자세"였던 것이다. 이상은 이들의 생활태도와 표정 등을 '구경'하면서 모순되는 이중적인 심리를 드러낸다. 하나는 "죄수들의 생활과 동정의 자세" 및 그들이

---

10) 감옥과 병원은 푸코가 근대적 권력이 작동하는 가장 대표적인 사례로 드는 공간이다. 푸코는 감옥, 병원, 학교, 군대, 공장 등의 모든 장치 속에서 감시받는 병자, 환자, 노동자는 결국은 자기 자신을 감시하게 되고, 간수, 의사, 교사, 공장장 등도 역시 감시되고 관리되는 메카니즘을 구성하는 데 기여할 뿐이라고 설명한다. - 미셸 푸코, 박홍규 역, 『감시와 처벌』, 강원대학교 출판부, 1989, p. 51 참조.

지닌 "자기의 치욕의 생활의 내면"을 '구경'하는 일에 대한 흥미와 쾌감이며, 다른 하나는 이처럼 다른 사람에게 생활과 내면을 '구경' 당하는 사람이 가질 수밖에 없는 불쾌감과 괴로움에 대한 공감과 죄책감이다. "자기의 치욕의 생활의 내면을 혹 치욕이라고까지 하지는 않더라도 결코 남에게 떠벌려 자랑할 것이 못되는 제 생활의 내면을 어떤 생면부지 사람들에게 막부득이 구경시키지 않으면 안되는 것을 누구나 다 싫어하리라.", "너무나 똑똑이 불쾌한 표정을 지어 보이는 그들을 나는 차마 바로 쳐다보는 재주가 없었다."는 진술은 이상이 자신에게 일방적으로 관찰당하는 죄수들에게 행한 윤리적인 성찰과 이를 내면화한 결과인 죄책감을 표출하고 있다.

①에서 시선의 객체인 타인을 물화(物化)하는 구경과 관찰의 주체로서 이상이 누린 권위는 ②에서는 정반대의 형태로 역전된다. ②에서 치료를 받기 위해 병원 침대에 누운 이상은 "난데 없이 수십명의 흑장속의 장정 일단이 우— 틈입하여는 내 침상을 둘러"싸는 폭력적인 상황에 직면한다. "손에는 각각 노—트를 들었고 시선을 내 환부인 한점에 집중시키고 있는" 임상강의의 수강생들을 보면서 이상은 시선의 주체로서의 힘을 전혀 발휘하지 못한다. 오히려 이상은, "그들은 대체 누구의 허락을 얻어 나를 실험동물로 사용하는 것인가."라는, 외부로 발화하지 못하는 유약한 항변 속에서 자신이 '실험동물로 사용'되는 상황을 승인할 따름이다. 침대 위에 누워 철저히 시선의 객체가 된 이상은 임상강의의 '실험동물', 즉 지식 탐구를 위한 타인의 폭력적인 시선 앞에 물화된 육체로 전락한 자신을 힘없이 목도하고 있는 것이다. 이 지점에서, "이것은 나에게 있어서 참으로 천만의외의 일일뿐 아니라 정말로 불쾌하기 짝이 없는 봉변일 수밖에

없는 일"이라는 이상의 분노에 찬 내면은, ①에서 이상에게 구경당하며 "너무나 똑똑이 불쾌한 표정을 지어 보이는" 죄수들의 내면과 정확히 일치하게 된다.

두 편의 산문에서 시선의 주체와 객체로서 상반되는 경험을 하면서 이상이 도달한 자리는 윤리적 성찰과 내면화 및 근대문화에 대한 이해의 지점이다. 아이러니컬하게도 이상은 타인의 시선에 관찰당하는 폭력적인 경험을 '기여(寄與)'라고 칭하면서, 이러한 시각적 경험들이 근대문화와 제도의 속성임을 인정하고 수락하기에 이른다.

(…) 그렇다면 醫師는, 敎授는, 그가 어떤 種類의 微微한 人間에 不過한 경우일지라노 반드시 그의 感情을 尊重히 하여 一言 懇曲한 請託의 말이 있어야 할 것이요 一言承諾의 말이 있은 다음에야 敎材로 使用할 수 있을 것이겠다.

<u>要는 이런 種類의 寄與를 欣然히 하게 하는 새로운 道德觀念의 樹立과 새로운 感情 慣習의 普及에 있을 것이다.</u>[11] (밑줄 강조 인용자)

이상이 시각의 폭력에 희생되는 인간에 대해, "의사는, 교수는, 그가 어떤 종류의 미미한 인간에 불과한 경우일지라도 반드시 그의 감정을 존중히 하여 일언 간곡한 청탁의 말이 있어야 할 것이요 일언승락의 말이 있은 다음에야 교재로 사용할 수 있을 것"이라고 매우 온정적이나 비현실적인 해결책과 함께 결론으로 내세우는 것은 "새로운 도덕관념의 수립과 새로운 감정 관습의 보급"이다. 이 '새로운 도

____

11) 이상, 앞의 글, p. 84.

덕관념의 수립과 감정 관습의 보급'이 시각중심주의에 입각한 근대 문화와 제도의 일상적인 확장과 개인의 내면에 대한 의식·무의식적 차원의 침투를 의미하는 것임은 물론이다. 그러므로 이상이 행하는 윤리적 성찰은 근대적 개인으로 거듭나기 위한 통과의례에 해당하는 것이라고 볼 수 있다.

이러한 성찰과 내면화, 이해를 가능하게 한 또 하나의 요소는, 각기 시선의 주체와 객체로서 '불쾌한' 경험을 한 이상이 근대적 글쓰기의 주체이자 객체로서 자신을 재정립하는 과정이라고 할 수 있다. "인간이 자기 자신을 배려하는 행위는 끊임없이 글쓰는 행위와 결합되었다. 자기란 그것에 대해 쓸 무엇, 글쓰기 행위의 주제 혹은 대상(주체)이었다."[12]라는 관점에서 보면, 글쓰기는 한 개인이 세계의 폭력에 상처 받은 자신을 '배려'한 가운데 자기만의 세계를 창조하면서 그 세계의 주체이자 객체로 거듭나는 행위임을 알 수 있다. 글쓰기의 주체는 자신이 세계의 주체 혹은 객체로서 경험한 것들을 다시 보면서/성찰하면서 주체의 최종심급의 자리를 점유하는 것이다. 이상이 자신의 실제 체험에 입각한 고백적인 두 편의 산문에서 달성한 것 역시 이것이라고 할 수 있다. 즉 이상은 글쓰기를 통해 '구경'과 '관찰'의 최종 권위를 지닌 시각적 주체가 된다. 그 최종적인 구경과 관찰의 대상은 말할 것도 없이 이상 자신이었다.

---

12) 미셸 푸코, 이희원 역, 『자기의 테크놀로지』, 동문선, 1997, p. 52.

## 2) 시각에 의한 자연과 인간의 물화(物化) – '모형 정원'과 '인간모형'

산문뿐만 아니라 이상의 시에서도 시각중심주의의 편향성은 빈번히 드러난다.[13] 자연 인식과 이미지의 활용 방법, 시적 주체의 시선 등에서 이상의 시는 시각 중심의 성향을 다채롭게 표출한다.[14] 주지하다시피 이상의 시는 자연이나 자연물을 제재로 선택하는 경우가 매우 드물다. 이상의 시는 거울, 시계, 총, 장화, 데드마스크, 수학·물리학의 법칙, 숫자, 기호, 표, 그림 등 근대문명의 산물들을 주요 제재로 채택한다. 그렇다고 이상이 근대문명을 '새로운 물품'이라는 물질적이거나 문화적인 차원에서만 이해한 것은 아니었다. 이상은 한국에서 근대가 출발하는 시기에 이미 근대의 정체와 구성원리를 직관적으로 간파하고 있었다. 앞서 1)절에서 규명한 바와 같이, 이상은 시각중심주의에 의한 주체와 객체의 위계질서를 근대사회와 제도의 중요한 특징으로 간파하고 있었다. 이상은 시각중심주의의 원리와 폭력성을 근대문화와 제도의 구성원리 및 폭력성의 핵심 요소로 인식했다. 이상이 시각이 촉발하는 '폭력적인' 관계와 경험에 유난히 관심을 가진 것은 그가 처한 식민지시대의 상황과 밀접한 관련을

---

13) 그런데 지금까지 이상의 시를 시각중심주의나 자연 인식의 면에서 고찰한 시도는 거의 없었다. 모더니즘 연구자들에게 '자연'은 흥미로운 대상이 아니었으며, 다른 영역의 시 연구자들, 즉 (전통) 서정시의 논자들에게 모더니즘 시인 이상은 처음부터 논외의 존재였기 때문이라고 할 수 있다.

14) 이상의 시와 산문에 나타난 시각중심주의는 근대적 산물 외에도 과학자와 문필가가 갖는 하나의 편향으로 설명될 수도 있다. "트레버 로퍼에 따르면 화가, 수학자, 문필가 등은 근시안적 성격을 갖는 경향이 있다. '타인들과는 다른 내면 생활'과 색다른 성격이 이들의 특징인데, 왜냐하면 이들에게는 가까이서 들여다본 세계만이 시각적으로 쓸모 있기 때문이다. 이들의 작품 속 이미지는 "아주 가까운 곳에서 바라볼 수 있는" 것들이 중심이 되는 경향이 있고, 그래서 이들은 더욱 내성적이 된다."(다이앤 애커먼, 백영미 역, 『감각의 박물학』, 작가정신, 2004, p. 395.)

갖고 있는 것으로 생각된다. 이런 관점에서 볼 때, 이상은 시각의 주체와 대상의 수직적 위계질서에 기반한 근대세계의 폭력적 구조를 식민지사회의 지배원리로 파악했다고 볼 수 있다.[15] 그 구조에 희생되는 대표적인 예가 바로 시각의 폭력에 지배당하는 '죄수'와 '환자'이다. 시각의 폭력에 의해 하나의 '구경꺼리'에 불과한 사물로 전락한 '죄수'와 '환자'의 운명은, 이상에게 그를 포함한 식민지 사회의 피지배자들이 처한 운명과 동일시되었던 것이다.

다음에 인용하는 시와 산문은 근대의 시각(중심주의)의 권위가 왜곡되게 팽창되면서 '모형(模型)'과 '위조(僞造)'가 '진본(眞本)'을 대체하고, 이것이 '죄(의식)'를/을 불러일으키는 정황을 공통적으로 형상화하고 있다.


① 이슬을아알지못하는다—리야하고바다를알지못하는金붕어하고가繡놓여져있다. 囚人이만들은 模型庭園이다. 구름은어이하여房속으로야들어오지아니하는가. 이슬은들窓琉璃에닿아벌써울고있을뿐.

季節의順序도끝남이로다. 算盤알의高低는旅費와一致하지아니한다. 罪를끝내버리고싶다. 罪를내어던지고싶다.

– 「囚人이만들은模型庭園」 전문[16]


---

15) 이 점과 관련해서는 다음의 분석을 참조할 만하다. "이상의 작품 세계는 근대성·식민주의, 그리고 공동체적 정체성이, 식민지와 메트로폴 양쪽에서 많은 요인들(계급과 경제분야, 성, 지리학적인 지역, 민족주의적 사고와 식민지 정책의 양 국면을 포함한)의 영향을 받으면서 서로에 맞서 자신들을 강화하고 전복하며 전유하고 정의하는 다양하면 끊임없이 재조정해 나가는 과정들을 독특한 의미 구조 안에 담아내고 있다."(월터 K. 류, 「이상의 「산촌여정-성천 기행 중의 몇 절」에 나타나는 활동사진과 공동체적인 동일시」, 『이상문학전집 5』(2001), pp. 191~192.)

②

1

나는거울없는室內에있다. 거울속의나는역시외출중이다. 나는지금거울
속의나를무서워하며떨고있다. 거울속의나는어디가서나를어떻게하려
는陰謀를하는중일까.


2

죄를품고식은寢牀에서잤다. 확실한내꿈에나는缺席하였고義足을담은
軍用長靴가내꿈의白紙를더럽혀놓았다.


3

나는거울있는室內로몰래들어간다. 나를거울에서 解放하려고. 그러나
거울속의나는 沈鬱한얼굴로동시에꼭들어온다. 거울속의나는내게미안
한뜻을전한다. 내가그 때문에囹圄되어있듯이그도나때문에囹圄되어떨
고있다.


4

내가缺席한나의꿈. 내僞造가등장하지않는내거울. 無能이라도좋은나의
孤獨의渴望者다. 나는드디어거울속의나에게自殺을勸誘하기로決心하
였다. 나는그에게視野도없는들窓을가르치었다. 그들窓은自殺만을위한
들창이다. 그러나내가自殺하지아니하면그가自殺할수없음을그는내게
가르친다. 거울속의나는不死鳥에가깝다.

---

16) 이 책 제1부 「근대 초기시에 나타난 자연 인식의 세 가지 양상」의 각주 13번 참조.〔박현수
(2002), p. 67.〕

5

내왼편가슴心臟의位置를防彈金屬으로掩蔽하고나는거울속의내왼편가
슴을겨누어 拳銃을發射하였다. 彈丸은그의왼편가슴을貫通하였으나그
의心臟은바른편에있다.


6

模型心臟에서붉은잉크가엎질러졌다. 내가遲刻한내꿈에서나는極刑을
받앗다. 내꿈을支配하는자는내가아니다. 握手할수조차없는두사람을封
鎖한거대한罪가있다.

-「烏瞰圖 詩第十三號」 전문[17]


③ 로울러 스케이트장의 요란한 풍경, 라디오 효과처럼 이것은 또 계절
의 웬 季節僞造일까. 月色이 푸르니 그것은 흡사 郊外의 音響! 그런데 로
울러 스케이트장은 겨울—이 땀흘리는 겨울 앞에 서서 찌꺼기 여름은 소
름끼치며 땀 흘린다. 어떻게 저렇게 겨울인 체 잘도 하는 複寫 빙판 위에
너희 인간들도 결국 알고 보면 人間模型인지 누구 아느냐.[18]


'모형'과 '위조'는 시각적 변형과 오인(誤認)에 기초한 대상 재현의
방식으로, 대상-진본의 허위적이며 기만적인 재현을 특징으로 한다.
또한 '모형'과 '위조'는 대상을 진본에 가깝게 재현하는 동시에 부정
하면서, 대상-진본의 결핍과 부재를 가시화한다. 이상이 '모형'과
'위조'에서 '죄(의식)'를/을 읽어내는 것은 그 속에서 근대문명의 허

---

17) 김윤식 편, 앞의 책.
18) 「산책의 가을」, 『이상문학전집 3』, pp. 30~31.

위와 파행성을 보았기 때문이며, 더불어 그 속에서 식민지의 몰주체
적 인간으로서 자신이 겪는 깊은 절망과 자괴감을 확인했기 때문이
었다고 해석할 수 있다. 이상은 주체성과 자유를 박탈하는 근대문명
과 식민지 현실을, ①의 시[19]에서는 "수인이만들은 모형정원"으로,
②의 시에서는 "내가그때문에영어되어있듯이그도나때문에영어되어
떨고있"는, "모형심장에서붉은잉크가엎질러지"는 "내위조가등장하
지않는내거울"로, ③의 산문에서는 '인간모형'들이 로울러 스케이트
를 타는, '계절위조'를 한 '복사 빙판'으로 비유한다. 이 공간들은 모
두 '모형'과 '위조'를 원리로 한, 근대의 시각중심주의에 의해 만들
어졌거나 강화된 점에서 유사성을 지니고 있다.

'모형'과 '위조'에 불과한 세계와 인간(이상 자신을 포함한), 삶에 내
한 이상의 고통스러운 직시(直視)는 이러한 세계와 인간, 삶에 대한
죄책감과 자괴감으로 연결된다. ① "죄를끝내버리고싶다. 죄를내어
던지고싶다.", ② "악수할수조차없는두사람을봉쇄한거대한죄가있
다.", ③ "너희 인간들도 결국 알고 보면 인간모형인지 누구 아느냐."
등의 직간접적인 진술에는 이상이 죄의식과 자괴감이 깊이 각인되어
있다. 이러한 죄의식 끝에 이상은 '거대한죄'를 씻어내기 위해 ②
"시야도없는" "자살만을위한들창"을 상상해낸다. '시야도 없는 들
창'은 결국 왜곡과 기만에 이른 〈주체-진본〉과 〈객체-모조〉의 시각
적 위계질서를 해체하기 위한 장치이며, 근대의 시각중심주의가 부
과하는 광학적 기만에서 이탈하기 위한 장치라고 할 수 있다. 이상이

---

19) ①의 시는 원문이 일문으로, '모형 정원'의 일어인 '상정(箱庭)'은 이상의 이름자인 '상
    (箱)'을 떠올리게 한다. 본명이 김해경인 이상이 필명을 '상(箱, 상자)'으로 한 것은 자신이
    처한 현실과 자신의 정체성을 "囚人이만들은 模型庭園"으로 규정했기 때문이라고 할 수 있
    다.(이 시에 관한 자세한 분석은 이 책의 1부 첫 번째 글 참조.)

이 장치를 사용하는 방법은 「오감도 시제십삼호」에서 보는 것과 같은 상상적이며 엽기적인 자기희생의 제의적인 방식이다. 이처럼 내면화된 폭력과 공포를 이상은 '얇다란예의'라고 명명하면서, 그러한 '얇다란예의'를 "사랑스레여기"는 자신을 다시 관찰한다. 이상이 감옥과 병원에서 시각의 폭력의 주체와 객체가 되는 경험을 하면서 언급한, "새로운 도덕관념의 수립과 감정 관습의 보급"은, 개인/인간의 가치관과 내면을 원천적으로 지배하는 근대세계의 행보와 분리될 수 없는 것이었음이 드러나는 지점이다.[20] 이상은 시각의 권위/폭력의 주체와 대상으로서 이중적인 정체성을 끝내 보유하면서 근대적 분열과 식민지 현실의 모멸을 자신의 내면에서 다음과 같이 그로테스크하게 재현한다.

내팔이면도칼을든채로끊어져떨어졌다. 자세히보면무엇에몹시威脅당하는것처럼새파랗다. 이렇게하여잃어버린내두개팔을나는燭臺세움으로내방안에裝飾하여놓았다. 팔은죽어서도오히려나에게怯을내이는것만같다. 나는이런얇다란禮義를花草盆보다도사랑스레여긴다.

– 「烏瞰圖 詩第十三號」 전문[21]

## 3. 시각중심주의와 근대적 주체 되기의 이중성

1930년대에 창작된 이상의 시와 산문은 우리 문학에서 근대적 인

---

20) 이에 대한 자세한 논의를 위해서는 별도의 지면이 필요하다.
21) 《조선중앙일보》, 1934. 7. 24.~8.8, 김윤식 편, 앞의 책, p. 46.

식이 발아하고 성장한 양상을 보여주는 문제적인 사례에 해당한다. 근대적 패러다임의 중심에 위치한 '시각중심주의'는 이상의 산문과 시에서 긍정과 부정의 양 측면에서 다각도로 발견된다. 이 글에서는 시각을 다른 감각보다 우위에 두는 위계적 가치관인 시각중심주의가 이상에게 어떻게 나타나는가를 그의 시에 나타난 자연에 대한 의식을 중심으로 살펴보았다. 주지하다시피, 이상의 산문과 시는 근대에 대한 동경과 지향성만을 바탕으로 하지 않는다. 이상은 근대가 자연과 인간에게 행사한 인위적인 힘의 실체와 효과를 직관의 차원에서나마 분명히 인지하고 있었다. 그 자신이 그러한 조작과 변형의 주체이자 희생자임을 자각하고 있었던 것이다. 이러한 자각은 일제에 의해 주도된 근대적 기획의 이중성과 파행성에 대한 반성의 산물이기도 했다.

역설적이게도, 이상은 근대적 주체로 거듭나는 가운데 근대적 주체가 되기 위해 치러야 하는 폭력을 감수해야 했다. 이상은 그 폭력의 대상(희생자)이자 주체(가해자)였다. 자연에 대한 철저한 거리두기를 통해 자연을 포획하고, 자연물을 그 자신의 내면 풍경을 드러내는 심리적 기호로 활용한 것이 폭력의 대상-주체로서 이상의 근대적 경험의 구체적 양상으로, '모형 정원'은 이러한 자연 인식의 극점에 해당하는 것이었다. 이상이 자연을 분할·배제·축소·변형하여 하나의 모형으로 인식하기에 이르렀을 때, 그러한 대상화·타자화의 폭력성에 희생된 존재는 비단 자연만이 아니었다. 그 희생의 중심에 있었던 것은 무엇보다 이상 자신이었다. 이상은 시각 외의 다른 감각들을 자신의 육체와 의식의 중심에서 분리·배제하면서, 자신의 내면과 존재 자체를 하나의 '모형 정원'으로 재구성한다. 이 변형의 과정을 주재한 것은 이상이면서, 동시에 이상의 배후에 있던 근대 세계였다. 그리고 이상은 자신을 그 '모형 정원'에 갇힌 '수인(囚人)'이자, 그 모형 정원을 감상하고 관조하는 시각적 주체로 인식한다. 특히 '거울'을 소재로 한 시들은 이상이 모형 정원 안에서 어떻게 자신의 정체성을 규정할 것인가의 문제와, 이처럼 규정할 수 없는 자신과 어떻게 관계 맺으며 살아가야 할 것인가의 문제를 회의하는 근대적인 풍경들을 보여준다. 이상의 시는 근대 세계가 인간의 육체와 정신, 감각과 이성을 분할하는 데 그치지 않고, 감각 자체를 재배열하고 재편성함으로써 감각의 새로운 체제(시각중심주의)를 만들었으며, 그 체제가 근대인의 (무)의식의 풍경과 일치하고 있음을 증명한다. 논의를 한국근대시사의 차원으로 확대하면, 앞으로 한국근대시사는 이성〔지성〕과 감각의 분리, 혹은 감각에 대한 이성〔지성〕의 지배 문제를 논하기에 앞서, 감각의 재편성 과정이 이성〔지성〕의 등극 과정과 구조적으로 동일한 궤도를 형성해 왔음을 인식하고 탐구해야 할 것이다. 한국근대시사에서 모더니즘이 한 중요한 역할의 하나는 이 부분에 있다고 할 수 있다.

# '먼 나라/전원'의 상상의 지리학
– 신석정의 초기시에 형상화된 '자연'의 의미와 미학적 특성

## 1. 신석정의 초기시에 형상화된 '자연'에 대한 재성찰

신석정의 초기시[1]에 '먼 나라'와 '전원(田園)'의 이름으로 형상화된 '자연'은 근경(近景)보다는 원경(遠景)을 중심에 두며, 전경(前景)보다는 후경(後景)의 성격을 지닌다. 물리적·심리적 거리를 개입시킨 관조의 방식과는 다른 상상과 몽상의 비사실적 원근법에 의해 포착된 신석정의 '먼 나라/전원'은, 인간과 자연이 융합된 물아일체의 전근대적 풍경과는 구별되는 근대적 풍경으로 1930년대 우리 시의 텍스트에 현현(epiphany)한다. 그 풍경의 유일한 목격자인 시적 화

---

1) 이 글에서는 신석정이 식민지 시대에 쓴 시들을 묶은 두 권의 시집, 『촛불』(인문사, 1939)과 『슬픈 목가』(낭주문화사, 1947. 이 글에서는 대지사, 1952년판을 텍스트로 하였다)를 신석정의 초기시로 범주화한다. 식민지 시대라는 동일한 조건 하에서 창작된 이 두 시집은 평화롭고 몽상적인 자연을 형상화하는 점에서 유사한 시적 특성과 지향성을 보여주며, 현실에 대한 직접적인 발화로 선회하는 제 3시집 『빙하』(정음사, 1956) 이후의 시들과 뚜렷한 변별성을 지닌다.

자 '나'에 의해 언술되는 신석정의 '전원'은 ① 시인이 자신의 심리적 현실을 재구성해 창조한 자의적인 내면풍경이라는 점에서, ② 시적 주체와 풍경 사이에 사회·역사적 토대에 의한 근본적으로 해소될 수 없는 간극을 전제하고 있는 점에서, ③ 시적 주체의 전언에 의해 간접화되고 정보가 불충분한 상태에서 독자에게 '소외'의 형태로 전달되는 점에서 명백히 근대적 풍경의 범주에 든다.

근대적 풍경으로서 신석정의 '먼 나라/전원'에 내재된 근대적 자연관은 지금까지 제출된 논문과 평문들에서 종종 축소되거나 간과되어 온 측면이 있다. 이러한 경향은 신석정의 시를 노장사상을 위시한 동양의 전통사상과 자연관의 관점에서 고찰한 연구들에서 심심치 않게 발견된다.[2] "역사적인 기억이 없다면 아무런 미도 없을 것이다. (…) 자연에 있어서 역사로부터 멀리 떨어져 있거나 아무런 속박도 받지 않는다고 여겨지는 요인들은 오히려 사회적인 조직망이 극히 긴밀하게 짜여 생명체들이 질식사할 위험을 느끼게 된 역사적 단계에 속한다고 주장할 수 있다. (…) 소위 비역사적이라고 하는 자연미도 그 역사적인 핵을 지닌다."[3]는 관점에서 볼 때, 신석정 시의 자연관의 기원과 영향관계를 추적하는 작업이 신석정 시의 자연관의 정

---

2) 신현락, 「한국 현대시의 자연관 연구 — 한용운, 신석정, 조지훈을 중심으로」, 한국교원대 박사, 1998. 김은영, 「신석정 자연시 연구」, 아주대 박사, 2003. 황송문, 『신석정 시의 색채 이미지 연구』, 국학자료원, 2003. 오택근, 『신석정 문학 연구』, 국학자료원, 2003. 등 신석정을 연구한 상당수의 논문과 저작들에 이런 시각이 전체적 혹은 부분적으로 채택되어 있다. 구체적으로, 신현락은 "신석정 시에 수용된 노장적 자연관은 무위자연의 세계와 무하유지향(無何有志向)의 세계"(p. 312)라고 결론지으며, 황송문은 시 「작은 짐승」과 「슬픈 구도」, 「임께서 부르시면」 등을 분석하면서 "신석정의 自然觀은 동양적 인도주의로서의 水平的 自然觀이라 할 수 있다. 인간이 다른 동물(만물)보다 상위에 있다는 기독교 이념 등에서 말하는 수직적 인간관과는 달리, 인간이나 동물은 모두 평등하다는 수평적 자연관에 연맥되어 있다. 이는 老莊思想과 연결된다."(p. 59)고 정리한다.

3) T. W. 아도르노, 홍승용 역, 『미학이론』, 문학과지성사, 1984, p. 111.

체를 밝히는 일을 온전히 대행할 수 없음은 분명한 사실이다. 신석정이 시화한 자연은 식민지 시대 후반기인 1930~40년대의 현실과 어떤 식으로든 연관을 맺고 있는 까닭에, 신석정의 자연관이 '무위자연'을 중핵에 둔 노장사상의 자연관에 영향 받았음을 밝히는 일은 영향관계를 고구(考究)하는 차원을 넘어서기 어렵다. 무엇보다 이 같은 방식으로 신석정의 자연관의 실체를 규명하는 것은 환원론의 오류를 범하거나, 신석정 시의 독자성과 당대의 사회·역사적 현실과의 관련성을 놓치는 결과를 유발하기 쉽다.[4] 문제의 핵심은 신석정의 '자연'이 당대의 현실을 어떻게 맥락화하고 굴절했으며, 이를 통해 신석정이 자신만의 시적 풍경과 현실을 어떻게 창조해냈는가에 있기 때문이다.

지금까지 신석정에 관한 연구들은 대체로 두 가지를 논증하는 데 주력해 왔다. 여기에는 모종의 강박이 작용해 온 것으로 보이는데, 이는 신석정 시만이 아니라 한국 현대시 연구 전반에 관련된 문제라고 할 수 있다. 첫 번째 연구 동향은 1930년대 시단에 이질적인 풍경과 화법을 제시한 신석정 시의 기원과 영향 관계를 '자연관'을 중심으로 밝히는 것이다. 이 연구들은 신석정 시의 모태를 '도연명'으로 표상되는 노장사상으로 전제한 후 그 계보적 유사성을 밝히거나, 신석정이 심취했던 한용운과 타고르(Tagore)의 시와 신석정 시의 영향관계를 밝히는[5] 일에 집중한다. 신석정 시의 몽상적이고 동화적인

---

4) 신석정 시에 형상화된, 모성과 구원의 상징인 '어머니'가 타고르의 '어머니'에 영향 받았다는 관점 또한 같은 맥락에서 비판될 수 있다. 국효문, 『신석정 연구』, 국학자료원, 1997. 오택근, 앞의 책. 등 다수의 연구들에서 이러한 시각이 발견된다.

5) 국효문, 앞의 책. 오택근, 앞의 책 등이 여기에 속한다. 신석정 시의 색채의식과 이미지를 고찰한 채수영, 『한국현대시의 색채의식 연구』, 집문당, 1987.과 황송문, 앞의 책. 등에도 기본적으로 이런 관점이 깔려 있다.

자연 풍경에 당대의 현실이 직접 투영되어 있지 않은 정황에 대한 해
명을, 그 풍경의 기원을 규명하는 일로 대체하고 있는 형국인 것이
다. 바꾸어 말하면, 이러한 작업의 무의식적 배경에는 한국현대사의
극히 암울하고 폭력적인 시기인 식민지 시대에 산출된 시에 당대의
현실이 언표되어 있지 않은 점에 대해 텍스트 자체의 형질적 맥락에
서 정당성을 부여하려는 의도가 내재해 있다고 볼 수 있다.

　신석정에 대한 두 번째 연구 동향은 전원시·자연시 등으로 지칭되
는 초기시와 현실비판적인 시로 구분되는 중기 이후의 시의 차이를
중화(nutrition)해 신석정 시세계의 변화과정을 유기적으로 일원화하
는 것이다.[6] 이 연구들은 신석정의 초기시와 중·후기시가 동일한 시
적 지향을 다른 형태와 풍경으로 외화(外化)한 것으로 보면서, 두 시
기의 균열을 봉합해 신석정의 시세계를 일원론적으로 통합하고자 한
다. 한 예로, "신석정은 현실을 자연스러움의 본연적인 삶을 살지 못
하도록 하는 대상으로 인식하였기 때문에 그의 현실 인식은 명확성
이 결여되었고 비조직적이었다."[7]는 평가는 자연친화적인 이미지 위
주의 초기시와 도덕적인 메시지 위주의 중·후기시의 차이를 절충한
견해라고 할 수 있다. 이 부류의 연구들은 한 시인의 시세계에 계기
적(繼起的)으로 나타난 이질적인 간극과 균열을 통합적으로 극복하는

---

6) "지금까지의 대부분의 신석정 시에 대한 평가가 자연과 현실을 마치 이분법적인 것으로 나누
　어 초기 시는 자연 중심의 시세계를, 중기를 거쳐 후기로 갈수록 현실 중심의 시세계를 이루
　고 있다는 평가는 수정되어야 마땅한 것이다."(신현락, 앞의 논문)는 견해나, 이러한 일원론
　적 관점의 전도된 형태로서 "자연에서도 영원한 園丁이 못 되고, 참여론자의 입장에서도 그
　가치 구현을 다 마치지 못한 석정시의 비극적 편력은 한국 서정시의 공분모 창조라는 과제에
　이바지하였다."(허형석, 「신석정연구」, 경희대 박사, 1988, p. 153)는 견해가 여기에 해당한
　다.
7) 채수영, 앞의 책, p. 196.

것을 문학적 소임으로 인식해온 우리 시 연구의 강박을 은연중에 되풀이한다. 여기에는 현실적 지향과 미학적 지향을 이분화하면서 후자보다 전자를 우위에 두어온 우리 현대시사의 선입견도 적잖이 작용하고 있다. 흥미롭게도 이러한 지향과 강박은 신석정 자신도 갖고 있었다. 그가 『촛불』을 위시한 초기시의 세계를 강하게 부정하면서 현실을 직시하려는 자세를 역설(力說)하는 장면[8]은 그 역시 이러한 관점의 소유자였으며, 『빙하』(정음사, 1956) 이후의 시들이 이러한 선입견에 대한 일탈과 강박의 소산임을 추론하게 해 준다.

그러므로 신석정 연구에 여전히 필요한 것은 시에 대한 정밀한 분석과 해석의 작업이다. 이러한 차원에서 ① 신석정에 의해 '먼 나라'와 '전원'으로 명명된 초기시의 자연 풍경이 지닌 근대적 성격-동양의 전통 자연관과는 구별되는-을 규명하고, ② ①과 관련해 '먼 나라/전원'이 그러한 분열된 근대적 자아의 자기보존을 위한 감각적·미학적 영토인 점을 고찰하기로 한다. 더불어, 초기시의 주요 청자인 '어머니'가 대지적 모성과 구원의 표상과는 거리가 있는, 내면의 분열을 경험하는 시적 자아 '나'의 일방적인 고백의 대상으로서 '나'의 초월적 자아에 해당하는 점도 살펴보기로 한다. 이를 통해 신석정 시에 대해 기존의 연구들이 노정해 온 두 개의 강박-신석정의 초기시에 그려진 '자연'을 전통적인 자연관의 자장 속에서 맥락화하려는 경향과 신석정의 초기시와 중·후기시를 동일한 현실인식의 산

---

8) "『촛불』에서 자연의 품에 깊숙이 묻혀 낭만을 엮던 시절을 생각하면 옛날 다녀온 먼 여로에서 눈여겨 보았던 산줄기만 같아서 몹시 그립고, (…) 그러나 다시금 나는 『촛불』 시절로 돌아가고 싶은 생각은 추호도 없다. 그것은 내가, 그리고 여러 사람이 살고 싶어하는 의욕과는 너무나 먼 세계이기 때문이다."(신석정, 『난초잎에 어둠이 내리면』, 지식산업사, 1974, p. 280)

물로 일원화하려는 경향—에 대한 비판적 준거와 이탈의 지점을 모색해 보기로 한다.

## 2. '먼 나라/전원'의 상상의 지리학 1
### — 분열된 근대적 자아의 내면풍경

"예술은 자연을 모방하지 않는다. 또한 개별적인 자연미를 모방하지도 않는다. 그것은 자연미 자체를 모방한다."[9]는 관점에서 볼 때, 신석정의 초기시에 그려진 자연은 특정 형태의 자연미 자체를 모방한 미학적 대상이자 세계라는 해석이 가능하게 된다. 많은 연구자들이 언급한 것처럼, 신석정의 초기시에 형상화된 자연은 서양의 평화롭고 목가적인 전원과 동양(특히 노장사상)의 탈욕적이고 탈속적인 자연(전원)의 미학에 기반하고 있는 것이 사실이다. 그러나 이러한 해명만으로는 신석정 시의 '자연'의 본질을 궁구하기에 충분하지 않은데, 신석정이 형상화하는 자연의 미학이 두 선례의 그것과 정확히 일치하는 것은 아니기 때문이다. 신석정의 초기시에 시화된 '자연'은 도연명과 타고르 등의 시에 융해된 동·서양의 자연관의 영향을 흡수하면서 신석정만의 독자적인 향취를 지닌 개성적인 미적 공간으로 탄생한다. 이 자연의 미학 속에는 당대의 현실과의 반목과 불화(不和)가 음각되어 있으며, '먼 나라/전원'에서 시적 자아 '나'가 향유할 미래형의 행복한 자연친화적인 삶은 '지금 여기'에서 '나'를 포함한

---

9) T. W. 아도르노, 앞의 책, p. 122.

인간들이 겪는 현재의 불행한 삶을 반어적으로 환기한다. '먼 나라/전원'의 세계는 현재의 삶의 시공간의 간극과 분열을 전제한 상태에서 출현하고 성립하는 것이다. 신석정이 절감하는 현재의 삶의 시공간의 간극과 분열은 '먼 나라/전원'의 세계가 탄생하고 지속하는 기반이자 필수조건이 된다. 신석정은 이 간극과 분열이 해소되기를 바라는 열망을 갖고 있지만, 동시에 그 열망이 달성 불가능한 것임을 잘 알고 있다. 그는 이 사실을 시 속에서 직서적이거나 암시적인 형태로 수시로 발화한다. "신석정의 시에 등장하는 인간은 철저히 자연에 동화되어 있는 존재로 그려진다. 그것은 철저히 욕망이 거세된 채로 나타난다."[10]는 해석에 완전히 동의하기 어려운 것은 이런 이유에서다.

> 어머니
> 당신은 그 먼 나라를 알으십니까?
>
> 깊은 森林帶를 끼고 돌면
> 고요한 湖水에 힌물새 날고
> 좁은 들길에 野薔薇 열매 붉어
>
> 멀리 노루새끼 마음 놓고 뛰어 다니는
> 아무도 살지않는 그 먼 나라를 알으십니까?

---

10) 신현락, 앞의 논문, p. 178.

그 나라에 가실때에는 부디 잊지마서요
나와 같이 그 나라에 가서 비둘기를 키웁시다

어머니
당신은 그 먼 나라를 알으십니까?

山비탈 넌즈시 타고 나려오면
양지밭에 힌염소 한가히 풀뜯고
길솟는 옥수수밭에 해는 저물어 저물어
먼 바다 물소리 구슬피 들려오는
아무도 살지않는 그 먼 나라를 알으십니까?

어머니 부디 잊지 마서요
그때 우리는 어린羊을 몰고 돌아옵니다

어머니
당신은 그 먼 나라를 알으십니까?

五月 하늘에 비둘기 멀리 날고
오늘처럼 출출히 비가 나리면
꿩소리도 유난히 한가롭게 들리리다
서리가마귀 높이 날어 산국화 더욱 곱고
노란 은행잎 한들 한들 푸른 하늘에 날리는
가을이면 어머니! 그나라에서

양지밭 果樹園에 꿀벌이 잉잉거릴 때

나와함께 고 새빩안 林檎을 또옥똑 따지않으렵니까?

– 「그 먼 나라를 알으십니까」(『촛불』, 1939) 전문


나와

하늘과

하늘아래 푸른산 뿐이로다


꽃한송이 피어낼 지구도 없고

새한마리 울어줄 지구도 없고

노루새끼 한 마리 뛰어다닐 지구도 없다


나와

밤과

무수한 별 뿐이로다


밀리고 흐르는게 밤 뿐이요

흘러도 흘러도 검은밤 뿐이로다

내마음 둘곳은 어느밤 하늘 별이드뇨

— 1937 —

– 「슬픈 構圖」(『슬픈 목가』, 1947) 전문


　　비슷한 시기에 창작된 두 편의 시는 신석정의 '자연'과 '인간'이 현실적·인간적 욕망이 완전히 거세된 상태가 아님을 반증하는 한 쌍

의 좋은 예가 된다. 이 시들은 현실적·인간적 욕망의 좌절과 충족의 상태를, 각기 '고갈'과 '풍요'의 자연 풍경을 통해 형상화한다. 이 시들은 동일한 상상의 지리학에 의해 추동된 상이한 풍경으로, 시「슬픈 구도」에 부재하는 ① '꽃한송이' ② '새한마리' ③ '노루새끼 한 마리'는, 시「그 먼 나라를 알으십니까」에서는 각기 ① '야장미/산국화/옥수수밭/노란 은행잎/양지밭 과수원', ② '흰물새/비둘기/꿩/서리가마귀' ③ '(마음 놓고 뛰어 다니는) 노루새끼/흰염소/어린 양' 등의 다채로운 실물(實物)로 현존한다. "깊은 森林帶를 끼고 돌면/고요한 湖水에 흰물새 날고/좁은 들길에 野薔薇 열매 붉어/멀리 노루새끼 마음 놓고 뛰어 다니는/아무도 살지않는 그 먼 나라"는, "꽃한송이 피어낼 지구도 없고/새한마리 울어줄 지구도 없고/노루새끼 한 마리 뛰어다닐 지구도 없"는 지금 여기의 상상적 대립 쌍이자 심리적 완충물인 것이다. 두 편의 시는 시적 정황뿐 아니라 화자의 감정과 내면, 미래의 시적 비전의 측면에서도 대립·보완의 상호텍스트적 관계에 있다.[11]

「그 먼 나라를 알으십니까」에 시화된 '먼 나라'의 전경(前景)과 심층 의미는 현재의 암울한 상황을 노래한 다른 시와의 상호텍스트적 접근을 통해서만 파악될 수 있는 것은 아니다. '먼 나라'의 존재 조건

---

11) 이 밖에도 시집 『촛불』(1939)에 실린 시들 중 「그 꿈을 깨우면 어떻게할까요?」, 「너는 비둘기를 부러워하드구나」, 「아 그 꿈에서 살고싶어라」, 「촐촐한 밤」, 「化石이 되고 싶어」, 「봄의 誘惑」, 「가을이 지금은 먼길을 떠나랴하나니」, 「봄이여 당신은 나의 寢臺를 지킬수가 있습니까」 등의 시편은 「그 먼 나라를 알으십니까」와 동일한 상상의 지리학에 의해 씌어진 시들로서, 「슬픈 構圖」와 함께 『슬픈 목가』(1947)에 실려 동일한 현실적 비애를 그린 「地圖」, 「들ㅅ길에 서서」, 「고운 心臟」, 「슬픈 傳說을 지니고」, 「봄을 부르는 자는 누구냐」, 「哀歌 — 가치 슬퍼할수있는 K에게」 등의 시들과 상호텍스트적 관계를 형성하고 있다. 이 점에서 시집 『슬픈 목가』는 시집 『촛불』의 그림자(shadow)에 해당하며, 두 권의 시집은 신석정의 분열된 자아의 내면풍경과 이를 '자연'의 오브제를 통해 재구성한 근대적 자연 풍경의 양면을 보여준다고 할 수 있다.

과 현실적 의미는 이 시의 화법과 묘사된 풍경 자체에 내장되어 소극적으로 표출된다. 먼저, 이 시의 발화는 〈1인칭 화자 '나' ─텍스트 안의 청자 '어머니' ─텍스트 밖의 독자〉의 삼각구도를 바탕으로 전개된다. '먼 나라'는 독자가 텍스트 안으로 들어가 1인칭 화자 '나'와 자신을 동일시하면서 직접 응시하는 형태가 아닌[12], 독자가 텍스트 밖에서 1인칭 화자 '나'의 상상적 전언을 텍스트 속의 청자 '어머니'를 경유해 다시 2차적으로 재구성(역시 상상적으로)하는 방식을 통해 언어화된다. 이 과정에서 '먼 나라'는 이상향이 촉발하는 공간적·심리적 거리와, 시적 화자의 전언과 미래형의 가정법을 통한 발화의 우회적 거리에 의해 독자와 이중으로 격절(隔絶)되면서 암암리에 신비화된다. 그리하여 이 시를 읽는 것은 '그 먼 나라'의 유일한 안내자이며 실질적 창조자인 시적 화자의 권위를 무의식중에 승인하는 과정이자, 시적 화자 '나'와 최소한의 심리적 거리를 지닌 청자 '어머니'를 경유하는 '나'의 전언에 귀를 기울이는 경청의 과정이 된다. 시적 화자는 '먼 나라'에 관해 가장 친밀한 청자인 '어머니'에게 타자를 배제한 상태에서 고백하듯이 말하고, 독자는 '먼 나라'에 관해 '어머니'의 위치에서 '어머니'가 아닌 타자로서 비밀을 엿듣듯이 듣는다. 배제 아닌 배제에 기반한 이 같은 우회적 언술 구조는 청자(/독자)로 하여금 '먼 나라'가 도달하기 어렵거나 불가능한 세계라는 사실을 지속적으로 의식하게 만든다. 이 시의 실질적 시공간은 '먼 나라'가 아니라, '먼 나라'와 지금 여기 사이에 펼쳐진 무한한 간극인 것이다. 간극은 '먼 나라'의 상상의 지리학을 태동시킨 모태이자, 이 상상의

---

12) 이 시를 읽으며 독자는 '먼 나라'를 안내하고 그곳으로 초대하는 시적 화자 '나'보다는, '먼 나라'에 초대받은 청자 '어머니'의 위치에 자신을 이입하게 된다

지리학 속에서 구현된 지극히 순연하며 미학적인 자연의 모태이기도 하다. 시의 표층 전언과 심층 전언의 분리가 발생하는 이유도 이 간극에 기인한다. 이 시의 표층 전언은 '먼 나라'에 가고 싶은 열망이지만, 심층 전언은 '먼 나라'에 갈 수 없는 절망과 상실감이다. '먼 나라'는 '지금 여기 나'의 억압된 욕망과 무의식이 귀환하는 장소이며, '지금 여기 나'의 훼손된 '생활' 및 내면세계와 정확히 대칭을 이루는 이면의 거울과 같은 장소이다. 그러나 이 시는 '그 먼 나라'가 초대자이며 안내자인 '나' 역시 한 번도 가본 적이 없는, 현실적으로 부재하는 상상의 공간임을 〈화자–청자–독자〉의 삼각구도와 미래형의 진술을 통해 시사하면서, '나' 역시 '먼 나라'에서 소외되어 있는 존재임을 드러낸다. 시「그 먼 나라를 알으십니까」가 최종적으로 환기하는 것은 '그 먼 나라'를 단 한 번도 소유한 바 없이 상실한 채 '지금 여기'와 '먼 나라' 사이에서 분열되어 있는 근대적 자아의 불행한 내면세계인 것이다.

다음으로, 시적 풍경의 면에서 '먼 나라'의 심층 의미는 '먼 나라'의 자연 풍경이 지닌 비현실성(unreality/aeriality)과 작위(artificiality)의 속성을 통해 노출된다. '먼 나라'의 자연 풍광은 실제 자연의 법칙을 그대로 따르지 않으며, 동화적이고 몽상적인 분위기 속에 미래태로 현시된다. "깊은 삼림대를 끼고 도"는 지점에서 시작되는 '먼 나라'의 상상의 지리학은 발견과 탐색의 여정보다는 몽상과 창조의 여정을 요구하며, 그 몽상과 창조의 여행자에게 현실 문제의 휘발과 좌절된 욕망의 실현을 한시적으로 제공한다.[13] 비유적으로 말하면, '먼 나라'의 풍경과 생태는 '먼 나라'의 내부가 아닌, '먼 나라'의 원격조절장치에 해당하는 '지금 여기 나'의 필요와 욕망에 의해 인위적으로 좌우되는 것이다.[14] 이 원격조절장치가 작동하기 위해서는 시 초반부에 서술된 것처럼, 두 세계의 경계에서 신화적 아우라를 자아내는 "깊은 삼림대를 끼고 도"는 우회와 월경(越境)의 과정이 필요하다. 이 과정은 곧 현실과 상상(/이상)의 간극 및 시인의 분열된 내면의 간극에 근대적 원근법이 개입하는 과정이기도 하다. 황폐한 현실을 전경(前景)에, 풍요로운 상상(/이상)을 후경(後景)에, 분열된 내면을 전경에, 충만한 내면을 후경에 배치하는 방식이 그것이다. "상상역시 도피라고 할 수 있겠지만 전적으로 도피일 뿐이라고만 할 수는 없다. 그 가운데에는 언제나 또한 현실 숭배의 원칙을 초월하여 어떤 우월한 것을 지향하는 요인이 들어 있다."[15] 신석정 시의 '먼 나라'의 가공된 자연 풍경은 현실 원칙을 초월한 '어떤 우월한 것'의 비유적 표현에 해당한다고 볼 수 있다.[16]

---

13) 이와 관련해 '먼 나라'의 시적 기능에 대해서는, "화자는 이세상 어디엔가 있어야 할 그 먼 나라의 당위성을 불러 일으킴으로 상대적으로 이 시를 읽는 독자로 하여금 고통받는 현실에의 보상을 강하게 열망시켜 주는 효과를 자아내고 있는 것"(허소라, 「새벽을 기다리는 마음」, 김민성 엮음, 『신석정의 문학과 인생 – 신석정 전집(1)』, 고글, 1997, p. 52.)이라는 견해처럼, 현실의 고통을 보상해 주는 당위의 공간으로 해석하는 것이 일반적이다.

14) 이런 점에서, "신석정 시의 자연은 두 가지의 역할을 담당한다. 하나는 이상향의 모습을 표현하는 도구로서의 역할이며, 다른 하나는 현실과 이상향과의 매개항으로서의 역할이다."(오택근, 앞의 책, p. 179.)라는 해석은 적절하지만, 신석정 시의 '자연'에 대한 기능적인 해석에 그친 감이 있다.

15) T. W. 아도르노, 앞의 책, p. 24.

16) 이 점에서, "辛夕汀의 시가 자연을 통하여 이상세계를 추구할 때 자연친화 즉 연속적 자연관을 갖게 되지만, 일제 식민지라는 역사의 현실에 눈을 돌릴 때 자연과의 단절(discontinuity) 현상을 드러낸다. 작품 「슬픈 構圖」는 이러한 단절 사상의 전형적인 시다."(황송문, 앞의 책, p. 57.)라는 관점은 신석정 시의 '자연'을 실제하는 자연으로만 한정해 해석한 결과라고 할 수 있다.

## 3. '먼 나라 / 전원'의 상상의 지리학 2
### - 분열된 근대적 자아의 '자기 보존'을 위한 감각적·미학적 영토

이런 맥락에서, 분열된 근대적 자아의 불행한 내면풍경의 상상적 변주물인 신석정의 '먼 나라／전원'을 노장사상의 무위자연(無爲自然)과 초세간(超世間), 무하유지향(無何有志向)으로 설명하는 방식[17]은 부분적인 유용성을 지닐 뿐 전체적인 타당성을 획득하지는 못한다. 무엇보다 신석정 시의 형성배경과 사회·역사적 의미망을 고려하지 않은 상태에서 이러한 관점을 취한다면, 신석정의 자연관과 노장사상의 자연관을 초역사적으로 동일시하는 오류를 범하기 쉽다. 실제로 신석정의 '전원'은 많은 논자들이 영향 받았다고 주장하는 도연명의 '전원'과는 많은 차이점을 갖고 있다. 도연명의 '전원'은 귀향의 실천에 따른 지속적인 생활과 노동, 일굼의 공간[18]인 반면, 신석정의 '전원'은 비상의 꿈에 의존하는 일시적인 상상과 몽상의 공간[19]이다. 도연명의 '전원'은 실제 현실의 영토에 존재하는 반면, 신석정의 '전원'은 자의적인 상상의 지리학의 영토에 속해 있다. 도연명의 '전원'

---

17) "신석정 시에 나타난 자연의 상징성을 논의할 때, 노장적 자연관에서 우리가 취한 관점은 '無爲自然', '初世間', '자연에의 歸依意識' 등이다. 이 세 가지 항목은 서로 긴밀하게 연결되어 있다."(신현락, 앞의 논문, p. 167.)

18) 여기 대해서는 이미 논자들의 지적이 있었다. 한 예로, 김은영은 '자연'을 노래한 신석정의 초기시의 갈래 명칭을 고민하면서, 직접 농사를 지으며 시를 썼던 도연명으로 대표되는 중국의 '전원시'가 그에 적절하지 않음을 다음의 이유를 들어 설명한다. "중국 고전시가에 있어서 전원시란 전원 속의 풍경과 사물을 사용하여 농촌의 생활상을 그리고 시골 경치의 아름다움을 읊은 시로 농촌의 생활이 반영되고 '노동'이라는 개념이 포함된다."(김은영, 앞의 논문, p. 16.)

19) "만일 나에게 날개가 돋혓다면" "찬란히 피는 밤하늘의 별밭을 찾아가서" "園丁이 되"고, "夕陽에 林檎같이 붉은하늘을 날러서／똥그란 地球를 멀리 바라보며／옥토끼 기르는 牧童이 되"겠다고 노래하는 시 「날개가 돋혓다면」(『촛불』)는 신석정의 '전원'의 이러한 성격을 단적으로 예시한다.

은 탈속(脫俗)과 무욕(無慾)과 자연귀의의 도(道), 즉 노장적 이념을 현실화하는 장소인 데 반해, 신석정의 '전원'은 왜곡된 역사가 강요하는 현실원칙에서 이탈한 상태에서 감각적 경험을 통해 자연의 미를 향유하는 미학적 장소이다.

중국문학 연구의 권위자 짱 롱시는 도연명의 시 「귀원전거(歸園田居)」를 분석하면서, "도잠이 자연(nature)을 발견했다고 말하지 않고, 언덕과 산을 사랑하는 것이 그의 '본성(nature)'이었다고 말하는 것은 흥미롭다. 그의 '자연으로의 복귀'는 반드시 외적인 자연 세계와 그의 내적인 본성, 즉 그 자신의 자아 양자 모두로의 복귀로 이해되어야 한다."[20]고 주장한다.[21] 도연명의 '전원'은 '자연=자아의 본성(nature)'에 대한 전손재적 복귀를 성취하는 공간이라는 것이 짱 롱시의 요점이다. 롱시의 관점을 받아들이면, 도연명이 지향한 '자연=자아의 본성'은 자연과 인간의 본질〔도(道)〕을 의미하는 로고스적 성격을 지닌다고 할 수 있다. 반면, 신석정이 '전원'에서 향유하는 '자연=자아의 본성'은 존재의 안락과 평화, 충만한 미적 향유의 동의어로서 감각적·미학적인 성격을 지닌다. 폭압의 시대와 암울한 현실 속에서 좌표를 잃고, "흘러도 흘러도 검은밤 뿐이로다/내마음 둘곳은 어느밤 하늘 별이드뇨"(「슬픈 構圖」)라고 탄식했던 신석정은 지향할 특별한 가치나 이념이 없이 절망적인 현실에 대한 이탈의 열

---

20) 짱 롱시, 정진배 감수, 백승도·서은숙·조미원·최정섭 역, 『도와 로고스』, 강, 1997, p. 188.

21) 짱 롱시는 또, "도잠에게는 그를 자신이 선택한 길의 고독한 여행자로 만드는 어떤 완고함과 굉장한 용기가 있었고, 그리고 인간이자 시인으로서의 그를 만든 굽히지 않는 자존심 강한 정신이 있었다."(앞의 책, p. 192)고 지적한다. 도연명에 심취했던 신석정이 도연명에게 배운 것은 그가 지향한 '전원'의 성격 자체라기보다는 이러한 한결같은 지조와 자존감이라고 할 수 있다.

망으로 충전되어 있었던 것이다. 단적으로 말해, 신석정은 현실의 폭력적인 질서를 아름다운 자연의 미학으로 변형·대체하고, 그 속에서 자기를 보존하는 데 전념했다고 할 수 있다. 신석정이 감각적·미학적 경험을 통해 상상적으로 성취하는 자기 보존(self-preservation)의 풍경은 예를 들면 다음과 같다.

저 재를 넘어가는 저녁해의 엷은 光線들이 섭섭해 합니다
어머니 아직 촛불을 켜지 말으서요
그리고 나의 작은 冥想의 새새끼들이
지금도 저 푸른 하늘에서 날고 있지않습니까?
그 새새끼들은 어둠과 함께 돌아온다 합니다
언덕에서는 우리의 어린羊들이 낡은綠色寢臺에 누어서
남은 햇볕을 즐기느라고 돌아오지 않고
조용한 湖水우에는 인제야 저녁안개가 자욱이 나려오기 시작하였읍니다
그러나 어머니 아직 촛불을 켤때가 아닙니다
늙은山의 고요히 冥想하는 얼굴이 멀어가지 않고
머언 숲에서는 밤이 끌고오는 그 검은 치맛자락이
발길에 스치는 발자욱 소리도 들려오지 않습니다
멀리있는 기인뚝을 거처서 들려오든 물결소리도 차츰 차츰 멀어갑니다
그것은 늦인 가을부터 우리田園을 訪問하는 가마귀들이
바람을 데리고 멀리 가버린 까닭이겠읍니다
자장가를 듣고싶어하는 애기의 잠덧이 있읍니다
어머니 아직 촛불을 켜지 말으서요

인제야 저 숲넘어 하늘에 작은 별이하나 나오지 않었읍니까?



　현실의 기율과 억압이 제거된 상태에서 자기(self)의 보존에 기여하는 신석정의 '전원의 미학'은, 이 시에서 보듯 복잡성과 갈등이 제거된 단조롭고 평면적인 상상의 지리학[22]에 의해 추동된다. '전원'이 자기 보존의 공간인 것은 '나'와 '어머니'가 '전원'에서 할 일이 오직 자연에 대한 감각적·미적인 경험을 충만하게 향유하는 것이라는 점에서도 증명된다. 시의 화자 '나'가 '어머니'에게 "아직 촛불을 켜지 말으서요"라고 반복적으로 청원하는 것은 자연에 대한 감각적이며 미적인 경험을 마지막 순간까지 향유하기 위해서이다. "지금도 저 푸른 하늘에서 날고 있"는 "나의 작은 명상의 새새끼들"과 "낡은綠色寢臺에 누어서/남은 햇볕을 즐기느라고 돌아오지 않"는 "우리의 어린양들"은 '나'의 대리적 자아들이며, "늙은山의 고요히 冥想하는 얼굴"과 "머언 숲에서는 밤이 끌고오는 그 검은 치맛자락이/발길에 스치는 발자욱 소리", "멀리있는 기인뚝을 거처서 들려오든 물결소리" 등은 '내'가 최대한 향유하고 싶은 감각적·미적 대상으로서의 자연이다. 아름다운 자연 풍경과 자연물에 대한 감각적 향연이 '전원'의 역할이며 존재 이유임을 확인할 수 있는 지점이다.

---

22) 이 단순하고 평면적인 상상의 지리학의 풍경은 신석정의 초기시의 '자연'을 노래한 거의 모든 시들의 공통분모를 형성한다. 이에 따라 이 시들에 그려진 자연풍광과 동식물은 동일하거나 거의 유사한 형태를 보인다. 대표적인 예로, 시 「아직 촛불을 켤때가 아닙니다」의 '전원'은 시 「그 먼 나라를 알으십니까」의 '먼 나라'와 다음과 같은 풍광과 동식물을 공유한다. 〈머언 숲/저 숲 - 깊은 삼림대〉, 〈조용한 호수 - 고요한 호수〉, 〈푸른 하늘 - 푸른 하늘〉, 〈저 재/늙은산 - 산비탈〉, 〈낡은녹색침대 - 양지밭/풀〉, 〈작은 명상의 새새끼 - 흰물새〉, 〈어린양 - 어린양〉, 〈가마귀 - 서리가마귀〉 등이 그것이다.

　자기 보존의 공간인 '전원'에서 시적 자아가 아름다운 자연에 대한 감각적 향연에 몰두하는 것은 자연스러운 귀결이다. 『감각의 박물학』의 저자 다이앤 애커먼은 존재의 정체성과 감각적 경험의 근원적인 관계를 다음과 같이 통찰한다. "이성에 선행하는 감각은 한 존재의 삶의 경험 전체를 농축하면서 존재의 정체성 유지와 자기 보존의 토대를 형성한다. 감각은 우리를 과거와 밀접하게 이어주는데 이는 아무리 주요한 사상도 수행할 수 없는 일이다."[23] 감각은 한 존재를 그의 존재론적 근원인 과거와 이어주고, 이를 통해 자신의 정체성을 재정비할 수 있게 해준다. 사회·역사·이념 등으로 인해 외부세계에 상처 받은 존재가 훼손된 자아를 회복하고 보존하는 길의 하나는 자신의 내부의 감각에 투신하는 일인 것이다. 신석정이 고통스러운 현실의 상상적·미학적 유토피아로서 '먼 나라/전원'을 설정한 이유도 여기에 있다. 이렇게 볼 때, 유토피아(Utopia)는 우리가 경험한 바 없는 낯설고 특별한 것들로 이루어진 세계가 아니라, 우리가 경험하고 느낀 것 중에서 가장 익숙하고 좋은 것들로 이루어진 세계라고 할 수 있다. 신석정이 초기에 쓴 시편들의 상당수는 이 점을 예증하고 있다.

① 어머니
　오늘은 고양이 조금 조는
　저 後園의 따뜻한 볕아래서
　힌토끼의 눈동자같이 붉은 石榴알을 쪼개여 먹으며

---

23) 다이앤 애커먼, 백영미 역, 『감각의 박물학』, 작가정신, 2004, p. 8. 이 책에서 애커먼은 감각이 존재의 정체성 유지와 자기 보존에 어떻게 기여하는가를 정밀하게 논증한다.

그리고 내일은 野薔薇열매 붉은 저 숲길을 거닐며

가을이 남기는 이 絢爛한 風景들을 이야기하지 않으렵니까

– 「가을이 지금은 먼길을 떠나랴하나니」(『촛불』, 1939) 부분


② 미역 내음새 가득한 寢室에 힌 촛불을 켜고앉어

내 人生을 사색하는 거룩한 명상을 비롯할 때입니다

밤이여 이 靜安한 나의 日課가 끝날때까지

당신은 언제까지나 보드라운 내 숨결을 지켜주겠읍니까?

– 「밤을 맞이하는 노래」(『촛불』, 1939) 부분


③ 어머니

만일 나에게 날개가 돋혓다면


산새새끼 포르르 포르르 멀리 날어가듯

찬란히 피는 밤하늘의 별밭은 찾어가서

나는 園丁이 되오리다 별밭을 지키는……

그리하여 적적한 밤하늘에 流星이 뵈이거든

동산에 피는 별을 고이 따 던지는 나의 작란인줄 아시오


그런데 어머니

어찌하여 나에게는 날개가 없을까요?

– 「날개가 돋혓다면」(『촛불』, 1939) 부분


①은 촉각, 시각, 미각("고양이 조금 조는/저 後園의 따뜻한 볕아

래서/힌토끼의 눈동자같이 붉은 石榴알을 쪼개여 먹으며", "野薔薇 열매 붉은 저 숲길을 거닐며"), ②는 후각, 시각, 촉각("미역 내음새 가득한 寢室에 흰 촛불을 켜고앉어", "보드라운 내 숨결"), ③은 청각, 시각, 촉각("산새새끼 포르르 포르르 멀리 날어가듯", "찬란히 피는 밤하늘의 별밭", "동산에 피는 별을 고이 따 던지는")의 감각을 생생하게 활용해 시적 자아 '나'가 누리고 싶은 이상적 삶의 실체이 자 비유로서의 자연 풍경을 시화한다. 이 시들이 그리는 풍부한 감각 적·미학적 체험은 일상에서 쉽게 접할 수 있는 자연물들이 섬세하 고 온유하게 고양된 상태에서 이루어진다. 신석정의 현실–상상/이상 은 이러한 방식으로 긴밀하게 연접되어 있는 것이다.

감각적·미학적 영토로서 '먼 나라/전원'의 속성은 '먼 나라/전 원'을 노래한 시들의 상당수에서 청자 역할을 하는 '어머니'의 속성 과도 연관을 맺고 있다. 단적으로 말해, 신석정의 초기시에서 '어머 니'는 대지적 모성과 구원의 표상에 미치지 못하며, 시적 화자의 일 방적인 권유와 초대, 고백과 요청을 듣는 기능적인 청자의 역할을 수 행한다. '어머니'는 '나'의 말을 아무런 이견(異見) 없이 들어주는 온 화하고 성실한 청자이자, '나'의 생명과 존재의 모체로서 '나'를 절 대적으로 지지할 것으로 기대되는 명목상의 타자이다. 따라서 〈나– 화자, 어머니–청자〉의 구도 속에 전개되는 신석정의 대화체의 시들 은 본질적으로는 '나'의 독백이며, 이 독백의 실질적 청자 역시 '나' 인 것이다. 그 증거로, 이 '대화'에서 어머니의 말은 단 한 마디도 등 장하지 않으며, 어머니는 '나'의 권유와 초대, 고백과 요청에 어떠한 응답도 하지 않는다. 어머니는 현재의 사태에 아무런 변화를 일으키 지 않으며/못하며, 장차 그럴 것으로 예견되지도 않는다. 위의 시들

중 '어머니'를 청자로 한 작품인 ①과 ③에서도 이 점을 확인할 수 있다. ①에서 '어머니'는 "가을이 남기는 이 絢爛한 風景들을 이야기하지 않으렵니까"라는 '나'의 권유의 대상이지만, 이 권유는 굳이 응답을 필요로 하지 않는, 즉 발화하는 것 자체로 의미를 갖는 허언(虛言)에 해당한다. '어머니'의 자발적인 의사와 능동적인 행위는 사실상 부재하는 것이다. ③의 '어머니' 역시 시종일관 침묵하는 수동적인 청자이다. "만일 나에게 날개가 돋혔다면" "찬란히 피는 밤하늘의 별밭은 찾어가서/나는 園丁이 되오리다"라는 '나'의 소망과 고백은, "어머니/어찌하여 나에게는 날개가 없을까요?"라는 탄식에서 이미 부정적인 응답을 얻고 있다. 그러므로 신석정의 초기시에 등장하는 '어머니'는 '나'의 자아의 일부로서, '먼 나라/전원'의 순연한 아름다움에 상응하는, '나'의 내면의 본성(nature)과 초월적 자아(super-ego)로 해석하는 편이 타당할 것이다.

## 4. 잠정적 결론

특정 조건 하에서 미학과 미학적 지향은 그 자체로 현실에 대한 방어기제와 저항의 역할을 한다. 신석정의 '먼 나라/전원'은 부정적인 현실과 피폐한 내면을 상상적·미학적으로 중화하는, '억압의 전도된 형태'로서의 상상의 지리학의 산물이다. 분열된 근대적 자아의 내면풍경의 상상적 대립쌍으로서 이 상상의 영토는 현실과 반대의 위치 및 형상을 갖고 있되, 독자적인 자율성을 갖지는 못한다. 이 점에 대한 자각은 신석정의 시에서 암시적이거나 명시적인 형태로 지속적으로 표출된다. 감각적·미학적 자연을, 파행적인 근대사회와 역사 속에 던져진 존재의 심리적 완충물로서 근대적 풍경으로 등록한 신석정의 초기시들은, '먼 나라/전원'에 도달하기를 바라는 열망과 그것이 불가능하다는 자각을 직서적인 서술방식과 〈화자-청자-독자〉의 삼각구도 및 단조롭고 평면적인 풍경과 미학을 통해 '구조적으로' 형상화한다.

신석정의 '먼 나라/전원'의 상상의 지리학이 지닌 단조롭고 평면적인 미학은 두 가지 시적 특징을 수반한다. 첫째, 신석정의 '전원'에는 복잡한 공간(/지형)과 시간의 유의미한 편차가 존재하지 않는다. 낮과 밤의 교차와 계절의 순환만이 반복되는 '전원'은 엄밀한 의미에서 시간이 흐르지 않는 세계이다. 신석정의 '먼 나라/전원'이 도달 불가능한 상상의 공간이라는 점은 이러한 무시간/탈시간의 시간적 특성과 정확히 대응한다. 신석정의 '먼 나라/전원'은 풍경의 변화를 유발하는 낮밤과 계절의 반복은 존재하되 시간의 유의미한 변화는 존재하지 않는, 어딘가(somewhere)에 있지만 어디에도(nowhere) 없는 무시간·무장소의 세계인 것이다. 따라서 신석정의 초기시의 '자연'을 비판할 때 그 준거는 현실인식의 부재나 결핍을 추론하는 반영론적 관점보다는, 단조롭고 평면적인 풍경과 미학 자체를 문제 삼는 해석학적 관점이 되어야 한다. 아이러니컬한 사실은, 이처럼 단조롭고 평면적인 미학에 근거한 신석정의 초기시가 시대를 넘어 보편적인 공감을 불러일으키며, 비판적 현실인식을 앞세운 후기시보다 더 높은 문학적 완성도를 성취하고 있다는 점에 있다. '(좋은) 시의 역설'이라고 부를 수 있는 이 문제는 신석정의 시를 포함한 한국시사 연구의 공통 과제에 속하는 것이다.

둘째, '먼 나라/전원'이 지닌 단조로움과 평면성의 미학은 시어와 수사에도 그대로 반영되어 나타난다. 단조롭고 평면적인 시어와 수사의 문제는 신석정의 시세계 전반에 걸친 문제이기도 하다. 한 예로, '푸른'이라는 색채어를 사용한 표현은 시집 『촛불』에만 '푸른 하늘'(17), '푸른 달빛'(5) '푸른 바다'(4), 푸른 꿈(3), 푸른 별(2)[24] 등 모두 44회가 등장한다. 더불어 이 시집에는 〈'흰물새' '흰모래' '흰비둘기' '흰염소' '흰구름' '흰 촛불'〉, 〈'먼 나라' '먼하늘' '먼 世界' '먼산' '먼 바다' '먼 강(물)' '먼 호수' '먼 못물' '먼숲' '먼길' '먼星座' '먼여행'〉등 동일한 수사를 사용한 시어들이 다수 발견된다. 신석정의 시어와 수사는 초기부터 진부한 끌리셰(cli-ché)로 화해 다채로움과 생동감을 발휘하지 못하는 측면이 있는 것이다. 한 시인이 지닌 미학과 언어의식은 상동적이거나 최소한 밀접한 관계에 있음을 반증하는 대목으로, 신석정 시의 가장 큰 한계는 이 부분에 있다고 할 수 있다. 아쉽게도 이러한 약점은 중·후기시로 갈수록 심화되는데, 이에 비례해 신석정의 시가 지닌 다원적인 의미와 풍부한 해석의 가능성 역시 서서히 감소하게 된다.

신석정의 초기시는 아름다운 자연의 미학이 폭력적인 현실에 대한 심리적 방어기제의 역할을 하면서 미적 자율성을 획득하는, 한국현대시사 초기의 주목할 만한 사례에 속한다. 이 시기의 신석정은 '자연의 미학적 전유(專有)'를 통해 파행적인 역사·현실에 단조롭고 평

---

24) 황송문, 앞의 책, p. 46 참조. 이 외에도 황송문은 『촛불』에서 '푸른'이 쓰인 예로, '푸른 눈동자' '푸른 웃음' '푸른 달밤' '푸른 언덕' '푸른 침실' '푸른 이끼' '푸른 향기' '푸른 물결' '푸른 유리' '푸른 오월' '푸른 옛꿈' '푸른 원고지' '푸른 이야기'(각 1회씩 쓰임) 등을 든다. 여러 번 반복해서 쓰인 말을 누적해 모두 합하면, 시집 『촛불』에서 '푸른'의 색채어 수사가 쓰인 경우는 모두 44회가 된다.

면적인 미학을 맞세우면서 시의 자율성과 개인의 내면이 투명하게 보존된 존재론적 공간을 마련한다. 신석정의 초기시의 성과와 한계는 이 지점에서 충돌하며 공존한다. 인간의 생존과 현실의 질서의 편에서 볼 때 미학은 잉여(remains)의 산물이다. 신석정은 '자연의 미학적 전유'를 통해 이 잉여의 자리에 시의 자리와, 자기 보존(self-preservation)을 위한 존재의 자리를 만든다. 그러나 신석정은 광포한 현실의 상상적 대립쌍을 미학적으로 창조함으로써 현실에 대한 거리와 자율성을 획득한 반면, 바로 그 거리와 자율성에 의해 현실에 대한 직접적인 환기력과 핍진성을 상실한다. 현실과 미학이 상상적으로 대립하는 가운데 정반대의 형상으로 밀착되어 있는 신석정의 시는 이 이분법에 기초한 미학의 강점과 한계를 동시에 보여주고 있다.

# 근대문명에 대한 반성과 새로운 생태의식의 출현
## - 1990년대 김용택, 김영래, 이문재를 중심으로

## 1. 생태문학의 개념과 범주에 대한 재고

근대와 근대문학을 비판적으로 극복하려는 생태문학은 반근대적이거나 항(抗)근대적인 지향성을 지닌다. 생태문학은 근대와 근대문학의 지향점을 '인간의 인간다운 삶의 실현'에서 '자연(인간을 포함한)의 본성과 섭리의 실현'으로 수정하고자 한다. 생태문학은 근대와 근대문학의 모순과 오류에 대해 대체로 다음과 같이 비판한다. 근대는 진보적 사관, 인간(남성)중심주의, 자본주의를 기율로 하여 자연과 우주, 생명, 여성 등을 배제하고 억압해 왔다. 이런 조건 속에서 탄생하고 발전한 근대문학은 근대의 부정적 산물인 소외, 단절, 파괴, 상실, 죽음 등을 미학적으로 옹호하면서 근대의 공약인 '인간다운 삶'에서 멀어지는 아이러니를 유발해 왔다. 근대세계를 반영하고 성찰하면서 근대문학은 근대의 모순과 부정성을 재생산해 온 것이다.

반면, 생태문학은 근대와 근대문학의 문제점을 치료하는 의사의 입장을 취한다. 하지만 생태문학 역시 근대와 근대문학의 영향권에서 자유로운 것은 아니다. 근대문학이 근대에 대해 이중적인 태도를 취하는 것처럼 생태문학 역시 근대와 근대문학에 대해 이중적인 태도를 견지한다. 생태문학은 근대와 근대문학을 비판하는 '바깥의 문학'인 동시에 근대의 패러다임 속에서 생성된 '내부의 문학'이기 때문이다. 한마디로 말하면, 생태문학은 근대문학의 특수한 형태로, 근대사회와 근대문학의 역사적인 산물이다. 생태문학에 대한 편견과 오해는 이 점을 충분히 인식하지 못한 데 따른다. 그 중 대표적인 것은 서구적 근대를 극복하고자 하는 생태문학의 기원과 대안을 한국과 동양의 전통사상으로 소급하면서, 생태문학을 그 전통사상의 직접적인 후계자로 편입시키는 관점이다. 생태문학의 기원을 한국과 동양의 전통사상에서 찾는 시도들은 그 학문적 순정과 주체적 자세에도 불구하고, 역사적 환원주의의 오류를 범하면서 논의를 단순화한다.[1] 또 다른 편견은 생태문학을 자연 예찬의 문학이나, '자연을 보호하자'는 주의·주장의 문학으로 이해하는 것이다. 생태문학이 이런 요소를 갖고 있는 것은 사실이지만, 예찬과 주장이 생태문학의 전

---

[1] 한 예로, 박희병의 『한국의 생태사상』은 세심한 분석과 통찰에도 불구하고, 이러한 비판을 피하기 어려울 것으로 보인다. 김시습이 생태계를 장엄한 생명의 장과 커다란 조화와 공생의 장으로 이해했다거나, 홍대용이 인간본위적 관점을 타파하고 인간과 물(物)이 근본적으로 대등함을 설파했다는 박희병의 논지는 '문학'라는 코드를 통해 고전을 재해석한 것 이상의 의미를 갖지 못한다. 이러한 '근대적 코드에 의한 고전의 다시 쓰기'는 고전을 근대의 논리로 재구성하는 해석학적 작업으로서는 의미를 지니지만, 그 기저에 일정한 의도가 전제된 점에서 대상 자체보다 주체의 의도가 우선시되는 한계를 드러낸다. 또한 박희병이 '한국의 생태사상'이라는 주제 아래 고찰한 것은, 정확히 말하면 한국의 전통적 자연관과 우주관이다. 박희병은, 만물의 상호연관성과 생물중심적 평등주의(biocentric equalitarianism)를 발견한 대신, 전통사회와 근대사회의 사회·역사적 차이를 경시한 '근본문학주의(deep ecology)'의 오류를 저지르고 있는 셈이다. ─ 박희병, 『한국의 생태사상』, 돌베개, 1999, pp. 15~36 참조.

모인 것은 아니다. 따라서 이런 문제의식을 바탕으로 생태문학의 특성을 새롭게 규정할 필요가 있다. 생태문학에 대한 기존의 정의들[2]은 생태의식에 초점을 맞추면서, 생태문학이 근대와 근대문학 속에서 차지하는 위상에 대한 접근은 소홀한 점이 있었다. 생태문학이 근대의 모순을 비판하는 문학[3]이라는 점을 간파하면서도, 생태문학이 지닌 근대적 성격에 대해서는 유념하지 않은 것이다. 이 글은 생태문학의 특성을 그 발생학적 기원이자 부정의 대상인 근대/근대문학과의 연관성 속에서 다음과 같이 규정하고자 한다.

첫째, '생태문학은 근대에 탄생한 새로운 형태의 계몽문학'이다. 생태문학이 근대의 부정성에 대한 고발과 혁신의 담론이라는 점은 이를 빈증한다. 생태문학은 근대문명이 인간의 삶을 고양하는 데 실패했다고 보고, 근대의 인간을 전면적으로 '재계몽'하고자 한다. 이 계몽은 자신의 기원인 근대를 부정하는 반근대적이며 항(抗)근대적인 계몽이다. 새로운 지식을 유포하는 계몽은 근대의 핵심적인 전략이지만, 생태문학은 근대를 타파하는 데 이 계몽을 역이용한다. 근대를 혁신하는 계몽문학으로서의 생태문학은 근대가 낳은 모순이자 탈

---

2) 생태문학(논자에 따라 다른 용어를 사용하기도 한다)에 대한 기존의 정의들로는 다음과 같은 것이 있다. "생태문학은 생태학적 인식을 바탕으로 생태 문제를 성찰하고 비판하며, 나아가 새로운 생태 사회를 꿈꾸는 문학을 의미한다."(김용민, 『생태문학 – 대안사회를 위한 꿈』, 책세상, 2003, p. 97), "생명시는 생명 자체를 노래함으로써 생명의 본질과 가치를 추구하는 시이며, 동시에 다른 존재들과의 관계 속에서 생명의 가치와 위상, 생명 고양의 조건을 살펴어 그 중요성을 시적 상상력 속에 체화시키는 시이다."(신덕룡, 「생명시의 성격과 시적 상상력」, 신덕룡 엮음, 『초록 생명의 길 Ⅱ』, 시와사람사, 2001, p. 223), "녹색문학은 자체의 방식으로 녹색 이념의 가치와 미학을 추구하고 실현하고 확산하는 문학"이다.(이남호, 『녹색을 위한 문학』, 민음사, 1998, p. 20)

3) 이은봉은 생태환경의 문제는 근본적으로 자본주의적 근대와 더불어 발생한 문제라는 것을 전제하고, 이러한 인식을 다룬 시들을 생태적 상상력의 관점에서 고찰한다. – 이은봉, 『시와 생태적 상상력』, 소명출판, 2000, pp. 52~88 참조.

출구의 성격을 지닌다. 생태문학은 근대를 개선해 근대의 성숙을 도모하고, 근대가 표방한 '인간다운 삶'을 성취하고자 하기 때문이다.[4] 이 점에서 생태문학은 가장 반근대적인 동시에 가장 근대적인 문학이라고 할 수 있다.

둘째, '생태문학은 근대인의 정체성을 재규정하는 존재론적인 문학'이다. 생태문학은 근대인이 처한 죽음의 위기를 일깨우면서, 근대인의 정체성을 '인간적인 인간'에서 '자연적인 인간'으로 변화시키고자 한다. 과거로 복귀하면서 미래로 전진하는 역설적인 삶의 방식[5]은 생태문학이 과거의 유산 속에서 재발견한 근대인의 최선의 존재방식이라고 할 수 있다. 즉 생태문학은 근대인의 존재론을 본래의 상태로 복원해 기술하고자 한다.

셋째, '생태문학은 근대문학의 완성과 새로운 출발점으로서의 문학'이다. 생태문학은 근대세계와 문학의 근본적인 혁명을 지향하며, 근대의 해체·완성·극복을 총체적으로 사유한다. 생태문학은 근대와 탈근대의 점이지대에 있는 '경계의 문학'으로서, 근대세계를 비판하는 '담론'이자 새로운 세계를 성취하는 '실천'의 복합적인 면모를 지닌다. 삶과 문학의 일치라는 전통문학관에 기초한 생태문학은 담론과 실천, 문학과 현실을 하나의 장에 통합하고자 한다. 생태문학

---

4) 이 점에 대해서는 다음의 논의를 참조할 만하다. "우리는 생태학적 환경윤리가 전통윤리학과 근대 계몽주의가 주체성의 형이상학을 완전히 포기하는 것은 아니라는 점을 밝혀둘 필요가 있다. 생태학적 윤리학은 오히려 근대 계몽주의에서 발전된 주체성의 원리를 다시 인간의 구체적 삶과 행위를 규정하는 도덕적 규범체계와 결합시키고자 하는 것이다." - 이진우, 『녹색 사유와 에코토피아』, 문예출판사, 1998, p. 216.

5) 이 때, 자연으로의 이행(현 문명을 넘어서는 전진)과 자연으로의 복귀(현 문명 이전으로의 후진)는 동시에 일어나야 한다. 인간이 앞으로 추구하고 도달해야 할 지점이 이미 지나간 과거 속에 항존하고 있음을 말해 주는 '오래된 미래', '지나간 미래'와 같은 개념은 이를 설명해 주는 대표적인 예들이다. - 이에 대해서는 헬레나 노르베리-호지, 김종철 등 역, 『오래된 미래』, 녹색평론사, 1998. 라인하르트 코젤렉, 한철 역, 『지나간 미래』, 문학동네, 1998. 참조.

의 최종 목표는 근대를 근본적이고 현실적으로 변화시키는 데 있는 까닭이다.

이처럼 생태문학은 근대의 한계를 넘어 인간의 진정한 삶의 활로를 모색한다. 현재 우리 문학사에서 생태의식이 전면적이고 전폭적으로 대두된 시기인 1990년대의 생태문학은 이전 시대의 현장 고발 중심의 문학과는 달리, 근대의 패러다임을 근본적으로 비판하고 대안을 모색하는 점에서 차별성을 보인다. 작가가 비판의 주체이자 대상으로서 자기 반성적인 사유를 바탕으로 문학적 실천을 병행하고자 하는 점에서도 변별력을 드러낸다. 이러한 새로운 생태의식을 보여주는 작품 가운데 김용택의 시집 『그 여자네 집』(1998)과 김영래의 장편소설 『숲의 왕』(2000), 이문재의 시집 『마음의 오지』(1999) 등 세 작품은 각별한 주목을 요한다. 이들은 1990년대 생태문학이 도달한 독특한 문학적 사유를 보여주며, 흥미롭게도 오랜 과거의 유산을 현재형으로 부활시키는 공통점을 갖고 있다는 점에서 함께 논의의 대상이 될 만하다.[6]

## 2. 1990년대 이후의 문학에 나타난 새로운 생태의식

구체적인 작품 분석에 앞서, 최근 생태문학 연구의 문제점과 대안을 검토하기로 한다.

---

6) '생태의식'이라는 작가의 세계관이나 인식론의 차원을 논점으로 삼을 때, 시와 소설의 장르상의 차이는 의미 있는 변별력의 지표가 되지 못한다. 그보다 문제가 되는 것은 작가가 어떠한 생태의식을 보유하고, 그것을 어떻게 형상화했는가 하는 인식론적 지반과 그 내적 필연성 및 미학적 정합성의 문제이기 때문이다.

첫째, 생태 문제를 다룬 작품과 이론/비평 사이의 불균형의 문제이다. 많은 작품들이 생태 위기의 현실을 직관적인 통찰력으로 형상화하는 반면, 이를 다루는 비평은 생태주의와 생태학 등의 이론에 의지해 평가하는 경우가 많다. 작품과 비평이 다른 영역에 속해 있는 형국이다. 작품을 토대로 삼지 않는 비평이 고담준론이나 지도비평에 함몰되기 쉬움은 주지의 사실이다. 이 점에서 문학은 생태학 자체도 환경보호운동 자체도 아니라는 도정일의 주장[7]은 재차 숙고되어야 한다.

둘째, 생태문학을 '생태 위기'라는 특정 주제를 다룬 하위 장르로 보는 협소한 시각이다. 사실 자연을 모체로 한 기존의 문학과 근대에 등장한 생태문학의 경계를 확정짓기란 원천적으로 불가능하다. 문학의 중심에는 항상 자연이 있어 왔고, 한 시대의 문학은 당대의 자연관에서 자양분을 얻기 때문이다. 생태문학이 근대의 특수한 자연 정황과 자연관의 산물임을 생각할 때, 생태문제를 표면화한 작품과 이면에 둔 작품의 경계는 모호해진다. 뚜렷한 자각이 없다 해도 근대세계의 파괴적 실상을 노래하는 일은 그 자체로 생태 현실에 대한 문제 제기가 될 수 있다. 생태문학의 모호한 범주를 인정하는 것은 문학 논의가 소재주의나 현장중심주의에서 벗어나 활성화될 수 있는 전제 조건에 속한다.

셋째는 생태문학의 탐구 영역에 근대사회의 현실이 일부 누락되어 있는 점이다. 자연 파괴의 현장과 함께 근대의 기계적 일상, 대량생산과 소비체제, 디지털 문화 등은 생태문학의 중요한 탐구 영역이

---

7) 도정일, 『시인은 숲으로 가지 못한다』, 민음사, 1994, p. 227.

며, 근대의 삶의 방식에 대한 반성적 통찰은 생태문학의 역사적 의
무이다. 이런 맥락에서 볼 때, 근대의 사회·역사의식을 결여한 채
단순히 '미적 이데아'로서 자연을 동경하는 작품은 생태문학에서
제외되어야 한다.

　1990년대는 새로운 생태의식을 내장한 생태문학이 등장한 문제적
인 시대이다. 1990년대 이전의 생태문학이 자연 파괴의 실태 고발에
치중한 데 비해, 1990년대 이후의 생태문학은 사유의 근본적인 전환
과 대안 제시에 주력한다. 1990년대 문학에 나타난 새로운 생태의식
은 '자연과 인간의 동등한 거래(去來)의 법칙' 및 '개체와 전체의 등
가(等價)의 법칙'의 발견으로 정리할 수 있다. 전자의 경우, 김용택은
유년기의 아름다운 기억의 회상을 통해, 김영래는 신화적 상상력을
바탕으로 근대세계의 모순을 격파하는 서사적 모험을 통해 이를 형
상화한다. 후자의 경우, 이문재는 근대세계에서 '개인'을 인간의 최
선의 존재 형태로 설정함으로써 근대세계의 패러다임에 전면적으로
대항한다.

## 1) 인간과 자연의 공정한 거래의 법칙

### (1) 공정한 거래의 법칙 1 ; 몸과 생명의 교환 – 김용택의 '집'과 '아버지'

　김용택의 시집 『그 여자네 집』(1998)은 시인이 유년기에 경험한 전
통 생활세계의 규율을 시화하는 데 집중한다. 전통 생활세계의 규율
은 관습적인 불문율로, 만물이 상호연대하는 자연의 질서를 학습하
고 모방한 결과이다. 이 불문율은 그것을 지키며 사는 사람들에게도

뚜렷이 자각되지 않는다. 김용택은 조상들이 자연과 어떤 관계를 맺으며 살았는가를 세밀히 묘사하는데, 그 관계는 '아버지'가 '집'을 짓는 방식을 통해 단적으로 가시화된다.

> 하늘 아래 아름다운 집 그 집은
> 아버님이 지으셨다.
> 아버님은 깊은 산속을 돌아다니며
> 곧고 푸른 솔나무를 베어 말렸다가
> 지게로 하나하나 져날라
> 빈터 그늘에 차곡차곡 쌓았다.
> 기둥과 서까래와 상량 나무와 개보와 마루 판자감이 몇 년만에
> 다 모이자
> 아버님은 목수를 불렀다.
>
> (…)
> 동네 사람들이 저절로 하나둘 모여들어
> 하루 종일 집 짓는 구경들을 했다.
> 어떤 어른은 떡본 김에 제사 지낸다고
> 하루 종일 우리집에서 술도 먹고 밥도 먹으며
> 온갖 연장으로 지게도 만들고 쟁기도 만들었다.
>
> (…)
> 상량떡을 먹고 서까래가 올라가자
> 동네 사람들이 지게 지고 괭이 들고 삽 메고 모여들었다.

닥채로 지붕을 엮어 덮었다. 다시 그 위에 장작을 얹어 덮었다.

그리고

그 위에 논흙이 올라갔다.

사람들은 텃논에 흙구덩이를 내어

마당에다 쌓고

그 위에 짚을 썰어 섞고 물을 부어 흙을 맨발로 밟아 이겼다.

(…)

집, 아, 아름다운 동네 사람들의 생각과 손과 발, 온몸으로 지어진

그 집, 그 집 지붕 위로 새들이 날아다니고, 해와 달이, 별들이 떴다

지곤 했다.

눈이 내려 쌓이고 고드름이 얼고

비가 내렸다.

구렁이, 참새, 쥐, 굼벵이들이 그 집에 집을 지었다.

그 집에는 소, 개, 돼지들이 깃들어 살고

그 집에 아버지와 어머니와 나와 세 명의 남동생과 두 명의 누이가 살았

다.


(…)


아이들이 크고 세월이 갔다. 그 집에서 오랜 세월이 더 흐른 후

그 집을 지은 아버지는

그 집 큰방에서 숨을 거두었다.

그리고, 아버지는 솔나무를 베어 왔던 그 산에 둥그렇게 묻혔다.

아, 아름다운 그 작은 집, 그 흙집에서 나는 지금 산다.

– 「아름다운 집, 그 집」 부분

아버지는 "마을에 널려 있는 모든 자연의 존재들로 이루어진 생명의 집"[8]을 짓는다. 이 집은 해와 달의 '천체', 구렁이와 굼벵이 등의 '미물', 소와 돼지 등의 '가축', 아버지와 어머니와 누이 등의 '사람'이 어울려 한 가족으로 살아가는 곳이다. 자연의 다양한 존재로 이루어진 이 가족은 '생명의 가족'이자 '우주의 가족'이다. 아버지의 집 짓기는 생명공동체와 우주공동체의 '자연의 차원'과 생활공동체의 '현실의 차원'을 포괄한다. 집짓기의 현장은 근대에 와서는 한낱 '공사판'으로 전락했지만, 아버지의 시대에는 행복한 공동체 생활의 터전이었다. 여기에는 노동과 축제, 자연과 인간, 주체와 타자의 구분이 존재하지 않는다. 집의 재료도 '솔나무'와 '논흙' 등의 자연물로, 이는 마을 사람들의 자발적인 노동에 의해 지붕과 벽으로 변신한다. 아버지의 집은 아버지 혼자의 힘이 아닌, 아버지가 속한 세계의 질서와 공동체의 협력에 의해 완성된 것이다. 간략히 말해, "집 짓는 아버지에서 집을 장만하는 아버지로 바뀌는 데 걸린 시간이 곧 근대화의 기간"[9]이라면, 아버지의 이러한 역할의 변화는 전통 생활공동체가 붕괴하는 과정과 궤를 같이 한다.

'생명＝우주＝생활의 집'을 지은 아버지는 그 집에서 숨을 거두고, 자신이 집을 짓기 위해 "솔나무를 베어 왔던 그 산에 둥그렇게 묻힌"

---

8) 이문재, 「집으로 가는 길, 여자에게로 가는 길」, 김용택, 『그 여자네 집』 해설, 창작과비평사, 1998, p. 99.
9) 이문재, 앞의 글, p. 100.

다. 이 부분에서 이 시는 자연과 인간의 조화를 관념적으로 노래한
다른 시인들의 시와 구별된다. 김용택의 회상에 의하면, 아버지는 자
연에서 나무의 몸을 취한 대가로 자신의 몸을 자연에 반납한다. 아버
지의 몸은 나무의 거름이 되고, 그 나무들은 다시 인간의 집을 짓는
데 쓰이게 된다. 나무와 인간의 몸을 교환하는 방식은 '자연과 인간
의 공정한 거래'를 실천한 전통세계의 삶의 질서를 대변한다. 그 시
대의 삶의 방식을 그대로 근대세계에 적용할 수는 없다고 해도, 인간
과 자연이 '생명의 공정한 거래자'였음을 기억하는 일은 중요하다.
근대는 이 공정한 거래의 법칙을 깨뜨리면서 출발했고, 그 결과 맹목
적인 파괴로 인한 자멸의 위기를 자초했기 때문이다.

　김용택이 추억하는 '생명의 공정한 거래'에 기초한 전통적인 삶의
방식은 『그 여자네 집』에서 다양한 형태로 변주된다. 한 예로, 김용
택은 근대세계를 "봄철이면 개구리, 뱀들이 으깨지곤 하는" '딱딱한
아스팔트길'로, 자연의 세계를 "서로 받아들이"고 "이해하"는 '폭삭
폭삭한 흙'(「나는 집으로 간다」)으로 환유한다. 또한 김용택은 근대가 자
연을 유린하고 파괴한 작태를 '사과'와 '벌레'의 알레고리로 시화하기
도 한다.

　　사과 속에 벌레 한 마리가 살고 있었습니다
　　사과는 그 벌레의 밥이요, 집이요, 옷이요, 나라였습니다
　　사람들이 그 벌레의 집과 밥과 옷을 빼앗고
　　나라에서 쫓아내고 죽였습니다.

　　누가 사과가 사람들만의 것이라고 정했습니까.

사과는 서러웠습니다

서러운 사과를 사람들만 좋아라 먹습니다.

– 「짧은 이야기」 전문

　근대의 인간은 '사과'로 상징되는 자신에게 이익이 되는 자연물은 취하고, '벌레'와 같은 쓸모없는 자연물은 파괴해 왔다. 근대 문학에서도 '벌레'는 유해하고 무가치한 상징물로 고착되어 있다. 이는 해와 달과 같은 천체는 물론, "구렁이, 참새, 쥐, 굼벵이들" 같은 미물과도 한 가족이 되어 살았던 아버지 시대의 가치관에 정면으로 위배되는 것이다. 인간의 생존을 우선하는 근대세계는 생명을 교환하는 '자연의 공정한 거래의 법칙'을 망각하면서 우주 만물의 평등을 와해시켰다. 비록 자각적인 것은 아니지만, 김용택의 시는 이러한 파괴가 행해지기 전의 세계를 노래하면서 근대세계를 우회적으로 비판하는 결과를 낳는다. 그 중에서도 시 「농부와 시인」은 아버지 시대의 삶의 방식을 시인의 시쓰기의 자세로 계승하고자 하는 김용택의 시론에 해당한다. 김용택이 농부를 시인의 스승으로 모시는 것은 전통 생활세계의 문학적 삶의 방식에 대한 존경심의 발로로 해석할 수 있다.

아버님은
풀과 나무와 흙과 바람과 물과 햇빛으로
집을 지으시고
그 집에 살며
곡식을 가꾸셨다
나는

무엇으로 시를 쓰는가

나도 아버지처럼 풀과 나무와 흙과 바람과 물과 햇빛으로

시를 쓰고 그 시 속에서 살고 싶다

– 「농부와 시인」 전문

김용택은 근대세계의 생태 현실에 적극적으로 개입하는 자각적인 생태의식의 소유자는 아니다. 그러나 그의 시는 생태의식을 자연발생적이고 무의식적으로 육화하고 있었던 근대 이전의 사람들의 삶을 생생히 기억하고 기록하는 역할에 충실하면서, 전근대의 공동체적 삶의 원리를 생태문학의 훌륭한 참고자료로 1990년대 문학에 등록하고 있다.

### (2) 공정한 거래의 법칙 2 ; 희생과 재생의 교환 – 김영래의 『숲의 왕』

김용택의 시집 『그 여자네 집』이 전근대의 자연·우주·생활공동체에 대한 기억을 섬세하게 복원한 데 비해, 김영래의 장편소설 『숲의 왕』(2000)은 신화시대의 삶의 원리를 근대에 부활시켜야 할 당위성을 설파하고 그 구체적 방법론을 탐구한다. 김영래가 신화시대의 삶의 원리의 핵심으로 파악하는 화두는 '숲'과 '숲의 왕'이다. 고대의 작가들은 문명이 발전하고 성장하면 숲은 언제나 뒷걸음친다는 것을 알아챘다.[10] 김영래는 고대인들의 자연관과 세계관을 현대적으로 계

---

10) John Perlin, 송명규 역, 『숲의 서사시』, 따님, 2003, p. 17. – 나무[숲]와 인간 문명의 잦은 불화 및 인간의 삶에 나무[숲]가 기여하는 바에 대해서는 이 책에 잘 설명되어 있다.

승해 재구성한다. 김영래의 『숲은 왕』은 숲을 지키려는 사람들과 리조트로 개발하려는 자본가의 갈등을 그리면서, "살아 있는 것 자체가 생명에 대한 폭력"이기에 폭력의 질을 구분할 것을 주장한다. 생명 유지를 위한 먹고 먹힘에서 발생하는 '성스러운 폭력(재생을 위한 희생)'과, 인간이 일방적으로 자연을 착취하는 '죄악의 폭력(재생 없는 살생)'은 분명히 구분해야 한다는 것이다.

김영래는 세계의 다양한 신화에 등장하는 '숲의 왕'을 자연과 인간의 바람직한 관계의 상징으로 채택한다.[11] '숲의 왕'은 숲〔자연〕의 가장 강력한 지배자이자 가장 헌신적인 희생양이다. '숲의 왕'은 숲이 황폐해지면 숲의 유지를 위한 '성스러운 폭력'의 자발적인 희생양이 된다. 김영래는 근대인이 모두 한 사람의 '숲의 왕'으로서 자연의 일부이자 희생의 주체로 살아가야 한다고 말한다. 생명의 공정한 거래는 자연의 섭리이므로, 근대의 인간은 자연을 파괴한 만큼 자신을 (상징적인 차원에서라도) 희생해야 한다는 것이다. '자연에서 취한 생명을 인간의 생명으로 갚아야 한다'[12]는 김영래의 생태인식은 획기

---

11) '숲의 왕'의 신화는 프레이저의 『황금의 가지』에서 차용한 것이다. 신화 연구의 고전인 프레이저의 『황금의 가지』 1장은 '숲의 디아나'라는 네미의 마을의 숲에서 전해져 오는 '숲의 왕'의 신화에 할애된다. "그 옛날, 이 숲의 경승지는, 불가사의한, 그리고 반복되는 비극의 무대였다. (…) 이 성스러운 숲속에는 한 그루의 수목이 서 있는데, 그 주위에는 밤낮을 가리지 않고 장엄한 사람이 배회하는 모습을 볼 수 있었다. 손에는 검을 들고 있었으며 어느 때 적의 습격을 받을지도 모른다는 듯, 부단히 주변을 지켜보고 있었다. 그는 사제였던 것이다. 동시에 살인자였다. 지금 누군가가, 머지않아 그를 죽이고 대신 사제가 될 것이었다. 그것은 이 성소의 법칙이었다."(프레이저, 김상일 역, 『황금의 가지』, 을유문화사, 1996, p. 23.)

12) 실제의 차원이 아니라, 상징적이며 인식론적인 차원에서 그러하다. 즉 생명과 생명의 동등한 거래의 가치관을 바탕으로 인간의 삶의 방식과 문화를 재편성해야 한다는 뜻이다. 이러한 상징적 제의는 우리의 민속문화에서도 발견된다. '아이 팔기 풍속'이 그것이다. 자손이 귀한 집의 부모가 자식의 목숨을 자연에 파는 제의를 행하는 것인데, 이는 인간의 한계를 인정하고 자연에게 아이의 목숨을 맡기는 의미를 담고 있다. – 임재해, 『민속문화의 생태학적 인식』, 당대, 2002, p. 126 참조.

적이며 진보적인 특징을 드러낸다. 김영래에 의하면, 근대인은 인간 중심주의를 버리고 다른 생명체를 위한 희생과 증여를 통해 자연을 보존해야 하며, 자연과의 관계에 있어 수혜의 대상이 아닌 희생의 주체가 되어야 한다. 자연을 위한 인간의 희생은 역설적이게도 인간이 살아남을 유일한 방책이기 때문이다.

　김영래는 자연의 재생을 위한 고대의 희생제의의 모티브를 근대세계의 구체적인 실천방안으로 변용한다. '현대판 희생제의'라고 할 수 있는 소설 『숲의 왕』은 기존의 생태소설에서 찾아보기 힘든 신화적 통찰을 보여준다. 그 신화적 통찰은 크게 세 가지로 정리된다. 첫째, 인간이 파괴한 것은 숲〔자연〕과 더불어 숲에 내재된 신성이다. 둘째, 자연의 보존은 신성과 인성의 합일을 토대로 이루어져야 한다. 셋째, 신성의 구현은 자연과 인간의 공정한 거래를 통해 성취되어야 한다. 김영래는 '자연과 인간의 공정한 거래의 법칙'이 근대가 자연을 학살하기 전까지 세계 도처에 실재했던 삶의 방식이라는 사실을 수렵 시대의 토템신화를 비롯해 폴리네시아, 인도, 나일강 유역, 북아메리카 등지의 부족신화와 서사시, 격언 들을 다양하게 망라하면서 예증한다. 김영래가 7년 동안 수집했다는 신화와 전설은 『숲의 왕』의 원(原) 텍스트로 기능하면서 소설 속의 인물들에게 신화적이며 전설적인 면모를 부여한다. 자세히 분석하면, 먼저 '닥터 그린'으로 불리는 환경운동가 정지운은 희생제의를 주관하는 사제이자 자발적인 희생양에 속한다. 닥터 그린은 강원도 산속에 만든 '에피쿠로스의 정원'의 현판에 '숲의 왕'의 신화를 새겨 놓는다. '숲의 왕'의 신화가 주는 교훈은 자연이 "모두의 것이자 누구의 것도 아닌 정원"이라는 사실이자 진리이다. 소설 『숲의 왕』은 신화 '숲의 왕'의 인물과 서사구조를 근대적으로 차용하면서 현대판 희생제의를 전개한다. 이 소설에 등장하는 '숲의 왕'은 '닥터 그린'에 한정되지 않는다. 자본가에 맞서 자신을 희생한 '닥터 그린'과 자살한 '성치(聖痴)'는 살신성인한 숲의 왕이며, 리조트 개발 취소 축하잔치를 위해 희생된 멧돼지 '다루'도 이들과 동등한 의미의 숲의 왕이다. 한편, 환경단체의 사무국장인 박성우와 토목기사에서 애니메이션 작가로 변신한 성준하가 온건파 숲의 왕이라면, 리조트 사장을 죽게 만든, 환경 테러리스트 유나버머(Unabomber)를 닮은 '길잡이 늑대'는 행동파 숲의 왕이라고 할 수 있다. 이 여러 형태의 숲의 왕들은 "희생은 죽음과 재생의 거스를 수 없는 순환을 도"우며, "같은 폭력으로 우리는 성스러움에 이를 수도 있고 죄악의 굴레에 떨어질 수도 있"음을 실천적으로 보여준다.

소설 『숲의 왕』에는 신화와 전설의 원 텍스트 외에 또 다른 텍스트가 들어 있다. 성준하의 애니메이션 초고 「태양의 집으로 가는 길」이 그것이다. 이 미완성 시나리오는 1차 텍스트인 고대신화·전설〔신성이 구현된 신화적 세계〕와 2차 텍스트인 소설〔신성을 파괴하고 상실한 현실〕의 뒤를 잇는 3차 텍스트로서, 동화〔신성의 회복을 꿈꾸는 미래의 비전〕의 성격을 지닌다. 「태양의 집으로 가는 길」은 주인공 왕자가 숲의 왕의 충고에 따라 "사막 끝에 살고 있는 푸른 살갗의 연금술사"를 찾아가는 과정을 통해 근대인이 걸어가야 할 생명과 신성의 길을 비유적으로 서술한다. 근대인은 기계의 마성에서 벗어나 생명과 신성회복의 길을 모색해야 한다는 것이다. 이런 맥락에서 볼 때, 소설 속에서 '오르페'가 바보 성치와 새들이 연주하는 영혼의 하모니를 들으며 중얼거리는 말은 매우 시사적이다. "저 바보는 세상에서 가장 값비싼 거래를 한 셈이야. 자신의 이성을 판 대가로 천국을 샀으니까". 교활하고 폭력적인 이성이 '천국'과 반대 지점에 있다는 생각은 이 소설이 추구하는 생태적 삶의 모습을 상징적으로 보여준다.

김영래의 『숲의 왕』은 모두가 떠난 '에피쿠로스의 정원'에 홀로 남은 산지기 노인의 독백으로 마무리된다. 산지기 노인은 '내가 바로 숲의 왕이다'라는 준엄한 자기발견에 이른다. 『숲의 왕』은 시대와 민족을 넘나드는 사유의 모험을 통해, 각 개인이 한 사람의 숲의 왕으로서 책임을 다하는 것이 근대문명과 자연의 구원의 길임을 역설(力說)한다. 숲의 왕인 인간은 무엇보다 모든 자연물이 '생명과 운명의 공동체'라는 사실을 인식해야 한다는 것이다.

풀의 세상, 물의 세상을 지키고 보살펴라 – 그는 아직도 그 꿈의 깊은 뜻을 이루 다 헤아릴 수는 없지만, 꿈속에 나타난 그 기묘한 문자를 떠올릴 때면 자기야말로 이 숲의 지킴이로서 점지받은 게 아닌가 생각하게 되는 것이었다. 그것을 이른바 운명이라고 하는 것일까? 그렇다면, 만약 그것이 사실이라면, 조심스럽게, 그렇지만 조금은 호기롭게 이러게 천명해도 되는 것이 아닐까? – 그렇다. 나, 나는 숲의 왕이다, 라고.[13]

근대사회는 무차별 살생을 행하고 희생을 거부함으로써 위기에 봉착했다. 살생은 인간과 세계의 파멸을 초래하지만, 희생은 재생과 부활의 밑거름이 된다. 김영래가 적확하게 통찰한 것처럼, '재생 없는 살생'과 '재생을 위한 희생'의 차이는 막대하다. 역사를 돌아볼 때도,

---

13) 김영래, 『숲의 왕』, 문학동네, 2000, p. 266.

인간은 희생에 기초한 자연과의 공정한 거래를 통해 삶을 영위해 왔
다. 희생이라는 것만큼 고대인들을 강렬하게 사로잡은 관념은 존재
하지 않았다는 사실을 우리는 역사상 수많은 종교들을 통해 확인할
수 있다.[14] 김영래의 『숲의 왕』은 고대의 신화에 공통된 '희생과 재
생의 공정한 교환'을 현대적으로 변주하면서 미래의 희망을 도출한
다. 근대문명 속에서 사는 인간에게 재생을 위한 희생은 자발적인 노
동과 욕망의 축소, 느림과 불편의 감수, 자연에 우선순위 부여 등의
형태로 실현될 수 있다. 그 기저에 '인간과 자연의 공정한 거래의 법
칙'이 내장되어 있어야 함은 물론이다. 김영래의 『숲의 왕』은 '희생
과 재생의 교환의 법칙'이 붕괴된 자본주의의 현실에 맞서 힘겨운 싸
움을 감행하는 현대의 '숲의 왕'들에 대한 소설이자 신화며 전설이
라고 할 수 있다. 다만 그 싸움의 방식이 살인과 테러로 귀결된 점은
한계라고 할 수 있다.

### 2) 개체와 전체의 등가의 법칙 – 이문재의 '개인으로 존재하기'

이문재는 도시의 삶과 생태의식을 접목시킨 시세계를 일관되게 전
개해 왔다. 이문재는 시인을 포함한 근대인의 당면 과제는 '개인으
로 존재하기'라고 말한다. 근대인이 상실했고 회부해야 할 최상의 덕
목은 자기 자신이라는 것이다. 이에 따라 이문재가 쓰는 생태시들은
근대사회에 대한 '개인'의 저항의 기록이 된다. 개인과 사회, 개체와
전체의 평등한 관계를 회부하려는 의지는 이문재의 '개인으로 존재

---

14) 김영래, 『편도나무야, 나에게 신에 대해 이야기해다오』, 도요새, 2002, p. 182.

하기'의 골자로, 이 때 '개인'은 근대사회와 총체적 불화 상태에 있는 독립적이고 주체적인 인간을 의미한다. 자연생태계에서 개체와 전체는 평등한 관계에 있지만, 근대의 인간사회에서 개체와 전체는 상하 종속의 관계에 있다. 이문재는 근대사회의 파행성이 생태계의 질서를 파괴하고 개체와 전체를 주종의 관계로 설정한 데 기인한다고 본다. 주종의 관계가 강제될 때, 개체와 전체의 행복한 교호작용은 단절되기 때문이다.

　저 낙엽들은 뿌리로 내려가 실뿌리를 만나지 못하고 매립지로 실려가겠지요, 그런데 어디 낙엽만 그런 것일까요, 이번 가을만 그런 걸까요, 뿌리로, 흙으로 돌아가시 못하는 나무의 전생, 혹은 후생늘이 찬비 내리는 보도 블록에 착, 달라붙어 있습니다

　농업박물관 앞, 깨진 보도 블록 한 장을 들어내고 작은 낙엽 한 장을 집어넣어주었습니다. 작은 장례였던 것이지요. 그리고 지금 당신의 이름을 부르는 것인데, 나는, 여기가 어딘지를 모르겠습니다, 모르겠는 것입니다
　　　　－ 이문재, 「농업박물관 소식 － 거리에 낙엽」(『마음의 오지』, 1999) 부분

근대문명이 개체와 전체가 평등한 관계에 있는 생명 공동체를 파괴한 결과는 참혹하다. 근대인은 근대문명이 자연의 개체들을 살해해 암매장한 현장에서 목숨을 부지한다. 자연의 생명체들은 자연과 우주의 전체성에서 분리되어 '깨진 보도 블록' 위의 '낙엽 한 장'으로 전락한다. 생명의 전체성이 파편화된 현장에서 이문재는 "나는, 여기가 어딘지를 모르겠습니다, 모르겠는 것입니다"라고 탄식한다. 자신을 '도시-자본주의-근대의 사생아'라고 칭하는 이문재는 문명사

적 위기와 현대인의 실존의 딜레마, 시쓰기의 문제를 일원적으로 인식한다. 이문재가 근대문명의 체계에 맞서 "개인으로 존재하"려는 것은 기술문명의 통제에서 벗어나 독자적으로 존립하겠다는 뜻이며, 시적 사유의 영원한 원천인 '자아'를 최후까지 사수하겠다는 의미이다. 이문재에게 개인으로 존재하는 일은 시인으로 살아가는 일, 인간으로 살아가는 일과 같은 의미를 지닌다.

> 나는 '개인'이기 위하여, 개인을 옹호하기 위하여 시를 쓴다. 개인은 그냥 주어지지 않는다. 선천이나 선험이 아니다. 끊임없는 자의식, 즉 깨어 있음만이 개인을 가능케 한다. 나에게 시쓰기는 개인으로 존재하기와 같은 말이다.
>
> — 「미래와의 불화」(시인이 쓰는 시 이야기, 『마음의 오지』) 중에서

'개인'으로 존재하려는 시인은 공동체의 정서와 신화적 아우라를 추구하는 전통 시인이나, 역사를 웅변하는 공인(公人)으로서의 시인과 구별된다. 고도기술사회에서 개인이 독자적으로 존재한다는 것은 체계 전체에 항거하는 일과 직결된다. 이문재는 개체와 전체는 대등한 공존관계에 있으며, 근대인은 체계에 대항해 자신의 독자성을 확보함으로써 진정한 실존을 향유할 수 있다고 믿는다. 진정한 '개인'이란 소외되고 단자화된 인간이 아닌, 자기정체성을 획득한 자립적이고 주체적인 인간을 의미한다. '개인'으로 존재하는 인간/시인은 가령 다음과 같은 일을 자발적으로 행한다.

> 나 도망가는 법 터득했다

집 떠날 필요 없다
파워 오프—
가만히 앉아서 모든 전원을 끌 것

고개 들어 먼산 바라보니
만산홍엽
빨갛게 불을 켠 나뭇잎들이
전원을 내리고 있다

내 안에 조금씩 전기가 고이고
밤이 오고 아침이 온다
그리고 들여다보니
나 아주 오래 된 수력발전소

저 아래 중력의 끝이 보이고
만산홍엽의 빈 데가 커지고
한 칸씩 뛰어오르는
물방울들의 그늘들

밖의 전원은
더 오래 끈 채로 두자
지금 땅 위는 겨울
몸의 안쪽도 혹한
파워 오프—
꺼놓고 기다리자

–「만산홍엽 – 고독한 산책자의 몽상」(『마음의 오지』) 전문

'개인=시인=인간'의 등식을 마련한 이문재가 근대사회의 체계에 저항하는 방법은 의외로 간단하다. 집에 "가만히 앉아서 모든 전원을 끄"는 것이다. 근대문명을 가동하는 전원을 차단하자, "중력의 끝이 보이고 만산홍엽의 빈 데가" 만져진다. 그러나 근대문명에 예속되어 있던 인간의 '몸'은 문명의 혜택에서 벗어나 '혹한'의 '겨울'에 처하게 된다. 근대의 인간이 체계의 억압에서 벗어나기 위해서는 불편과 시련을 감내해야 하는 것이다. 인간의 무의식에까지 침투한 근대문명의 보이지 않는 장치를 해체하는 것은 요원한 일이다. 하지만 근대인이 부단히 독립적인 '개인'이 되어야 하는 이유는 여기에 있다. 이문재는 '개체와 전체의 등가의 법칙'을 실현함으로써 근대사회의 틀을 개조하는 어려운 과업을 수행하고자 한다. 가장 개인적이면서도 가장 보편적인 장르인 시는 이문재가 이 어려운 과업을 수행하는 데 있어 무력하면서도 든든한 후원자의 역할을 한다. 이문재가 '개인=시인=인간'의 등식을 마련하고, 다시 '개인=시인=인간'과 근대사회 전체의 동등한 지위를 강조하는 것은 하나의 개체를 지키는 일이 곧 전체를 지키는 일이며, 이것이 바로 자연과 우주에 내재된 섭리이기 때문[15]이다.

---

15) 장회익의 '온생명' 개념은 바로 이러한 생각을 담고 있다. 장회익은 "지구 초기에 태어나서 지금까지 연속된 큰 전체"(전지구적 생명, 우주적 생명)를 '온생명'이라 명명하면서, "온생명의 본원적 가치를 인정한다면 이를 구성하고 있는 모든 낱생명들의 집합적 그리고 개별적 가치 또한 인정해야 하"며 "우리가 온생명이 가치롭다는 판단에 이르는 것은 바로 우리 각자가 지닌 낱생명의 가치를 인정함으로써이며, 우리가 온생명에 참여하는 것 또한 이 낱생명을 통해서 가능한 것이므로, 온생명의 가치를 인정한다 하여 낱생명이 지닌 가치의 절대치가 줄어드는 것이 아니"라고 말한다. – 장회익, 「현대과학과 우주 생명」, 장회익 외, 『생태적 삶을 추구하는 영성』, 내일을 여는 책, 2000, pp. 31~35.

## 3. 근대문명과 생태문학의 미래

생명을 파괴함으로써 발전하는 근대문명의 지속 가능성은 점점 줄어들고 있다. "자연을 지배하는 인간의 제국을 '가능한 모든 것들의 성취로까지' 확대하고자 한 프랜시스 베이컨의 꿈이 섬뜩하게, 심지어 자멸적이게 현실로 다가온 것"[16]이다. 그러나 근대사회는 자멸의 극점을 향해 가면서도 그 극점을 계속 갱신하고 있다. 가공할 파괴와 힘겨운 유지, 미미한 회복이 동시에 이루어지면서 몰락의 시점이 조금씩 연기되고 있는 것이다. 근대사회는 한편으로는 자연을 파괴하고, 다른 한편으로는 자연을 보호하는 다양한 저지전략을 사용한다. 이 저지전략이 근대문명을 개선하는 혁명으로 고양될 것인지, 아니면 생태위기마저 이익창출의 도구로 흡수하는 자본주의의 상품전략으로 전락할 것인지는 전적으로 인간의 의지에 달려 있다.

1990년대의 생태문학은 근대문명의 지속방식에 경종을 울리면서 전 시대의 생태문학이 시도하지 못한 패러다임의 개혁과 문학적 삶의 법칙을 제시한다. 그 구체적인 사례로 김용택의 시와 김영래의 소설에서 '자연과 인간의 공정한 거래의 법칙'을 추출하고, 이문재의 시에서는 '개체와 전체의 등가의 법칙'을 도출함으로써 1990년대 문학에 나타난 새로운 생태의식의 지형도를 작성해 보았다. 본론에서 전개한 논의를 전체적인 평가와 전망을 첨부해 요약하면 다음과 같다.

먼저, '자연과 인간의 공정한 거래의 법칙'을 수용함에 있어 김용

---

16) Donald Worster, 강헌·문순홍 역, 『생태학, 그 열림과 닫힘의 역사』, 아카넷, 2002, p. 424.

택과 김영래는 생태의식의 자각의 정도에 있어 질적인 차이를 보인다. 김용택은 전통 생활세계의 공동체적 삶의 원리를 추억의 차원에서 재현한다. 김용택이 지닌 생태의식의 각성의 정도는 '자연과 인간의 공정한 거래의 법칙'을 자연발생적이고 비자각적으로 체득한 상태에 있는 아버지 시대의 사람들과 크게 다를 것이 없다. 이 점에서 김용택의 시는 자연과 인간의 조화를 노래하는 전통 서정시와 근대문명에 대한 비판적 인식을 내장한 생태시의 접점에 위치한다. 본론의 서두에서 언급한 것과 같이, 생태문학의 개념과 범주를 탄력적이고 포괄적으로 설정해야 하는 이유는 여기에 있다. 생태문학과 자연친화적인 문학의 차이는 작가의 의도나 그가 지닌 생태의식의 자각성의 유무만으로는 판별하기 어렵다. 본론에서 다룬 김용택의 시들은 이 난경(難境)을 예시하는 대표적인 사례라고 할 수 있다.

김영래는 김용택과 달리 매우 자각적이며 혁신적인 생태의식을 보유하고 있다. 김영래는 근대문명의 환부와 치료법을 세계 각지에서 전승되는 신화와 전설의 공통분모에서 찾는다. 그 공통분모는 '숲의 왕'으로 상징되는, 자연의 혜택에 대한 '인간의 보은 행위'이다. 보은 행위는 자연이 준 생명을 돌려주는 행위—실제가 아닌 상징적인 행위일지라도—로 실현된다. 인간은 모든 자연물의 생명과 인간의 생명을 동등한 가치로 생각하고, 자연의 희생을 자신의 희생으로 보답하는 자세로 살아야 한다. 김영래는 근대문명의 폐단을 고대의 신화와 전설에 담긴 가치관에 의해 진단하면서, 그 오래된 지혜를 미래의 삶의 지표로 삼는다. 김영래의 신화적인 상상력은 역사적인 통찰과 문명사적인 통찰을 아우른다. 진정한 생태의식은 인간의 삶과 역사에 관한 총체적인 문제의식을 바탕으로 해야 한다는 점을 염두에 둘

때, 김영래의 소설 『숲의 왕』은 이러한 요소를 충족하고 있는 1990년대 생태문학의 대표적인 성과로 평가할 수 있다.

이문재는 근대문명의 위기와 자연의 수난을 개체와 전체의 문제로 파악한다. 근대문명은 개체를 작은 부분으로 인식하고 폭력적으로 지배함으로써 자연과 인간을 말살해 왔다. 우주의 전체성에서 개개의 생명을 분리해낸 것 또한 근대문명이 행한 과오이다. 이문재는 근대문명 전체에 대항해 인식론적인 싸움을 전개함으로써 출구를 찾는다. 그 인식론적인 싸움은 성찰적이며 독립적인 인간을 뜻하는 '개인'이라는 말로 집약되며, 본론에서 다루지는 않았으나 개인의 진정한 삶은 자급자족의 삶의 원리인 '농업'의 은유로 압축된다. 이문재의 생태시는 근대문명의 일상적인 삶의 현장에서 생태석 삶을 실현할 방법을 모색한다는 점에서 중요한 의미를 지닌다.

김용택의 전근대의 공동체적 삶에 대한 행복한 기억, 김영래의 신화적이며 문명사적인 탐구, 이문재의 근대문명의 일상 속에서의 인식론적 싸움 등은 1990년대 문학에 나타난 생태의식의 유형과 수준을 일별하게 해준다. 특히, 김영래와 이문재가 추구하는 인식과 실천의 합일, 문학적 삶과 일상적 삶의 거리 좁히기는 우리 생태문학이 나가야 할 모범적인 방향을 제시하고 있다. 김용택이 생태의식을 비자각적인 상태에서 시화한 데 반해, 김영래와 이문재는 1990년대 생태문학의 수준을 한 단계 끌어올린 자각적이고 진보적인 생태의식을 특유의 서사구조와 언어미학으로 형상화하는 데 성공하고 있다. 앞으로 우리의 생태문학은 당위의 메시지를 전하는 차원에서 한 걸음 나아가, 생태적 가치관의 자기화와 그에 상응하는 미학적 원리와 형식의 개발에 진력해야 할 것이다.

# '기독교'의 시적 의미와 텍스트화 양상
– 1980년대 김정환, 박남철의 시를 중심으로

## 1. 1980년대 한국 사회와 문학에 나타난 '종교적 전회(宗教的 轉回; religious turn)'

광주민주화운동과 함께 시작된 1980년대는 살육과 착취의 시대였다. 20세기 중·후반 한국 역사의 파행성을 폭력적으로 외화(外化)한 비극적 현실은 당대인들에게 날카로운 현실인식과 그에 상응하는 실천을 요구했다. 이 과정에서 한국사회는 정치·역사의 문제가 현실의 표면에 부각되는 동시에 이면에 은폐되는 이중의 질곡에 처했다. 정치·역사의 모순은 개인의 일상과 윤리적 선택에도 지대한 영향을 끼쳤고, 구조적 모순이 심화되면서 사회 전반의 폭력은 더 조직적이고 강압적으로 행해졌다. 살육과 착취의 1980년대는 현대문명의 복판에서 자행된 살육과 착취 자체에 의해 일정 부분 '종교의 시대'가 되었다. 대량학살, 고문, 백주(白晝)의 암살이 버젓이 자행된 1980년대 한국사회에서 종교의 역할이 증폭된 것은 당위적이고 필연적인 결과였다. 죽음의 위협과 혹독한 생존 속에서 인간이 구원의 가능성을 전유하는 대표적인 방법의 하나는 종교에 의지하는 것이다. 당대인들은 '해방, 자유, 민주, 새 세상' 등의 이름으로 구원의 획득을 전 사회적으로 열망했으며, 그 속에서 적극적으로 종교를 호출하고 종교와 연대했다. 1980년대 한국사회에 나타난 이 같은 움직임을 일러 한국 현대 역사의 '종교적 전회(religious turn)'라고 명명할 수 있을 것이다. 서울 시내 중심에 위치한 '명동성당'이 민주화운동의 성소가 되고, 정의구현사제단 등의 천주교 단체, 한국기독교교회협의회와 한국기독학생총연맹 등의 기독교 단체, 민중불교운동연합 등의 불교 단체 등 많은 종교 단체와 인사들이 민주화운동의 주제이자 후원자로서 군사정권에 저항했던 것은 그 현실적이며 구체적인 증거들이었다.

산업사회와 정보화사회의 과도기였던 1980년대 한국사회에 일어난 '종교적 전회'는 문학에서도 뚜렷한 현상으로 나타났다. 시의 경우, 가장 빈번하게 호출된 종교는 '기독교'였다. 이유는 크게 세 가지로 추론할 수 있다. 첫째, 기독교는 한국 현대사회에서 가장 광범위하고도 조직적으로 대중화된 종교로, 1980년대 한국사회에서 민주화운동의 정신적 지주가 된 점. 둘째, 기독교에서 신과 인간의 관계는 아버지와 아들의 모형에 기초한 '가부장적'인 것으로, 근대의 폭력적 남성중심주의의 극단적인 산물인 1980년대 독재정권의 구조와 유비(類比, analogy) 관계에 있었다는 점. 셋째, 부정성과 모순을 지닌 독재정권을 대신하고 대속(代贖)하는 대리자로서 기독교가 상징적 희생양으로 채택되었다는 점이 그것이다. 이 중 세 번째 가설은 현대

사회와 기독교의 상관성에 관해 르네 지라르의 분석에 의해 설득력을 제공 받는다. "제의에는 항상 희생양이 있어야 하는데 오늘날의 희생양은 항상 기독교이다. '최후 수단의 희생양'이 기독교다. 그래서 사람들은 '폭력 문제를 해결하는 데에' 기독교는 아무 일도 하지 않았다고, 고상하고 슬픈 어조로 말하는 것이다."[1]

1980년대에 발표된 김정환과 박남철의 시에서 '기독교'가 어떤 맥락과 미학적 형식으로 텍스트화되었는가를 고찰하는 작업은 당대 사회와 문학의 '종교적 전회'가 갖는 함의를 밝히는 일과 밀접한 관련성을 갖는다. 1980년대의 김정환과 박남철은 기독교의 모티브와 세계관, 언술을 시적으로 변용하는 작업에 매진한 이유는 역사적이며 현실적인 것에 있었다. 김정환과 박남철은 기독교의 텍스트를 폭압적인 현실에 대한 비판과 저항의 기제이자 새로운 미학의 질료로서 차용했다. 그러나 두 시인이 기독교에 대해 취한 관점 및 기독교를 시적으로 변주한 방법은 매우 다른 양상을 보인다. 단적으로 말하면, 김정환은 1980년대 시단의 기념비적 저작인 『황색예수전』[2]에서 당대의 현실 상황을 예수 수난의 서사와 병치해 재구성한다. 반면, 박남철은 불경한 신성 모독의 화법으로 하느님을 끔찍한 현실의 무기력한 방관자로 질타하면서 기독교의 현실적 위상을 신랄하게 공격한다. 두 시인의 시에 나타난 '기독교'의 변용 양상과 내적 경로 및 미

---

1) 르네 지라르, 김진식 역, 『나는 사탄이 번개처럼 떨어지는 것을 본다』, 문학과지성사, 2004, pp. 207~208.
2) 김정환, 『황색예수전 - 탄생과 죽음과 부활』, 실천문학사, 1983.
　　　, 『황색예수전 2 - 공동체, 그리고 노래』, 실천문학사, 1984.
　　　, 『황색예수전 3 - 예언, 그리고 아름다움을 위하여』, 실천문학사, 1986.
　이 글에서는 김정환이 20년간 쓴 시를 묶은 합본인 『김정환 시집 1980-1999』, 이론과실천, 1999를 텍스트로 삼는다. 이 합본에서 '황색예수전'의 제명은 '황색예수'로 바뀌어 있다.

학적 특성과 시사적 의의를 살펴봄으로써 1980년대 시에서 '기독교'가 텍스트화된 양상을 추적하고, 이러한 현상이 1980년대를 포함해 한국 현대시사에서 갖는 의미를 추출해보기로 한다.

## 2. 수난과 구원의 서사, 동일성에 기초한 역사와 기독교의 겹텍스트 – 김정환

인류 역사에서 종교와 역사는 긴밀한 관계를 형성해 왔다. 간략히 압축하면, '종교'와 '역사'의 비중이 전자에서 후자로 넘어온 것이 인류 역사의 전개 과정이었다고 할 수 있다. 엘리아데가 산파한 것과 같이, 종교의 신성이 박탈되고 '비종교적(非宗敎的) 인간'이 장악한 근대사회에서 비종교적 인간이 '종교' 대신에 선택한 것은 '역사'였다. 비종교적 인간은 "그 자신을 오로지 역사의 주체 및 역군(役軍)으로만 간주하며, 초월을 향한 모든 호소를 거절한다."[3] 역사의 주체 및 역군으로서 자신을 정립한 인간은 '비종교적 인간'이라는 엘리아데의 관점에서 보면, 역사의 부정성을 폭로하고 개혁하려는 '비종교적 인간'으로서 현대의 시인이 종교를 현실인식과 변혁의 매개로 삼는 것은 이치에 맞지 않는 일이다. 1980년대 한국사회로 논의의 범주를 좁힐 경우, 이 시기가 20세기 내내 누적된 한국현대사의 폭력

---

3) "비종교적 인간이 완성상태로까지 발전한 것은 서구 근대사회의 경우가 유일한 것이다. 근대의 비종교적 인간은 새로운 실존적 상황을 상정한다. 그는 그 자신을 오로지 역사의 주체 및 역군(役軍)으로만 간주하며, 초월을 향한 모든 호소를 거절한다. 달리 말하면, 그는 다양한 역사적 상황들에서 볼 수 있는 바와 같은 인간 조건의 바깥에 있는 인류를 위한 어떤 모델도 받아들이지 않는다." – 멀치아 엘리아데, 이동하 역, 『성과 속』, 학민사, 1983, p. 154.

과 야만이 집약적으로 분출된 시기라는 역사적 특수성을 고려할 때
도 그러하다. 김정환과 박남철을 포함해 정호승, 황지우, 김지하 등
특정 종교를 모티브로 한 1980년대 시의 상당수가 본격적인 '종교
시'로 분류되지 않는 이유가 여기에 있다.[4] 이들의 시에서 종교는 역
사와 현실의 하위 영역으로 편입되어 있으며, 종교적 메타포와 이미
지들은 해당 시가 다루는 현실의 문제점을 언표하고 대안을 모색하
는 데 기여하고 있다. 1980년대 시인들이 역사의식과 현실인식의 형
상화의 유용한 매개체로 '종교'를 택한 것은 대대적인 탈신성화에
이른 현대사회에서도 종교가 여전히 인간에게 많은 영향을 끼치고
있음을 반증하는 증거가 된다. "비종교적 인간도 종교적 인간(homo
religiosus)의 후예이며, 좋든 싫든 간에 종교적 인간의 산물이다.
(…) 간단히 말해 그는 탈신성화 과정의 결과이다."[5]라는 엘리아데
의 결론은 이러한 해석을 지지해 준다.

1980년대 한국의 야만의 역사에 기독교의 수난의 서사를 병치한
김정환의 시는 현대 역사와 종교가 실물(實物) 대 실물로서 현실적 ·
직접적으로 만난 독보적인 사례이다.[6] 출간년도의 시간적 순서에 따
라 모두 3권으로 구성된 『황색예수』는 김정환이 철저한 기획 의도

---

4) '기독교시'를 예로 들면, "기독교시란 단지 시적 기교에 앞서 진실한 신앙적 체험이 밑받침
되어 신 앞에서 간구, 예언, 감사, 찬미, 회의, 갈등 등의 고백이 따라야 한다. 단순한 미사여
구의 교리나 성경 본문 주석 등과 같은 복음주의나 호교성에 머물기보다는 자아의 내면세계
에서 배태되는 불신적 요소나 구도의 과정에서 고뇌 등이 많이 나타나야 한다."(신익호, 「한
국 현대 기독교시 연구」, 전북대 박사, 1987, pp. 191~192」)나, "기독교시는 신에 대한 죄를
망각한 역사의 궤적을 증언하는 것으로 나타나야 한다."(박정례, 「한국 현대시의 종교성에
대하여」, 충북대 교육대학원 석사, 1981, p. 65.)는 것을 전제할 때, 김정환, 박남철, 정호승,
황지우의 시는 '기독교'를 역사와 현실을 바로잡기 위한 성찰과 희망의 매체로 채택하는 것
이지, '신앙'과 '종교적 소명'의 대상으로 수용하는 것이 아니라는 점에서 '기독교시'의 범주
에 넣기 어렵다.
5) 멀치아 엘리아데, 앞의 책, p. 155.

아래 일사불란하게 창작한 시들을 묶어놓은 연작시집이다. 이 연작
시집의 핵심적인 기획 의도는 역사의식과 종교의식을 유비(類比,
analogy) 관계로 놓고, 당대의 왜곡된 역사와 종교를 비판하고 혁신
하려는 것에 있다. 제1권『황색예수-탄생과 죽음과 부활』의 자서에
서 김정환은 현대의 역사와 종교를 유비 관계로 접근하는 근거를 다
음과 같이 밝히고 있다.

> 이 글은 우상화된 예수, 우상화된 개인적 고통에 대한 고발이며, 잘못
> 된 성(聖)-속(俗)의 이분법적 개념 규정에 대한 수정작업이며, 현세기복
> 적 재벌 종교의 반민중성, 미래지향적 구원종교의 반역사성에 대한 규탄
> 이다. 그리고 가난한 민중들의 공동체 속에서, 쫓겨난 오늘의 예수를 확
> 인하고, 이루어지지 않은 미래의 어렴풋한 모형을 찾으려는 '의미 찾기'
> 이다. 그것은 성서에 나타난 탄생, 사랑, 부활, 구원의 진정한 의미를 찾
> 는 작업과 무관하지 않으리라 믿는다.[7]

이를 요약하면, 김정환이 역사와 종교를 유비의 대상으로 동일시
해 함께 비판하는 근거는 ① 우상화, ② 잘못된 성-속의 이분법, ③
반민중성, ④ 반역사성에 있다. 네 가지 부정성은 표면적으로는 '기

---

6) 정과리에 의하면,『황색예수』연작은 학살과 분단의 현실을 포함한 세계의 변혁이라는 거대
   한 기획을 내장하고 있다. 정과리는, "『황색예수전·2』의 시편들은 세계 전체가 가는 먼 길의
   발전적 과정을 보여주는 시편들이다. 세계가 먼 길을 가야하는 까닭은 머무른다는 것, '고임'
   이 부정적인 것이기 때문이다. 그것은 '피'와 '고정관념'을 소유하는 것이며, '약탈'이고 '학
   살'이고 '분단'이다."라고 해석한 뒤, 이 연작이 보여준 "세계 전체의 떠남의 의미와 그 복합
   적 과정은, 우리 문학의 중요한 성취"라고 고평한다. - 정과리,『문학, 존재의 변증법』, 문학
   과지성사, 1985, pp. 328~333.
7) 김정환,「자서」,『황색예수 - 탄생과 죽음과 부활』,『김정환 시집 1980-1999』, 이론과실천,
   1999, p. 309.

독교'라는 특정 종교의 부산물로 진술되어 있지만, '기독교'의 자리에 독재정권과 재벌에 의해 파행화된 '당대 사회와 역사'를 대입해도 논지는 달라지지 않는다. 오히려 이 진술의 심층 맥락, 즉 김정환의 궁극적인 비판의 대상은 당대 사회와 역사에 있다. 이는 '현세기복적 재벌 종교'인 기독교와 대립적인 위치에 있는 것이 '가난한 민중들의 공동체'라는 부분에서 분명히 드러난다. 김정환이 『황색예수』 창작을 통해 '규탄'하려는 ① 우상화, ② 잘못된 성−속의 이분법, ③ 반민중성, ④ 반역사성 등은 '가난한 민중들의 공동체'를 외면하고 위협하는 기독교의 오류이자, 독재정권과 재벌에 의해 파행화된 당대 사회와 역사의 오류이다. 김정환은 기독교의 현실과 사회·역사의 현실을 부정적인 행태라는 측면에서 동일시하면서, "쫓겨난 오늘의 예수를 확인하"고 "성서에 나타난 탄생, 사랑, 부활, 구원의 진정한 의미를 찾는 작업"을 시작(詩作)의 목표로 설정한다. 기독교의 바람직한 방향 전환을 촉구하는 동시에, 기독교를 당대 사회와 역사의 모순을 타파할 방법적 통로로 활용하기 위한 목적에서다. 김정환은 기독교를 일차적으로 비판과 우상파괴(iconoclasm)의 측면에서 접근한다. "종교의 본질은 우상과 같은 이데올로기를 끊임없이 걸치는 데 있는 것이 아니라, 그 이데올로기를 끊임없이 벗겨내는 데 있"[8]으며, "자기 비판성을 유지할 때 종교는 주체에게 철저히 주체적이 되도록 인도할 뿐만 아니라, 타자를 있는 그대로 인정하고 받아들일 수 있다"[9]는 지젝의 관점은 김정환의 기독교 인식에 관해서도

---

8) 슬라보예 지젝, 김재영 역, 『무너지기 쉬운 절대성 − 왜 그리스도적 유산은 싸울 가치가 있는가?』, 인간사랑, 2004, p. 7.
9) 슬라보예 지젝, 앞의 책, 같은 곳.

상당 부분 들어맞는 것이 된다.

기독교를 사회·역사와 동일한 비판의 대상이자 사회·역사의 모순을 개선할 구원의 서사의 모델[10]로 수용하는 점에서 김정환의 기독교 인식은 이중적이다. 기독교를 비판의 대상이자 구원의 서사의 전범(典範)으로 보는 김정환의 이중적 시각은 실제 작품에서는 후자가 중심이 되어 형상화된다. 김정환이 행하는 비판과 성찰, 변혁의 최종적인 대상은 기독교가 아닌, 기독교를 포함한 독재정권 치하의 사회와 역사 전체였기 때문이다. 한마디로 말하면, 『황색예수』 연작은 엘리아데가 말한 의미에서 현대사회의 '비종교적 인간'이며 시인인 김정환이 1980년대 한국사회의 '역사의 주체 및 역군'으로서 '나'와 '우리'를 정립하는 과정에서 기독교를 호출하고, 이를 독창적인 언어와 미학으로 텍스트화한 결과물이다. "기독교는 그 정신을 현실 도피나 초월보다는 현실 대결을 통한 극복으로 나타내"며, "현실에 충실하며 어떠한 어려움에도 극복하지 않고 대결하여 극복함으로써 미래의 희망을 확신하는"[11] 특성을 지닌 종교이다. 김정환은 현실 응전력과 실천, 미래의 비전의 측면에서 기독교를 철저히 역사의 현장 속으로 소환해 노래한다.

---

10) 『황색예수』 연작이 기독교를 구원의 서사의 모델로 채택하는 것은 '마태복음'을 인유한 1권에 특히 잘 나타나 있다. '탄생과 죽음과 부활'을 부제로 한 『황색예수』 1권은 착취와 살육이 난무하는 현실 속에서 구원과 해방이 도래하기를 갈망하는 마음을 예수의 죽음과 부활의 서사와 병치하여 형상화한다. 참고로, 마태복음은 기독교 경전 66권 중 한 권이자 신약성경 27권 중 첫 번째 책으로, 예수 그리스도가 메시아임을 증거하고, 그리스도의 탄생과 행적을 확실하게 증명하기 위하여 기록되었다.

11) 신익호, 앞의 논문, p. 104.

① "나는 분명히 말한다. 너희 가운데 한 사람이 나를 배반할 터인데 그 사람도 지금 나와 함
께 먹고 있다."
마 14장 18절


나의 몸, 나의 피를 그대에게 줍니다
나의 살, 나의 뼈를
그대에게 줍니다
흐트러진 내 눈물의 시야를
갈기갈기 찢어진 내 꿈의 잔해를
나는 그대에게 보여줍니다
그대는 나의 혁명이어야 합니다
　　　　　　　　　　– 「최후의 고백」(『황색예수 – 탄생과 죽음과 부활』) 부분


② "주님, 주님께서 이스라엘 왕국을 다시 세워주실 때가
바로 지금입니까?"
1장 6–7절


하늘나라는 여러분의 힘으로 다가옵니다
개나리 피고 봄이 오듯 하늘나라도 오고 있지만
진달래 피듯이 여러분의 피흘림으로 더욱 아름답게 다가올 것입니다
(…)
과거와 미래는 당신들로부터 한두 발자욱씩 떨어져 있는 것이 아니
라
당신 위대한 생애의 일부를 이루는 떼놓을 수 없는 부분입니다

이제 여러분이 이 지상의 현재에서 의롭게 피흘리며 산다는 것은

여러분이 선택받았다는 것을 뜻합니다

(…)

내가 당신의 현재 속에 치열하게 있기 때문입니다

당신의 과거와 미래가 모두

당신의 이 순간 기나긴 결단 속에 치열하게 있기 때문입니다

-「사도들의 질문에 답함」, (『황색예수 2-공동체, 그리고 노래』) 부분


③ 앞서가라 나아가라 저 식민정책의 매음굴인 네온싸인

휘황찬란한 도시 속으로 그 음탕한 더럽혀진 자궁 속으로

그것까지 우리 것으로 만드는 일은 또 얼마나? 오로지

(…)

그 여자가 그 미친 여자가 백주에, 대낮에 내 총구 앞에서

다리를 벌리고 누워버렸던 것이다. 아름다움이란 이토록

처참한 것일까. 비린내 풍기고 값싼 화장내 풍기고 썩은

시체냄새도 풍기고 전쟁이 낳은 아름다움이란 저리도 멀리

떨어져 있는 자세로 이미 우리 몸속에 들어와 있는 것일까.


그대 순결한 채로 해방되라

그대의 순결함 속에 이미

빼앗김의 역사 전체가 들어 있느니

-『황색예수3-예언, 그리고 아름다움을 위하여』 부분


①과 ②의 시에서 '나', ③의 시에서 '그대'로 인칭화된 '황색예수'

는 각각의 시 텍스트에서 ① '혁명', ② '이 지상의 현재'와 '과거와 미래', ③ '빼앗김의 역사 전체'로 현실적인 상징성을 획득하고 있다. 『황색예수』 연작 전체의 심층 주어 역할을 하는 '황색예수'는 "갈기 갈기 찢어진 꿈의 잔해"가 되어 "이 지상의 현재에서 의롭게 피흘리 며 사"는 '당신들'과, "비린내 풍기고 값싼 화장내 풍기고 썩은 시체 냄새도 풍기"는 '그 여자'와 '우리', 즉 '민중'의 제유적 상징이기도 하다. 김정환은 기독교를 철저히 1980년대 한국 역사와 현실의 구체 적인 맥락 속에 위치시키면서, 기독교의 '수난과 구원의 서사'를 1980년대 한국 역사가 경험하는 고통의 서사이자 성취해야 할 혁명 적·당위적 서사로 변주한다. ① "그대는 나의 혁명이어야 합니다", ② "하늘나라는 여러분의 힘으로 다가옵니다", ③ "앞서가라 나아가 라 저 식민정책의 매음굴인 네온싸인/휘황찬란한 도시 속으로"와 같은 시구는 기독교의 신앙적 실천을 '혁명'과 '투쟁', '해방'의 리얼 리즘의 세계관에 입각해 현재형으로 서술하고 있다.

　바꾸어 말하면, 『황색 예수』는 1980년대 한국사회와 역사를 무대 로 『성경』을 한국적·현대적·리얼리즘적 시각에서 다시 쓰기 (paraphrase)한 시적 결과물이다. 역사와 종교(기독교)의 운용 원리를 동일시하는 이러한 시화 작업을 통해 기독교의 초월성은 현실성과 등가를 이루게 되며, 신성 역시 (바람직한 의미의) 인간성과 대등한 위 상을 갖게 된다. ①의 "나의 몸, 나의 피를 그대에게 줍니다", ②의 "내가 당신의 현재 속에 치열하게 있기 때문입니다", ③의 "전쟁이 낳은 아름다움이란 저리도 멀리/떨어져 있는 자세로 이미 우리 몸 속에 들어와 있는 것일까.//그대 순결한 채로 해방되라/그대의 순 결함 속에 이미/빼앗김의 역사 전체가 들어 있느니" 등의 구절은 모두 '황색예수'-앞서 분석한 것처럼 혁명, 과거와 미래가 치열하게 공존하는 이 지상의 현재, 역사 전체, 민중 등의 상징성을 갖는-의 현존성을 강조하면서 기독교를 리얼리즘의 역사관과 세계관의 맥락으로 전유한다. 김정환이 '예수'에게 한국인의 정체성을 강하게 환기하는 '황색'의 색채 이미지를 부여한 것도 이러한 역사인식에 기인한다.

『황색예수』 연작은 '고통 받는 인간들을 구원하기 위한 메시아의 지상 출현'으로 요약되는 기독교의 수난과 구원의 서사를 독재정권 아래 신음하는 민중의 투쟁과 해방의 서사로 전유하면서, 두 서사를 유비 관계에 있는 겹텍스트로 구조화한다. 겹텍스트는 『황색예수』가 『성경』을 역사의 모델이자 인유(引喩)의 보고(寶庫)로 활용하면서 이를 대화적 구조의 미학 형식으로 전환한 결과이다. 텍스트의 형식에 있어 『황색예수』는 성경 구절을 에필로그로 인용한 후 그 구절과 연관된 현실 정황을 시의 본문에 제시하는 방식으로 조직되어 있다. 성경의 언술과 시의 언술, 성경의 상황과 1980년대의 현실 상황이 서로 조응하고 대화하는 상호텍스트성(intertextuality)이 이 연작의 창작 원리와 구성 원리를 이루고 있는 것이다. 그런데 『황색예수』 1·2권과 3권은 전체 구조상 다른 텍스트화의 양상을 보여준다. 1권과 2권이 각기 마태복음과 사도행전을 에필로그로 인용하면서 각 시편마다 가시적인 겹텍스트의 구조를 갖추는 반면, 3권은 시집의 서두에 요한묵시록의 세 구절을 한꺼번에 인용한 후 이를 시집 전체의 에필로그로 삼은 후 개별 시편들은 별도의 성경 인용 없이 전개한다. 성경 구절과 시의 본문이 각 시편마다 병치되어 있는 1·2권과 달리, 3권은 시집의 서두에만 성경을 배치해 시의 본문이 반드시 기독교의 맥락으로 해석될 필요가 없이, 비가시적인 겹텍스트의 형태를 취한다. 그러나 1·2권의 시들 역시 성경 구절을 시의 본문과 분리해 배치함으로써 기독교의 맥락을 환기하면서도 동시에 그로부터 자율성을 확보하고 있다고 말할 수 있다. 성경 구절과 시가 병치 구조를 이룬 시 텍스트의 특성 및 효과는 세 가지로 정리될 수 있다.

첫째, 한 편의 시에 정전(canon)의 권위를 지닌 성경의 언술과 시인의 주관적 언술의 두 층위가 공존하면서 다성적인 목소리와 대화적 의미 지평이 창출된다. 인용된 성경 구절과 시의 본문은 직·간접적인 의미 연관을 형성하고 있어 작품 전체의 해석의 지평을 확장하는 효과를 유발한다.

둘째, 인용문과 본문이 유기적이면서도 독립적으로 배치됨에 따라, 시의 본문은 기독교와 연관성을 갖는 동시에 기독교적 맥락에 대해 자율적인 거리를 확보한다. 시 텍스트에 성경 구절이 에필로그로 배치된 것은 '성경'과 '1980년대 한국 역사와 현실'이 중첩된 겹텍스트에서 무게중심이 후자에 놓인다는 것을 의미한다. 인용된 성경 구절은 시에 대한 해석의 안내자 기능을 하기도 하지만, 시 해석의 과정에 반드시 개입될 필요가 없는 위치에 있기도 한 것이다. 이와 관련해, 기독교가 심층 텍스트로 내장된 『황색예수』 3권의 시들은 1·2권에 비해 텍스트의 독자성과 미학적 자율성을 더 많이 확보하고 있다고 할 수 있다. 예를 들어, 앞서 인용한 ①, ②의 시에서 '유다의 배반'과 '이스라엘 왕국 재건'의 에필로그는 '나의 몸', '나의 피', '나의 절망' 등이 "그대의 가슴에 못을 박"으며 '나의 혁명'으로 승화되는 일련의 과정을 통해 가시화되는 반면, ③의 시에서 기독교의 텍스트는 시 텍스트의 심층에 흡수되어 거의 모습을 드러내지 않는다.

이에 따라 ①, ②에 비해 ③은 자연히 열린 해석의 가능성을 더 풍부하게 갖게 된다.

셋째, 민중의 고통과 해방의 표층 서사에 기독교의 수난과 구원의 서사가 심층 서사로 작용하면서 역사와 종교의 상호작용이 구체적이고 현실적으로 일어난다. 이러한 상호작용 속에서 '종교적 전회'를 통해 역사와 현실에 더욱 희생적이고 핍진하게 투신하고자 한 1980년대 문학의 진정성, 혹은 문학적 전략의 효과는 증폭된다고 할 수 있다. 더불어, 역사의 종교의 상호작용이 겹텍스트라는 미학적 형식으로 표현된 것도 내용과 형식의 합일을 이룬『황색예수』의 특징이라고 할 수 있다.

한국의 현대역사와 기독교의 서사를 동일성의 관계로 놓고 이를 겹텍스트로 구조화한『황색예수』연작이 궁극적으로 제시하는 역사적 비전은 '부활'과 '사랑의 완성'이다. 김정환이 노래하는 '부활'과 '사랑의 완성'은 기독교의 입장에서는 '기독교의 역사적 실현'으로 해석될 수 있으며, 역사의 관점에서는 '기독교적 상징성을 동반한 역사의 실현'으로 해석될 수 있다. 기독교의 사건이 역사의 특정 국면을 상징화한 사건이라는 관점에서 보면 기독교와 역사는 더 이상 다른 차원으로 분리되지 않는다.[12] "결국 "삶과 죽음의 양극성 속에서 강조되는 것은 항상 삶이며 더 나은 삶을 위한 능동적 고통인 것이다."[13] 그리고 이러한 인식이 오랜 인간의 역사를 통해 무의식의

---

12) 이와 관련해 지젝은, "유대교는 결과적으로 '초역사적' 차원을 열고 있는가? 그렇기도 하고 아니기도 하다. 역사 – 단순한 유기체적 발달이나 제국들의 창건과 멸망의 주기와는 대조되는 의미로서의 역사 – 가 제대로 시작된 것은 오로지 유대 – 그리스도교적 전통과 더불어서이다. 역사의 본령은 역사와 '외부의'(반역사적인) 외상적 심부간의 긴장이다."(슬라보예 지젝, 최생열 역, 『믿음에 대하여』, 동문선, 2003, p. 119.)라고 말한다.

저변에 보이지 않게 흐르다가 점차 어떤 형체를 갖추어 의식에 떠올라 마침내 구체화되어 역사 속에 모습을 드러낸 것이 그리스도의 십자가상의 죽음과 극적인 부활의 사건이다."[14]

**"내가 율법이나 예언서의 말씀을 없애러 온 줄로 생각하지 말아라.**

**없애러 온 것이 아니라 오히려 완성하러 왔다."**

마태 5장 17, 18절


나는 지금도 어느 여관방에서 애비없는 자식으로 태어나고

지금도 그대 오만의 죄 속에서

그대와 함께 죽어갑니다

나의 탄생과 죽음과 부활이 역사는 아니나

내가 사랑하는 당신들의 역사를 위해서

끊임없이 저질러지고 또 구제받아야 하는

어떤 찰나의 참상인 것입니다

그건 당신의 혁명을 위해서

그건 당신의 인간됨을 위해서

배반을 위해서, 부활을 위해서

마침내 그대와 내가 동시에 필요한

사랑의 완성을 위해서

– 「탄생의 서」(『황색예수 – 탄생과 죽음과 부활』) 부분

---

13) Paul Tillich, *Systemetic Theology*, Vol, Ⅲ (Chicago: The Univ. of Chicago Press, 1963), p. 11.

14) 이준학, 『시의 종교학』, 한실, 1992, p. 353.

김정환이 "끊임없이 저질러지고 또 구제받아야 하는" 삶과 역사의 역설(逆說)을 통해 역설(力說)하는 '사랑의 완성'은 수많은 '나의 탄생과 죽음과 부활'에 의해 지속되는 인간의 역사의 최상의 단계이다. "모든 진정한 그리스도 교도가 알고 있듯이 사랑은 사랑의 **작업**, 즉 우리가 태어났던 특별한 질서체계와 우리를 강제적으로 동일시하도록 구속하는 타성으로부터 되풀이해서 벗어나야 하는 그러한 반복적인 힘겹고 험한 떼어내기 작업"[15]이라고 할 수 있다. "우상화된 예수, 우상화된 개인적 고통에 대한 고발이며, 잘못된 성(聖)-속(俗)의 이분법적 개념 규정에 대한 수정작업이며, 현세기복적 재벌 종교의 반민중성, 미래지향적 구원종교의 반역사성에 대한 규탄" 작업으로서 김정환의 『황색예수』 창작은 이러한 고발과 수정, 규탄의 행위로써 '사랑의 완성'을 지향한다. 김정환이 '황색예수'를 통해 정립하는 한국 현대역사의 주체는, 타자와 세계에 대한 '사랑의 완성'을 위해 현실의 부정성과 모순을 타파하는 노력을 멈추지 않는 존재인 것이다.

## 3. 신성 모독, 기독교에 대한 전복의 텍스트로서의 역사 – 박남철

르네 지라르가 해석한 바에 의하면, 예수는 평화를 두 가지로 구분한다. 하나는 예수가 우리에게 주문하는 '인간의 이해를 넘어선' 평화이고, 다른 하나는 사탄의 권능과 권세에 의해 만들어지는 현실적

---

15) 슬라보예 지젝, 『무너지기 쉬운 절대성』, 앞의 책, p. 188.

인 평화이다. 예수는 우리가 가진 유일한 평화(두 번째의)를 빼앗은 뒤에 비로소 우리에게 진정한 평화를 가져다줄 수 있는데, 지라르는 그 과정이 바로 우리가 지금 경험하는 끔찍한 역사의 과정이라고 말한다.[16] 박남철은 지라르가 말하는 의미에서 끔찍한 역사의 일부인 1980년대의 현실에 맞서, 기독교의 신성모독을 해체적 방법론과 독특한 미학적 장치로 활용한다.[17] 한 예로, 박남철 시의 미학적 성과에 관해 김병익은, 박남철은 "30년대 이휴의 우리 시문학에서 감행되어온 여러 시적 실험들의 축적 위에서야 가능한 작품들을 제작하고 있지만 그의 시도는 이 모든 것들이 지니고 있는 한계를 더 밀어올리기도 하고 뛰어넘기도 하면서, 그러니까 자신의 시적 세계에 기존의 실험들을 응집·긴축시키면서 그 나름의 독자적인 긴장된 만들어내고 있다."[18]고 높이 평가한다.

『황색예수』 연작에서 김정환이 성경 인용과 시 본문을 병치하는 구조를 통해 겹텍스트를 구축한 것과 달리, 1980년대에 출간한 시집 『지상의 인간』(1984)에서 박남철은 기독교의 텍스트를 냉소적·회화적으로 패러디해 불온한 전복의 텍스트를 직조한다.[19] 이 전복의 텍

---

16) 르네 지라르, 앞의 책, p. 232 참조.

17) 송제홍은 박남철의 시적 방법론의 특징을 "형태파괴적 상상력에 의한 시적 형식의 의도적인 파괴"(송제홍, 「결별, 그리고 사회학적 상상력으로의 전환−박남철 시의 현 단계적 위상」, 박남철, 『반시대적 고찰』 해설, 한겨레, 1988, p. 123.)로 설명한다.

18) 김병익, 「시, 혹은 진실과 현실 사이 − 박남철의 시세계」, 박남철 시집 『지상의 인간』 해설, 문학과지성사, 1984, p. 145.

19) 『지상의 인간』은 기독교의 텍스트를 적극적으로 활용한 시집으로, 제목에서부터 기독교의 함의를 드러내고 있다. 이 시집에서 기독교의 텍스트를 직접 패러디한 시는 「주기도문」, 「주기도문, 빌어먹을」, 「감사기도」이며, 기독교의 모티브를 차용한 시는 「심판」, 「무서운 啓示」, 「地上의 人間」, 「시인의 집·뒤」 등이다. 시집 『반시대적 고찰』(1988)에서도 기독교의 모티브는 「묵상 ; 예수와 아기장수」, 「묵상 ; 예수와 술래」, 「애아와 애린 사이」, 「실업」 등의 시에서 계속 등장한다. 그러나 이 시들은 기독교의 텍스트와 맥락이 시 텍스트의 직접적이고 중심적인 대상이 되고 있지 않은 점에서 이 글의 논의 대상에서는 제외하였다.

스트는 '신성모독'을 시의 목적이 아닌 방법론으로 삼아, 당대의 현
실과 역사가 바람직한 방향으로 재편되어야 할 필연성과 그에 대한
열망을 반어적으로 피력하는 효과를 낳는다. 탈신성화(脫神聖化)·비
신화화(非神話化)의 과정이 곧 인간이 '완전한 자기 자신'이 되는 과
정이라는 엘리아데의 관점[20]에서 보면, 박남철은 자기 자신의 전폭
적 기원이자 주체로서 '전적으로 그 자신'이 된 상태에서 '아버지/
주님'의 뜻과 언어를 전복하고 희화화한다.


① 지금, 하늘에 계시지 않은 우리 아버지 이름을 거룩하게 하옵시며,

　아버지의 나라이 말씀이 아니시며, 뜻이 하늘에서 이룬 것 같이, 그

　러나 땅에서는 아직도 이루어지지 않았나이다

　오늘날 우리에게 일용할 거시기는 단 한 방울도 내려 주시지 않으셨

으며

　(…)


　대개 나라와 권세와 영광이 아버지께 영원히 있다고 말해지고 있사

옵니다, 언제나 출타중이신 아버지시여

　　　　　　　　　　　　　　　　　　　　　　　　　　　　　아멘

　　　　　　　　－「주기도문」(『지상의 인간』, 문학과지성사, 1984) 부분


② 지금, 하늘에 계신다 해도

---

20) "인간은 그 자신을 만든다. 그리고 그는 오로지 자기 자신과 세계를 탈신성화시키는 정도에
　　비례해서만 그 자신을 완전하게 만든다. 거룩한 것은 그의 자유에 대한 최대의 장애물이다.
　　그는 오로지 그가 전적으로 비신화화(非神話化)될 때에만 그 자신이 될 것이다. 그는 최후
　　의 신을 살해하고 나서야 비로소 진정으로 자유롭게 될 것이다." －멀치아 엘리아데, 앞의
　　책, p. 154.

도와 주시지 않는 우리 아버지의 이름을

아버지의 나라를 우리 섣불리 믿을 수 없사오며

아버지의 하늘에서 이룬 뜻은 아버지 하늘의 것이고

땅에서 못 이룬 뜻은 우리들 땅의 것임을, 믿습니다

(믿습니다? 믿습니다를 일흔 번쯤 반복해서 읊어 보시오)

(…)

대개 나라와 권세와 영광은 이제 아버지의 것이

아니옵니다(를 일흔 번쯤 반복해서 읊어 보시오)

밤낮없이 주무시고만 계시는

아버지시여

─「주기도문, 빌어먹을」(『지상의 인간』) 부분

③ 오 주여 제 이 한 몸 제 이 모든 고통들이


다 우리 자비로우신 우리 주님의 계약된 축복,

이었음을 다 주여 제 이 모든 고통들이 이미 다

알고 있었으면서도…… 축복을 축복으로 받아들이지 않는

척하며 괴로워하였던 저를 주여 알고 계셨더군요

귀엽게 생각하실 줄을, 용서하여 주실 줄도 이미 다

알고 있었지요만, 오 주여 제 이 모든 빛과 어둠들이

─「감 사 기 도」(『지상의 인간』) 부분


기독교의 텍스트를 불손한 태도와 언어로 해체하고 전복하는 불경
한 방식은 실질적으로는 기독교 자체가 아닌, 기독교의 현실을 포함

한 당대의 역사와 현실 정황 전체를 겨냥한 것이다. 이 시에서 모독하고 있는 '아버지'는 텍스트의 표층 의미에 있어서는 기독교의 하느님을 지칭하지만, 심층 의미에 있어서는 민주와 정의를 탈환해야 할 한국사회의 역사적 당위성을 상징하는 것이라고 할 수 있다. 세 편의 시에서 기독교는 폭력과 불의의 역사를 대신하는 상징적인 희생양으로 명백히 의도적인 선택의 대상이 된 것이다. 이 세 편의 시의 시적 주체들이, ① "오늘날 우리에게 일용할 거시기는 단 한 방울도 내려 주시지 않"는, "언제나 출타중이신 아버지", ② "지금, 하늘에 계신다 해도/도와 주시지 않는", "밤낮없이 주무시고만 계시는 아버지"를 향해 ③ "제 이 한 몸 제 이 모든 고통들이/다 우리 자비로우신 우리 주님의 계약된 축복"이라고 외치면서 '아버지'의 능력과 권위를 부정한 결과 최종적으로 확인하는 것은 "땅에서 못 이룬 뜻은 우리들 땅의 것"인 슬픈 현실이다. '아버지'의 침묵과 무능을 강도 높게 비난할수록 확연히 드러나는 것은 우리가 살고 있는 이 땅의 참담하고 비루한 실상인 것이다.[21]

　이와 같이 박남철의 시에서 '신성모독'은 비인간적이며 반역사적인 역사의 파행성을 고발하는 시적 전략으로 기능한다. 박남철은 다분히 정치적인 전략이자 화법으로서 '신성모독'을 강도 높게 구사하면서, 그에 상응하는 미학 장치인 패러디와 제3의 목소리—예를 들어 "(를 일흔 번쯤 반복해서 읊어 보시오)"와 같은 텍스트의 이면에 억압된 동시에, 표면에 돌발이고 저돌적으로 부각되는 목소리—를

---

21) 박남철 시의 기독교적 상상력에 관해 김병익은, 박남철이 이 세계의 비정함·비진실·절망의 현상을 '신의 부재'로 인한 것으로 고통스럽게 인식하고 있으며, 그가 신 없는 세계에서 자기 존재를 의식하는 것이 기독교적 원죄감으로 표출된다고 설명한다. ― 김병익, 앞의 글, pp. 156~157 참조.

통해 '기독교에 대한 전복의 텍스트'를 완성한다. '주기도문'을 변형한, '기독교 텍스트에 대한 전복의 텍스트'로서 박남철의 시들은 냉소, 비난, 원망, 비꼼, 무시, 희화화 등의 부정적인 감정과 태도를 매체로 하여 기독교의 맥락과 현실의 맥락이 반어적으로 중첩된 겹텍스트를 형성한다. 박남철 시의 겹텍스트는 성경의 구절과 시의 본문이 작품 공간에 가시적·병렬적으로 병치되어 있는 김정환의 『황색예수』의 겹텍스트와는 달리, 두 개의 텍스트가 작품 공간에 내포적으로 중첩된 형태를 하고 있다. 김정환과 박남철이 지닌 현실인식과 기독교 인식, 세계관의 차이가 텍스트의 미학적 특질의 차이로 전화(轉化)되는 것을 보여주는 지점이다. 김정환이 역사의 주체로서 민중의 힘과 사회 변혁의 가능성을 확신하면서 혁명과 해방을 성취하고자 한 데 반해, 박남철은 세계의 탈신성화에 도달한 근대의 독자적 개인으로서 일상적이고 실존적인 싸움을 벌이는 데 충실한 것이라고 할 수 있다.

정리하면, 김정환은 기존의 질서에 대한 변혁의 열망을 기독교에 투사해 기독교와 역사의 서사가 유비적으로 공존하는 겹텍스트를 창출하며, 박남철은 기존의 질서에 대한 저항을 기독교에 대한 신성모독과 시형식의 '파괴'를 통해 '(자기)해체적인 겹텍스트'로 구조화한다. 그러나 박남철이 시화한, 외적으로 반기독교적 태도를 취하는 전복의 텍스트들 역시 당대 역사의 합리적 방향 전환을 열망한 데서 산출된 결과물이라는 점에서는 김정환의 병치의 텍스트들과 동일한 시적 지향을 내장하고 있다고 할 수 있다.

## 4. 결론

1980년대 한국사회와 문학은 군사독재의 치하에서 민주화운동의 주체가 된 종교계의 활동과, 시련에 처한 인간의 심리적 지향성에 의해 '종교적 전회'를 경험한다. '종교적 전회'를 통해 1980년대 사회와 문학은 당대 역사와 현실의 부정적인 문제들에 대해 근본적이고 치열한 싸움을 전개한다. 이 중 적지 않은 시인들의 시에서 '기독교'가 텍스트의 일부 또는 레퍼런스(reference)로 활용된 것은 기독교가 지닌 '구원의 서사'와 '상징적 희생양'으로서의 특징이 큰 작용을 한 결과였다.

80년대에 쓴 시들에서 김정환과 박남철은 폭압적인 현실에 대한 비판과 변혁의 수단으로 기독교의 텍스트를 차용한다. 두 시인이 기독교의 텍스트를 시의 텍스트로 전유하고 변용한 방식은 이들이 지닌 현실인식 및 역사의식과 밀접한 관련을 맺고 있다. 기독교와 성경에 대한 김정환과 박남철의 시각의 차이는 텍스트의 형식적·미학적 특성의 차이로 그대로 전이된다. 김정환의 경우 그것은 역사의 합법칙적 발전을 믿는 리얼리즘의 세계관과 기독교적 의미의 '사랑의 완성'으로 요약되며, 박남철의 경우 그것은 세계의 부정성을 고발하는 전복적·해체적 세계관과 근대적 개인의 독자성에 기초한 탈신성화로 압축된다. 고통 받는 민중의 해방을 열망한 김정환은 『황색예수』에서 기독교의 '수난과 구원의 서사'를 당대 역사의 '현실적·당위적 서사'와 병치해 두 개의 텍스트가 시에 공존하는 겹텍스트의 구조를 만든다. 1980년대의 비극적 역사를 예수 수난의 서사와 병치해 재구성한 김정환의 『황색예수』 연작은 기독교와 역사가 '비전'과 '당위'

의 차원에서 합일되는 동일성의 겹텍스트를 이루고 있다. 반면, 박남철은 신성모독의 화법으로 기독교와 '아버지'를 폭력적인 현실의 무기력한 방관자로 규정하고 질타한다. 김정환이 동일성과 유비의 겹텍스트를 통해 역사와 기독교의 동시적 혁신과 '사랑의 완성'을 추구한 데 반해, 박남철은 아이러니의 화법에 기반한 전복과 해체의 겹텍스트를 통해 역사의 부정성 타파와 자기 혁신을 도모한다.

1980년대의 김정환과 박남철에게 '기독교'는 잘못된 역사와 현실에 대해 비판적 거리를 확보하고, 시 텍스트의 새로운 형식과 미학을 창출하는 긍정적인 계기로 작용한다. 기독교를 숭고와 사랑의 관점에서 바라본 김정환과, 신성모독과 냉소의 시각으로 접근한 박남철은 1980년대 시에 나타난 기독교 인식의 양 극단을 보여준다. 그러나 두 시인 모두 당대 역사와 현실에 대해 강력한 '윤리적 요청'을 하고 있는 점에서 두 시인이 시에서 보여주는 기독교 인식은 근본적으로는 동일한 발생학적 지반을 가진 것이라고 할 수 있다.

# 제2부

# 문학연구와 문학교육의 소통

# 다문화시대의 문화교육과 국어/문학교육
– 연동방안으로서 문학비평교육을 중심으로

## 1. 다문화시대의 새로운 교육 방향

국어과가 제1차 교육과정기 이후부터 7차 교육과정에 이르기까지, 국어를 통한 사고력 신장을 추구하는 것으로 도구교과적인 위상을 강화해가고 있으며, 교육대상인 국어지식보다 교육주체인 학습자를 중시하는 방향으로 지향해왔음[1]은 주지의 사실이다. 이러한 변화는 국어교육이 사고력과 문식능력의 전반적인 향상을 도모하는 토대교육으로서 근원적이고 광범위한 역할을 수행함과 동시에, 학습자 중심의 열린 교육을 지향하는 교과목으로서 발전적인 정체성을 추구해왔음을 의미한다. 국어교육의 목적이 '국어지식 습득'에서, 국어지식을 학습도구로 한 '종합적 사고능력 향상'으로 전환된 것은 크게 두

---

1) 최현섭·최명환·노명완·신헌재·박인기·김창원·최영환 공저, 『국어교육학개론』 제2증보판, 삼지원, 2005, p. 177.

가지 현실적 맥락을 내포한다. 첫째는 현대사회가 직·간접적으로 제기하는, 현대사회가 필요로 하고 현대사회를 선도해갈 인재 양성에 대한 교육적인 요구이다. 구체적으로 말하면, 단편적인 지식을 총합하는 데 머무는 '일차원적 인간'의 양산(量産)이 아닌, 종합적인 사고력과 창조적인 문제해결능력을 갖춘 '전인적·창조적·주체적 인간'의 양성(養成)이 그것이다. 급속한 변화 속에서 갈수록 복잡화·조직화되는 현대사회는 기존의 지식을 잘 습득한 사람이 아닌, 새로운 상황에 유연하게 대처하고 독창적 해법을 제시하는 창조적인 인재를 필요로 한다. 사회 전반의 영역에서 소프트웨어가 하드웨어를 지배하고 있는 것과는 달리, 교육의 영역에서만큼은 하드웨어〔학습자의 사고능력 자체〕가 소프트웨어〔학습대상으로서의 지식〕보다 더 강한 효력을 발휘하고 있는 것이다. 국어교육이 하나의 교과목으로서 '국어'의 범주를 넘어 학습자의 사고능력 전체를 관장하는 것은 현대사회의 교육 요구를 수렴한 것인 동시에, 획일화·물질화 등의 현대사회의 부정성에 대항하는 교육의 시대적 소명을 반영한 것이기도 하다. 이 문제와 관련해 필자는 현 국어교육의 위상에 관해 '도구교과'라는 용어보다는, 국어 과목을 통해 국어 이상의 것을 교육하고 학습자의 사고력 전반을 성장시키려는 취지를 살려 '토대교과'라는 용어를 쓸 것을 제안하는 바이다.

둘째로, 국어교육의 목적이 국어지식 습득에서 종합적 사고능력의 향상으로 변화된 것은, 국어교과를 포함한 모든 교과가 더 이상 독립성과 독자성만을 표방하고 있을 수 없는 사회문화 환경의 거대한 변화에 있다. '문화의 시대'라는 수사가 이제 진부하게 들릴 만큼 21세기는 문화가 사회의 다른 영역을 압도적으로 지배하는 시대가 되었다. 이 시대는 이전까지 2차 생산과 잉여(remains)의 영역으로 분류되어 온 문화의 가치와 기율이 거꾸로 정치·경제·사회의 메커니즘과 존재방식을 결정하고 있다. 뿐만이 아니다. 현실의 수많은 영역과 삶의 활동들, 즉 일상생활, 음식, 여행, 직업, 결혼, 가족, 매체, 종교, 인터넷, 예술, 가치관, 사회봉사 활동 등 사회의 수많은 영역들이 모두 문화 현상과 경험으로 재구성되고 설명된다. 국어교육이 초(超)교과적인 토대교육과 학습자 중심의 열린 교육을 지향하면서 국어교과의 기존의 경계를 스스로 해체해 온 것은, '문화교육'의 담당자로서 국어교육이 맡게 된 새로운 시대의 교육적 소임을 자각하고 현실화한 결과라고 할 수 있다. 현행 교과 체제를 고려해 볼 때도, 국어교과가 문화의 시대가 요청하는 '문화교육'의 역할을 가장 효과직으로 수행할 수 있는 교과목임은 별다른 이론(異論)의 여지가 없다. 국어교육의 주요 텍스트인 문학작품이 문학 텍스트인 동시에 다양한 문화현상을 반영한 문화 텍스트라는 점에서도, 문화교육의 담당자로서 국어교육의 지위는 교육내용 안에 이미 확보되어 있다고 할 수 있다.

　이 장에서는 '문화의 시대'의 세계사적 전개 속에서 다양한 문화가 공존하는 '다문화'가 대세를 이루고 있는 최근의 문화 현상과 관련해, 국어교육과 문화교육의 바람직한 연계방안을 문학비평교육을 중심으로 고찰하고자 한다.[2] '다문화'는 현재 전 세계적으로 전개되고 있는 문화·사회·정치적 현상이다. 여러 문화의 시·공간적 동시적 공존과 경제적 통합, 문화의 차이와 다양성에 대한 자각 등의 시대 변화가 세계를 급속히 다문화 사회로 재편하고 있다. 다양한 문화 간의 교류가 인터넷 등의 각종 매체를 통해 실시간으로 이루어지고, 각종 문화 현상과 유행, 문화상품의 유통이 지리적·민족적·이데올로기적 경계를 해체하고 있는 것이다. 여성, 외국인, 소수자(minority) 등 기존의 문화에서 억압된 문화 주체들의 복원에 따른 다문화 현상은 현재 한국사회에서도 뚜렷이 나타나고 있으며 빠르게 확산되고 있다. 결혼과 노동 이민을 통한 외국인 인구가 점차 늘어나고, 다국적/무국적/초국적의 각종 상품(공산품, 먹거리, 영화 등)과 유행, 스타일, 이미지 등으로 우리의 일상 속에 뿌리를 내리고 있다. 한국문화와 세계 여러 나라·인종·민족의 문화가 혼존(混存)하고, 시간적으로도 다양한 시대의 문화가 공존하는 이런 현실에서 국어교육과 문화교육의 연계는 필연적인 시대적 요청에 속한다. 따라서 다문화사회와 다문화주의의 확산이라는 현실 조건을 바탕으로 국어교육과 문화교육, 문학비평교육의 관계를 생산적으로 재편성할 필요가 있다. 비평은 문학을 통해 문화 전반을 아우르며, 문학과 문화 전반을 텍스트로 하여 계속 분화·심화되고 있는 점에서 국어교육과 문화교육을 유기적으로 연동할 수 있다.[3] 자세한 논의는 본론에서 상술하기로 한다.

---

2) 이 책에서는 '국어교육'과 '문학교육'을 배타적인 개념으로 보지 않으며, 분류 기준에 따라 상·하위 관계가 바뀔 수 있는 상호포괄적이고 상보적인 범주로 이해한다. 실제로, 국어교육은 현 교과목의 운영 체제상 한국문학 작품에 관한 문학교육을 포함하는 상위 범주로 통용된다. 한편, 문학교육은 한국문학의 매체인 한국어에 대한 학습을 포함하는 점에서 국어교육의 상위 범주가 된다. 현행 교과목의 편성과 운영체제는 국어교육을 문학교육의 상위 범주로 설정한다. 국어교육에서 문학교육은 매우 큰 비중을 차지하며, 고교과정의 경우 '문학'은 '국어'와 독립된 과목으로 편성되어 있지만 체제상으로는 국어교육의 하위분야로 편성되어 있는 것이다. 따라서 이 책은 '문학교육'을 국어교육의 중요한 비중을 차지하는 동시에 국어교육의 범주를 넘어서는, 즉 경우에 따라 국어교육과 상·하위 범주의 중층적인 관계를 맺고 있는 범주이자 개념으로 이해한다.

3) 현대사회에서 비평이 문학을 넘어 문화 전반으로 확장되고 있는 상황과 그 여파에 관해서는 이 책의 제2부 세 번째 글 참조.

## 2. 다문화시대의 문화교육과 국어 / 문학교육

### 1) 다문화시대의 교육적 요구와 문화교육의 지향성

문화와 문화적 변화를 강조하는 중요한 지적 흐름이 전 세계에 흐르고 있다.[4] 그 흐름은 현재 '다문화'와 '다문화주의'로 수렴되고 있다. 실제로 다문화와 다문화주의는 우리 삶의 생생한 현실이 되고 있으며, 이러한 현실은 문화에 대한 심층적이고 다각적인 이해를 갖춘 문화 주체의 양성을 요구하면서 교육의 방향 전환을 촉구하고 있다. 요즘 같은 시대전환기일수록 교육은 '시대의 전형적인 핵심주제들'(Klafki, 1996)을 문제 삼고, 답을 찾고 구하는 제 몫을 다해야 하기 때문이다.[5] 현재 한국사회는 단일민족국가와 단일민족문화의 오랜 역사를 접고, 다문화와 국제화 · 세계화의 급물살에 휩쓸리는 중에 있다. 오늘 우리는 조지프 라즈(Joseph Raz)가 말하는 '다양한 관습과 믿음을 지니고 있는 집단과 공동체들' —서로 일치하지 않는 믿음을 지니고 있는 집단들도 여기 포함된다— 로 구성된 민족 국가에서 살고 있는[6] 것이다. 이런 시대 조건 속에서 우리가 현재 여러 방면에서 목격하고 있는 것은 전통적 문화 구분을 초월하는 국제적 경제 문화의 대두이다. 이런 경제 문화는 점점 더 많은 나라들이 공유하고 있다. 경제에 영향을 미치는 믿음, 태도, 가치는 점점 공통 인자가 되

---

4) Lawrence E. Harrison, 「문화적 변화의 추진」, Samuel P. Huntington & Lawrence E. Harrison 공편, 이종인 역, 『문화가 중요하다』, 김영사, 2001, p. 454.

5) 정유성, 「교육, 마지막 식민지」, 『비평』 통권 15호, 생각의 나무, 2007, 여름, p. 97.

6) Richard A. Shweder, 「도덕적 지도(地圖), '제1세계'의 자부심, 새로운 복음전도자」, Samuel P. Huntington & Lawrence E. Harrison 공편, 앞의 책, pp. 267~268 참조.

어가고 문화의 비생산적 양상은 세계 경제의 압력과 기회에 눌려 사라지고 만다.[7] 생산성을 창출하는 문화만이 생명력을 유지할 수 있는 현실에서는 국가와 사회, 개인의 문화 경쟁력이 중요한 동력(動力)으로 대두된다. 문화교육은 국가 제도교육의 차원에서 일차적으로 다문화의 시대에 국가와 사회, 개인의 문화 경쟁력을 향상시켜야 하는 시대적 요청에서 비롯되는 것이다.

오만석에 의하면, 최근 우리 사회에서 문화교육이 강조되는 이유는 세 가지인데, 그 첫 번째가 문화의 경제적 가치의 측면에 따른 것이다. 문화교육의 올바른 목적 및 방향과 관련해 오만석이 제시한 세 가지 이유를 검토해 보기로 한다.

문화교육이 강조되는 이유는, 21세기라는 시대적 상황에 비추어, 다음 세 가지로 요약된다. 하나는 탈산업사회로의 전환에 따른 문화산업 비중의 증대와 문화상품의 높은 부가가치, 경제 발전의 문화적 영향과 같은 문화의 경제적 가치에 대한 인식 확대이며, 다른 하나는 정보화, 세계화의 촉진에 따라 국가간, 민족간 접촉, 교류, 협력 기회의 증대로 인하여 타문화에 대한 이해의 중요성 증대이며, 또 다른 하나는 근대의 방법론과 진리의 절대성에 대한 믿음의 붕괴와 지식의 다양성, 부분성, 상황성이 강조되는 포스트모던 시대의 도래에 따른 문화에 대한 새로운 인식의 확대 및 문화의 중심성 회복이다.[8]

---

7) Michael E. Porter, 「태도, 가치, 신념 그리고 번영의 미시경제학」, Samuel P. Huntington & Lawrence E. Harrison 공편, 앞의 책, p. 78.
8) 오만석, 「21세기 한국문화교육의 새 패러다임 탐색」, 김복수 외, 『'문화의 세기' 한국의 문화 정책』, 보고사, 2003, pp. 214~215.

　최근 문화교육의 활성화 담론에 대한 위의 정리를 요약하면, 문화교육이 강조되는 이유는 ① 문화의 경제적 가치에 대한 인식 확대, ② 정보화, 세계화에 따른 타문화에 대한 이해의 중요성 증대, ③ 포스트모던 시대의 문화에 대한 새로운 인식의 확대 및 문화의 중심성 회복에 있다. 그런데 문화교육의 현실적 필요성과 문화교육의 근본 목적이 반드시 동일선상에 있는 것은 아니며, 최근 문화교육에 대한 의지와 구호는 높은 반면 구체적인 대안은 부족한 점[9]에서 이 이유들은 진지한 성찰을 요구한다. 먼저, ① 문화의 경제적 가치에 대한 인식 확대는, '문화의 세기'가 오로지 문화적 부가가치의 강조나 문화를 통한 국가 이미지 제고에만 의의가 있다고 보아서는 안 되며, 문화의 경제적 부가가치에 앞서 문화 본래의 가치의 육성과 보급, 소위 '문화의 논리'가 우선적으로 강조되어야 하[10]는 측면에서 비판적으로 숙고해 보아야 한다. 문화교육이 문화를 매개로 한 경제교육으로 귀결되거나, 문화의 본질적 가치보다 경제적 가치를 우선하는 왜곡된 문화 가치관을 유포하는 결과를 낳아서는 안 되기 때문이다.[11] ② 정보화, 세계화에 따른 타문화 이해의 중요성 증대는 교육이 시대 변화에 대처하는 측면에서 매우 시의적절하고 설득력 있는 이유이다. 그러나 이 역시 다른 문화를 이해하려는 목적이 문화 자체보다 문화 외적인 이유에 의존한다는 점에서 문화의 논리가 자칫 현실의 논리에 종속될 위험을 안고 있다. ③ 포스트모던 시대의 문화

---

9) 오만석이 신랄하게 지적한 것처럼, "현재 문화교육정책은 선언적, 전시적인 수준을 크게 벗어나지 못하고 있으며, 더욱이 학교교육은 구시대의 교육관을 바탕으로 주입식, 입시준비 교육으로 일관하고 있어, 문화의 세기에 문화선진국에로의 도약을 어렵게 함은 물론, 문화선진국과의 격차를 더욱 심화시키지 않을지에 대한 우려를 자아내고 있다." – 오만석, 앞의 글, p. 215.

10) 김복수, 「'문화의 세기' 문화와 문화정책」, 김복수 외, 앞의 책, p. 48.

에 대한 새로운 인식의 확대 및 문화의 중심성 회복은 시대·문화
적 패러다임의 변화에서 문화교육의 필요성을 읽어내는 논리이다.
문화교육의 시대적 요구를 문화 패러다임의 변화 자체에서 찾는 점
에서 세 가지 요인 중 가장 문화적이며 본질적인 문제 제기에 속한
다. 하지만 포스트모던에 대한 개념 규정이 모호하고, 우리 사회가
포스트모던 사회인지 단적으로 말하기 어렵다는 점에서 개념 설정
과 접근 방식에 있어 보완을 요한다.

　'다문화'와 '다문화주의'로 현 시대의 문화 패러다임을 설명하고,
다문화라는 특수한 현실 조건 속에서 교육의 새로운 방향을 모색할
근거는 이 지점에서 마련된다. 다문화와 다문화주의는 우리가 매일
매일의 생활에서 경험하고 있는 일상적·문화적 사건이라는 점에서
현 시대의 사회·문화의 특징을 규정하는 데 적절한 개념이다. 다문
화시대의 가치관과 삶의 방식은 몇몇 예외를 제외하고 단일문화권과
민족국가로 구성되었던 종전 시대의 것과 다를 수밖에 없다. 리차드
슈웨더에 의하면, 다문화의 시대에는 단순히 문화뿐 아니라 문화의
특정한 다원주의 개념 역시 중요시하자는 주장이 나온다. 문화의 올

---

11) 문화의 경제적 가치를 강조하는 시각의 문제점은, 문화가 자본주의의 질서와 체계에 포섭
되어 하나의 문화상품이 될 때, 이 문화상품이 소비/향유의 주체들에게 문화적 충족감을
주기도 하지만 반대로 존재론적 소외와 박탈감을 유발하거나 그것을 망각하는 데 부정적으
로 기여하는 점에서도 지적될 수 있다. 이에 대해서는 김찬호의 통찰이 좋은 참고가 된다.
"글로벌 경제의 위력과 날로 가속화되는 경쟁체제에서 젊은이들의 불안은 당연한 것이다.
세상에 대해 알면 알수록 불안은 더욱 가중될 뿐이다. 인생의 기나긴 항로는 매우 아득하고
험난하고 위태로워 보인다. 하지만 다행히도 그 불안을 잠시 잊을 수 있는 기제들이 다양하
게 개발되어 있다. 현란한 상품 스펙터클과 광고 이미지, 끊임없이 쏟아져 나오는 영상물과
각종 공연들, 화려한 번화가와 근사한 커피숍, 세계의 만물상과 요지경을 훤히 들여다볼 수
있는 인터넷, 마음에 드는 풍경과 나의 모습을 얼마든지 촬영할 수 있는 디지털 카메라, 언
제 어디에서든 그리고 누구에게든 접속할 수 있는 휴대폰 등 물건과 정보와 인간관계를 통
해 일상의 즐거움을 만끽할 수 있는 것이다." - 김찬호, 「배움은 삶을 창조하는가」, 『비평』
통권 15호, 생각의 나무, 2007. 여름, p. 86.

바른 개념이 '차이'와 다문화적 생활에 관련된 어떤 위험을 최소화하는 데 도움을 주기 때문이다.[12] 즉 다문화시대일수록 문화에 대한 올바른 개념과 다원주의적 인식이 중요한데, 이러한 문화 인식이 우리의 생존방식의 문제와 직결되는 데 그 이유가 있다.

　다문화시대의 교육(특히 문화교육과 국어교육)에 관해 논하기 전에, 다문화와 다문화주의에 대한 개념 정리를 해둘 필요가 있다. 다문화주의는 매우 복잡하고 모호한 개념인데, 좁게는 이주문제와, 넓게는 근대 체제의 탈전통적인 전환의 문제와 맞닿아 있는 개념이기 때문이다. 다르게 말하면, 다문화주의는 근대국가 체제 '이후'의 탈전통적인 사회 공동체의 구성을 전망하는 철학·이론·사회운동론을 아우르는 키워드라는 점에서 지극히 논쟁적인 개념이다.[13]

① 다문화주의는 광의의 이상주의적인 지평에서 "상이한 국적, 체류 자격, 인종, 문화적 배경, 성, 연령, 계층적 귀속감 등에 관계없이, 모든 인간이 인간으로서의 보편적 권리를 향유하고, 각각의 특수한 삶의 방식을 존중하며 공존할 수 있는, 다원주의적인 사회·문화·제도·정서적 인프라를 만들어내기 위한 집합적인 노력"(사단법인 국경없는마을, 2006)을 뜻할 수도 있고, 협의의 제도적인 차원에서 "자유민주주의에 대한 광범위한 합의와 지지가 선결된 조건에서 다양한 문화적 주체들의 특수한 삶의 권리(politics of difference)에 대한 제도적 보장"(Kymlicka, 1995)을 뜻할 수도 있다.[14]

---

12) Richard A. Shweder, 앞의 글, 같은 곳.
13) 오경석, 「어떤 다문화주의인가?」, 오경석 외, 『한국에서의 다문화주의 – 현실과 쟁점』, 한울 아카데미, 2007, p. 25.

② 잡동사니 상자 같은 용어인 다문화주의는 일반적으로는 현대 서양사
회의 생활이 점점 잡다한 성격을 띠어가고 있다는 인식 아래 여성문
화, 소수파 문화, 비서양 문화를 교육에 보다 많이 포함시키려는 기획
을 가리킨다. 이러한 목표에 따라 대학만이 아니라 초등학교와 고등학
교에서도 이전의 수업에서 배제된 자료들을 받아들이기 위해 교과서,
앤솔러지, 교과 과정 강의 개요가 개편되고 있다. 하지만 이 용어는 어
떤 한 가지 이데올로기적 입장을 말하지는 않는다.[15]

위의 글들은 각각 ① 패러다임과 가치관, 사회 운동 등의 전반적
차원에서, ② 교육적인 차원에서 다문화주의를 정의한다. 국적, 인
종, 성, 연령, 문화적 배경, 계층, 취향 등 어떤 영역과 차원에서 접근
하든 다문화주의에 깃든 공통된 철학은 차이에 대한 인정과 존중이
며, 다양한 문화의 평등한 공존을 바탕으로 한 자유롭고 민주적인 삶
의 방식과 세계를 구현하는 일이라고 할 수 있다. ②의 정의는 이 글
의 주제와 직결된 만큼 특히 눈여겨보아야 하는데, 다문화주의가 다
문화주의 철학에 의해 촉발된 교육 내용과 과정의 개편 문제를 포함
하고 있는 개념이라는 점에서 그렇다. 다문화주의는 문화적 사건일
뿐만 아니라, 교육적 사건이기도 한 것이다. 더불어 다문화주의는 한
국사회에서도 이미 현재진행형으로 전개되고 있는 현실적·문화적·
교육적 사건이다.

다문화시대와 다문화주의는 구성원들에게 문화에 대한 올바른 이

---

14) 오경석, 앞의 글, p. 25.

15) Joseph Childers & Gary Hentzi, 황종연 역, 『현대 문학 · 문화 비평 용어사전』, 문학동
네, 1999, p. 290.

해와, 문화적 차이와 다양성에 대한 깊이 있는 인식을 요구한다. 따라서 다문화시대 문화교육의 목적은 학습자로 하여금 단순히 문화소양[16]을 기르게 하거나, 다양한 문화에 대한 정보와 지식을 축적하도록 하는 일에 한정될 수 없다. 문화교육의 궁극적인 목적은 새로운 시대의 문화를 창조적으로 선도할 수 있는 문화 주체를 양성하는 데 있으며, 다문화시대의 문화교육은 그동안 주변에 머물던 문화들에 대한 형평성의 관점에 기초한 교육, 즉 '문화의 민주화' 혹은 '문화의 민주주의 체제'를 실천적으로 구현하는 교육이 되어야 하기 때문이다. 다문화시대 문화교육의 방향은 일차적으로 다문화시대의 특성과 패러다임 속에서 추출되어야 한다. 다문화시대의 문화교육은 다문화와 다문화주의에 대한 교육철학을 내재화한 보다 본질석인 자원에서 이루어져야 하는 것이다. 다문화 시대의 바람직한 문화교육의 목표와 방향을 네 가지로 제시해 보기로 한다.

첫째, 다문화시대의 문화교육은 민주적·주체적·창조적 문화 주체를 양성하는 것을 목표로 해야 한다. 문화 주체는 문화가 지닌 문화적 가치를 다른 가치들보다 우위에 두며, 문화적 가치와 양립하지 않는 차원에서 문화의 경제적 가치를 추구한다.

둘째, 다문화시대의 문화교육이 양성하는 문화 주체는 단수가 아닌 복수의 개념이 되어야 한다. 이는 다문화주의가 다양한 문화 주체들이 행복하게 공존하는 세계를 추구한다는 점에서 자연스러운 귀결

---

16) "문화소양은 문화 현상 - 문학, 예술, 음악의 '위대한' 작품과 역사적 사건에서 유명한 스포츠 스타, 대중연예인, 영화에 이르는 현상 - 에 관한 최소한의, 계량 가능한 수준의 지식이 사회를 최선으로 기능하게 하고 현재 알고 있는 문화를 유지하는 데에 필수적이라는 허쉬의 주장을 가리킨다." - Joseph Childers & Gary Hentzi, 앞의 책, p. 130.

이다.

셋째, 다문화시대의 문화교육은 지배/주류 문화의 시각과 텍스트를 위주로 한 교육이 아닌, 지향점과 가치관과 미학이 다른 다양한 문화의 다양한 차이를 이해하고 존중하는 민주적인 문화교육이 되어야 한다.

넷째, 다문화시대의 문화교육은 다양한 문화 텍스트를 접하고, 이를 다양한 관점에서 해석하는 다원주의적 교육이 되어야 한다. 이는 기존의 가치관과 해석의 권위에 도전하는 전복적이고 창조적인 성격을 포함하게 된다.

### 2) 다문화시대 문화교육과 국어/문학교육의 연동

다문화시대 문화교육이 창조적 문화 주체 양성과 문화의 민주화에 기여해야 한다면, 국어교육이 이러한 문화교육의 역할을 성공적으로 수행할 수 있는 이유는 세 가지로 압축될 수 있다.[17]

첫째, 국어교육은 국어교과의 핵심 텍스트인 문학작품을 문화적인 시각에서 교육함으로써 학습자들을 '문화 주체'로 양성할 수 있다.

---

17) 다문화시대 및 다문화주의와는 별개의 차원에서, 국어교육의 핵심 분야로서 문학교육이 문화교육으로 전환되어야 할 필요성은 이미 적지 않은 연구자들이 지적한 바 있다. "문학경험이 문화적 경험으로 전이된다는 것은 앞으로의 문학교육에서는 매우 중요하다. (…) 문학 그 자체를 배우기보다 문학적인 것이 실제의 우리들 삶과 일상 속에서 어떤 작용을 하고 있는지를 교육적으로 파악하고 내면화하고 전이하는 활동이 문학교육의 중요한 원리로 대두될 것이다."(최현섭·최명환·노명완·신헌재·박인기·김창원·최영환 공저, 『국어교육학개론』 제2증보판, 삼지원, 2005, p. 455)는 의견이나, "문학교육 연구 또한 문학이 갖는 고유한 인문학적 자질에 덧붙여 교육학적 방법학과 함께 실증적인 사회과학 연구방법론을 통해 이론적 탐구를 보완, 확정하는 것은 선택지가 아니라, 이론을 비춰 보이는 타당한 절차로 인식되어야 한다."(김상욱, 「문학교육 연구방법론의 확장과 그 실제」, 『문학교육학』 제21호, 2006. 12, p. 13.)는 주장이 단적인 예이다.

문학작품은 사회의 다양한 문화 현상을 반영한 문화 텍스트이기도 하기 때문이다.

둘째, 국어교육은 문학작품에 반영된 다양한 문화 현상과 가치관에 대한 교육을 통해 학습자들에게 문화적 차이와 다양성에 관한 올바른 인식을 길러줄 수 있다.

셋째, 국어교육은 문학작품을 문화 텍스트로서 다양하게 해석하는 훈련을 통해 학습자들을 문화에 대한 민주적·주체적·창조적 시각을 가진 문화 인재로 양성할 수 있다. 이는 7차 교육과정이 설정한 다섯 가지 교육적 인간상의 조건에 상응하는, 그 중에서도 "폭넓은 교양을 바탕으로 진로를 개척하는 사람", "우리 문화에 대한 이해의 토대 위에 새로운 가치를 창조하는 사람"이라는 조건에 그대로 부합하는 것이다.[18]

---

18) 교육인적자원부는 7차 고등학교 교육과정이 추구하는 교육적 인간상을 다섯 가지로 제시한다. 7차 교육과정은 단선적이고 소박한 6차 교육과정의 인간상과 달리, 다양한 측면을 고려한 복합적인 정의로 인간상을 설정하고 있는데, 다음에 상술된 다섯 가지 인간상은 민주적·주체적·창조적 문화 주체의 요건과 동일한 범주에 있다고 할 수 있다. – 교육인적자원부, 『고등학교 교육과정 해설 – ① 총론』, 대한교과서, 2001, p. 103.

〈표〉교육적 인간상의 변천

| 구 분 | 교육적 인간상 | | 비 고 |
|---|---|---|---|
| 제6차<br>교육과정 | ① 건강한 사람<br>③ 창의적인 사람 | ② 자주적인 사람<br>④ 도덕적인 사람 | ● 도덕성과 공동체 의식이 투철한 민주 시민 육성 |
| 제7차<br>교육과정 | ① 전인적 성장의 기반 위에 개성을 추구하는 사람<br>② 기초 능력을 토대로 창의적인 능력을 발휘하는 사람<br>③ 폭넓은 교양을 바탕으로 진로를 개척하는 사람<br>④ 우리 문화에 대한 이해의 토대 위에 새로운 가치를 창조하는 사람<br>⑤ 민주 시민 의식을 기초로 공동체의 발전에 공헌하는 사람 | | ● 21세기의 세계화·정보화 시대를 주도할 자율적이고 창의적인 한국인 육성 |

제7차 교육과정에서 추구하는 인간상은 제6차 이전까지의 단순한 인간상 제시 방식을 탈피하여 '복합적이고 다면적인 인간상'을 설정하였다는 데 특색이 있다. 이러한 설정의 근거는 미래의 열린 사회에서는 자기 주도적인 삶을 살아갈 수 있는 개방적이며 다면적인 인간상이 요청[19]되기 때문이다. 7차 교육과정은 교육의 목표와 범주를 '문화'의 자장 속에서 설정하고 있는데, 이에 따라 문화교육의 목표를 직·간접적으로 내장한 다섯 가지 인간상을 제시하고 있는 것이다. 이와 관련해, 다문화시대에 적합한 교육 내용과 지향성에 대한 수정은 정부 차원에서 이미 시작된 바 있다. 2006년 4월 다문화정책에 대한 대통령의 발표가 있은 지 한 달 후, 교육인적자원부는 현재 단일민족주의에 입각한 교과서를 다문화와 타 인종에 대한 관용을 강조하는 내용으로 수정하기로 결정했다고 발표[20]했다. 단일민족주의를 강조하는 교과서를 다문화를 강조하고 타 인종에 대한 관용을 강조하는 내용으로 수정하는 교육정책의 변화는 다문화주의에 대한 현실적 수용의 필요성에 따른 것이다. 결혼과 노동 이민으로 인한 외국인 인구의 급속한 증가와 국제결혼가정 자녀의 교육 문제가 큰 사회 문제로 부상했기 때문이다.

단적으로 말하면, 단일민족의 다민족화·다인종화 현상과 문제점에 대처하려는 정부의 다문화 교육정책은 아직 뚜렷한 방법론을 구축하지 못한 상태에 있다. 교과서 내용을 다문화와 타 인종에 대한 관용을 강조하는 내용으로 수정하는 것만으로는 충분하다고 볼 수

---

19) 교육인적자원부, 앞의 책, p. 190.
20) 김희정, 「한국의 관주도형 다문화주의 – 다문화주의 이론과 한국적 적용」, 오경석 외, 앞의 책, p. 65.

없다. 다문화시대 문화교육의 구체적 방법론의 하나는 문학비평교육에서 찾을 수 있다. 그 이유는 첫째 문학교육과 문화교육, 문학비평과 문화교육은 본질적으로 같은 차원에 속해 있기[21] 때문이며, 둘째 다문화시대의 문화적 조건 자체가 문학비평과 문화비평, 문학이론과 문화이론의 통섭과 통합을 독려하고 있기 때문이다. 근래의 인문과학과 사회과학에서 가장 성장이 빠르고 가장 도발적이며 장래에 성과를 올릴 가능성이 가장 많은 분야, 그것은 문학비평과 문화비평, 그리고 문학이론과 문화이론[22]이라는 주장은 다문화시대의 전개라는 사회 조건을 염두에 둘 때보다 깊이 공감할 수 있다. 문학교육의 내용이 고립된 문학 지식 또는 고립된 텍스트가 아니라, 사회 문화와의 상호텍스트성 속에서 이루어져야 하는 필요성이 앞으로는 더욱 증대될 것[23]이라는 주장도 이와 유사한 맥락에 있다. 사실 문학비평은 철학, 미학, 사회학, 신화학, 정신분석학 등 주변 학문을 비평의 논리와 근거로 끌어들이는 점에서 문화비평의 일종이기도 하다. 문학 텍스트가 그 자체로 문화 텍스트인 것과 동일한 원리에서 그러하다.

---

21) "문학교육의 인간교육으로서의 특징은 나아가 문화교육으로 발전한다. 문학비평이란 문학작품에 대한 비평이자, 허구적 세계에 대한 비평이며, 인간과 문화에 대한 비평으로서의 성격을 지닌다. (…) 문학교육이 이 같은 문화비판의 교육으로 나아가기 위해 문학교육은 문학비평이 지닌 설명적 기능과 평가적 기능을 문학교육의 장에 끌어들여야 한다. (…) 그리고 문학교육이 이렇게 문화 비평의 교육, 나아가 문화적 실천의 교육으로까지 진전해 나아갈 때 비로소 문학교육은 문학적 문화의 고양이라는 문학교육의 목표에 이를 수 있을 것이다." - 구인환·박대호·박인기·우한용·최병우 공저, 『문학교육론』(제3판), 삼지원, 1998, p. 357~358.

22) Joseph Childers & Gary Hentzi, 앞의 책, p. 3.

23) 구인환·박대호·박인기·우한용·최병우 공저, 앞의 책, p. 463.

## 3. 다문화시대 문화 – 국어 / 문학교육의 연동방안으로서 문학비평교육 — 김수영의 시 「거대한 뿌리」의 예

김수영의 시 「거대한 뿌리」는 다문화시대의 문화교육의 지향성을 내장하고 있어, 문화교육을 대행하는 국어교육의 텍스트로 활용하기에 좋은 예이다. 다문화시대 문화–국어교육의 텍스트로서 시 「거대한 뿌리」는 문학–문화비평적 시각에서 다음과 같이 해석될 수 있다. 다문화주의에 기초한 이 해석의 관점과 내용은 시 「거대한 뿌리」의 교육내용으로 그대로 활용될 수 있다.

나는 아직도 앉는 법을 모른다
어쩌다 셋이서 술을 마신다 둘은 한 발을 무릎 위에 얹고
도사리지 않는다 나는 어느새 남쪽식으로
도사리고 앉았다 그럴때는 이 둘은 반드시
이북친구들이기 때문에 나는 나의 앉음새를 고친다
8. 15 후에 김병욱이란 시인은 두 발을 뒤로 꼬고
언제나 일본여자처럼 앉아서 변론을 일삼았지만
그는 일본대학에 다니면서 4년 동안을 제철회사에서
노동을 한 강자다

나는 이사벨 버드 비숍여사와 연애하고 있다 그녀는
1893년에 조선을 처음 방문한 영국왕립지학협회 회원이다
그녀는 인경전의 종소리가 울리면 장안의
남자들이 모조리 사라지고 갑자기 부녀자의 세계로

화하는 극적인 서울을 보았다 이 아름다운 시간에는
남자로서 거리를 무단통행할 수 있는 것은 교군꾼,
내시, 외국인의 종놈, 관리들 뿐이었다 그리고
심야에는 여자는 사라지고 남자가 다시 오입을 하러
활보하고 나선다고 이런 기이한 관습을 가진 나라를
세계 다른곳에서는 본 일이 없다고
천하를 호령한 민비는 한번도 장안 외출을 하지 못했다고……

전통은 아무리 더러운 전통이라도 좋다 나는 광화문
네거리에서 시구문의 진창을 연상하고 인환네
처갓집 옆의 지금은 매립한 개울에서 아낙네들이
양잿물 솥에 불을 지피며 빨래하던 시절을 생각하고
이 우울한 시대를 파라다이스처럼 생각한다
버드 비숍여사를 안 뒤부터는 썩어빠진 대한민국이
괴롭지 않다 오히려 황송하다 역사는 아무리
더러운 역사라도 좋다
진창은 아무리 더러운 진창이라도 좋다
나에게 놋주발보다도 더 쨍쨍 울리는 추억이
있는 한 인간은 영원하고 사랑도 그렇다

비숍 여사와 연애를 하고 있는 동안에는 진보주의자와
사회주의자는 네에미 씹이다 통일도 중립도 개좇이다
역사도 심오도 학구도 체면도 인습도 치안국
으로 가라 동양척식회사, 일본영사관, 대한민국 관리,

아이스크림은 미국놈 좆대강이나 빨아라 그러나

요강, 망건, 장죽, 종묘상, 장전, 구리개 약방, 신전,

피혁점, 곰보, 애꾸, 애 못 낳는 여자, 무식쟁이,

이 모든 무수한 반동이 좋다

이 땅에 발을 붙이기 위해서는

─ 제3인도교의 물 속에 박은 철근 기둥도 내가 내 땅에

박는 거대한 뿌리에 비하면 좀벌레의 솜털

내가 내 땅에 박는 거대한 뿌리에 비하면


괴기영화의 맘모스를 연상시키는

까치도 까마귀도 응접을 못하는 시꺼먼 가지를 가진

나도 감히 상상을 못하는 거대한 거대한 뿌리에 비하면……

– 김수영, 「거대한 뿌리」(『김수영 전집 1; 시』, 민음사, 1981) 전문


우선, 이 시는 복수의 문화 주체들이 한 나라와 민족의 문화를 구성하고 있으며, 이 문화 주체들이 본질적으로 대등한 관계에 있음을 보여준다. 그 중에서도 지배문화에 의해 소외되고 억압된 문화 주체들이 우리의 역사와 문화를 면면히 이어온 저력의 주인공들임을 역설(力說)한다. 이런 맥락에서 김수영은, "곰보, 애꾸, 애 못 낳는 여자, 무식쟁이"들을 "이 모든 무수한 반동"이라는 긍정적 반어의 수사로 칭하면서, 이들이 지배문화의 결점과 오점을 보완하고 극복하는 역할을 해왔음을 피력한다. 김수영에게 "놋주발보다도 더 쨍쨍 울리는 추억"과 "영원"과 "사랑"의 세계를 선사해 준 것은 "장안의 남자들"과 "관리들"이 아닌, "이 모든 반동들"인 것이다. "전통은 아무리

더러운 전통이라도 좋다", "역사는 아무리 더러운 역사라도 좋다", "진창은 아무리 더러운 진창이라도 좋다"는 김수영의 호기로운 선언 속에 내재해 있는 과거의 전통과 역사의 부정적 실체들은 이러한 문화 주체들의 강인한 생명력과 이들이 만든 문화 산물들에 의해 상쇄된다. 김수영은, "요강, 망건, 장죽, 종묘상, 장전, 구리개 약방, 신전, 피혁점" 등이 "곰보, 애꾸, 애 못 낳는 여자, 무식쟁이"들의 삶 속에서 생생히 전승되어 온 문화 산물로, "장안의" "관리"들이 만든 지배문화의 산물과 대등한 가치를 갖는 것임을 주장하는 것이다. 따라서 이 시는 한 나라와 민족의 문화는 성과 계층, 문화적 배경 등이 다양한 복수의 문화 주체들임을 예증함으로써 다문화시대 문화교육의 지향성을 선명하게 담보해내는 문학/문화 텍스트가 된다.

둘째, 이 시는 우리 근대문화가 이민족(異民族)의 외국 문화의 영향을 흡수하면서 형성된 다문화의 특성을 지닌 문화라는 사실을 서술하고 있다. "전통은 아무리 더러운 전통이라도 좋다", "역사는 아무리 더러운 역사라도 좋다" "진창은 아무리 더러운 진창이라도 좋다"는 이 시의 주제를 함축한 시구는, 식민지 합병과 신탁통치의 부정적인 방식에 의해서일지라도 우리 문화가 이민족의 문화를 흡수하며 성장해온 문화라는 사실을 인정하고 긍정한다. 시「거대한 뿌리」에서 김수영의 발견과 사실 확인은 여기에서 더 나아가, 역사의 전개 과정 속에서 발생한 정치·경제적 지배·피지배의 관계는 문화라는 거대한 장 안에서는 우열 관계가 아닌 차이의 관계로 전환된다는 지점에 이른다. 일본, 미국의 이민족에 의한 피지배의 역사와 그 흔적들, 남한과 북한으로 나뉜 동족끼리의 전쟁의 역사는 '더러운' 것이지만, 그것을 '더러운' 것 자체로 김수영이 '문화적으로' 당당하게 긍정하는 이유는 여기에 있다. 이 속에는 정치·경제적인 종속의 역사도 다른 문화에 대한 하나의 문화적 경험으로 전환하는 문화의 힘에 대한 인식과 믿음이 내장되어 있다. 우리 문화를 완벽한 타자의 입장에서 바라본 "비숍 여사와 연애를 하고 있는 동안에는 진보주의자와/사회주의자는 네에미 씹이다 통일도 중립도 개좆이다"라는 김수영의 극렬한(?) 발언이 뜻하는 것은 바로 정치·경제의 논리를 압도하는 문화의 논리에 대한 발견이자 긍정이라고 할 수 있다.

셋째, 이 시는 버드 비숍 여사가 일제시대 조선의 풍속을 묘사한 글을 통해 우리 문화를 바라보는 타자의 시선을 적나라하게 예시함으로써, 한국 문화에 대한 외부자의 시선을 경험하게 해준다. 한국 문화가 다른 문화권의 사람에게 기이하고 충격적으로 보일 수 있다는 사실은 문화의 차이에 대한 인식과 함께, 우리 문화를 타자의 시선으로 바라보는 열린 시야를 확보하게 해준다. "인경전의 종소리가 울리면 장안의/남자들이 모조리 사라지고 갑자기 부녀자의 세계로/화하는 극적인 서울을 보았"던, "이런 기이한 관습을 가진 나라를/세계 다른 곳에서는 본 일이 없다"는 비숍 여사의 놀라움과 충격에 찬 시선은 서로 다른 문화가 만날 때 발생하는 차이와 균열에 따른 것이다. 이 차이와 균열에 대한 인식과 긍정은 다른 문화를 이해하는 바탕이며, 다문화의 시대에 문화 주체가 갖추어야 할 기본적인 문화 인식이다.

넷째, 궁극적으로 이 시는 다문화시대의 우리 문화와 개별 문화 주체들이 갖추어야 할 문화 정체성에 대해 생각하게 만든다. 층위가 다양한 복수의 문화 주체들이 한 나라와 민족의 문화를 구성한다는 사실, '더러운' 역사마저도 하나의 문화적 경험으로 승화시키는 문화의 힘, 우리 문화를 타자의 시선으로 바라볼 수 있는 객관적인 눈, 다른 많은 문화들의 영향 속에서 우리 문화를 어떻게 일구어가야 할 것인가에 대한 문제의식 등이 어우러져 다문화의 시대에 우리 문화의 문화 정체성을 어떻게 형성해 갈 것인가를 사유하게 만드는 것이다. 문학—문화 텍스트로서 이 시의 가장 큰 미덕은 이러한 질문을 학습자들에게 현재진행형이자 미래형으로 제기하는 것에 있다.

## 4. 문화의 민주화를 구현하는 국어/문학교육

다문화시대의 문화교육은 종전까지 주변에 머물던 문화들에 대한 형평성에 기초한 교육, 즉 '문화의 민주화' 혹은 '문화의 민주주의 체제'를 실천적으로 구현하는 교육이 되어야 한다. 그것은 단순히 문화의 경제적 가치를 증폭하는 데 일조하는 교육이어서는 안 되며, 다른 문화를 정보와 지식의 차원에서 받아들이는 교육이 되어서도 안 된다. 또한 다문화가 공존하는 새로운 시대적 조건에 대처하느라 우리 문화의 정체성을 망각하는 교육이 되어서도 안 된다.

다문화시대의 문화교육의 목표와 방향을 네 가지로 설정한 후 문화교육의 토대적·현실적 담당자로서 국어교육, 그 가운데 문학비평 교육을 통해 구체적 방안을 모색해 보았다. 요약하면, 다문화시대의 문화교육은 첫째, 민주적·주체적·창조적 문화 주체를 양성하는 것을 목표로 해야 한다. 둘째, 다문화시대의 문화 주체는 다문화주의가 추구하는 다양한 문화 주체들의 행복한 공존의 세계관에 맞게, 단수가 아닌 복수의 개념이 되어야 한다. 셋째, 다문화시대의 문화교육은 지배/주류 문화의 시각과 텍스트를 위주로 한 교육이 아닌, 지향점과 가치관과 미학이 다른 다양한 문화의 다양한 차이를 이해하고 존중하는 민주적인 문화교육이 되어야 한다. 넷째, 다문화시대의 문화교육은 다양한 문화 텍스트를 접하고, 이를 다양한 관점에서 해석하는 다원주의적 교육이 되어야 한다. 이러한 교육은 기존의 질서와 해석의 권위에 도전하는 전복적이고 창의적인 성격을 지니게 된다.

문화교육과 국어교육이 문학비평교육을 통해 연동될 수 있는 이유는 문학작품은 문학 텍스트인 동시에 문화 텍스트이며, 문학비평은 문화비평이기도 한 발생학적 토대에서 마련된다. 그 시도의 하나로, 김수영의 시 「거대한 뿌리」를 예로 들어 다문화시대의 문화−국어교육의 구체적인 방안을 탐구하였다. 이 시가 다문화시대 문화교육의 텍스트로서 훌륭한 예가 되는 이유는 다음과 같다. 첫째, 이 시는 복수의 문화 주체들이 한 나라와 민족의 문화를 구성하고 있으며, 이 문화 주체들이 본질적으로 대등한 관계에 있음을 보여준다. 둘째, 이 시는 우리 근대문화가 이민족(異民族)의 외국 문화의 영향을 흡수하면서 형성된 다문화의 특성을 지닌 문화라는 사실을 서술한다. 셋째, 이 시는 문화의 차이에 대한 인식과 함께 우리 문화를 타자의 시선으로 바라보는 열린 시야를 확보하게 해준다. 이 차이에 다문화의 시대에 문화 주체가 갖추어야 할 기본적인 문화 인식이다. 넷째, 궁극적으로 이 시는 다문화의 시대에 우리 문화와 개별 문화 주체들이 갖추어야 할 문화 정체성에 대해 숙고하게 만든다.

기존의 문학작품 혹은 새로운 작품을 활용한 문화−국어교육은 아직 구호의 단계에 머물러 있는 문화교육을 현실적이고 생산적으로 실현할 수 있는 방안이 된다. 이는 기존의 문학 텍스트를 새로운 문

화 패러다임의 시대에 맞는 새로운 교육 방법론으로 접근하는 작업
이라는 점에서 우리 국어/문학교육의 발전적 혁신과 시대적 소임
이행에도 기여할 수 있으리라 본다.

# 문학비평 방법론의 적용·변주를 통한 문학교육
– 작가비평·주제비평·복수의 비평적 관점을 적용한 문학교육에 대한 상상

## 1. 작품론 중심의 근시안적 문학교육의 문제점

우리 문학교육의 대표적인 문제점의 하나는 텍스트 분석 위주의 작품론 교육이 중심이 되는 관행에 있다. 문학비평을 비평 대상의 범주에 따라 구분한 작품비평(작품론), 작가비평(작가론), 주제비평(주제론) 가운데 유독 작품비평만을 문학교육의 내재적 방법론으로 활용하고 있는 것이다. 작품비평은 흔히 작품론이라고 부르는데, 문학비평 방법론 가운데 작품론이 주로 문학교육의 방법론으로 원용되는 현상은 대략 세 가지 측면에서 그 원인을 찾아 볼 수 있다.

첫째는 문학교육의 목표와 이를 구현하는 방법론 사이에 일정한 균열이 존재하는 것이다. 문학교육의 목표가 학습자 중심의 열린 교육을 표방하는 것과 달리, 문학교육의 현실적 방법론은 각 작품에 대한 근시안적인 분석에 치중하고 있다. 교과서의 체재도 우리 문학

의 대표적인 정전(正典, canon)[1]들을 유기적이고 체계적으로 배치하기보다는, 다채로운 만물상의 형태로 나열하는 방식으로 구성되어 있다. 작품과 작품, 작가와 작가, 한 작가의 여러 작품들, 한 시대의 여러 작가들, 여러 시대를 사적(史的)으로 관통하는 문학적 계보 등에 대한 유기적이고 전체적인 접근 방식은 이러한 교육 방법론 하에서는 활발하게 작동하기 어려울 수밖에 없다.

둘째는 첫째 항목과 직결되는 문제로, 작가론과 주제론적 접근 방식의 문학교육은 문학이 전공교육으로 심화된 대학교육 이상의 단계에서 실시하는 것이라는 선입견이 팽배해 있는 것이다. 중·고등 과정의 학습자들에게 작가론과 주제론적 접근 방식은 어렵거나 불가능한 교육 방식이며, 지금까지 한국문학이 양산한 탁월한 작품들을 다양하게 접하게 하는 것이 이들의 수준에 맞는 적절한 문학교육 방식이라는 인식이 은연중에 유포되어 있는 것이다. 이러한 인식에 기초한 학습 환경에서 학습자들은 여러 문학작품들을 각기 파편적으로 경험할 수밖에 없으며, 그 다양한 작품들과 작가들과 시대를 비교·대조·유추·재구성하는 복잡한 지적 활동을 통해 문학에 대한 자신

---

1) 『현대 문학·문화 비평 용어사전』에서는 '정전'과 '정전 형성' 과정에 관해 다음과 같이 정의하고 설명한다. "정전이라는 용어는 자[尺] 혹은 측정봉(棒)을 의미하는 그리스어에서 나왔고, 원래는 교회 당국에서 신의 현현된 말씀, 즉 성전(Holy Scriptures)으로 인정된 기독교 성서의 구약 및 신약 책들을 가리켰다. (…) 정전은 문학비평에 응용되어 문학의 기성 체제에서 느슨한 합의를 통해 '위대하다'고 간주되는 작품과 작가를 지칭하게 되었다. 정전은 대단히 완고해서 변화에 저항한다고 많은 비평가들은 생각하는 듯하지만, 사실 그것은 언제나 매우 가변적이었다. (…) 저자나 작품이 정전으로 확립되는 과정을 일컬어 '정전 형성'이라고 한다. 이것은 어떤 형식적 절차가 결코 아니며, 오히려 수많은 요인들의 축적이다. 여기에는 저자나 작품에 대한 비평가와 작가들의 반복되는 참조, 일반 공동체에서의 저자나 작품의 유행, 학교와 대학 교과과정에서의 저자나 작품 채택 등이 포함된다. 근래에는 대(major)작가와 소(minor)작가, 대작품과 소작품이라는 구별의 제도적 이데올로기적 함축에 대해 문학과 이론 연구에서 점점 관심을 가짐에 따라 정전 형성의 과정은 상당한 공격을 당하게 되었다." - Joseph Childers & Gary Hentzi, 황종연 역, 『현대 문학·문화 비평 용어사전』, 문학동네, 1999, pp. 99~100.

만의 독창적인 눈을 확보하기란 매우 요원한 일이 된다.

셋째로, 이는 문학교육의 방법론 정립에 있어 교육학의 일반적인 방법론을 원용하는 것보다는, 문학 수용에 관한 전문 영역인 문학비평의 방법론 자체를 활용하는 것이 가장 바람직하고 근본적인 조처라는 사실에 대한 인식 부족에 따른 결과이다. 문학교육의 방법론은 문학을 읽고 해석하고 평가하는 문학비평의 방법론을 토대로 (재)구성될 때 문학의 본질을 구현하는 진정한 문학교육의 실현에 기여할 수 있다고 해도 과언은 아니다.[2] 문학교육을 문화교육으로 발전시켜야 한다는 최근의 교육담론을 염두에 둘 때도, 인문학과 사회학 등 다양한 인접학문을 차용하는 문학비평의 특성상 문학비평의 방법론이 문학/문화교육의 방법론으로 전유되어야 할 필요성은 더욱 확고해진다.[3] 이와 더불어 문학비평은 비평가의 전유물이 아니며, 독자들이 문학작품에 대해 의식적·무의식적으로 수행하는 분석과 해석, 평가 등의 읽기[4]와 향유는 모두 문학비평 행위에 속한다는 사실을 충분히 환기할 필요가 있다.

그렇다면 현 시점에서 필요한 일은 현행 문학교육의 방법론적 문

---

2) 문학교육과 문학비평의 밀접한 관련성, 즉 양자의 방법론적 상동성과 구조적인 동일성에 관해서는 이미 많은 논자들이 성찰한 바 있다. 문학교육의 방법론이 문학비평의 방법론을 전유하고 차용해야 하는 것은 발생학적 필연성의 차원에 속하는 일이다. 문학교사가 문학비평의 능력, 특히 전문적인 비평적 감식안을 갖추어야 하는 이유도 문학교육 방법론이 문학비평 방법론과 같은 차원에 있는 것이기 때문이다. 이에 대해서는 다음의 논의를 참조할 만하다. "문학교육의 목표가 문학 텍스트의 이해, 감상, 평가의 능력을 길러주는 데 있다는 점에서, 문학교육은 문학비평과 이론상 또는 현상적인 구조동일성을 보인다. 따라서 문학교육은 문학비평의 이론과 상호 교섭 작용이 있어 왔으며 또 문학비평으로부터 도움받은 바 크다. (…) 문학비평의 과정과 방식은 문학교육의 과정에도 유사하게 적용된다는 점에서 문학교사는 문학에 대해 어느 정도 전문적인 비평적 감식안을 가지고 있어야 한다. 문학교사의 문학에 대한 감식안은 문학 텍스트가 요구하는 작품 접근 방향을 고려하여 작품을 분석하고 가르칠 수 있게 한다." — 구인환·박대호·박인기·우한용·최병우 공저, 『문학교육론』(제3판), 삼지원, 1998, pp. 348~349.

제점에 관한 이 같은 문제의식을 바탕으로, 문학비평의 방법론을 문학교육의 방법론으로 변주하는 방법을 탐구하는 것이라고 할 수 있다. 구체적으로는, 문학비평의 세 가지 범주 중 현행 문학교육에서 소외된 작가비평과 주제비평의 방법론을 적용한 문학교육에 대한 상상 및 제언과, 한 걸음 더 나아가 복수(複數)의 비평적 관점이 공존하는 장으로서의 문학교육에 대한 상상 및 제언을 개진하는 것이 그 각론이 될 수 있다. "오늘의 문학관점에서 중요한 것은 문학 경험을 풍부하게 하고 문학경험을 통한 자기향상의 보람을 누리게 하는 지적, 사회적 여건을 성숙시키는 것"[5]이라는 황종연의 견해를 참조할 때,

---

3) 예를 들어, 김상욱의 다음과 같은 수장은 문학교육의 방법론을 문학 자체와 교육학적 방법학 외의 다른 인접학문의 방법론을 통해 찾으려고 한 것이지만, 그 시도의 화살은 인접학문들을 경유하여 문학연구 자체의 방법론, 즉 문학비평의 방법론으로 부메랑이 되어 되돌아온다. 문학연구의 방법론에 인접 학문의 방법론을 접목시킨 것이 문학비평의 속성이며, 이를 바탕으로 문학비평은 문학과 사회·역사의 관계를 다각도로 통찰해 왔기 때문이다. 단적으로 말하면, 문학(/국어) 교과학은 문학 자체의 연구 방법론을 먼저 충실히 전유한 후에 다른 인접 학문의 방법론을 활용하는 순서로 정립되어야 할 것이다. "교과학은 지식과 인간, 제도와 방법을 포괄한다는 점에서 학제적인 연구를 통해 한층 풍부해지며, 교육학과 인문학, 사회학 등 인접학문의 연구 방법론을 적극적으로 원용함으로써 실천적 정합성을 증진시켜 낼 것이다. 이에 문학교육 연구 또한 문학이 갖는 고유한 인문학적 자질에 덧붙여 교육학적 방법학과 함께 실증적인 사회과학 연구방법론을 통해 이론적 탐구를 보완, 확정하는 것은 선택지가 아니라, 이론을 비춰 보이는 타당한 절차로 인식되어야 한다." - 김상욱, 「문학교육 연구방법론의 확장과 그 실제」, 『문학교육학』 제21호, 한국문학교육학회, 2006. 12. p. 13.

4) 읽기 활동이 문학작품에 대한 비평 활동이 되(어야 하)는 점에 대해서는 정정호의 다음의 진술을 참조할 만하다. 정정호는 진정한 의미의 읽기란 잠재적인 쓰기 활동이자, 읽기 주체의 적극적이며 주체적인 비평 활동이라는 점을 서구의 다양한 비평가, 예술가, 철학자 들의 독창적인 개념들을 집약해 다음과 같이 진술한다. "모든 읽기란 궁극적으로 롤랑 바르트의 말을 빌리면 쓰기적(writerly) 읽기가 되어야 한다. 읽기적(readerly) 읽기는 단순하고 수동적이고 비생산적이고 비참여적이고 소비적인 작업이 되기 때문이다. 우리의 소설 읽기가 좀 더 창조적이고 능동적이고 공감각적이고 역동적이 되려면 콜리지처럼 '불신의 마음을 의연히 떨쳐 버리는(willing suspension of disbelief)' 자세를 가지고 초현실주의 화가인 살바도르 달리처럼 편집광적으로, 조루지 풀레처럼 현상학적으로, 루이 알튀세르처럼 징후적(symptomatic)으로 미셀 푸코처럼 계보학적으로, 그리고 바흐친처럼 카니발적으로, 바르트처럼 육감적으로 즐거움으로 읽는 것은 어떨까? 이렇게 되면 텍스트의 황홀경(textasy＝text＋ecstasy)에 다다르는 것이 아닐까?" - 정정호, 「소설의 '힘'에 관한 실천적 사유 또는 21세기를 위한 새로운 문학 옹호론」, 『비평』 12호, 생각의 나무, 2004. pp. 333～334.

문학교육 역시 문학을 둘러싼 총체적인 여건의 성숙을 겨냥해야 하는 것은 명약관화한 일이 된다. 이를 위해서는 문학교육의 목표와 방법론을 지금보다 풍부하고 고차원적인 형태로 발전시켜야 할 것이다.[6] 한국문학의 탁월한 정전(canon)들을 골고루 가르치기 위한 의도가 학습자들이 각 작품들을 근시안적이고 파편적으로 경험하는 기형의 문학교육으로 귀결되거나, 학습자들에게 문학 공부는 곧 낱낱의 작품에 대한 해석, 즉 작품론과 동일한 개념이라는 그릇된 인식을 심어주어서는 안 될 것이기 때문이다.


## 2. 작가비평의 방법론을 적용·변주한 문학교육

현재 국어·문학 교과서에서 작가비평의 방법론은 '작가 소개'의 형태로 축소되어 그 역할을 거의 하지 못하는 상황에 있다. "교과서들에는 예외 없이 작가에 대한 소개가 이루어지고 있다. 그런데 그 소개 내용이 무성격이며, 이 소개를 통해 학생들이 무엇을 얻어가야 할지 쉬 잡히지 않는다"[7]는 김동환의 비판은 이러한 현실을 단적으

---


5) 유종호·황종연 대담, 「총체적 삶의 위기, 인문학적 처방은 가능한가 – 세계화·신보수주의 시대의 교육과 인문학」, 『비평』 12호, 생각의 나무, 2004, p. 38.

6) 이 점과 관련해 남민우는 7차 교육과정을 중심으로 문학교육 목표의 변천사를 고찰하면서, '과연 문학교육은 발전했는가'를 화두로 하여 현재의 문학교육은 미분화 상태의 과거의 문학교육이 지녔던 풍요로움, 즉 사회적 관심의 풍요로움을 유지하는 데 실패하지 않았는가라는 의문을 제시한다. 남민우는 문학교육이 과목으로 독립하면서 국어과 내의 타 영역과의 연속성을 상실하는 경향이 나타났으며, 문학교육의 성격을 분명히하면서도 문학교육의 교육적 사회적 가치를 '국어과 내에서 그리고 범교과적으로 확대하는 논의'를 추구하는 것이, 문학교육 목표 설정 과정에서 가장 중요하게 고려되어야 할 사항이라고 결론짓는다. – 남민우, 「문학교육 목표 변천에 대한 비판적 고찰 – 고등학교 문학교육과정을 중심으로」, 『문학교육학』 22호, 한국문학교육학회, 2007, pp. 122~139 참조.

로 보여준다. 실제로 교과서에 서술된 작가 소개를 보면 이 주장에 설
득력이 있음을 알게 되는데, 김동환이 예시한 이효석의 작가 소개 중
가장 소략한 것과 가장 자세한 것 두 가지를 재인용해 보기로 한다.

⟨A⟩

소설가. 호는 가산(可山). 강원도 평창(平昌) 출생. 1928년「도시와 유
령」으로 문단에 나온 이후, 초기에는 경향문학을 발표하다가 점차 자연과
교감을 묘사한 서정적인 작품을 발표하였다. 주요 작품으로「노령근해」,
「돈(豚)」,「들」,「산」,「화분(花粉)」등이 있다.

⟨E⟩

소설가. 호는 가산. 강원도 평창 출생. 1928년 '도시와 유령'을 발표하
며 데뷔했다. 초기에는 반도시적이면서 사회적 모순을 고발하는 동반자
적 경향을 보이나 후기에는 유미적인 문학 경향으로 전향했다. 세련된 언
어, 풍부한 어휘, 시적인 분위기로 산문 세계의 예술성을 승화시켰다는
평을 받는다. 대표작에 '분녀', '들', '돈' 등이 있다.

작가는 초기의 동반자적인 경향을 청산한 다음, 인간과 자연의 조화를
중시하는 서정적인 세계를 작품의 주제로 삼았다. 그 작품 세계는 매우
낭만적인 분위기를 띠고 있어서 현실적인 문제들은 의도적으로 배제되었
다. 평생 힘겹게 장터를 떠도는 장돌뱅이 삶의 어려움을 작가는 서정적인
필체로 감춘 셈이다.[8]

---

7) 김동환,「문학교육의 관점에서 본 소설 읽기 방법의 재검토 – 교과서 속의「메밀꽃 필 무렵」」,
『문학교육학』 22호, 한국문학교육학회, 2007, p. 35.
8) 김동환, 앞의 논문, pp. 35~36.

〈A〉는 이효석에 관해 사실(fact) 위주로 짧고 소략하게 기술하고 있으며, 〈E〉는 〈A〉에 비해 길이가 길고 보다 많은 정보를 제공하고 있지만 역시 소략한 차원을 벗어나지 못하고 있다. 이 같은 작가 소개는 작품을 이해하는 데 필요한 '배경지식'과 암묵적인 '지침(guide-line)'으로서 학습자들에게 제시되는데, 여기에서 크게 두 가지 문제가 발생한다. 하나는 작가의 작품 활동과 문학적 지향성, 작품 세계의 특성, 문학사적 평가 등이 극히 단순화되거나 심지어 왜곡된 형태의 '문학 지식'으로서 학습자들에게 무비판적으로 전달된다는 점이다. 이 과정에서 작가의 작품 세계 전반과 문학사적 계보, 다른 작가와의 영향 관계 등에 대한 '작가비평'의 차원, 특히 학습자가 작가에게 능동적으로 접근할 수 있는 통로는 상당 부분 차단된다.

또 하나는 작가 소개에 제시된 문학 지식이 객관성을 담보하기 어려울 뿐 아니라[9], 사실과 의견이 혼재된 상태에서 마치 완벽하게 검증된 절대적 사실처럼 학습자에게 전달되고 수용된다는 점이다. 위의 예 가운데, 〈A〉의 "초기에는 경향문학을 발표하다가 점차 자연과 교감을 묘사한 서정적인 작품을 발표하였다."는 부분과, 〈E〉의 "그 작품 세계는 매우 낭만적인 분위기를 띠고 있어서 현실적인 문제들은 의도적으로 배제되었다. 평생 힘겹게 장터를 떠도는 장돌뱅이 삶의 어려움을 작가는 서정적인 필체로 감춘 셈이다."라는 부분이 여기에 속한다. 이 진술들이 갖는 문제점은 특정한 비평적 견해를 공인

---

9) 작가의 작품 세계의 특성, 가치, 문학사적 의의 등에 대한 평가에 있어 '객관성'을 담보한다는 것은 근본적으로는 성립할 수 없는 일이다. 작가와 작품을 대하는 독자/평자의 관점과 주관적 견해에 따라 그 내용은 얼마든지 달라질 수 있기 때문이다. 문제는 작가 소개가 이러한 '관점'과 '의견'을 하나의 사실로서 고정되어 학습자에게 전달된다는 점에 있다.

된 객관적인 사실처럼 제시함으로써 학습자들에게 작가에 대한 가치 평가를 별다른 비판의식 없이 예단(豫斷)하고 수락하게 한다는 점에 있다. 사태의 심각성은, 실제로 비평계에는 이효석의 문학을 〈자연 – 사회·역사〉의 이분법에 기초해 자연적·서정적·낭만적 경향으로 설명하는 데 동의하지 않는 견해들이 엄존한다는 사실 앞에서 더욱 확연해진다. 한 예로, 이효석에 관해 꾸준히 탐구해 온 한 소장 비평가는 이효석이 '자연'을 사회·역사의 대립항으로 인식하지 않았을 뿐 아니라 오히려 자연 속에 사회와 역사를 포섭했고, 이효석의 섬세한 서정적 미학은 당대 사회의 억압과 부조리를 비판하는 차원에 있었다고 주장한다.

(…) 이효석은 사회와 역사, 나아가 시국에 대한 인식이 매우 첨예한 작가였다. 그럼에도 불구하고 그는 인간의 사회와 역사를 자연과 우주에 통합하는 새로운 시각을 가지고 있었으며, 때문에 그의 소설의 인물들은 자연 쪽에서 멀리 사회와 역사를 원근법적으로 조망하는 양상을 보인다. 사회에서 추방된 주인공들은 자연에 합류함으로써 진정한 개체적인 자아의 자유를 누리게 된다. 이효석은 이러한 과정을 아름답고 섬세하게 묘사함으로써 역설적으로 당대 사회의 억압과 부조리를 비판해 나갔다. 이러한 그에게 자연은 폐쇄되고 고착된 사회 및 역사와 달리 미래를 향해 개방된 가능성의 공간으로 자리매김된다.

(…) 그리고 이러한 양상은 이효석으로 하여금 김동인이나 임노월 같은 작가들과 함께 한국 현대 문학사의 희귀한 장을 형성케 한다. 그는 한국 현대 문학이 현실 및 정치의 장벽에 갇힌 문학만은 아니었다는 것을 보여주는 중요한 사례라고 할 수 있다.[10]

　여기에서 주목해야 할 것은 이효석에 대한 비평적 입장 가운데 어느 것이 더 타당한가의 문제에 앞서, 이효석에 대한 서로 다른 ― 심지어 정반대되는 ― 비평적 시선이 공존한다는 사실 자체에 있다. 의미 있는 다양한 비평적 차이들을 외면한 상태에서 특정 견해를 확고한 사실로 진술하는 작가 소개는 학습자들에게 편파적인 문학지식과 문학교육의 방식을 주입하는 결과를 낳게 된다. 교과서에 제시된 작가 소개는 강력한 지적 권위를 가지기 때문에, 그 권위를 무의식적으로 승인한 학습자들은 자신이 읽은 작품을 바탕으로 해당 작가를 스스로 판단하고 평가하는 시각을 원천적으로 봉쇄당하게 된다. 이렇게 되면 학습자들은 작가비평을 경험할 기회를 거의 갖지 못하게 되며, 작가에 대해 적극적이고 자발적인 탐색의 경험을 하지 못한 채 고등교육 과정을 마감하게 되기 쉽다. 그렇다면 김동환이 제시한 보완책과 같이, 작가 소개는 구색 갖추기에 그치지 않고 단원명에 걸맞은 내용으로 구성하거나 문학사적 현상을 제시하는 장치로 활용될 수 있어야 할 것[11]이다. 그러나 사태는 이보다 더 근본적인 해결을 요구한다고 생각된다. 작가에 대한 공부가 단순한 '소개'의 차원이 아닌, 한 작가에 대해 충분히 이해하고 생각해 볼 수 있는 '작가비평'의 차원으로 격상되는 것이 최상의 해결 방식일 것이기 때문이다. 그렇다고 작가비평의 방법론을 문학교육의 방법론으로 활용하는 데 있어 굳이 '작가비평'이라는 개념을 노출해서 사용할 필요는 없다.

　현실적으로, 작가비평의 방법론을 반영한 문학교육은 소설보다는

---

10) 방민호, 「자연과 자연 쪽에서 조망한 사회와 역사 ― 이효석론」, 염무웅 외, 『분화와 심화, 어둠 속의 풍경들 ― 탄생 100주년 기념문학제 논문집 2007』, 민음사, 2007, pp. 359~360.
11) 김동환, 앞의 논문, p. 36.

시 쪽에서 더 용이할 것으로 판단된다. 장르의 성격상 소설에 비해 길이가 짧은 시는 교과서에 한 작가의 작품을 여러 편 수록하는 일이 보다 수월하고, 문학교사가 수업 시간에 교과서 외의 작품들을 참고 자료로 제시하거나 학습자들이 스스로 찾아보게 하기에도 보다 용이할 것이기 때문이다. 시를 중심으로 작가비평의 방법론을 문학교육 방법론으로 전유하는 방식을 두 가지 면에서 제안하면 다음과 같다.

우선, 교과서에서 다루는 모든 작가들에 대해 작가비평을 시도하기에는 현실적으로 많은 제약이 따르므로, 교과서에 작품 수록 빈도 수가 높고 문학사적으로 고평 받는 시인들을 중심으로 작가비평의 방법을 도입하는 것을 생각해 볼 수 있다. 구체적으로 말하면, 지금까지 관행이 되어 온 단순하고 편파적인 작가 소개를 지양하고, 여러 가지 비평적 견해를 아우른 작가비평 차원의 글을 제시함으로써 다양한 분석·해석·평가의 차이가 공존하는 비평의 세계를 학습자들로 하여금 경험하게 하는 것이다. 다음은 이를 바탕으로 학습자들이 해당 시인들에 대해 스스로 자료를 찾고 작가비평을 시도해 보게 함으로써, 작가에 대한 피상적이고 타율적인 지식 습득의 위치에서 벗어나 체험적이고 주체적인 비평적 시야를 확보하도록 유도하는 것이다. 이런 과정을 통해 학습자들은 작가를 바라보는 비평적 방법론을 체화하고, 이를 다른 작가들에 대해서도 창의적으로 응용할 수 있게 될 것으로 기대된다.

두 번째로는 해당 작가의 작품 세계와 문학(사)적 공과에 대한 문제적인 쟁점들을 제기하고 이에 대한 기존의 견해를 제시한 후 그 최종 평가를 학습자에게 맡기는 열린 작가비평 교육을 상상해 볼 수 있다. 예를 들면, 한국 현대시사에서 막대한 영향력을 발휘해온 시인인 김수영의 경우, 그의 대표작 「풀」은 총 18종의 문학 교과서 중 13종에 실려 있어 가장 높은 수록 빈도수를 기록하고 있다. 「폭포」, 「눈」, 「어느 날 고궁을 나오며」, 「거대한 뿌리」 등 김수영의 다른 시들도 교과서에 실려 있거나 많이 알려져 있으므로, 고등교육 과정 학습자들이 자신의 눈높이에서 김수영에 대한 작가비평을 시도해 보는 것은 그리 어려운 일이 아니라고 할 수 있다. 김소월, 김영랑, 서정주 등 한국의 대표적인 다른 시인들의 시와 비교하고, 김수영 시의 특징들을 추출하면서 학습자들은 김수영의 시세계와 작가적 역량에 대해 충분히 자신의 의견을 펼쳐볼 수 있을 것이다. 이때 학습자들을 돕기 위해 김수영에 대한 비평 가운데 완성도가 높고 시각의 차이가 선명한 비평들을 부분적으로 발췌하거나 요약해서 제시하는 것도 좋은 방법이 될 것이다.

　아래 인용문들은 김수영에 대한 작가비평 교육 자료의 예로 골라 본 것이다. 두 편의 비평문은 김수영 시에 그려진 '자연(물)'과 김수영이 갖고 있었던 역사인식과 현대성(modernity) 인식에 대해 대조적인 관점을 취하고 있다. ①은 반전통과 기존의 서정시에 대한 전복의 차원으로, ②는 구체적인 역사인식에 실패한 추상적인 역사인식과 민중의식의 결과로 해석한다. 그 결과 ①은 김수영을 아귀다툼하는 근대의 도시에서 어떻게 살 것인가의 윤리적 문제를 고민한 철저한 '도시의 아들'로, ②는 추상적인 현실인식의 한계를 자연의 상징으로 은폐한 '실패한 모더니스트'로 규정한다. 김수영에 대한 비평적 견해의 차이를 극단적으로 보여주는 사례라고 할 수 있다. 이에 대한 최종적인 평가의 몫은 당연히 독자/학습자의 것이 되어야 할 것이다.

① 그는 일생 동안 김소월이나 김영랑 혹은 서정주와 같은 개념에서의 서
정시를 단 한 편도 쓰지 않았다. 아마도 그는 자연을 자체로 완상하는
시를 쓰지 않은 드문 시인 중의 하나일 것이다. 이런 뜻에서도 그는 철
저한 반전통주의자이다. 물론 그가 구름·눈·비·반달·폭포, 등나무·
싸리꽃, 토끼·풍뎅이·거미·파리 같은 소재를 다루지 않은 것은 아니
지만 그것들은 언제나 '김수영 인간학'의 개진을 위한 소도구 혹은 장
식에 불과했다. 풍경화나 정물화를 그리는 일은 그에게 아무런 관심도
끌지 못했던 것이다. 사람들이 와글거리며 아귀다툼하는 이 도시적 환
경에서 어떻게 제대로 살 것이며 또 어떻게 제대로 못 살고 있는가, 이
것만이 그에게 문제였다는 점에서 그의 시는 언제나 윤리적 가치와의
관련에서 해명될 수 있다.[12]

② (…) 그(=김수영, 인용자 주)는 객관적 역사현실에 대한 구체적 인식
을 시 안으로 끌어들여 그 논리에 시를 일치시켜 역사의 노래를 부르
는 대신 풀과 바람 등 자연물의 생리에 시를 일치시켜 우주의 노래를
부른 것이다. 그는 민중을 감지했지만 그 민중을 구체적 역사에 뿌리
내리지 못하고 추상적인 대지 위에 세워놓았을 뿐이다. 그것이 그의
시적 해탈의 본질이었다. 그리고 사실상 그의 '현대'를 위한 시적 투쟁
은 이 시적 해탈이 시작되기 훨씬 전 그의 뒤틀린 자기 풍자가 시작될
때 이미 패배한 것으로 보아야 한다.[13]

이처럼 기존의 검증된 비평문을 부분적으로(혹은 가능하다면 전체적

---

12) 염무웅, 「김수영 론」, 황동규 편, 『김수영의 문학 – 김수영 전집 별권』, 민음사, 1983, p. 143.
13) 김명인, 『김수영, 근대를 향한 모험』, 소명출판, 2002, p. 267.

으로) 제시할 때 뒤따르는 문제는, 이 비평문들이 고등학교 학생들의 이해 수준에 부합하는가 하는 점이 된다. 여기에 대해서는 보다 정밀한 연구가 행해져야겠지만, 가능하면 비평문을 원문 그대로 제시하고, 필요에 따라서는 학습자의 수준에 맞게 풀어써서 제시하는 방법을 생각해 볼 수 있다. 그러나 원문 그대로 제시하는 방법이 가장 바람직하다고 할 수 있는데, 문학비평 읽기가 학습자들의 문학·문화·인문학의 문식력(literacy)을 향상시키는 데 적극적으로 이바지할 수 있다는 점에서 그러하다.[14] 이와 관련해, '쉬운 교육'이 반드시 '좋은 교육'은 아니라는 사실은 현재 우리의 교육이 진지하게 재점검해 보아야 할 중요한 의제에 속한다.

## 3. 주제비평의 방법론을 적용·변주한 문학교육

작가비평의 방법론을 적용·변주한 문학교육은 해당 작가의 작품들을 유기적이면서도 전체적으로 바라보는 시각을 제공해 줄 수 있다. 또한 작가가 개인적 삶과 사회·역사적인 상황을 어떻게 조율했

---

14) 이런 맥락에서 문학비평적 능력과 감식안은 문학교사(/문학을 가르치는 국어교사)의 가장 중요한 자질로서 필수적으로 요구되는 항목이다. 한 예로, 최지현은 '문학교사는 존재하는가'라는 질문을 제기한 후 문학교사의 요건을 문학교사의 자의식, 사회적 인정, 전문성, 교육 수행, 일상생활, 재교육 등으로 분류하고, 이를 바탕으로 "문학교사는 문학교육의 목표 지향과 문학교육적 관점에 근거하여 국어과 교육 수행을 하는 교사를 말한다."고 정의한다. 최지현의 논의는 현재 우리 교육현장에 이러한 교육 수행적인 차원의 문학교사만 있을 뿐, 진정한 의미의 문학교사는 거의 존재하지 않는다는 점을 지적하는 점에서 의의를 지닌다. 그러나 지적한 사항에 대해 구체적인 해결 방안을 모색하는 차원으로는 나아가지 못하고 있다.(최지현, 「문학교사는 존재하는가」, 『문학교육학』 21호, 한국문학교육학회, pp. 41~69 참조.) 필자는 문학교사가 본래의 목적과 역할에 충실하기 위해서는 무엇보다 비평적 능력과 감식안을 갖추어야 한다고 보며, 이를 위해 문학교사(/문학을 가르치는 국어교사)를 위한 비평 교육과 지속적인 재교육 방안을 제도적으로 마련할 것을 제안한다.

고, 다른 작가들과 어떤 영향을 주고받았으며, 문학사적으로 어떠한 위치에 있는지 등에 관해 다각적이고 폭넓은 시야를 갖게 해 줄 수 있다. 문학교육의 다음 단계는 주제비평의 방법론을 적용하고 변주하는 것인데, 여러 작품과 작가에 대해 비평적 시각을 연습한 학습자들은 주제비평의 방법론을 통해 특정한 문제의식 아래 자신이 이해한 작품과 작가들을 새롭게 맥락화하는 고차원적인 비평 경험을 할 수 있다. 주제비평적 방법론은 서로 다른 작가와 작품들을 유사성(similarity)과 상호텍스트성(intertextuality)의 차원에서 재조명하고, 우리 현대문학사에서 두드러지게 부각되었거나 반복되어 온 주제들을 거시적으로 고찰하는 작업 등을 포함한다. 이러한 학습 체험을 통해 학습자들은 문학작품과 작가, 문학의 쟁점, 문학사의 다양한 문학적 차원을 유기적으로 연계해 이해하는 비평적 시각을 기를 수 있다.

주제비평의 방법론을 적용한 문학 교육을 학습자의 탐구 활동을 이끌어내는 교과서 제시문을 통해 예로 들면, 다음과 같은 질문들이 교육적 테마와 학습 활동의 아이템으로 활용될 수 있을 것으로 본다. 고딕 활자 부분은 이 문제를 통해 학습자들이 수행하는 비평 작업을 구체적으로 설명한 것이다.


① '꽃'을 제재로 한 시들은 어떻게 같은/다른 '꽃'을 노래하는가? '꽃'에 관한 한 시인의 여러 작품, 혹은 여러 시인들의 다양한 작품들을 골라 그 의미와 상징성의 차이를 비교해 보자.

  – 오브제에 대한 해석의 차이와 이를 기반으로 한 시적 상징의 의미 차이를 변별하는 비평적 작업, 특정한 오브제와 상징을 중심으로 시의 미학과 시인의 세계관을 비교하는 비평적 작업 등

② 식민지 시대에 활동한 작가의 작품과 친일 행위의 관련성을 어떻게 이
   해하고 평가할 것인가? 이광수, 서정주, 채만식 등의 작가를 예로 들어
   자신의 생각을 펼쳐 보자.
 - 문학(작품)의 자율성과 작가의 삶의 윤리에 대한 개념 규정 및 가치 평
   가를 수행하는 비평적 작업 등


③ "새로운 예술 전체는 예술 작품에 나타나는 전통적인 힘의 유희를 결
   코 무반성적으로 작용하도록 내버려 두지 않으려는 주체의 끊임없는
   간섭"(T. W. 아도르노)[15]이라는 관점에서 볼 때, 우리 문학사에서 새
   로운 문학 영토를 개척하는 데 공헌한 작가는 누구인가? 몇몇 작가를
   예로 들고, 그의 새로운 문학적 시도에 대해 설명해 보자
 - 문학이 추구하는 새로움의 가치에 대해 이해하고, 새로운 형태의 문학에
   대해 성찰하는 비평적 작업, 전통의 새로움의 상보적이고 역동적인 관계
   를 이해하는 비평적 작업 등


  ①은 '꽃' 외에도 시의 다른 오브제(object)들에 관해서도 얼마든지
적용할 수 있는 질문이다. 문학작품을 이해하는 유용한 방식의 하나
는 상호텍스트성에 있다. 상호텍스트성에 의거한 문학작품 읽기 방
식은 한 작가의 여러 작품에 대해서도 적용될 수 있으며, 여러 작가
의 여러 작품에 대해서도 역동적으로 적용될 수 있다. 같은 오브제도
한 시인의 여러 작품에서 다양한 의미와 비유로 형상화되는 예가 많
으며, 동시대의 작가들뿐 아니라 다른 시대에 속한 작가들의 작품들

---

15) T. W. Adorno, 홍승용 역, 『미학이론』, 문학과지성사, 1984, p. 57.

에서 동일한 오브제가 다채로운 형태와 의미로 변주되는 것은 문학사의 보편적인 현상에 속하는 일이다. 따라서 이 질문은 학습자들에게 특정 오브제를 중심으로 한 시인의 여러 작품, 혹은 여러 시인의 여러 작품을 비교·대조하는 연습을 하게 함으로써 비평의 기본 능력인 비교와 대조를 통한 해석과 평가의 능력을 함양하도록 할 수 있다.

②는 작가의 문학 활동과 생애사의 관계를 묻는 윤리적 질문이다. 이 윤리적 질문을 학습자에게 직접 제시하고, 학습자들이 스스로 독자적인 견해를 구축하게 하는 것은 친일문학에 관한 기존의 교육정책의 입장과 전제를 전복하는 획기적인 일이 된다. 학습자가 주체적으로 이 질문을 제기하고 구체화하는 것은 친일 작가와 작품에 관한 교과서 수록 여부 논쟁을 중단하고, 이 논쟁의 주체를 교육정책자와 교과서 편찬자에서 교육 수요자인 학습자로 전환하는 일이 되기 때문이다. 친일문학을 바라보는 다양한 관점과 친일작가에 대한 다양한 판별 기준을 제시하고, 그 판단을 학습자에게 맡기는 것이 가장 바람직한 문학교육의 방향이고 방법임은 사실 재론의 여지가 없는 일이다. 문학작품에 대한 해석과 평가는 온전히 그 작품을 읽는 독자의 것이라는 원론적인 측면에서도 그러하며, 친일작가의 작품을 문학사는 물론 교과서에서도 완전히 배제할 수 없다는 현실적인 측면에서도 그러하다. 복수의 비평적 관점이 공존하는 문학교육의 필요성과 가치는 이와 같은 논쟁적인 부분에서 특히 강력하게 발휘될 수 있을 것이다.

③은 문학(예술)에 있어 '새로움'의 가치를 생각해 보게 하는 점에서, 또한 문학이 지금 이 순간에도 현재진행형으로 창조되고 있는 실

체라는 점을 인식하게 하는 점에서 의미를 갖는 질문이다. 교과서를 통해 검증된 문학작품(만)을 접하는 학습자들에게 자칫 문학은 '고전'과 동의어이거나, '전통에 대한 사수'를 소명으로 하는 보수적인 예술 분야로 여겨질 수 있다. 이 질문은 이런 선입견을 바로잡고, 문학(예술)이 새로움의 정신과 활력으로 성장하는 실체임을 학습자들이 인식하게 하는 데 보탬이 될 수 있다. 또한 학습자들에게 문학(예술)에 대한 거시적인 안목을 확보하게 하고, 새로움을 향한 작가들의 고투의 의미에 관해 성찰해 보도록 할 수 있다.

물론 이러한 문제들은 충분한 시간을 갖고 정밀하게 고안하고 검토하는 과정을 거친 후에 비로소 교과서에 수록될 수 있을 것이다. 교과과정의 단계 별로 학습자의 수준에 맞는 문제를 창안하는 것도 반드시 필요한 작업이다. 아무리 사려 깊게 기획된 것이라고 해도 미리 정해진 문제를 학습자에게 제시하는 것은 문학교육의 자발성과 개방성의 측면에서 일정한 한계를 지니게 된다. 그러므로 가장 이상적인 방법은 주제비평적 문학교육 활동에 있어 주제(/문제의식) 자체를 학습자들이 구성하게 하는 것이다. 문제를 스스로 발견하고 구성하는 활동은 지금까지 텍스트를 수동적으로 부여 받고, 그 텍스트에 대한 기존의 해석과 평가를 거의 무비판적으로 흡수해 온 학습자들의 위치를 정반대로 역전하는 결과를 낳는다. 학습자들은 문학에 대한 질문을 생각하고 구성하는 주체로서 능동적이고 주체적인 위치에 서게 되며, 자신이 구성한 문제에 대해 자발성과 애정을 갖고 작품 및 작가에 대한 주제비평적 접근을 수행하게 되기 때문이다. 이 접근의 결과물이 곧 학습자들이 수행한 주제비평의 내용이며, 그가 해당 작품과 작가에 대해 확보하게 된 비평적 감식안의 결실인 것이다.

주제비평의 방법론을 적용·변주한 문학교육은 학습자들이 통합적
이고 고차원적인 비평 활동을 적극적으로 할 수 있도록 하고, 그 활
동의 결과물을 계속 열린 가능성으로 남겨 둠으로써 학습자들에게
문학의 본질에 대한 체험적인 자각과 향유에 이르게 할 수 있다.

## 4. 복수(複數)의 비평적 관점이 공존하는 장으로서의 문학교육

2장에서 논의한 작가비평의 방법론을 전유한 문학교육과 3장에서
논의한 주제비평의 방법론을 전유한 문학교육은 복수(複數)의 비평
적 관점이 공존하는 장으로서의 문학교육을 위한 실질적인 토대가
된다. 문학비평은 획일성과 동일성이 아닌, 다양성과 차이를 존중하
는 패러다임에 기초한 담론이자 문학적·현실적 실천이다. 또한 문
학비평은 서로 다른 해석들이 충돌하고 경쟁하면서 더 나은 지점을
향해 해석의 방법과 내용을 끊임없이 갱신해 가는 대화와 소통의 장
이기도 하다. 이 점에서 문학비평은 문학작품이 닫혀 있는 완결된 텍
스트가 아니라, 풍부하게 열려 있는 가능성의 텍스트임을 증언하는
견고하고 탁월한 문학적 장치라고 할 수 있다.

이런 맥락에서 볼 때, 작가비평과 주제비평 등의 문학비평의 방법
론을 전유한 문학교육은 문학비평이 추구하는 복수의 비평적 관점들
을 존중하고 지향하는 교육을 의미한다. 문학의 해석에는 절대적이
고 유일한 정답은 없으며, 모든 독자는 문학작품을 자율적이고 독창
적으로 수용하고 향유할 권한을 갖고 있다. 이 권한은 열린 텍스트인
문학 자체가 독자에게 부여한 권한이다. 그러나 지금까지 우리의 문

학교육은 독자/학습자로부터 이 권한을 의도적이거나 무의도적으로, 전폭적이거나 부분적으로 박탈하는 방향으로 전개되어 왔다. 작품비평(작품론), 작가비평(작가론), 주제비평(주제론) 가운데 유독 작품비평만이 문학교육의 방법론으로 활용된 것이 그 중요한 이유의 하나였다. 작품론이 문학교육의 주된 방법론이 된 것은 한국문학의 뛰어난 정전들을 골고루 가르쳐야 하는 문학교육의 현실적 조건에 기인한다. 그러나 작품론이 문학교육의 지배적인 방법론이 되면서 발생한 문제들은 문학에 대한 근본적인 시각의 왜곡을 가져올 만큼 막대한 것이었다. 각각의 작품에 대한 근시안적 시선, 한 작가의 작품세계 전체에 대한 통찰력의 결여, 같은 주제를 다룬 여러 작가들의 작품을 비교하는 능력의 결여, 문학사적 시각의 결여 등의 원천적이고 부정적인 결과를 초래했기 때문이다.

작가비평과 주제비평의 문학비평 방법론을 문학교육의 방법론으로 적용·변주하는 것은 현행 문학교육의 문제점을 극복하는 거시적이고 생산적인 방안이 될 수 있다. 작가비평과 주제비평을 적용·변주한 문학교육은 작품과 작가, 문학사적 쟁점 들에 대한 복수(複數)의 비평적 관점을 승인하는 열린 문학교육 체제에 대한 지향을 의미한다. 간단히 말하면, 여러 가지의 다른 비평적 견해를 균형 있게 학습자들에게 제시하고, 그 견해들에 대해 학습자로 하여금 스스로 판단을 내리게 하는 문학교육 방식을 채택하자는 것이다. 이러한 실험적이면서도 과감한 문학교육 방법은 학습자들이 문학작품과 작가를 독창적인 시선으로 바라보는 독자/비평자로서 성장하는 데 기여하고, 문학교육이 문학의 존재 의의와 본질을 육화해내는 바람직한 방향으로 선회하는 데 일조하게 될 것이다. 그렇게 되면 현행 교육 체제에서 학습자들이 문학작품을—그것이 아무리 뛰어난 작품이라 해도—각기 파편적으로 배움으로써 생기는 문제점과 몰주체적이고 무비판적인 작품 이해 방식은 상당 부분 개선될 수 있을 것으로 기대된다.

결론적으로, 앞으로의 문학교육은 학습자들에게 한 작가의 작품세계를 전체적으로 보는 눈, 여러 작품과 작가를 비교할 수 있는 능력, 문학사를 거시적으로 조망하는 안목을 길러주는 총체적인 문학교육이 되어야 한다. 문학비평의 방법론을 문학교육의 방법론으로 효율적으로 활용하는 문학교육은 학습자로 하여금 주체적이고 능동적인 비평적 시각을 발현하고 심화하게 함으로써 문학교육의 장에서 문학의 본질을 구현하는 이상적인 문학교육에 근접하는 방식이라고 할 수 있다. 복수의 비평적 관점이 공존하는 장으로서의 문학교육은 '문학교육의 민주화'를 가속화하면서, 다원화, 다문화 등으로 압축되는 21세기의 다원주의 시대에 대응하고 부응하는 경쟁력 있는 교육방식이 될 것으로 기대된다.

# 논술교육의 토대로서 문학비평교육의 필요성과 방안

## 1. 논술교육과 비평교육의 관련성

국어 및 문학교육의 일환으로서 비평교육은 '비평'이라는 하나의 장르 교육에 국한되지 않는다. 이유는 두 가지로 정리될 수 있다. 첫째, 비평은 문학작품을 해석하고 평가하는 방법론이다. 따라서 비평교육은 문학교육의 하위 영역이 아닌 기본(base) 영역이 된다. 비평교육은 텍스트를 어떻게 해석하고 평가할 것인가 하는 문학작품 수용의 전(全) 과정에 관한 방법론 교육이자, 문학에 대한 총체적인 안목을 길러주는 문학의 토대 교육인 것이다. 둘째, 비평은 텍스트와 텍스트를 둘러싼 세계에 대한 미학적 해석과 창조적·비판적 사고력을 기반으로 하는 심미적이면서도 지적인 장르이다. 따라서 비평교육은 문학교육의 차원을 넘어 텍스트와 세계에 대한 미학적 문식력(literacy)과 주체적·비판적 지성을 함양하는 교육, 즉 인문학적 소양

교육이 된다.

비평교육이 문학교육과 인문학적 소양 교육의 중요한 원천임에도, 현재 초·중·고 국어/문학 관련 과목에서 비평교육은 거의 이루어지지 않고 있는 실정에 있다. 현행 7차 교육과정이 문학의 5대 장르인 시, 소설, 수필, 희곡, 비평을 시, 소설, 희곡, 수필·비평의 4대 장르로 축소 운용[1]하고 있는 것은 장르의 독자성 존중과 균형적 안배라는 측면에서도 형평성에 맞지 않는다. 이런 상황이 개선되지 않는 것은 비평에 대한 강한 선입견이 유포되어 있기 때문이다. 문학비평은 일반인이 접근하기 힘든 난해한 장르로 인식되며, 이에 따라 비평교육은 대학 과정의 문학 전공자들에게(나) 해야 할 고급한 전문 교육으로 취급되고 있는 것이다. 심화과목으로서 문학에 대해서는, "문학비평을 최고의 목표로 설정하되 비평의 개념을 감상에서 본격적인 비평에 이르기까지 다양화하고, 학생들의 활동은 비평하기(읽기·말하기), 토론하기(읽기·말하기) 비평문 쓰기(읽기·쓰기), 재생산하기(매체 변용 및 활용하기), 창작하기 등으로 설정하여 공통교과와의 연계성을 확보하도록 한다."[2]는 방향 설정의 안이 제출되어 있다. 그러나 이 안이 교육 현실과 연동해 실제적으로 정착되기 위해서는 보다 구체적이고 심도 깊은 논의가 필요한 상황에 있다. 본 논문은 비평교육의 실제적인 정착 방안을 논술교육과의 연동 방안을 통해 찾고자 한다.

---

1) 이는 조동일의 장르 구분에 따른 것인데, 이 구분은 시, 소설, 희곡 외의 다른 장르들을 '교술'로 일원화함으로써 수필과 비평의 차이를 희석시키는 측면이 있다. 조동일의 장르론은 방대한 연구업적과 탁월한 혜안에 기초하고 있지만, 제도 교육과정의 기본틀로 확정하는 점에 대해서는 면밀히 재검토해볼 필요가 있다.

2) 김동환, 「심화교육으로서 문학교육의 미래」, 문학교육학 18호, 문학교육학회, 2005, p. 294.

비평교육의 부재는 초·중·고 국어/문학교육이 주로 형식주의 비평의 관점에서 개별 작품의 분석에 치중하느라 작품들의 전체 지형도를 보여주는 문학사 교육은 소홀히 하는 상황[3]과도 맞물려 있다. 개별 작품과 작가에 대한 비평이 지향하는, 혹은 각 비평들이 자신의 의도와 상관없이 수렴되는 궁극의 지점은 문학사 서술에 있다. 이 점에서 비평과 문학사의 관련성은 근원적이며 유기적이다. 비평교육이 배제된 현행 국어/문학교육은 문학에 접근하는 방법론과 문학사적 전체 조망이 결여된, 단편적인 작품 해석과 문학지식 전달에 편향된 교육이라고 할 수 있다.

비평교육의 부재가 초래한 문제는 이것에 한정되지 않는다. 교과서에 실린 작품을 정전(正典, canon)으로 학습하는 과정에서 학생들은 문학작품을 '정답'이 미리 정해져 있는 '닫힌 텍스트'로 경험한다. 그 속에서 문학작품이 지닌, 읽는 사람이 각기 자유롭게 해석할 수 있는 '열린 텍스트'로서의 미덕은 실종된다. 학습자들은 문학작품을 자신의 이해력이나 실제 삶과는 거리가 먼 '어렵고 모호한 골칫덩어리'로 인식하게 되며, 그 중 적지 않은 수가 스스로 문학적 안목이 없다는 열등감에 사로잡혀 문학에 대한 흥미를 잃어버리게 된다. 풍부한 '비평적 감식안'을 길러주지 못할 뿐 아니라, 학습자들이 지닌 원석(原石) 상태의 '비평적 눈'마저 제거하는 이러한 교육 방법

---

3) 민현식은 문학사 교육이 소홀한 현실의 문제를 특히 7차 국어교육과정의 탈 지식·탈 가치지향적인 특성과 결부해 지적한다. "탈 지식, 탈 가치 현상은 문학교육에서도 나온다. 문학교육의 탈 지식적 사례로 두드러진 것은 학생들의 문학사적 안목 결여를 들 수 있다. 문학사는 지식이므로 현행 대입수능 체제에서는 경시하여 학생들의 문학사적 안목은 부실할 수밖에 없다. 문학사의 지식을 소홀히 하니 작품 감상이 사회사적 배경 위에 총체적으로 이루어질 수 없다. 문학적 글쓰기에서도 문학적 지식이 빈약할 수밖에 없는 악순환을 보이게 된다."(민현식, 「국어교육과 국가경쟁력」, 『국어교육』 117, 한국어교육학회, 2005, p. 244.)

은 문학작품을 열린 비평의 대상이 아닌 모종의 합의된 해석의 결정
체로 보는 데서 비롯된다. 물론, 교과서에 실린 작품에 정전의 권위
를 부여하는 것이 잘못된 일은 아니다. 문제의 핵심은 특정 작품을
정전으로 예우하고 가르치는 '교육 방법'에 있다. 다양하고 창조적
인 해석의 가능성을 차단한 상태에서 정전에 대한 획일적인 관점을
주입하면서 학습자의 독창적인 비평 능력의 신장을 도모하지 않는
교육 방법, 즉 '비평'이라는 개념과 행위가 배제된 정형화된 문학교
육 방법이 문제인 것이다.

이런 상황에서, 최근 초·중·고 교육 현장에 비평교육이라는 '억
압받은 것의 귀환'(G. 프로이트)을 묵시적으로 촉구하는 제도적 사건
이 발생했다. 대학입시의 중요한 관건으로 떠오른 논술, 구체적으로
는 통합논술의 도입이 그것이다. 주지하다시피 논술은 객관식의 선
다형 시험 방식의 문제점을 보완하고, 학습자의 주체적 사고와 비판
적 성찰 능력을 함양하기 위한 목적으로 제도화되었다. 특히 통합논
술은 다양한 분야의 지식과 패러다임을 아우르는 종합적인 사고와
통찰력을 지향점으로 삼는다. 그러나 실제 교육현장에서 논술 시험
은 '길이가 긴 답안'을 작성하는 또 하나의 암기 시험이나 기능적인
시험으로 변질되고 있는 난경(難境)에 처해 있다.[4] 현재 논술교육은
본래 의도와는 달리, 독창적인 사고와 표현력 신장에 기여하기보다는
기성세대의 글과 논술 모범답안의 '받아쓰기(dictation)' 및 '다시 쓰

---

4) 참고로, 필자가 재직 중인 대학에서 입시논술 채점을 한 경험에 의하면, 정확한 수치는 아니
지만 논술 답안의 2/3 가량이 비슷한 내용으로 이루어져 있음을 볼 수 있었다. 해결 방안과
전망은 물론 심지어 문장이나 비유, 예시까지도 같거나 비슷한 경우가 많았다. 학생들이 자
기 생각과 자기 문장을 쓰는 것이 아니라, 논술 교재와 사교육을 통해 학습한 모범답안(?)
을 외우다시피 하여 논술시험을 치르고 있음을 보여주는 단적인 증거이다.

기/바꿔 쓰기(paraphrase)'를 양산하는 결과를 낳고 있는 것이다. 논술을 가르치는 교사도, 논술을 배우는 학생도 논술이란 어떤 글이며 어떤 목적으로 왜 써야 하는지에 대한 본질적인 문제를 성찰하지 않은 채 새로운 입시전쟁에 열을 올리는 상황에 있다. 그런 가운데 대부분의 학생들은 논술이라는 유형의 '글'을 쓰는 것이 아니라, 높은 점수를 받을 수 있는 '주관식 답안'을 작성하는 데 매달리고 있는 것이 오늘의 현실이다.

글쓰기의 진정한 목적과 괴리된 채 방법론 부재로 고민하는 현행 논술교육을 바람직한 방향으로 수정·정착시키기 위해서는 비평교육을 그 토대이자 구체적 방법론으로 채택해야 한다. 논술의 전제 요건인 주체적·비판적 사고와 독창적 표현 능력은 비평의 전제 요건과 그대로 일치한다. 여기에 심미적인 요소를 겸비한 비평은 논술보다 더 다각적이고 고차원적인 글쓰기 유형으로서, 논술이라는 특정 목적의 글쓰기가 필요로 하는 요소를 두루 갖추고 있다. 단적으로 말하면, 논술은 대상에 대한 글쓰기 주체의 독자적 시각을 논리적으로 전개하는 점에서 객관화된 형태의 비평이며, 형식과 분량이 제한된 점에서 규격화된 형태의 비평이라고 할 수 있다. 이런 맥락에서 비평교육의 활성화는 논술교육이 지향하는 인간과 세계에 대한 종합적인 성찰에 기초한 인문학적 사고를 기르는 토양이 된다. 논술교육의 목적을 실현하기 위한 토대 교육을 등한시하고 있는 현행 논술교육의 문제점과 비평교육의 필요성, 세부 방안에 대해서는 본론에서 상술하기로 한다.

## 2. 비평교육의 부재와 직결된 현행 논술교육의 문제점

### 1) 현대사회에서 비평의 역할과 중요성

비평교육이 초·중·고 과정에서 배제되고 있는 것은 현대사회에서 비평의 역할과 중요성이 증대되고 있는 세태와 관련해서도 시급히 검토해야 할 사안이다. 현대사회에서 비평은 장르와 영역 별로 빠르게 분화하고 있으며, 현대인은 각종 언론 매체를 통해 다양한 분야의 비평을 접하며 살고 있다. 비평은 현대사회의 예술과 문화는 물론 정치·사회 현상을 설명하고 비판하며 대안을 제시하는 글로, 사회 각 분야를 움직이는 대단히 현실적이며 실제적인 역할을 담당하고 있다. 특성상 준(準) 학술적인 성격과 실용적인 성격을 함께 지니고 있는 비평이라는 글쓰기 장르는 '지금 여기'의 현실세계의 다각적인 현상을 평가하고 제어하는 역할을 한다. 비평과 전혀 상관없는 삶을 살고 있다고 생각하는 사람들도 비평의 유형을 일별하면 자신의 삶과 비평이 긴밀히 밀착되어 있다는 사실을 알게 되는 이유가 여기에 있다. 비평의 텍스트가 예술작품에서 문화·일상·사회·정치의 제반 현상으로 빠르게 확대됨에 따라 현재 비평 분야는 다음과 같이 외적 분화와 내적 심화를 거듭하고 있다.

문학비평(시비평, 소설비평, 수필비평, 시나리오비평, 아동문학비평, 메타비평), 영화비평, 연극비평, 드라마비평, 음악비평, 미술비평, 무용비평, 공연비평, 디자인비평, 건축비평, 만화비평, 게임비평, 요리비평, 와인비평, 출판비평, 언론비평, 방송비평, 매체비평, 문화비평, 정치비평,

비평의 본질적인 역할은 평가와 비판을 제기하고, 생산적인 대안과 전망을 제시하는 데 있다. 비평의 주체는 비평 대상에 대해 객관적인 시각과 전체적인 통찰력을 견지해야 하며, 주관적인 가치관과 판단 기준 또한 소유해야 한다. 대상에 대한 애정과 개인적인 취향 역시 비평의 주체가 당연히 갖고 있어야 할 덕목이다. 따라서 예측 불허의 복잡한 현상과 과도한 생산물이 범람하는 현대사회에서 비평 영역이 세분화되고 비평의 역할과 필요성이 증폭되는 것은 필연적인 결과에 속한다. 현대사회를 살아가는 개인은 갖가지 상품 구매, 방송 채널 선택, 하루 24시간을 보내는 방법, 전공과 직업 선택, 정치적 입장 선택 등의 일상생활 전반에서 수많은 선택지들에 수시로 직면해야 한다. 종류와 질, 쓰임새가 천차만별인 대상을 평가하고 취사선택하는 일이 현대인의 삶의 필수 행위가 된 것이다. 이러한 삶의 조건 속에서 현대인은 의식적이든 무의식적이든, 전문적이든 비전문적이든 삶의 제반 영역에 대한 비평적 주체로서 삶을 영위하고 있다. 사회 각 부문의 다양화와 전문화가 가속화될수록 비평의 다양화와 전문화 역시 가속화될 것이며, 각 개인이 비평적 주체로서 자신을 더욱 확고하게 정립해야 할 것은 분명한 일이다. 비평은 현대사회의 시스템과 삶의 방식이 요구하는 사유체계이자 글쓰기이며, 현재형인 동시에 미래형의 장르인 것이다.

이런 맥락에서 볼 때, 초·중·고 과정에서 비평교육의 부재는 현대사회의 변화를 적극적이고 민감하게 반영하는 측면에서도 시급히 개선되어야 할 현안이다. 비평교육은 현대사회에서 능동적인 성찰과

비판·선택의 주체로 살아갈 인간/개인을 육성하는 일과 직결되는
데, 현재 초·중·고 과정에서 이러한 교육적 역할을 수행하고 있는
과목이나 세부 영역은 따로 없는 실정에 있다. 국어/문학 과목이 이
역할을 담당해야 함은 명약관화하다. 국어/문학 과목은 인간과 삶
에 대한 근본적인 통찰과 우리가 살고 있는 이 시대와 사회에 대한
반영론적 감식안을 아울러 가르치는 과목이기 때문이다.

### 2) 비평교육의 부재와 직결된 현행 논술교육의 문제점

현재 논술교육이 '모범 논술답안 작성'의 기능적인 형태로 변형되
고 있는 것은 '비평교육의 부재' 속에 전개되고 있는 현행 국어/문
학교육의 구조적인 문제와 직결되어 있다. 학습자들이 논술교육의
의의와 필요성을 자각하고 육화하지 못한 상태에서 논술답안 작성의
'기술'을 훈련하는 데 매진하는 것은 분명 본말이 전도된 일이다. 그
러나 이러한 사태의 원인을 입시의 중압감이나 구조적 문제에만 돌
리는 것은 온당하지 않은 일이다. 그 바탕에는 논술이 지향하는 창의
적 사고와 비판 정신의 함양을 감당하기 어려운 현 교육 체제의 문제
점이 상존해 있기 때문이다. 비평교육의 부재가 논술교육의 토대 부
재와 방법론 좌초로 이어지는 이유를 학습자를 중심으로 설명하면
다음과 같다.

첫째, 비평교육을 받지 못한 학습자들은 텍스트를 해석하는 다양
한 관점과 방법론을 이론과 경험 양자 모두에서 체득하지 못한 상태
에 있다. 학습자들은 교과서를 자신의 시각과는 무관한 '선험적으로
닫힌 텍스트'로 경험하면서 텍스트의 절대 권위를 수동적으로 승인

하고, 텍스트에 대한 기존의 해석을 무비판적으로 받아들이게 된다. 텍스트에 대해 불평등한 종속 관계만을 맺어온 학습자들은 논술의 텍스트, 즉 논술의 제재인 현실세계의 갖가지 현상과 문제들에 대해서도 같은 입장에 설 수밖에 없다. 논술이 제시하는 텍스트에 대해 다양하고 창조적인 해석의 가능성을 발견하지 못하고, 논술 교재와 기성세대의 글에 의존해 그와 동일한 관점을 무비판적으로 반복하게 되는 것이다.

둘째, 비평교육에서 소외된 학습자들은 텍스트와 동등한 위치에서, 혹은 텍스트의 바깥에서 텍스트를 성찰하는 경험을 하지 못했으며, 그 결과 해석과 비판, 평가의 주체로 성장하지 못한 상태에 있다. 독립적인 사유의 주체로 성장하지 못한 학습자들은 논술을 쓸 수 있는 기본 능력과 조건을 갖추지 못한 상태에 있다고 말할 수 있다. 해석과 비판, 평가 등의 독립적인 사유의 주체가 아닌 학생들에게 독창적·비판적 사유에 근거한 글을 쓰라고 요구하는 것 자체가 모순인 것이다.

셋째, 비평은 텍스트를 수용하는 관점이자 행위일 뿐 아니라 글쓰기의 한 영역이기도 하다. 비평교육에서 소외된 학습자들은 해석과 비판, 평가와 대안 제시 등의 사유체계를 학습할 기회를 갖지 못하며, 그러한 글쓰기의 경험 역시 할 수 없게 된다. 비평교육이 논술교육의 바탕이 되어야 하는 것은 비평이 논술의 양식적 모태이기 때문이 아니라, 비평적 사고가 논술의 주체가 갖추어야 할 필요조건이기 때문이다.

기존의 해석에 동의하고 길들여지기를 암묵적으로 강제할 뿐 주체적이고 독창적인 비평적 사고를 열어주지 않는 우리의 교육 현실에 대해 수전 손택의 통찰은 많은 시사점을 제공해 준다. 세계적인 작가 이자 예술비평가인 수전 손택은 『해석에 반대한다』라는 명저에서 해석의 폭력을 날카롭게 지적해 큰 반향을 불러일으킨 바 있다. 손택이 반대하는 것은 모든 해석이 아니라, 텍스트를 확정된 의미로 고착화함으로써 독자의 열린 시각을 차단하는 해석, 즉 해석자의 잘못된 권위와 왜곡된 욕망에 봉사하는 해석이다.[5] "해석은 지식인이 세계에 가하는 복수다."[6]라는 손택의 유명한 정의는 이런 해석을 전제한 발언이다. 손택은 불온하고 경직된 해석에 의해 우리가 사는 세계는 충분히 고갈됐고, 충분히 허약해져 있다[7]고 비판하면서, 오늘의 예술과 비평은 '투명성'을 회복해야 한다고 주장한다. "투명성은 오늘날의 예술―그리고 비평―에서 가장 고상하고 가장 의미심장한 가치다. 투명성이란 사물의 반짝임을 그 자체 안에서 경험하는 것, 있는 그대로의 사물을 경험하는 것을 의미한다."[8] 오늘날 우리의 국어/문학교육에는 손택이 말하는 '해석의 투명성', 즉 텍스트를 '그 자체'로 경험할 해석의 능동적인 위치와 자유를 학생들에게 돌려주어야 할 책임이 있다. 이런 현실을 고려할 때, 논술과 논술교육은 '해석의 투명성'을 저해하는 입시 제도가 아니라, '해석의 투명성'을 회복할 수 있는 교육적 계기로 재조명되어야 한다. 비평교육이 그 열쇠의 역할

---

5) "옛 텍스트를 '현대적' 요구에 일치시키기 위해 해석이 필요하게 됐다. (…) 해석은 텍스트에 담긴 명백한 의미와 (후세) 독자의 요구가 어긋날 것을 전제로 하고 있다. 해석은 이 어긋남을 해결하려고 한다. 이러저러한 이유로 텍스트가 마음에 들지 않게 됐으나, 그렇다고 폐기처분할 수는 없는 그런 상황인 것이다. 해석은 너무도 소중하기에 개작 따위로 포기해버릴 수 없는 옛 텍스트를 보존하기 위한 근본 전략이다." - 수전 손택, 이민아 역, 『해석에 반대한다』, 이후, 2002, p. 23.
6) 수전 손택, 앞의 책, p. 25.
7) 수전 손택, 앞의 책, 같은 곳.
8) 수전 손택, 앞의 책, p. 33.

을 할 수 있을 것인데, 실제 상황은 반대로 전개되고 있다.

고등학교 문학에서 비중 있게 다루는 시인인 김수영의 경우를 예로 들어 보자. 김수영에 관한 뛰어난 비평들을 모아 『김수영의 문학—김수영 전집 별권』을 편(編)한 황동규는 "김수영 비평의 역사는, (…) 김수영을 어느 면에 뛰어나고 어느 면에 부족한 시인이라고 보지 않고 있는 그대로의 김수영으로 보려는 시도의 과정이었다고 볼 수 있다."[9]고 총평한다. 그런데 황동규가 논평한, 김수영을 '있는 그대로의 김수영으로 보려는 시도'로서의 김수영 비평의 역사와 성과는 현재 중·고등 교육에 얼마나 반영되어 있는 것일까? 부분 발췌한 다음 네 편의 비평문은 김수영에 대한 해석과 평가의 시각에 있어 상당한 차이의 스펙트럼을 보여준다. 비교의 균형과 공정성을 위해 네 편의 비평문에서 김수영의 현실인식과 대응자세를 평가하는 부분들을 발췌해 나열하면 다음과 같다.

① '나의 자유'만이 아니라 '우리들의 자유'에 가장 민감한 창조적 반응을 보이는 시인의 한 전형으로 김수영은 양심에 순교한다. 초지일관 순교하기를 선택한다. (…) 양식의 다채로운 변모를 통하여 김수영의 경우 '시인'이라는 자의식은 '자유의 戰士'와 완전 동의어임을 입증하게 한다. 전사일 뿐만 아니라 궁극적으로 '순교자'임을 확인하게 한다.[10]

---

9) 황동규, 「양심과 자유, 그리고 사랑」, 황동규 편, 『김수영의 문학—김수영 전집 별권』, 민음사, 1983, p. 15.
10) 임중빈, 「自由와 殉敎」, 앞의 책, 1968, p. 78.

② 김수영은 작가가 정직하게 자기의 삶의 이야기하는 데 대하여 관대
하였다. 물론 그가 대중의 편에서 대중의 현실을 이야기하는 작가의
도덕적 우위를 인정하지 않은 것은 아니었다. 다만 그는 그것을 안
으로부터, 말하자면 자기의 현실에 충실하는 것이 곧 대중적 현실이
될 수 있는 입장에서 이야기할 수 있어야 한다고 생각하였다. (…)
그러면 '작가 안에 살고 있는 군중'을 이야기한다는 것은 무엇을 말
하는가? 아마 김수영이 생각하였던 것은 시인이 민중적 정치의식을
완전히 내면화해서 그것이 대상적인 의식이기를 그친 상태였다고
할 수 있다.[11]

③ '지식층의 피로'(「제 精神을 갖고 사는 사람은 없는가」, 퓨 p. 11)와
'문인의 세속화'(「히프레스 文學論」, 침 p. 117)를 공박하고 늘 '여
유가 생기면 둔해'(「反詩論」, 침 p. 67)지는 데에 경각심을 지닌 '진
정한 아웃사이더'(「茉莉書舍」, 퓨 p. 222)로서의 김수영은 한국 모
더니즘의 위대한 비판자였으나 세련된 감각의 소시민이요, 외국문
학의 젖줄을 떼지 못한 도시적 지식인으로서의 그는 모더니즘을 청
산하고 民衆詩學을 정립하는 데까지 나아가지는 못하였다.[12]

④ (…) 민족현실·민중생활의 실상과는 너무나 동떨어진 세계에 그는
머물러 있었던 것이다. (…) 후배시인(김지하 – 인용자 주)의 지적대
로 그의 시는 정치권력을 고발하고 공격하기보다 그러한 고발을 제

---

11) 김우창, 「예술가의 양심과 자유」, 앞의 책, 1977, p. 203.
12) 염무웅, 「김수영론」, 앞의 책, 1976, p. 165.

대로 못하는 자신과 이웃의 소시민성을 풍자하는 일에 치중했던 것이다.[13]

①은 임중빈, ②는 김우창, ③은 염무웅, ④는 백낙청의 비평의 한 부분이다. 김수영을 '자유의 전사'와 '순교자'의 반열에 놓으며 그의 도덕적인 시정신을 높이 사는 ①임중빈의 평가와, 김수영은 "민족현실·민중생활의 실상과는 너무나 동떨어진 세계에 머물러" "고발을 제대로 못하는 자신과 이웃의 소시민성을 풍자하는 일에 치중"한 편협하고 소박한 현실인식의 소유자였다는 ④백낙청의 평가는 극히 대조적인 입장에 있다. 반면, ②김우창은 중도적인 입장에서 김수영이 "민중적 정치의식을 완전히 내면화해" 자신의 일상에 대한 비판적 성찰을 통해 우회적으로 형상화했다고 본다. 또한 ③염무웅은 ④와 같은 입장에서 ②의 시각을 수용하면서, "한국 모더니즘의 위대한 비판자"이자 "세련된 감각의 소시민"이며 "외국문학의 젖줄을 떼지 못한 도시적 지식인"인 김수영의 한계는 '모더니즘 청산'과 '민중시학 정립'의 과제를 성취하지 못한 것이라고 결론짓는다.[14] 논점을 선명히 하기 위해 도식적으로 정리하면, 현실과 역사의식에 있어 ①임중빈은 좌파적, ②김우창은 중도우파적, ③염무웅은 중도좌파적, ④백낙청은 좌파적 입장에 있다고 할 수 있다. 정치적 지향성으로 이들을 분류하는 근거는 이들이 주로 활동한 1960년대에서 80년대가 한

---

13) 백낙청, 「'참여시'와 민족문제」, 앞의 책, 1977, pp. 169~179.
14) 1970년대와 80년대 민족·민중문학 진영의 대표적인 비평가였던 염무웅은 서구 모더니즘 청산과 민중의 삶의 현실에 기초한 민중시학 정립을 당대의 문학이 성취해야 할 당면과제로 인식하였다. 염무웅은 자신의 문학관 하에서 김수영의 시와 현실인식에 대한 평가를 내리고 있는 것이다.

국문학사에서 '현실성'과 '자율성(미학성, 예술성)'의 두 자대가 강력한 힘을 발휘했던 시기로, 이들 역시 당대 문학의 기율에서 결코 자유롭지 못했기 때문이다.

이와 같이, 동일한 시대 조건 속에도 네 명의 비평가는 김수영이라는 한 대상을 평가하는 관점에서 많은 차이를 드러낸다. 특히 주목해야 할 것은 현실에 대한 적극적인 개입과 '민중적 리얼리즘'의 문학관을 공유했던 ①임중빈과 ④백낙청이 김수영의 현실인식에 대해 매우 다른 평가를 내리고 있다는 사실이다. 정치적 지향성과 가치관이 같은 비평가가 반드시 같은 평가에 도달하는 것은 아니라는 것을 선명히 보여주는 사례이다. 바꾸어 말하면, 비평은 기계적이고 단선적인 논리가 통용되기 어려운 영역이자, 텍스트에 대한 접근과 평가의 시선이 계속 새롭게 재창조되는 과정을 통해서 발전하는 영역이다. 비평은 옳고 그름이나 명확성의 기준이 아닌, 새로움과 독창성, 가능성의 기준으로 텍스트와 대면하는 '주체적 사유와 실천'으로서의 글쓰기인 것이다.

그런데 이러한 열린 비평적 사유와 단절된 현행 초·중·고 국어/문학교육은 텍스트에 대한 합의된 해석(만)을 학습자에게 전달하는 데 몰두한다. 대부분의 학습자들은 김수영에 대해 위와 같은 상이한 해석과 평가가 존재한다는 사실 자체를 알지 못한다. 현 교과서들은 ①의 시각을 채택해 학습자에게 '전면적인 진실'로 학습하고 있기 때문이다. 이 같은 일차원적인 문학교육 방식에는 교과서의 작품이 정전으로 확립되기 위해서는 그에 상응하는 '해석의 정전'이 뒷받침되어야 한다는 교육 이데올로기가 내장되어 있다. 더불어, 입시와 직결된 평가의 용이함과 정확성을 위해서도 '이론(異論)의 여지가 없는, 유일한 해석'을 '정답'으로 설정해 두어야 한다는 평가 위주의 편의주의적 사고방식도 함께 잠재해 있다. 하지만 전자는 '해석의 투명성'이 완전히 제거된 '확정된 해석'이 '정전'의 증거나 요건이 아니라는 점에서 합리적인 처사가 아니며, 후자는 다양한 '이론(異論)'과 차이를 인정하지 않는 것이 획일적인 주입식 교육의 핵심 동력(動力)이라는 점에서 시급한 개선의 필요성을 안고 있다.

　논술과 논술교육의 문제로 돌아오면, 이러한 문제점이 근본적으로 해결되지 않은 상태에서 논술이 기존의 글을 답습하는 기능적인 시험으로 변질되는 것은 필연적인 수순(隨順)에 속한다. 논술 제도가 지향하는 학습자들의 주체적·비판적·종합적인 사유 능력과 표현 능력을 양성하기 위해서는 기능적인 논술교육으로는 불가능하며, 논술 쓰기 자체가 목적이 되어서도 안 된다. 다른 교과목과의 유기적인 연계가 필수적이며, 모든 교과목이 논술에 필요한 사유 능력과 표현 능력을 신장시키는 데 총체적으로 이바지할 수 있어야 한다. 여타 교과목들의 교육 방식과 논술의 지향성 사이에 지금처럼 간극과 균열이 있는 상태에서는 여러 교과목의 통섭에 기반한 논술교육은 요원한 일일 수밖에 없다.


## 3. 논술교육과 연계된 비평교육의 필요성과 방안

### 1) 논술교육의 토대로서 비평교육의 필요성

비평교육의 활성화가 이 같은 문제점을 해결하는 데 기여할 수 있는 근거는 비평적 감식안 훈련이 곧 논술이 목표로 하는 주체적·창조적 사고력 훈련이라는 점에 있다. 비평은 생각과 관점의 차이를 존중하며, 창조적인 해석과 평가를 장려한다. 비평은 텍스트와 그것을 둘러싼 세계에 대한 박학한 지식과 비판적인 통찰을 필요로 하는 동시에, 비평적 주체로 하여금 그러한 자질을 창조적으로 육성하게 만든다. 그러므로 비평을 한다는 것은 비평의 주체가 텍스트를 독자적인 관점과 방식으로 해석하고 전유(專有)하는 일이며, 해당 텍스트의 정체성과 의미를 다른 많은 텍스트들과의 비교를 통해 규명하는 일을 의미한다. 나아가 그 텍스트가 출현하기까지의 역사에 대한 성찰과 이후에 출현할 미래의 텍스트들과 세계에 대한 생산적인 전망을 수행하는 일을 뜻한다.

앞서 살펴본 것처럼 비평 유형이 다채롭게 분화함에 따라 현대사회에서 비평의 텍스트는 문학, 예술, 문화 전반, 상품, 정치 사건, 사회 현상 등 삶의 거의 모든 영역으로 확대되고 있다. 현실과 사회의 영역 전반을 다루는 현대 비평의 텍스트는 논술이 다루는 텍스트와 대부분 일치한다. 비평과 논술이 수행하는 작업이 텍스트[15)]에 대한 해석과 비판, 평가와 전망이라는 점에서 일치하기 때문이다. 실제로 입시 논술에 출제된 문제들을 훑어보면, 논술의 텍스트는 문학작품, 고전, 명저, 교과서, 만화, 그림, 뉴스, 신문기사, 광고, 정치·사회·문화 현상과 사건, 시사 쟁점, 법과 제도, 철학적 문제 등 해석과 판단의 차이가 발생하는 인간의 삶의 전반을 아우르고 있음을 알 수 있다. 물론 비평 주체의 자의식의 개진을 중시하는 비평과, 객관적·논

---

15) 여기에서 텍스트는 글로 쓰인 것에 한정되지 않는다. 비평의 대상이 되는 일체의 창작품과 표현물, 담론, 사건, 현상들은 모두 텍스트의 범주에 포함된다.

리적 설득을 요체로 하는 논술의 글쓰기 성격의 차이를 간과해서는 안 되지만, 비평과 논술이 근본적으로 동일한 텍스트와 사유체계를 기반으로 하는 글쓰기라는 점은 논술교육의 문제와 관련해 충분히 성찰해야 할 대목이다.

비평교육의 활성화를 바탕으로 논술교육을 실시해야 하는 이유는 크게 두 가지로 압축될 수 있다.

첫째, 논술교육이 지향하는 목표, 즉 주체적·비판적·종합적 사고와 독창적 표현력은 기원전 4세기 아리스토텔레스의 『시학』으로 소급되는 역사를 지닌 비평의 본질이자 비평교육의 목표이다. 오늘날 글쓰기 교육을 단독 대행하는 역할을 맡고 있는 논술교육을 처음부터 '논술' 자체에만 초점을 맞추어 행하는 것은 사상누각의 결과에 이를 가능성이 크다. 논술교육은 글쓰기에 대한 전반적인 훈련에서 시작해 논술이라는 특정 형태의 글쓰기로 좁혀 들어가는 귀납의 과정을 밟아야 한다. 그 과정에서 논술교육에 가장 직접적으로 영향을 주는 학습모델 텍스트 및 글쓰기는 비평이 된다. 논술의 텍스트와 사유체계는 비평의 그것과 일치하기 때문이며, 글쓰기의 여러 유형 가운데 논술의 직계 원류에 해당하는 글쓰기가 바로 비평이기 때문이다. 비평교육이 논술교육의 토대가 되어야 할 근거는 글쓰기 유형의 역사적 발전 과정 속에 이미 마련되어 있는 셈이다.

둘째, 비평교육의 활성화는 현 교과과목 체제를 고려할 때도 가장 현실적인 논술교육 방안이 된다. 현재 초·중·고 교육에서 논술은 독립된 교과목이 아닌, 국어 과목이 책임을 맡고 다른 교과목도 연대 책임을 지는 방식으로 교수(教授)되고 있다.[16] 글쓰기의 한 형태인 논술의 교과적 특성에 가장 부합하며, 현실적으로도 논술교육을 담당해야 하는 과목은 당연히 국어와 문학이다. 따라서 국어/문학교육의 한 갈래이자 토대인 비평교육을 활성화함으로써 논술교육을 전개하는 것은 반드시 필요할 뿐 아니라 가장 효율적이고 현실적인 방안이 된다.

## 2) 논술교육과 연계된 비평교육의 방안

비평교육의 필요성을 인식한다면, 남은 문제는 논술교육의 토대가 될 비평교육을 어떤 방안으로 할 것인가 하는 점이 된다. 앞서 언급한 김수영을 예로 들어 비평교육과 연계한 논술교육 방안을 세 가지 단계로 제안해 보기로 한다.

먼저, 해당 문학작품에 관한 대표적인 다양한 비평 관점들을 복수(複數)로 제시해 독자/학습자의 주체적 판단을 촉발하는 비평교육을 실시해야 한다. 교과서에 실린 문학작품을 정전으로 예우하고 가르치는 일이 열린 해석을 차단한 상태에서 '권위 있는 특정한 해석'만을 주입하는 방식이 되어서는 안 된다. 문학교육의 정전은 교육에 대한 국가통제라는 측면에서도 비판의 대상이 되지만[17], 그보다는 정전을 가르치는 획일적인 방식이 학습자에게 끼치는 영향의 면에서 더 큰 문제점을 안고 있다. 교육 내용과 평가의 동일성을 위해 많은 차이를 희생하는 방식은 '동일성의 제국'에 학습자들을 유폐하고, '차이의 광활한 영토'에 대한 학습자들의 경험의 기회와 상상력을 박탈

---

16) 초등교육에서 논술은 교과학습의 대상은 아니지만, 논술교육이 하루 아침에 이루어질 수 없는 것이라는 점에서 현실적으로 관심의 대상이 되고 있다.

17) 정재찬, 『문학교육의 현상과 인식』, 역락, 2004, pp. 74~77 참조.

하는 결과를 낳는다. 이는 다양한 차이가 행복하게 공존하는 다원화·다문화·다성성의 사회를 향해 가는 21세기의 문화·문명사적 흐름에도 역행하는 일이 될 것이다. '권위 있는 특정한 해석'을 가르치는 방식은 지금 이 순간에도 계속 진행되고 있는 문학연구와 현장 문학교육이 서로 유리되어 전개되는 사태를 야기한다. 김수영의 경우, 지금까지 제출된 수많은 비평과 연구들[18]은 그 방대한 양만큼이나 해석과 평가의 스펙트럼이 넓다. 김수영의 마지막 작품인 「풀」을 보더라도, 이 시를 ① 김수영의 전체 시세계의 탁월한 결정체로 보는 관점과, ② 단순성을 요체로 한 '가장 비 김수영적인 작품'으로 일종의 돌연변이로 보는 관점이 병존한다.

① 사랑의 지각이 그로 하여금 깊이 있는 현실적 관심을 유지하도록 하였고, 무엇보다도 바로 그러한 사랑에 의해 그의 시작이 착수되었지만, 그것이 하나의 추상화된 이념이나 자의식으로 탈바꿈되는 순간, 시에 있어서의 구체적인 형상화나 생생한 묘사가 희생되었던 것이다. 그러한 의미에서의 이념 또는 자의식이 말끔히 물러났을 때에, 우리가 「풀」이라는 작품에서 보는 탁월하게 균형 잡힌 시적 세계를 김수영은 창조할 수 있었다.[19]

② 김수영의 「풀」(1968)은, 피상적으로 관찰하자면 가장 非 김수영적

---

18) 김수영에 대한 비평과 연구는 매우 방대한데, 김명인은 "2001년까지 대략 정리해보면 평론과 일반 논문이 대략 170여 편, 석사논문이 약 80여 편, 박사논문이 11편으로 260여 편에 이르고 있다"고 밝히고 있다. - 김명인, 『김수영, 근대를 향한 모험』, 소명출판, 2002, p. 31.
19) 김종철, 「시적 진리와 시적 성취」, 황동규 편, 앞의 책, 1973, pp. 98~99.

인 작품인데도, 가장 널리 알려진 김수영의 작품이다. 피상적으로 관찰하자면, 그 시의 단순성은 김수영적인 특성들, 자기성찰, 풍자, 야유, 탄식, 자학 등의 지적인 요소들과 어울리지 않는다. 그럼에도 불구하고 그 시는 김수영의 시 중에서 가장 김수영적인 시로 인정받고 있다. 김수영의 지적 포우즈가 1930년대와 50년대의 모더니즘의 나쁜 점을 아직 청산하지 못하였음을 보여주는 것이라는 입장을 취하는 사람들에겐, 김수영답지 않은 그 단순성은, 김수영의 초기시들의 난삽한 지적 포우즈를 그가 극복한 것을 뜻한다고 여겨진 것이다.[20]

①김종철은 김수영이 '사랑'을 통해 깊이 있는 현실적 관점을 유지했다고 보고, 김수영의 많은 시편들에서 사랑이 추상화된 이념이나 자의식으로 작용하면서 시의 미학성이 떨어진 반면, 그러한 이념과 자의식이 제거된 「풀」은 높은 완성도를 보여준다고 평가한다. ②김현은 김수영 특유의 지적인 요소들이 없는 「풀」을 김수영의 대표작으로 평가한 리얼리즘 계열 비평가들[21]의 판단 근거를 분석하면서 이견을 제시한다. 「풀」은 이전까지의 김수영의 시세계의 도착점이 아니라, 다른 시세계로 전환하는 출발점이라는 것이다. 이를 국어 교과교육 현실에 적용하면, 두 비평문의 견해차가 김종철의 현실주의 문학관과 김현의 문학주의 문학관의 차이에서 비롯되는 것임을 설명하면서, 「풀」에 대한 최종 평가와 판단을 학습자들에게 맡기는 것이 '특정한, 권위 있는 해석'을 넘어 학습자의 '주체적이고 창조적인 해

---

20) 김현, 「웃음의 체험」, 앞의 책, 1981, p. 206.
21) ①의 김종철이 그 중 한 사람이다.

석'을 유도하는 바람직한 교육 방법이 될 것이다. 한마디로 말하면, 한 작품에 관해 입장이 다른 여러 비평을 학습자에게 제시하고, 학습자들로 하여금 스스로 판단하게 하여 열린 비평적 시각을 기르도록 해야 한다. 김수영의 「풀」의 경우, 위의 두 비평문을 포함해 더 많은 다양한 비평문을 제시하면 더 바람직할 것이다.

둘째, 대상 작품에 관한 상이한 비평 관점들을 검토한 후 학습자가 독자적인 시각을 확보해 비평문을 쓰게 함으로써 학습자를 비평 주체로 세우고, 문학의 읽기 교육과 쓰기 교육을 유기적으로 통합해야 한다. 한 예로, 학습자에게 김수영의 「풀」에 관해 기존의 비평 관점들을 비판적으로 정리하게 한 후 그것에 이어 「풀」에 관한 새롭고 창조적인 해석을 글로 써보게 하는 것이다. 아직까지 우리의 문학교육은 작품에 대한 형식적·내재적 분석에 치중하는 신비평의 자장(磁場) 속에 놓여 있다. 7차 교육과정이 수용비평의 관점을 반영해 학습자 중심의 문학교육을 공표하고 있지만, 현실적으로는 여전히 종래의 문학교육 방식이 우세하게 통용되고 있는 것이다.[22] 이 점에서 본고가 제기하는 비평교육의 활성화는 신비평이라는 특정 비평 유형에 매몰되어 있는 문학교육의 근본적인 방향 전환을 촉구하는 의도를 담고 있는 것이기도 하다. 역사주의 비평, 구조주의 비평, 정신분석비평, 원형비평, 수용비평, 생태비평 등의 다양한 비평 관점을 작품에 따라 적절히 학습자에게 제시한다면 자연히 신비평에 경도된 협소한 문학교육 방식은 개선될 수 있기 때문이다. 이러한 방식은 앞에

---

22) 최근 국어교과 교육이 신비평의 부정적인 영향을 극복하고 지양하는 방향으로 전개되고 있는 것은 사실이다. 교과서와 교육과정도 이를 염두에 두고 편성되고 있다. 그러나 실제 교육현장에서 이루어지는 국어교과 교육내용은 여전히 신비평적 작품 분석에 치중되어 있음을 부인하기 어렵다.

서 언급한 문학작품에 대한 '해석의 투명성'을 학습자/독자에게 돌려주는 일이 될 것이다. 사실 문학 비평 자체의 진정한 역할은 이 점에 있는데, "작품의 힘, 천재성의 힘, 창출하는 것의 힘, 이것이야말로 기하학적 은유의 범위를 뛰어넘는 것이고, 이것이야말로 문학 비평의 고유한 대상이다."[23]라는 데리다의 말은 문학 비평의 본질이 작품의 영감과 창조성, 내적인 힘을 최대한으로 향유하는 데 있음을 보여준다. 이 향유가 비평 주체의 자발적이고 독창적인 해석과 평가에 의한 것이어야 함은 이론(異論)의 여지가 없다.

셋째, 해당 작품의 비평 쟁점과 관련된 현실과 역사의 문제를 논제로 하여 학습자에게 논술을 쓰게 함으로써 문학작품에 대한 비평적 시각이 현실세계에 대한 비평적 시각으로 확대·심화되노록 함과 동시에, 교과서를 이용한 논술 쓰기의 실제적인 훈련 방안으로 활용하도록 한다. 이를 통해 학습자는 문학 작품을 포함한 교과서의 텍스트와 논술의 텍스트가 서로 다른 차원에 속해 있는 것이 아님을 이해하고, 문학과 사회 문제 등의 서로 다른 영역을 어떻게 연계할 수 있는지를 체험하게 될 것이다. 가령, 김수영의 「풀」을 성적(成績) 비관이나 생계 비관으로 인한 자살 사건과 관련해 논술을 쓰게 한다든지, 최근 우리 사회의 주요 현안인 '88만원 세대'[24]의 삶과 관련해 쓰게 한다든지 등이 예가 될 수 있다. 한 가지 유의할 점은 이 때 논술의 논제를 반드시 교사가 미리 정해줄 필요는 없다는 것이다. 「풀」을 대상으로 학습자가 스스로 문제의식을 갖고 현실사회에 관한 논제를

---

23) 자크 데리다, 남수인 역, 『글쓰기와 차이』, 동문선, 2001, p. 37.
24) 20대 비정규직 노동자의 평균 월급이 88만원이라는 사실에 기초해 정규 직업을 갖기 어려운 20대를 '88만원 세대'라고 부른다.

이끌어내게 한다면, 이는 텍스트 속에 숨은 질문을 찾고 새로운 질문을 던지는 비평의 본도를 구현하는 일이자, 논술에 필요한 비판적 사고력을 근본적으로 성장시키는 일이 될 수 있다. 비평과 논술을 포함해 모든 글쓰기는 글쓰기 주체가 스스로 질문을 구성하고, 그 질문에 대한 답을 찾아가는 과정으로 이루어진다. 입시 제도로서 논술의 특성상 형식과 분량 등의 제한을 부과하지 않을 수 없더라도, 논술을 쓰는 주체인 학습자가 스스로 질문을 구성하고 답을 찾아가는 – 주어진 논제에 대해서도 학습자는 문제의식을 구체화해 자신의 관점에서 질문을 (재)구성할 수 있어야 한다 – 글쓰기의 본령과는 무관하게 논술교육이 기계적인 '답안 작성' 훈련이 되어서는 안 된다. 데리다는 글쓰기가 오로지 글쓰기 주체의 고독한 노력에 의한 것임을, 그 자신도 예측할 수 없이 매 순간 새롭게 전개되는 미지의 행위임을 역설(力說)한다. '은총 없이 출발한 최초의 항해'라는 데리다의 비유는 글쓰기가 전적으로 글쓰기 주체의 자립적이고 능동적인 행위를 통해 실현되는 것임을 말해준다. 우리 논술교육의 바람직한 방향 역시 이 부분에서 찾아야 할 것이다.

글쓰기가 개시적(단어의 새로운 의미에서)이기 때문에 글쓰기는 위험스러운 것이고 고뇌를 야기한다. 글쓰기는 자신이 어디로 가고 있는지 모른다. 그 어떤 지혜도 글쓰기가 구성 중인 의미를 향한, 무엇보다 먼저 자신의 미래인 의미를 향한 본질적인 질주로부터 글쓰기를 보존해 주지 않는다. 글쓰기는 그럼에도 오직 비겁함에 의해서 변덕스럽다. 결국 이 위험에 대비하는 보험은 없다. 작가–무신론자가 아니라도 작가라면–에게 있어서 글쓰기는 은총 없이 출발한 최초의 항해이다.[25]

## 4. 현대사회와 문화에 대한 비평 능력을 함양하는 논술교육

우리 역사에서, 수천 년간 지식인의 전유물이었던 글쓰기가 평범한 근대 시민의 기본 소양이 된 것은 채 1세기도 되지 않은 일이다. 글쓰기는 이제 현대사회의 전개와 현대인의 삶 전반에 걸쳐 필수 요소가 되었다. 현대인은 경제·사회·문화·일상·직업·친교·인터넷 활동 등에서 자신의 의사와 무관하게 다양한 형태의 글쓰기의 주체로 살아가고 있다. 현대사회는 갖가지 영역에서 수많은 글쓰기의 주체를 필요로 하는 사회이며, 이 글쓰기의 주체들이 현대사회에 포섭되면서 또 한편으로 현대사회를 부단히 움직여가고 있는 것이다.

이런 현실에서 글쓰기의 교육 제도화된 형태인 논술이 초·중·고 교육의 화두가 된 것은 변화하는 시대에 대한 교육의 대응력과 경쟁력 확보라는 점에서 시의성을 지닌다. 글쓰기의 필요성과 중요성이 날로 증대되는 시대의 변화가 교육제도의 변화를 추동한 것이다. 글쓰기가 중요한 것은 '문화의 시대'로 불리는 21세기 첨단 정보화사회가 구성원에게 요구하는 필수 능력이 글쓰기이기 때문만은 아니다. 그와 더불어, 역설적이게도 문화와 정보가 넘쳐나는 사회에서 인간이 사고와 비판의 주체로서 자존(自存)하고 자립하기 위해 필요한 개인적이며 사회적인 행위가 글쓰기이기 때문이다. 글쓰기만큼 인간이 자신의 존재와 인간적인 가치를 훌륭하게 발현하는 방법은 많지 않다. 글쓰기는 그 방법일 뿐 아니라 결실이기도 하다.

논술교육의 바람직한 정착을 위해 비평교육의 활성화가 필요한 이

---

25) 자크 데리다, 앞의 책, p. 23.

유는 이처럼 현 시대와 사회에 능동적으로 대처하는 주체적 인간 양성이라는 거시적인 교육 목표와도 연동되어 있다. 논술이 추구하는 교육 목표가 주체적·비판적·종합적 사고력 및 독창적·효율적인 표현력의 함양에 있음을 생각할 때, 문학 텍스트에 대한 비평적 사고와 감식안을 기르는 비평교육은 논술교육의 방법적 차원을 넘어 사고력과 표현력의 토대 교육으로서 큰 역할을 담당하게 될 것이다. 비평교육의 텍스트가 문학작품을 넘어 다양한 영역의 글로 확대된다면, 이는 사회의 사건, 현상 전반을 텍스트로 하는 논술교육에 더 직접적으로 기여하는 방법이 될 것이다.

# 생태시의 교육 목표와 범주 설정
– 문학 교과서 수록작품 선정을 위한 시론(試論)

## 1. 생태시 교육의 필요성

"문학교육의 내용이 고립된 문학 지식 또는 고립된 텍스트가 아니라, 사회 문화와의 상호텍스트성 속에서 이루어져야 하는 필요성이 앞으로는 더욱 증대될 것"[1]이라는 예측은 이제 미래형이 아닌 현재형으로 정착되는 중에 있다. 사회·문화와의 상호텍스트성을 중시하는 문학교육은 '문학은 사회를 반영한다'는 반영론적 관점을 강화한 교육 방식을 의미하지 않는다. 이는 사회·문화의 급속한 변화에 따라 문학의 형질과 존재 방식이 변하고 있는 현 상황을 문학교육에도 생생히 적용해야 한다는 당위성과 그 교육적 실천을 의미한다. 오늘날 문학은, 세계와 현실의 복잡한 변화 속에서 예술과 문화의 영역이

---

1) 구인환·박대호·박인기·우한용·최병우 공저, 『문학교육론』(제3판), 삼지원, 1998, p. 463.

다채로워지면서 그 영역들과 긴밀히 교류하며 크고 작은 변화를 거듭하고 있다. 시, 소설 등의 종래의 문학 장르에서 디지털 게임 시나리오와 테마파크 스토리텔링 등으로 문학의 외연이 확장되고 있는 것은 새로운 시대의 문학의 새로운 존재방식을 보여주는 단적인 예들이다. 이러한 변화는 문학작품의 해석과 연구 방식에도 많은 영향을 끼치고 있다. '문화의 시대'라는 지상명령에 가까운 시대 변동 속에서 문학작품을 문학 텍스트이자 문화 텍스트로 이해하는 방식이 널리 확산되고 있으며, 문학교육과 문화교육의 연동에 대한 인식과 요구가 증폭되면서 그에 대한 연구도 활발히 진행되고 있다.[2]

문학과 사회·문화의 상호 텍스트성을 중시하는 생태시는 20세기 중·후반 산업사회의 전개 속에서 탄생한 새로운 시의 경향 중 단연 두드러진 것이다. "자연과 자연 지배의 변증법이라고도 할 수 있는 작품의 내재적인 역사성이 외부 세계의 역사성과 동일한 본질을 가질 뿐 아니라 그것을 모방하지 않고도 그와 유사해진다는 점"[3]을 생각할 때, 생태시가 지니는 역사적·사회적 의미는 분명해진다. 생태시는 후기 자본주의 산업사회의 '자연과 자연 지배의 변증법'이 문학 작품의 내재적인 역사성으로 등록된 시적 결과물이다. 생태시는 근대 자본주의 문명의 폐해와 문제점을 고발하고 대안을 생각하는 점에서 근대의 '자연과 자연 지배의 변증법'을 내재화하여 이를 그

---

2) 이 문제에 관한 연구 성과들은 최근 꾸준히 제출되고 있다. 몇 가지 예를 들면, 우한용, 『문학교육과 문화론』, 서울대출판부, 1997. 민현식, 「국어교육과 한국어교육에서의 문화교육」, 『외국어교육』 10-2, 한국외국어교육학회, 2003. 정재찬, 「국가 경쟁 시대의 국어교육과 문화교육」, 『국어교육』 제117호, 한국어교육학회, 2005. 송효섭, 「문학 연구의 문화론적 지평 – 새로운 실증적·실용적 인문학을 위하여」, 현대문학이론연구』 제27집, 현대문학이론학회, 2006. 등이 있다.

3) T. W. Adorno, 홍승용 역, 『미학이론』, 문학과지성사, 1984, p. 18.

에 상응하는 미학으로 형상화한, 발생학적 토대로서의 역사성과 사
회성이 문면에 명백히 드러나 있는 시 유형이다. 다시 말해 생태시는
문학과 사회·문화의 상호 텍스트성을 작품의 내재적이며 미학적인
원리로 체현하고 있으며, 이 점에서 '문화의 시대' 문학교육의 대상
으로서 유효성과 적절성을 지닌다. 또한 "현행 문학교육의 문제점으
로 지적되는 '탈 지식 탈 가치 현상'[4]의 측면에서도 생태시는 훌륭
한 교육적 자산이 된다. 가령, "현대의 산업은 인간의 자연스러운 냄
새를 없애고 인공적인 것으로 채워넣는 데 매진하고 있다"[5]는 지적
통찰은 생태시 교육을 통해 '지식'과 '가치'의 양면을 충족시키며 학
습자에게 전달될 수 있다.

　문학 자체의 맥락에서 볼 때도 생태시는 현대시의 '추방된 시적 비
전'[6]을 다시 현실세계 속에서 복원하고 실현하고자 하는 시적 시도
로서 큰 의미를 갖는다. 생태시는 〈자연－인간·문명〉, 〈인간－인간〉
의 조화와 동일성의 파괴 실태를 적나라하게 증언함으로써 합일과

---


4) 민현식은 7차 교육과정에서 설계한 문학교육의 문제점을 '탈 지식, 탈 가치 현상'이라는 관
　점에서 다음과 같이 지적한다. "탈 지식, 탈 가치 현상은 문학교육에서도 나온다. 문학교육의
　탈 지식적 사례로 두드러진 것은 학생들의 문학사적 안목 결여를 들 수 있다. 문학사는 지식
　이므로 현행 대입수능 체제에서는 경시하여 학생들의 문학사적 안목은 부실할 수밖에 없다.
　문학사의 지식을 소홀히 하니 작품 감상이 사회사적 배경 위에 총체적으로 이루어질 수 없
　다. 문학적 글쓰기에서도 문학적 지식이 빈약할 수밖에 없는 악순환을 보이게 된다. 문학과
　윤리라는 가치 문제도 7차 문학교육과정에 제대로 반영되어 있지는 않다." - 민현식, 「국어교
　육과 국가경쟁력」, 『국어교육』 제117호, 한국어교육학회, 2005, p. 244.
5) Diane Ackerman, 백영미 역, 『감각의 박물학』, 작가정신, 2004, p. 44.
6) 김준오는 현대시의 특징을, 타자와 세계 및 인간 자신에 대한 조화와 동일성의 비전의 추방
　으로 요약한다. 현대시는 이러한 조화와 동일성의 시적 비전의 추방에서 시작되고 진행되는
　것이다. 김준오에 의하면, "동일성의 상실과 동일성의 회복이 커다란 문제가 되고 의의를 띠
　게 되는 곳은 근대 이후의 문명사회다. 왜냐하면 근대 이후의 산업사회에서 계층간의 갈등이
　점점 심화되어 인간은 세계로부터는 물론 심지어 자기 자신으로부터도 소외감을 느끼고 있
　기 때문이다. 여기서는 자아와 세계의 조화나 통일을 갈구하는 시적 비전은 합리적이고 이성
　적 공간에서 더 이상 신이 존재할 수 없듯이 추방된다." - 김준오, 『시론』(제4판), 삼지원,
　2000, pp. 394~395.

화해의 시적 비전을 근대문학 속에 반어적으로 구현한다. 이 점에서 생태시는 추방된 시적 비전의 귀환을 통해 현대문명이 추방한 것들을 성찰하고 그것의 회복을 꿈꾸는 시라고 할 수 있다. 이 장은 '문학' 교과서에 수록할 생태시 작품 선정을 위한 시론(試論)의 성격을 갖는다. 이를 위해 문학과 사회·문화의 상호텍스트성 속에서 생태시의 교육 목표를 설정하고, 이를 바탕으로 생태시의 교육 효과를 유추한 후 '문학' 교과서 수록작품 선정의 예들을 제시해 보기로 한다. 이러한 작업은 생태문학의 개념을 발전적으로 정의하는 일[7]과도 맞닿아 있으며, 문학과 사회·문화의 지평이 공존하는 문학교육, 즉 문화교육과 연동된 문학교육의 방법론을 모색하는 일과도 궁극적으로 연결되어 있다. 당대의 문학연구의 성과를 문학교육에 신속하고 실천적으로 적용하는 일 또한 필자가 염두에 두는 방향의 하나이다.


## 2. 생태시의 교육 목표와 범주 설정

문학은 생태학 자체도 환경보호운동 자체도 아니라는 도정일의 주

---

7) 필자는 생태문학에 관해 다음과 같이 개념 정의를 시도한 바 있다. "첫째, '생태문학은 근대에 탄생한 새로운 형태의 계몽문학'이다. 생태문학이 근대의 부정성에 대한 고발과 혁신의 담론이라는 점은 이를 반증한다. (…) 근대를 혁신하는 계몽문학으로서의 생태문학은 근대가 낳은 모순이자 탈출구의 성격을 지닌다. 둘째, '생태문학은 근대인의 정체성을 재규정하는 존재론적인 문학'이다. (…) 과거로 복귀하면서 미래로 전진하는 역설적인 삶의 방식은 생태문학이 과거의 유산 속에서 재발견한 근대인의 최선의 존재 방식이라고 할 수 있다. 셋째, '생태문학은 근대문학의 완성과 새로운 출발점으로서의 문학'이다. 생태문학은 근대세계와 문학의 근본적인 혁명을 지향하며, 근대의 해체·완성·극복을 총체적으로 사유한다. 생태문학은 근대와 탈근대의 점이지대에 있는 '경계의 문학'으로, 근대세계를 비판하는 '담론'이자 새로운 세계를 성취하는 '실천'의 복합적인 면모를 지닌다." —졸고, 「1990년대 문학에 나타난 새로운 생태의식 고찰—김용택, 김영래, 이문재를 중심으로」, 『어문연구』 통권 125호, 한국어문교육연구회, 2005. 3. 31: 봄호, pp. 242~243.

장[8]은 의심할 바 없이 타당하다. 그러나 문학과 사회·문화의 상호텍스트성에 기반한 생태시 교육의 경우에는, 생태시 작품에 내장되어 있는 생태학적 시각과 환경보호운동의 실천적 파급력을 충분히 고려할 필요가 있다. 생태시 교육이 개별 시 텍스트를 문학과 사회·문화가 다각도로 연계되어 탄생한 미학적인 구조물이자 결과물로 이해하는 데 국한되어서는 안 되기 때문이다. 생태시 교육은 생태시의 발생 토대인 현대문명의 원리와 현상, 문제점과 대안을 통찰하고, 이를 독자/학습자의 실제 삶의 구체적인 국면에 적용하는 실천적인 측면을 포괄해야 한다. 생태문학이 근대가 낳은 새로운 형태의 계몽문학이자 근대인의 정체성을 문제 삼는 존재론적인 문학으로서, 근대세계를 비판하는 '딤론'이자 새로운 세계를 성취하는 '실천'의 복합성을 지닌 점[9]은 생태시 교육의 목표에도 그대로 반영되어야 한다.

성장기에 있는 독자/학습자에게 생태시 교육을 하는 데 있어서는 다음과 같은 목표를 설정할 필요가 있다.

첫째, 생태시 교육은 독자/학습자로 하여금 생태시 작품이 문학 텍스트인 동시에 사회·문화 텍스트라는 점을 이해하게 하고, 시의 미학성과 사회·역사성이 동일한 본질을 지닌 것임을 인식하도록 한다.

둘째, 생태시 교육은 독자/학습자로 하여금 현대문명의 파행적인 전개에 의한 자연/생태 파괴의 실태가 심각한 수준에 이르렀음을 각성하고, 이에 대한 대안 창출의 필요성을 자각하도록 한다.

셋째, 생태시 교육은 독자/학습자로 하여금 생태시의 태동 배경이

---

8) 도정일, 『詩人은 숲으로 가지 못한다』, 민음사, 1994, p. 227.
9) 졸고, 앞의 글, 같은 곳 참조.

현대문명의 도구적인 자연 인식과 폭력적인 자연 지배의 행위에 있음을 비판적으로 성찰하도록 한다.

넷째, 생태시 교육은 독자/학습자로 하여금 근대의 생활방식을 따르고 있는 우리 자신이 바로 자연/생태 파괴의 공범자임을 자각하게 하고, 자신의 삶의 방식을 전환해 자연과 인간이 공존하는 문명을 창조하는 주체로서 거듭하도록 한다.

다섯째, 생태시 교육은 독자/학습자로 하여금 인간이 자연의 일부임을 깨닫게 하고, 생태시의 지향점이 인간이 자연의 일부로서 존재론적인 성찰을 통해 자연과 인간, 문명의 관계를 근본적으로 재편성하는 데 있음을 인식하도록 한다.

여섯째, 생태시 교육은 독자/학습자로 하여금 시〔문학〕가 당대 역사와 사회의 방향성에 개입하는 특수한 방식이자 행위임을 이해하게 하고, 현실에 대한 발언과 실천적 행위로서 시〔문학〕의 역할에 대해 인식하도록 한다.

이러한 목표를 바탕으로 생태시를 가르치는 데 있어 사전에 충분히 고려해야 할 것은 생태시의 범주를 어떻게 설정할 것인가의 문제이다. 생태시를 다음과 같이 다섯 가지 범주로 나눔으로써 생태시 교육을 위한 범주와 텍스트 선정에 필요한 분류 체계를 구성해 보기로 한다.

〈생태시[10]의 다섯 가지 범주〉

1. 현대문명이 행한, 자연과 생명 파괴의 실태를 고발하고 증언하는 시
2. 현대문명의 반자연적인 삶의 방식과, 이를 체화한 현대인에 대한 윤리적 성찰을 행하는 시
3. 도구적 자연인식과 인간관에 기초한 현대문명의 패러다임을 근본적으로 성

찰하고, 대안(의 문명)을 모색하는 시

4. 자연과 생명의 원리를 탐구하고, 자연의 일부인 인간에 대한 존재론적 성찰

을 행하는 시

5. 생태의식을 바탕으로 자연의 생명력과 아름다움을 노래(예찬)하는 시


주지하다시피, 경우에 따라 개별 문학 작품은 많은 작품을 공통된 속성과 형질로 묶은 '장르' 개념을 초과하거나 폭넓게 아우르기도 한다. 장르가 개별 작품의 상위 개념이 아닌, 개별 작품을 설명하는 하위 개념 혹은 도구적인 개념으로 작동할 때가 적지 않으며, 한 작품이 동시에 여러 장르의 속성을 갖는 경우도 많이 있다. 위의 분류 역시 다수의 생태시 작품들을 유형화한 결과이지만, 개별 생태시 작품이 위의 분류를 초과하거나 아우르는 경우가 적잖이 발생하게 된다. 따라서 위에 제시한 생태시의 다섯 가지 범주는 생태시의 교육 목표 달성과 텍스트 선정을 위해 생태시에 관한 공통인식(common sense)을 확보하기 위한 것일 뿐, 생태시에 대한 절대적인 분류체계

---

10) 필자는 '생태시'를 '생태계에 관한 모든 문제들과 그에 대한 인식과 대안을 제기하는 시'로 폭넓게 정의한다. 본문에 제시한 다섯 가지 범주에서 보듯, 생태시는 자연 파괴의 실상에 대한 고발의 현상학적 차원에서부터 현 문명의 자연인식과 패러다임을 근본적으로 개선하려는 문명사적 차원, 자연과 인간, 문명의 관계를 근본적으로 성찰하는 인식론적 차원까지를 두루 포괄해야 한다는 것이 본 연구자의 입장이다. 다른 연구자들의 견해를 보면, 임도한은 생태학이 '종합 학문'으로서 "지구 생태계와 인간 공동체의 건강한 미래를 모색하는 미래학적 의의"를 지녔으면 이러한 생태학적 인식을 기반으로 한 문학을 생태문학으로 통일하는 것이 타당하다고 말하며, 김용민은 "생태문학은 생태학적 인식을 바탕으로 생태 문제를 비판하고 성찰하며, 나아가 새로운 생태 사회를 꿈꾸는 문학을 의미한다고 말한다. Axel Goodbody는 "생태계의 현 상황을 불러일으킨 원인을 문제 삼거나 기술과 사회 발전에 대한 분명한 문제 제기를 하지 않더라도 자연에 대한 우리의 관계를 비판적으로 조망한다면 이것을 '생태문학'의 기본 특징으로 규정할 수 있다"고 주장한다.(김용민, 『생태문학 – 대안사회를 위한 꿈』, 책세상, 2003, pp. 96~98 참조) 필자는 이 관점들을 아우르면서, 인간을 포함한 자연 생태에 관한 모든 현상적, 본질적 탐구를 생태시(생태문학)의 범주에 편입시키고자 한다.

를 형성하기 위한 것이 아님을 명시해둘 필요가 있다. 실제로 생태시 작품들을 살펴보면, 위의 범주들이 혼재하고 있어 특별히 어느 한 영역에 귀속시키기 어려운 시들이 적지 않음을 발견할 수 있다. 생태시의 교육적인 측면을 생각할 때도, 위의 범주가 그에 속하는 각각의 작품을 선별하기 위한 기준으로만 작용한다면, 이 범주는 많은 작품을 단순한 분류 체계로 환원하는 결과를 초래하는 결과를 낳게 될 뿐이다. 따라서 위의 범주를 인식의 방편으로 삼아 '문학' 교과서에 수록할 생태시 작품을 시론적(試論的)으로 선정해 보기로 한다. 각각의 범주에 명백히 속하는 작품을 포함해, 이 범주들을 가로지르거나 아우르는 작품을 대상으로, 앞서 제시한 생태시 교육 목표를 적극적으로 달성하는 데 초점을 두고 선정 작업을 시도해 보고자 한다.

## 3. 생태시 교육 텍스트 선정 – 문학 교과서 수록작품 선정의 예

### 1) 고형렬, 「눈」

고형렬의 「눈」은 시집 『서울은 안녕한가』에 실려 있는 시이다. 『서울은 안녕한가』는 1991년에 나온 시집으로, '환경시'라는 표제를 달고 있다. 환경시란 환경 파괴의 현실에 주목한 시를 지칭하는 개념으로, '생태시'의 개념에 발전적으로 수렴되는 것이 타당하다.[11] 그러나 환경시를 환경 파괴의 현실을 부각시킨 생태시의 한 갈래 개념으로 사용하는 것은 문제가 없다고 본다. 이 시집이 나온 1991년은 우리 시에서 생태시가 본격적으로 활성화되기 시작한 시기로, 고형렬

이 '환경시'를 표제로 하여 한 권의 시집을 엮은 것은 이례적인 시도에 속하는 것이었다. 그만큼 이 시집은 환경 파괴라는 주제를 시집 전체를 통해 일관되게 관철하고 있는데, 그 중에서 「눈」은 도시에 내리는 산성눈을 소재로 하여 환경 파괴의 실태를 사실적이고 알기 쉽게 표현한 점에서 생태시 교육 텍스트로서 적합한 요건을 갖추고 있다고 할 수 있다. 생태시 가운데 적지 않은 수의 작품들이 일방적으로 메시지를 전달하는 측면이 있으며, 성장기의 학생들에게는 현학적으로 느껴질 수 있는 표현들을 사용하는 것을 감안할 때, 사실(fact) 위주의 풍경 묘사로 구성되어 있는 이 시는 독자/학습자로 하여금 생태 문제에 관해 스스로 판단하게 하는, 열린 시각을 제공하는 미덕을 갖추고 있기 때문이다.

주인들이 타고 가는 차가
어두컴컴한 낮은 하늘에서 내리는
식초눈을 우리에게 뿌려준다
차가우면서도 따뜻한 눈 오지 않고
아황산가스를 탄 진눈이
더운 대지에 뚝뚝 떨어지듯이

---

11) 예를 들어, 군터 로이스(Gunter Reus)는 환경시와 생태시를 엄격히 구분하여 "망가진 자연의 실상"을 기록하거나 한 발 더 나아가 "환경 파괴가 경제적·사회적·이데올로기적으로 조건 지어져 있다는 사실과 그에 따라 필연적으로 나타난 생태학적 귀결을 성찰하고 강조하는 시들"은 환경시로, "인간과 자연이 파괴적인 착취 상태에서 해방되고, 문명과 기술의 성과가 전혀 다르게 이용되며, 인간이 생태학적 순환 속에 편입되는 것을 배우는 그러한 미래 사회"를 지향하는 뜻을 담고 있는 시들은 생태시로 구분한다. 그러나 김용민이 지적한 것처럼 이러한 구분은 생태시의 개념을 협소하게 만드는 결과를 낳는다.(김용민, 앞의 책, pp. 82~83 참조.) 또한 두 개념은 정의상으로는 구분되지만, 실제 시작품에서는 구분되기 힘든 측면이 많이 있다. 따라서 필자는 각주 10번에서 밝힌 것처럼, 환경시의 개념은 생태시의 개념 속에 발전적으로 수렴되는 것이 타당하다고 본다.

길바닥에서 헤풀어지고 만다
그들 눈물을 한강에서 몸을 씻고
상수도를 찾아 가정으로 돌아간다
깨끗한 종이와 같은 눈송이들은
서울의 중심지가 보이기 시작하면서
얼굴에 화상을 입고 떨어진다
달리는 자동차들의 뒷구멍을 또
죽어라고 눈들은 따라가고 있다
나무 그늘 밑에 쌓여있는 눈은
아무 말 없는 죽음의 잿가루들
하늘에 가서 쓰레기가 된 뒤
바람에 날리는 커다란 먼지들
석유과 방사능과 프레그온가스의
눈은 위험한 세상에 쏟아진다

— 고형렬, 「눈」[12] 전문

앞서 제기한 생태시의 범주에 의거할 때, 이 시는 1. 현대문명이 행한, 자연과 생명 파괴의 실태를 고발하고 증언하는 시와 2. 현대문명의 반자연적인 삶의 방식과, 이를 체화한 현대인에 대한 윤리적 성찰을 행하는 시를 아우르고 있다고 할 수 있다. 이 시에서 2.의 범주를 읽어낼 수 있는 것은 이 시를 읽은 독자가 최종적으로 행하는 것이 인간이 행한 자연 파괴의 폭력에 대한 성찰이라는 점에서 그러한데, 텍스

---

12) 고형렬, 『서울은 안녕한가』, 삼진기획, 1991.

트 내에서도 이러한 맥락을 발견할 수 있다. 맨 첫 줄에 등장하는 '주인'이라는 표현이 그 단적인 증거이다. '주인'이라는 호칭을 쓰는 시의 화자 '우리'는 도시와 도시화된 자연 전체를 의미하는 것이라고 볼 수 있다. 이 시는 '우리'라는 화자를 통해 인간이 건설한 현대문명의 폐해 속에 "얼굴에 화상을 입고" "죽음의 잿가루"를 마시며 "석유와 방사능과 프레그온가스"에 오염된 자연 전체의 목소리를 들려주고 있는 것이다. 이 시가 '식초눈'이라는 생생한 비유로 표현한 산성눈은 이제 도시뿐만 아니라 산골 오지에 사는 사람들까지도 경험하는 현대문명의 삶의 조건이 되고 있다. 이 점에서 이 시는 독자/학습자들에게 자신의 체험과 직결된 생태시로서 쉽고 생생하게 받아들여져 좋은 학습 효과를 거둘 수 있을 것으로 생각된다.

## 2) 장석주, 「밤하늘은 아름답다」

장석주의 「밤하늘은 아름답다」는 자연 파괴의 현실을 생생히 증언하는 점에서 고형렬의 「눈」과 같은 맥락에 있지만, 상상력과 미학적 장치에 있어 차이를 보인다. 고형렬의 「눈」이 자연이 입고 있는 피해에 관해 사실적이고 현상적인 묘사에 치중하는 반면, 장석주의 시 「밤하늘은 아름답다」는 한스 모어가 말하는 '생명윤리(bioethik)'[13] 에 대한 각성의 문제를 동화적인 상상력과 미학적인 수사로 형상화

---

13) 한스 모어는 생태학적 위기, 인류종말의 위기를 벗어나 인류가 살아남을 가능성을 찾기 위해서는 인간의 이성적 판단력과 지적 능력, 그리고 도덕적 자제력과 윤리적 지혜에 기대를 걸고, 도덕적 양심과 윤리적 책임의식, 즉 '생명윤리'를 훈련할 것을 제안한다. - 김성진, 「철학적 인간학의 생태학적 과제」, 송상용 외, 『생태문제와 인문학적 상상력』, 나남출판, 1999, p. 49 참조.

한다. 고형렬의 「눈」이 현대문명의 파괴의 대열에 가해자이자 피해자로 동참하고 있는 우리 자신의 현재와 미래에 대해 두려움의 감정을 유발함으로써 각성을 촉구한다면, 장석주의 시 「밤하늘은 아름답다」는 오염되고 죽은 자연에 대한 연민과 슬픔, 애도의 감정을 불러일으킴으로써 그와 같은 지점에 이르게 한다.

폐수는 하늘로 간다 하늘은 죽은 물이 묻히는 곳
폐수는 다른 데로는 갈 곳이 없어 하늘 무덤으로 간다
하늘의 호수에 사는 물고기들은 등이 잔디밭 빛깔이지만
눈은 애꾸눈이다 수은을 먹고 물고기의 눈들은 야광이다
밤하늘을 쳐다볼 때마다 호수에 떠도는 야광눈을 본다
얼마나 많은 물고기들이 푸른 빛을 뿜는 애꾸눈으로 떠다니는가
밤하늘은 왜 그렇게 찬란하고 아름다운가

사람들은 모른다, 하늘 무덤엔 폐수가 묻히고
사람들은 모른다, 하늘 호수엔 애꾸눈 물고기들이 떠다니고
사람들은 모른다, 밤하늘은 왜 아름다운가를

— 장석주, 「밤하늘은 아름답다」 전문

이 시에 의하면, '하늘'은 '폐수' = '죽은 물'이 "묻히는" '무덤'이고, 그 "하늘의 호수에 사는 물고기들"은 "수은을 먹어" 눈이 '애꾸눈'에 '야광'이며, 폐수가 묻힌 하늘 무덤과 애꾸눈 물고기들이 떠다니는 하늘 호수로 인해 하늘은 "찬란하고 아름다운" 광경을 연출하는 것이다. 시의 주제와 맥락으로 볼 때 밤하늘이 "찬란하고 아름답"

다는 진술이 반어적 표현이라는 것을 짐작하기는 어렵지 않은데, 이 같은 '진술의 아이러니' 기법을 통해 이 시는 밤하늘의 현상적인 아름다움 속에 은폐되어 있는 끔찍한 실체의 단면을 환기하고 있다. 나아가 이 시는 현대문명이 파괴한 것은 단지 자연 자체만이 아닌, 그 자연을 통해 인간이 창조해 온 신화와 동화적 세계의 질서와 미학, 가치관 전체의 붕괴라는 것을 우회적으로 시사한다. 죽음과 오염에 가득 찬 현대문명의 참혹한 현실을 직시하면서도, 그러한 현실을 매혹적인 시적 상상력과 미학을 통해 잔잔하게 그려내고 있는 것은 이 시의 탁월한 미덕이다. 독자/학습자로 하여금 이 시는 신화와 동화적인 세계에 대한 그리움을 일깨우면서, 그러한 평화로운 세계를 파괴하는 현대문명에 대한 경각심을 인간의 따뜻한 감성과 내면세계의 근원적인 차원에서 불러일으키게 될 것이다.

고형렬의 「눈」과 장석주의 「밤하늘은 아름답다」는 "자연을 공격하고, 약탈하며, 가해하다 못해 살해하는 주체는 다름 아니라 인간이다. 인류라는 지구의 패권자가 자연을 공격하거나 약탈하여 파멸과 죽음의 경지로 몰아넣고 있는 것이다."[14]라는 통렬한 생태학적 자각을 시적으로 형상화하고 있다. 이 시를 읽은 독자/학습자는 인간이 파괴의 주체에서 화합과 생명의 주체로 거듭나야 한다는 인식에 도달할 수 있을 것이다. 이 점에서 두 편의 시는 생태시의 다섯 가지 범주 중 3. 도구적 자연인식과 인간관에 기초한 현대문명의 패러다임을 근본적으로 성찰하고, 대안(의 문명)을 모색하는 시의 면모를 잠재적으로 내장하고 있는 시라고 할 수 있다.

---

14) 박이문, 『문명의 미래와 생태학적 세계관』, 당대, 1998, pp. 289~290.

### 3) 이문재, 「식탁은 지구다」

이문재의 시 「식탁은 지구다」는 '먹거리'라는 인간의 생존을 위한 필수 요소를 누구나 경험하는 일상의 눈높이에서 그리는 점에서, 또한 현대문명이 먹거리를 다루는 폭력적인 방식을 날카롭게 간파하는 점에서 문학 교과서에 적극적으로 수록할 만한 작품이다. 이 시의 제목이자 주제문인 '식탁은 지구다'라는 문장에는 이문재의 현대문명에 대한 문명사적 통찰과 세계화의 경제 논리에 포섭된 먹거리의 운명에 관한 성찰이 잘 융해되어 있다. "전지구역으로 생각하고, 지역적으로 행동하라"는 세계화의 슬로건을, "지역적으로 생각하고, 전지구적으로 행동하라"는 생태적 삶의 지침으로 전복시킨 이문재는 지금 여기 우리의 삶에 항존하는 반생태적인 양상들을 직시하고, 이를 전복해 생태적인 삶과 생태적인 세계를 실현하고자 한다.

식탁은 지구다

중국서 자란 고추
미국 농부가 키운 콩
이란 땅에서 영근 석류
포르투갈에서 선적한 토마토
적도를 넘어온 호주산 쇠고기
식탁은 지구다

어머니 아버지

아직 젊으셨을 때
고추며 콩
석류와 토마토
모두 어디에서
나는 줄 알고 있었다
닭과 돼지도 앞마당서 잡았다
삼십여 년 전
우리 집 둥근 밥상은
우리 마을이었다

이 음식 어디서 오셨는가
식탁 위에 문명의 전부가 올라오는 지금
나는 식구들과 기도 올리지 못한다
이 먹을거리들
누가 어디서 어떻게 키웠는지
누가 어디서 어떻게 만들었는지
누가 어디서 어떻게 보냈는지
누가 어디서 어떻게 보냈는지
도무지 알 수 없기 탓이다

뭇 생명들 올라와 있는 아침이다
문명 전부가 개입해 있는 식탁이다


식탁이 미래다

식탁에서 안심할 수 있다면

식탁에서 감사할 수 있다면

그날이 새날이다

그날부터 새날이다

– 이문재, 「식탁은 지구다」[15] 전문

"식탁은 지구다"라는 진술은 우선, "삼십여 년 전/우리 집 둥근 밥상은/우리 마을이었다"는 사실과 선명한 대비를 이루고 있다. 말하자면 '신토불이'와 '실명제'였던 우리의 전통 생활세계의 건강한 '밥상'은 오늘날, "누가 어디서 어떻게 키웠는지/누가 어디서 어떻게 만들었는지/누가 어디서 어떻게 보냈는지/누가 어디서 어떻게 보냈는지/도무지 알 수 없"는 '무국적/다국적'과 '정체불명'의 오염된 '식탁'으로 바뀌어 있다. 이문재에 따르면 최근 '삼십여 년' 사이에 일어난 일이다. 이는 강대국이 약소국을 생물학적·생태학적으로 지배하는 '생태제국주의'[16]의 한 현상으로서, 현대문명의 도구적 자연관이 인간의 몸의 세포 하나하나에까지 심대한 영향을 끼치고 있음을 보여준다. "식탁 위에 문명의 전부가 올라오는" 것은 과장이나 수사(修辭)가 아닌, 현대인이 경험하는 일상적인 현실이자 사실인 것이다. 생태학적 세계관을 자신의 시의 인식론적 토대로 꾸준히 천착해 온 이문재는 자신의 시의 미래가 '농업'이며, 자신은 '도시-자본주의-근대의 사생아'[17]라고 규정한다. 이 시는 이문재의 지향성의

---

15) 이문재, 『제국호텔』, 문학동네, 2004.

16) A. W. Crosby, 안효상·정범진 역, 『생태제국주의』, 지식의풍경, 2000. pp. 13~19 참조.

출발점이 우리가 매일 음식을 먹기 위해 앉는 '식탁'에 있음을 보여
준다. 비유적으로 말하면, '전지구적 식탁'에서 다시 '마을의 밥상'
에 이르는 길이 이문재 시가 추구하는 방향이라고 할 수 있다. 독자/
학습자들에게 생태 문제가 바로 우리의 먹거리와 몸, 매일의 식탁에서
일어나는 일임을 각성하게 할 시 「식탁은 지구다」는 생태시의 다섯 가
지 범주 중 적어도 다음의 세 가지를 포괄하고 있다고 할 수 있다.

> 2. 현대문명의 반자연적인 삶의 방식과, 이를 체화한 현대인에 대한 윤리
> 적 성찰을 행하는 시
> 3. 도구적 자연인식과 인간관에 기초한 현대문명의 패러다임을 근본적으
> 로 성찰하고, 대안(의 문명)을 모색하는 시
> 4. 자연과 생명의 원리를 탐구하고, 자연의 일부인 인간에 대한 존재론적
> 성찰을 행하는 시

### 4) 배한봉, 「자연에 누워」

배한봉의 「자연에 누워」는 이문재의 「식탁은 지구다」가 꿈꾸는
'식탁의 미래'를 현실 속에서 체험하고 있는 시에 속한다. 도시의 구
성원으로 생활하는 이문재와 달리 배한봉이 농촌에서 살기 때문에

---

17) 이에 대해 이문재는 다음과 같이 쓰고 있다. " (…) 내 시가 내 삶을 이끌어간다면, 아니면
내 삶이 내 시를 데리고 간다면, 내 시와 삶이 마침내 가 닿아야 할 '고향'은 흙에 바탕한 그
무엇, 농업에 가까운 그 무엇이다. 과학과 합리의 잣대로, 이성과 효율의 이름으로 이 문명
이 인간에게 가한 폭력은 굳이 설명이 필요없다. 내가 아버지를 부정하는 동안, 그러니까
근대가 극성을 부리면서 미래로 달려나가자고 선동하는 동안, 그 선동에 적극 가담하는 동
안, 나는 농업을 죽이고 있었다. 아버지는 농업이었다. 그러난 나는 농업의 아들이 아니었
다. 도시-자본주의-근대의 사생아였다." - 이문재, 「미래와의 불화 - 시인이 쓰는 시 이야
기」, 『마음의 오지』, 문학동네, 1999, p. 100.

가능한 일인데, 이 시는 현대문명의 기계적 질서의 정반대편에 자리
한, '농사'를 가능하게 하는 생태/생명의 질서를 감사와 감동의 마음
으로 노래하고 있다.

> 농사를 지어 보니 알겠다
> 우리가 자연의 식솔이란 것을
> 과수밭 풀을 베다가
> 허리 안 펴져 하늘 노래질 때
> 품삯도 안 나오는 과수농사라지만
> 저 열매 있어 밥 먹고 산다 생각하면
> 마음 번쩍 환해지고 몸도 가벼워진다
> 우리들 생이
> 이 한 줌의 설렘으로 힘을 얻듯
> 저 나무에게는, 오늘 나의 노동이
> 저를 부추기는 자양(滋養)이리라
> 그렇지 않다면 저 열매
> 어찌 속살 단단하게 익어갈 수 있겠는가
> 보아라, 나뭇잎이 저리도 짙푸른 것은
> 제 어깨에 엮어진 식구들의 밥줄
> 이어 가느라 흘린 나무들 땀이 빛나기 때문
> 풀밭에서 튀어오르는 여치
> 하늘을 가로질러 나는 새들이 아름다운 것도
> 모두 자연의 식솔 노릇 잘하고 있기 때문
> 우리는 이 우주의 어떤 생명이나

하늘기운 땅기운, 그 근본으로 돌아간

무덤 옆에 땀 젖은 몸을 누이면

내 생각 속 나무 굵어지면서

시원한 그 나무 아래, 아차!

단잠 한숨 잘 잤네

나도 어여쁜 가족이라며 맴맴맴

귀따갑게 매미가 들쳐 매는 여름 한낮

– 배한봉, 「자연에 누워」[18] 전문

농촌과 오지의 자연도 오염에서 자유롭지 않은 현실을 생각할 때, 이 시에서 그리는 농촌과 자연의 풍경은 지극히 평화롭고 염결한 측면이 있다. 그러나 이 시는 인간의 농사/노동이 결실을 맺을 수 있는 것은 "우리가 자연의 식솔"이기에, 즉 자연의 원천적인 도움이 있기에 가능한 것이라는 사실을 인식하게 함으로써 인간과 노동, 자연의 관계에 관한 근원적인 성찰에 이르게 한다. 이문재가 「식탁은 지구다」에서 묘사한, 마을에서 생산된 것들로 차려진 '밥상'이 현재에도 가능함을 보여주면서, 독자/학습자들에게 그러한 '밥상'에 대한 열망과 함께 "하늘기운 땅기운, 그 근본으로 돌아간" 우주의 생명력을 느끼게 해 주는 것이다. 범주 상으로 이 시는, 4. 자연과 생명의 원리를 탐구하고, 자연의 일부인 인간에 대한 존재론적 성찰을 행하는 시와 5. 생태의식을 바탕으로 자연의 생명력과 아름다움을 노래(예찬)하는 시에 속한다고 할 수 있다.

---

18) 배한봉, 『악기점』, 세계사, 2004.

## 5) 이하석, 「초록의 길」

이하석의 「초록의 길」은 생태계가 우리가 영원히 '기댈 언덕'[19]이
며, 아파트의 빈터 같은 '도시의 깊은 곳'도 여전히 생태계의 일부를
이루고 있다는 경이로운 사실을 발견하게 해준다. 길이가 긴 편이어
서 교과서에 싣기에는 다소 무리가 있을지는 모르지만, "이 도심의
회색 콘크리트의 세계에도 자세히 보면—풀무치의 눈으로 보면—들
과 산으로 이어진 초록의 길이 있다."는 이하석의 발견은 생태학적
인식과 시적 발견의 측면에서뿐만 아니라 교육적 측면에서도 높은
가치를 지니고 있다. 자신이 살고 있는 아파트의 빈터에서 목격한
'방아개비와 풀무치와 여치와 잠자리의 주검들'을 통해 '초록의 길'
을 상상하고 발견하며, 그 '초록의 길'을 "우리 삶 속에는 그렇게 열
린 길이 있다"는 인식으로 발전시키는 이하석의 시 「초록의 길」은 이
책이 설정한 생태시의 다섯 가지 범주를 모두 포괄하고 있다고 해도
과언이 아니다. 생태시와 생태적 삶이 추구해야 할 지향점을 도시 문
명의 한복판에서 이끌어내는 시적 구성력과 통찰력이 높은 수작이라
고 할 수 있다. 일반적으로 교과서에 실리는 시작품에 비해 두세 배
의 길이를 지닌 이 작품은 독자/학습자들에게 시의 새로운 형태를
경험하게 하고, 독자/학습자들이 이 시의 맥락을 천천히 따라가며
음미하는 동안 생태적 세계관의 하나인 '느림의 미학'을 체험하는
효과도 유발할 수 있다.

---

19) 박병상, 『참여로 여는 생태공동체』, 아르케, 2003, pp. 158~189 참조.

때때로 가벼운 주검이
아주 가까운 데서 만져지는 수가 있다.
11월의 오후, 차고 마른 풀잎들이 모여 있는
도시 변두리 또는 도심의 공터의
푸른 빛이 먼지와 함께 흩어지는 곳에서.

방아개비 한 마리를 내가 사는 아파트의 빈터에서 서성대다 발견했다. 아이들의 노래소리 가까이 그 주검은 아무도 몰래 버려져 있었다. 바랭이 풀의 마른 잎 사이에서 서걱이는 것을, 처음에 나는 빈터 멀리서 날아온 은사시나무 가로수의 마른 잎인 줄 알았다. 그것은 속날개였다. 바깥을 덮었넌 초록 외피의 튼튼한 겉날개는 떨어져 나가고, 속날개는 끝이 찢긴 채 몸체에 겨우 붙어 바람에 미세하게 흔들렸다. 흡사 죽어간 방아개비의 몸을 떠나, 방아개비의 초록 영혼을 이 도시의 하늘 위로 날리는 것처럼. 통통했던, 미세한 물결무늬로 마디를 이루었던 배는 벌레에게 뜯겨 나가, 속이 비어 있었다. 머리 역시 반쯤 뜯겨 나가, 속이 비어 있었다. 껍질뿐인 몸으로 바람에 조금씩 날개 파닥이며 닳아갔다. 우리가 사는 도시의 밑바닥에는 칼날의 바람이 끊임없이 불어댔다. 나는 풀밭을 계속 걸어다녔다. 잠시 후 풀섶 아래서 풀무치의 주검을 보았다. 이어서 여치와 잠자리의 주검들을 보았다. 그러나 이 주검들 앞에서 애통해 할 까닭은 없다.

가난하게 떨어져 땅에 눕는
내 시간의 따스한 집이여 주검이여
살아있던 날들의 모든 기억을 고마워하며
우리 함께 여기에 눕느니

　내 존재의 끝이자 시작인 너의 가슴에
　지금 고요히 누워 있으니


　풀무치와 방아개비, 여치, 잠자리들은 그들의 빛나는 날개로 여름을 분
주히 날았고, 어쩌다 이곳까지 왔었고, 죽을 때가 되어서 죽은 것이다. 그
이상은 아무것도 아니다. 다만 이 아파트의 가까운 이웃이 죽었을 때, 애
통해 하는 가족들의 울음 속으로 여치 울음이 끊임없이 들렸음을 나는 슬
퍼한다. 죽은 이는 밧줄에 묶여 지상에 내려가 장의차를 타고 도심을 빠
져 나갔다, 이 도시와 산을 눈물로 이은 길을 만들면서. 또 나는, 사랑하
는 이를 그릴 때 풀벌레의 울음을 끊임없이 들어야 하는 길고 고적한 밤
도 보냈다. 내가 발견한 풀벌레의 주검들은 그때 내 영혼을 흔들던 그것
들이었으리라. 지금은 모든 풀벌레 소리도 끊기고, 밤은 너무나 고요하
다. 모든 풀벌레들의 울음은 죽었다. 그러나 나는 그것들 하나하나가 온
길을 비로소 찾아 나설 마음이 인다. 풀무치는 초록의 길을 따라, 산이나
들에서 이 도시의 깊은 곳으로 왔다. 처음엔 들판에서 쉽게 이어진 초록
의 길이 도시 변두리의 빈터로 이어졌으리라. 그 다음엔 우리가 모르는
풀에서 풀로 이어진 길이 풀무치를 미세하게 이끌었으리라. 그렇다, 이
도심의 회색 콘크리트의 세계에도 자세히 보면-풀무치의 눈으로 보면-
들과 산으로 이어진 초록의 길이 있다. 아무도 찾으려 하지 않는 그런 신
비한 길이. 단순하게 자연이라 단정지을 수는 없지만 우리 삶 속에는 그
렇게 열린 길이 있다.

– 이하석, 「초록의 길」[20] 전문

---

20) 이하석, 『우리 낯선 사람들』, 세계사, 1989.

## 6) 정현종, 「환합니다」

정현종의 「환합니다」는 짧고 이해하기 쉬운 시로, 언뜻 보기에는
생태적 세계관과는 무관한 시로 느껴질 수 있다. 아름다운 자연의 풍
경을 섬세한 시선으로 포착한 자연 예찬의 시로 읽힐 수 있기 때문이
다. 그러나 이 시를 자세히 읽어 보면, "감나무에 감이,/바알간 불꽃
이,/수도 없이 불을 켜/천지가 환한" 아름다움을 발휘하는 이면에
는 자연의 생태 질서가 자리잡고 있음을 알 수 있다. 범주 상으로는
5. 생태의식을 바탕으로 자연의 생명력과 아름다움을 노래(예찬)하는 시
에만 속하는 이 시는 시적 완성도와 감동에 있어서는 웬만한 작품을
능가하는 솜씨를 보여준다. 종래의 서정시에 익숙한 독자/학습자들
에게 친숙하게 다가가면서도 생태적 인식을 유연하게 전할 수 있는
작품으로, 시의 속성 자체에 이미 교육적 의미를 획득하고 있는 작품
이라고 할 수 있다.

환합니다.
감나무에 감이,
바알간 불꽃이,
수도 없이 불을 켜
천지가 환합니다.
이 햇빛 저 햇빛
다 합해도
저렇게 환하겠습니까.
서리가 내리고 겨울이 와도

따지 않고 놔둡니다.

풍부합니다.

천지가 배부릅니다.

까치도 까마귀도 배부릅니다.

내 마음도 저기

감나무로 달려가

환하게 환하게 열립니다.

- 정현종, 「환합니다」 전문

감나무가 환하게 빛나는 것은 "서리가 내리고 겨울이 와도/따지 않고 놔둔" 감이 '바알간 불꽃'으로 빛나고 있기 때문이다. 흔히 '까치밥'이라고 부르는 이 감으로 인해 "까치도 까마귀도 배부르고" 심지어 "천지가 배부르"게 되는 행복한 상황이 펼쳐지는 것이다. 따라서 이 시가 노래하는 '환함'과, 이 시의 풍경이 보여주는 아름다움은 생태학적 '환함'이며 '아름다움'이라고 할 수 있다.


## 4. 결론

앞으로의 문학교육은 문학의 내적 맥락만이 아닌, 문학과 사회·문화의 상호텍스트성을 중시해야 한다. 이러한 문학교육의 가치 있고 유용한 텍스트로서 생태시는 매우 중요한 역할을 할 수 있다. 생태시를 오늘의 교육현장에 이끌어들이기 위해 그 예비 작업으로서 생태시의 교육 목표와 범주를 설정한 후 이를 바탕으로 문학 교과서에 수록할 작품을 시론적으로 선정해 보았다. 이는 생태시에 대한 최근의 연구 성과를 교육 현장에 신속하게 반영하는 작업으로서도 일정한 의미를 지닌다.

생태시의 교육 목표는 생태시 자체에 대한 문학적 이해와 함께, 생태 문제에 대한 독자/학습자의 깊이 있는 인식과 주체적인 실천을 이끌어내는 실제적인 관점에서 찾아야 한다. 더불어 생태시의 범주 또한 기존의 생태시에 대한 이론(異論)들을 수렴한 지점에서, 생태 문제에 관한 모든 인식과 실천의 문제를 다룬 작품들을 두루 섭렵해 포괄적으로 구성해야 한다. 본론에서 이 범주들이 복수의 형태로 어우러진 작품들과, 한 범주에 속하면서도 뛰어난 완성도를 보여주는 작품들을 살펴보았다. 이 예들로 충분하다고 할 수는 없지만, 문학과 사회·문화의 열린 소통과 독자/학습자의 피부에 와 닿는 현실적인 문학교육을 지향하는 새로운 문학 교과서의 밑그림을 그려보는 작업을 통해 문학연구와 문학교육을 실천적으로 연계하는 소임을 대신하고자 하였다.

# 현실비판적 해체시의 교육 방법론과 기대효과
– 황지우의 시를 중심으로

## 1. 왜곡된 교육 현실과 문학교육의 몫

문학연구의 목적은 문학작품에 대한 연구 수준과 역량을 향상시키고, 독창적이고 뛰어난 업적들을 양산하는 것에 한정될 수 없다. 각고의 노력으로 산출된 연구 결과물은 동시대와 미래의 문학의 풍요로운 생산에 기여해야 하기 때문이다. 문학의 반영적 원천으로서 당대 사회의 바람직한 변화에 일조해야 하기 때문이다. 아카데미즘의 사회 환원이라는 현실적이고 실용적인 관점에서 본다면, 문학연구의 결과물이 범사회적·생산적·미래지향적으로 활용될 수 있는 최상의 분야는 '문학교육'이다. 문학교육은 탁월한 연구의 산물인 문학 지식과 비평적 견해들이 교육 내용과 방법론을 통해 학습자들의 인식과 정서 속에 구현되는 과정이라고 할 수 있다. 문학연구의 결과물은 그 활용의 최종 단계에서 '국어'와 '문학' 교과서의 텍스트 형태로 선택·수

렴·압축·저장되어 성장기의 모든 국민이 받는 기초 교육의 내용물이자 경험의 대상으로서 다음 세대에 전승되는 것이다.

그러나 기존의 것을 충실히 전승하는 것만으로 교육의 역할은 완료되지 않는다. 이와 관련해 정유성의 지적은 적절하고 타당하다. "교육은 그저 앞선 세대의 가치나 지식을 자라나는 세대에게 물려주는 '보수적'인 구실만 하는 것은 아니다. 자라나는 세대가 만들어 갈 새로운 앞날을 함께 채비하고 마련하는 일 같은 '진보적'인 몫 또한 해야 한다."[1] 현재 우리 사회에서 교육의 '진보적인 몫'은 성공적으로 구현되고 있다고 보기 어렵다. 오히려 사태는 정반대로 향하고 있는 듯하다. 한 예로, 오늘 우리의 중·고등학생들이 '문제를 구성하고 질문하는 지적 능력, 탐구력과 호기심'을 상실한 재 '무기력하고 호기심 없는 식물적 정신습관'[2]에 함몰되어 있다는 진단은 왜곡된 교육 방법이 학생들에게 부정적인 학습 태도의 문제를 넘어 심각한 병리적 증상을 유발하고 있음을 보여준다. 또는, "현재 우리 사회는 계층적으로 잘 굳어져 버린 탓에 계층 간의 사회이동이 현실적으로 어려워지고 있다. 그래서 학교교육은 사회이동의 수단이기보다는 사

---

1) 정유성, 「교육, 마지막 식민지」, 『비평』 통권 15호, 생각의 나무, 2007, 여름, p. 97.

2) 도정일은 최근 중고등교육의 이슈로 부각된 '경쟁력, 수월성, 창의성'의 딜레마와 허구를 파헤치면서, 입시에 포박되어 있는 현 교육의 문제점을 학습자의 입장에서 신랄하게 비판한다. 도정일에 의하면, 목적과 이유를 생각할 겨를이 없이 "완벽한 수동 자세의 물통처럼, 밥통처럼" 교육 받는 학생들은 "교육이 주는 최상의 창조적 기쁨"인 "발견이라는 지적 모험 여행"에서 낙오해 '지적 무기력성과 호기심 상실'이라는 치명적인 정신습관에 중독된다. 이들은 "새로운 것을 보아도 눈은 동그래지지 않고 머리에는 불이 켜지지 않는다. 정신은 새로운 에너지의 투입 요구를 거부하는 것이다. 이 거부는 일종의 저항이며, 지친 정신의 자기보호기제일 수 있다." 그러나 "무기력하고 호기심 없는 식물적 정신습관은 대학에서 공부하는 데 요구되는 능력 수준을 결코 만족시키지 못하"며, 이런 상태의 학생들은 "지적 탐구에 필요한 창의성, 경쟁력, 수월성에 큰 하자를 가"진, "질문이 없고 토론할 줄 모르"는, 그리하여 "자기 생각이 없"는 실패한 교육의 피해자가 된다. - 도정일, 「경쟁력, 수월성, 창의성의 비극 - 배반의 교육과 교육의 배반」, 『비평』 통권 15호, 생각의 나무, 2007, 여름, pp. 20~22 참조.

회계층의 이해관계를 대변해 주는 수단이 되어 버렸다."[3]는 교육사
회학적 진단은 오늘날 교육이 사회계층의 작동 시스템에 종속되어가
는 현실을 우울하게 환기한다. 여기서 더 나아가, "이 땅의 교육이야
말로 어떤 뜻으로든 '마지막 남은 식민지'가 아닐 수 없다. 사람을 위
하기는커녕 머리 꼭대기에서 의사소통을 왜곡시키는, 잘못되고 그릇
된 제도가 빚어내는 '생활세계의 식민화'야말로 바로 지금 여기 한
국 교육을 두고 한 말이랄 수밖에 없다."[4]는 격앙된 발언에 이르면,
그릇된 교육제도의 식민(植民)이 된 우리 학생들의 현실과 이들이 이
끌어갈 우리 사회의 미래에 대한 암울한 전망에 봉착하게 된다.

  이 장은 우리 교육이 담당해야 할 '진보적인 몫'을 상당 부분 문학
교육이 감당할 수 있으며, 또 감당해야 한다는 전제에서 출발한다.
문학교육의 목적과 방법은 문학의 본질 및 효용과 동일한 지평에 있
는 것이기 때문이다. 다시 말해, 문학교육은 주체적이고 비판적인 사
고력, 새롭고 독창적인 상상력, 현실과 사회를 총체적이면서도 구체
적으로 성찰하는 시선, 자신과 타자, 세계에 대해 질문하고 해답을
구하는 능력 등 성장기의 학습자가 한 사람의 주체적이고 민주적인
개인/시민으로 성숙하기 위해 갖추어야 할 제반 능력을 기르는 데
직접적으로 관여한다. 문학교육은 인간이 인간답고 가치 있는 삶을
살기 위해 역사적·사회적·실존적으로 해온 노력들을 미학적으로
집약한 결정체인 문학작품을 통해 이러한 역할을 수행한다. 문학연

---

3) 한준상, 「교육 붕괴와 교육의 민주화」, 『비평』 통권 15호, 생각의 나무, 2007. 여름, pp.
   33~34. 한준상이 인용한 조사연구 결과에 의하면, 2007년 현재 고소득 계층과 저소득 계층
   간에 11개 상위권 대학에 진학하는 비율은 최대 5배 정도 차이가 나며, 상위권 대학의 범위
   를 21개로 확대했을 때는 그 범위가 7.8배 정도로 더 크게 벌어진다고 한다.
4) 정유성, 앞의 글, p. 103.

구의 결과물이 최종적으로 '국어'와 '문학' 교과서라는 특수한 형태의 텍스트로 변주되어 사회에 환원되어야 하는 필연성이 여기에 있다.

이 장은 문학교육이 교육의 진보적인 몫을 대행하는 데 최적의 분야라는 판단 아래, 주체적·비판적인 사고력 함양에 유용한 문학 텍스트를 발굴하고, 그 텍스트에 부합하는 교육 방법론을 탐구하는 것을 목적으로 한다.[5] 특히 1980년대에 황지우가 쓴 현실비판적 해체시를 논의 대상으로 하여, 학문과 비평의 장에서 축적된 문학연구 성과를 고등학교 문학교육에 활용하는 과정에서 발생하는 '배제의 논리'에 개입하고자 한다. 시의 경우, 지금까지 우리 고등학교 '국어', '문학' 교과서는 내용에 있어서는 현실비판적 내용―그 가운데노 체제비판적 내용―을 강하게 제기하는 시들, 형식에 있어서는 형태파괴적이고 해체적인 미학을 형상화한 시들을 의도적으로 배제해 왔다. 그런데 이처럼 배제된 부분들 가운데는 그간의 문학연구를 통해 문학성과 문학사적 의의를 검증받은 작가와 작품들이 적지 않다. 따라서 문학적으로 인정받았으나 교육적으로 '억압받은 것의 귀환'(G. 프로이트)을 진정한 의미에서의 '교육적으로' 성취하는 측면에서, 또한 학습자들에게 더 열린 주체적인 교육을 받게 하는 점에서 이러한 작품들을 발굴하고 새로운 교육 방법론을 개발하는 시도는 중요하다. "국어과가 제1차 교육과정기 이후부터 7차 교육과정에 이르기까

---

5) "7차 교육과정 이전까지 언어문화가 주로 문학과 언어지식의 범주에서만 다루어졌고, 말하기, 듣기, 읽기, 쓰기 등의 일반 언어활동과 연계되지 못한 것도 이 때문이다. 언어의 문화적 속성과 관점을 교육하기 위해서는 언어와 문화가 통합되면서도 주체, 맥락, 텍스트가 종합적으로 고려된 범주가 필요하다."(최인자, 「한국의 언어문화와 국어교육」, 『국어교육』 117, 한국어교육학회, 2005, p. 116.)는 관점에서도 이러한 노력은 시급하고 중요한 것으로 판단된다.

지, 국어를 통한 사고력 신장을 추구하는 것으로 도구교과적인 위상을 강화해가고 있으며, 교육대상인 국어지식보다 교육주체인 학습자를 중시하는 방향으로 지향해"[6] 온 취지를 현실적으로 정착시키기 위해서도 이러한 새롭고 실험적인 교과내용 편성은 반드시 필요한 일이다.

일반적으로, 문학연구 결과물이 산출된 시점과 그것이 고등학교 문학교육에 적용되는 시점 사이에는 적어도 몇 년의 시차(時差)가 발생한다. 연구와 교육적 활용 사이의 시차 문제로 인해, 현재 우리 고등학교 교육에서 1980년대 이후의 문학은 중·고등 교과서에 아직 본격적으로 등록되지 못한 상태에 있다.[7] 뒤집어 말하면, 오늘의 시점은 최근의 문학연구가 쌓은 성과를 바탕으로 1980년대 이후의 동시대 문학을 중·고등 교육과정에 어떻게 수용할 것인가를 진지하게 고민해야 하는 시기인 것이다. 어떤 문학작품을 어떤 맥락에서 교과서에 채택해 가르칠 것인가의 문제는 현재 활발히 전개되고 있는 문학연구의 성과를 최대한 신속하게 교육 현장에 수렴하는 문제가 된다. 해당 문학작품에 걸맞은 교육 방법론을 개발하는 문제 역시 같은 맥락에 있다. 여기에서는 시의 내용과 형식이 갖는 필연적인 연관성을 바탕으로, 1980년대 사회에 대한 비판적 사유와 상상력을 해체

---

6) 최현섭·최명환·노명완·신헌재·박인기·김창원·최영환 공저, 『국어교육학개론』 제2증보판, 삼지원, 2005, p. 177.

7) 시의 경우, 1980년대 이후의 작품이 7차 교육과정의 「문학」 교과서(총 16종)에 수록된 예를 일별하면 다음과 같다. 소위 민중·민족문학 계열의 작품도 포함되어 있지만, 그러한 작품의 경우도 대체로 표현이 우회적이거나 상징적이고, 서정적인 특성을 지닌 작품이 주로 선택된 것을 알 수 있다. — 곽재구 「사평역에서」, 기형도 「식목제」·「바람의 집-겨울 판화 1」·「빈집」·「엄마 걱정」, 김지하 「이 가문 날에 비구름」, 나희덕 「오 분간」, 송찬호 「구두」, 안도현 「너에게 묻는다」·「연탄 한 장」, 유하 「바람 부는 날이면 압구정동에 간다」, 이해인 「긴 두레박을 하늘에 대며」, 장정일 「라디오와 같이 사랑을 끄고 켤 수 있다면」, 함민복 「긍정적인 밥」, 황지우 「새들도 세상을 뜨는구나」·「너를 기다리는 동안」 등. (이상 시인 이름 가나다순)

미학으로 형상화한 황지우 시의 교육 방법론[8]을 숙고해 보고자 한다.

## 2. 현실비판적 해체시의 교육 방법론에 대한 고찰의 필요성
### — 교과서 수록 문학작품의 선정 기준을 중심으로

'국어'와 '문학' 교과서는 많은 연구와 비평이 문학적 완성도와 문학사적 가치를 인정한 작품들 가운데 교육적 의의가 높은 작품을 채택한다. 이 작품들은 대부분 문학의 척도와 교육의 척도가 행복하게 일치하는 작품들로 구성되며, 국가교육 제도의 일환인 국정 교과서에 실린 만큼 정전(正典, canon)[9]의 지위를 갖게 된다. 정전 형성에는 제도적 관행이 영향을 미치기 때문에 전통적 정전의 옹호자와 비방자 간의 논전의 많은 부분은 교육 잡지와 대학의 교과과정 위원회에서 벌어져[10] 왔다. 문학을 중심으로 말하면, '국어'와 '문학' 교과서

---

8) 이에 관해 고등학교 문학교육 과정에 적용하는 것을 전제로 하여 논의를 전개한다.

9) 『현대 문학·문화 비평 용어사전』에서는 '정전'과 '정전 형성' 과정에 관해 다음과 같이 정의하고 설명한다. "정전이라는 용어는 자(尺) 혹은 측정봉(棒)을 의미하는 그리스어에서 나왔고, 원래는 교회 당국에서 신의 현현된 말씀, 즉 성전(Holy Scriptures)으로 인정된 기독교 성서의 구약 및 신약 책들을 가리켰다. (…) 정전은 문학비평에 응용되어 문학의 기성 체제에서 느슨한 합의를 통해 '위대하다'고 간주되는 작품과 작가를 지칭하게 되었다. (…) 저자나 작품이 정전으로 확립되는 과정을 일컬어 '정전 형성'이라고 한다. 이것은 어떤 형식적 절차가 결코 아니며, 오히려 수많은 요인들의 축적이다. 여기에는 저자나 작품에 대한 비평가와 작가들의 반복되는 참조, 일반 공동체에서의 저자나 작품의 유행, 학교와 대학 교과과정에서의 저자나 작품 채택 등이 포함된다." 이어서, 이 사전은 정전 형성의 과정에 대한 강한 비판이 제기되어 온 역사를 설명한다. 정전은 "특권적 엘리트 집단에 의해 형성"되며, "그 집단 구성원들 공통의 이해를 재생산하"며 "주변화된 다른 집단의 작품과 목소리는 배제한다는 것"이 정전 형성 과정을 비판하는 이들의 요지이다. – Joseph Childers & Gary Hentzi, 황종연 역, 『현대 문학·문화 비평 용어사전』, 문학동네, 1999. pp. 99~100 참조.

10) Joseph Childers & Gary Hentzi, 황종연 역, 앞의 책, pp. 100~101.

는 한국문학의 정전이자 전범(典範)을 차세대에게 교육하고 전승하기 위한 특수한 형태의 문학 텍스트이다. 이 텍스트는 국가 차원의 제도교육의 지향성을 내장하고 있으며, 특정 연령의 학습자를 대상으로 하는 데 따른 난이도와 윤리적 제약을 내재화하고 있다. 만일 문학적 완성도와 교육적 목적이 충돌하는 작가와 작품이 있을 경우, 그 작품의 수록 여부는 대부분 후자의 기율에 의해 결정된다. '언어의 정부(政府)'(고은), '이 나라 시인부락의 족장'(유종호), "난세의 한국문학이 꽃피운 가장 위대한 역설 중의 하나"(황종연) 등과 같은 극찬 속에 한국 현대시의 거장으로 평가받고 있으나, 친일 문제의 여파로 초·중·고 교과서에 이름을 올리지 못하고 있는 미당 서정주가 대표적인 예다. 주지하다시피, 이광수, 김안서, 김동환, 채만식, 유치진 등 친일 전력이 있는 작가들의 작품이 교과서에 실려 있는 현실을 감안할 때는 매우 아이러니컬한 일이다. 교육 목적을 최상위 심급에 두는 '국어'와 '문학' 교과서/텍스트는 문학작품을 평가하고 선별하고 수록하는 과정에서 강력한, 그러나 공정하지는 못한 '배제의 논리'를 작동시키는 것이다.

이러한 '배제의 논리'는, 현재 고등학교 문학 교과서[11]에 수록된 작품들[12]을 참고해 분석하면 대체로 다음과 같은 기준에 의거하고 있다고 볼 수 있다.

첫째, 서정시의 전통적인 기율과 미학을 따르는 시들을 선호하고, 전위적이고 형태 파괴적이며 실험적인 시들은 가급적 배제한다.

---

11) 7차 교육과정에서는 16종의 문학 교과서가 출간되어 있는데, 이들의 작품 채택 기준은 대체로 유사하다고 볼 수 있다.
12) 각주 7)의 목록 참조.

둘째, 정치적·이념적 색채가 부재하거나 상징적·우회적으로 드러난 '온건한' 시들을 선호하고, 정치적·이념적 색채가 짙거나 과격하게 표출된 시들은 가급적 배제한다.

셋째, 현실비판적인 시들을 수록하는 경우에는 특정 대상이 아닌, 사회의 부정적인 현실 전반을 상징적으로 겨냥한 시들을 선호하고, 특정 사건이나 대상을 구체적으로 비판한 시들은 가급적 배제한다.

그런데 이러한 암묵적인 기준이 문학 자체의 내적 논리와 배치된다고 하여 일방향적으로 비판할 수만은 없는 일이다. 고등학교 교과서에 수록하는 문학작품을 선별하고 선택할 때는 이해의 난이도를 고려해야 하며, 성장기의 학생을 대상으로 한 국가 차원의 '교육'이라는 근본적인 목적에 부합할 수 있도록 정치적·이념적·윤리적인 문제 역시 여러 각도로 고려해야 하기 때문이다. 문학작품에 대한 연구의 척도와 제도적인 문학교육의 척도 사이에 간극이 생길 수밖에 없는 것은 이 점에서 불가피한 일이다. 그러나 보다 나은 문학교육의 미래를 위해서 문학적 기준과 교육적 기준 사이의 간극을 좁히려는 노력은 끊임없이 이루어져야 한다. 이런 맥락에서, 현 교육의 문제점에 대한 비판적 담론은 생산적인 전망과 창조적인 대안을 바탕으로 자유롭고 활발하게 개진되어야 한다. 그러나 교육에 대한 비판적 담론을 제기하고 공론화하는 것에 못지않게 중요한 것은 비판적 교육담론의 본질적인 목적을 내면화해, 이를 현실적으로 실현할 수 있는 교육 내용과 방법론을 수립하는 일이다.

1980년대에 황지우가 발표한 현실비판적 해체시는 이러한 교육 내용과 방법론을 개발하는 데 매우 적절한 텍스트가 된다. 1980년대에 황지우는 군사독재와 성장주의 논리에 종속된 자본주의 현실을 비판하면서, 검열과 폭력의 위협으로 인해 현실적으로 발화되기 어려웠던 비판의 말들을 형태 파괴적인 해체미학의 시로 드라마틱하게 언표했다. "나는 말할 수 없음으로 양식을 파괴한다. 아니 파괴를 양식화한다"[13]는 황지우의 문학적 선언은, '말할 수 없음'의 진술 형태로 현실을 향해 발화되는 묵언(默言)으로서의 그의 시의 정체성을 암시해 주고 있다. 기존의 양식 파괴를 통한 황지우의 새로운 형식 실험은 부정적인 현실에 대한 저항을 문학적으로 대행하는 역할을 하는 것이다.[14] "황지우의 시적 실험은 현실 세계를 공격하는 대리전(代理戰)의 성격을 지"[15]니는데, 이 과정에서 황지우는 그림, 만화, 신문기사, 악보, 기호, 사진 등을 시에 도입해 기존의 시에서 볼 수 없었던 새로운 형태의 시를 한국문학에 추가한다. 그러나 그의 이러한 시도는 단순히 새로운 시의 형태와 형식을 만들어내는 기교의 차원에 머물지 않는다. "새로움에의 탐구가 부족한 우리 시단에서 황지우는 해체와 실험의 정신적 메카 구실을 하"면서, "파괴와 부정의 에너지로 생성의 시를 빚음으로써 현실 인식과 시 양식 자체에 대한 반성을 하나로 결합시키"[16]는 데 성공한다.

현재 고등학교 『문학』 교과서의 일부에는 황지우의 시들 중 「새들

---

13) 황지우 산문집, 「사람과 사람 사이의 신호」, 『사람과 사람 사이의 신호』, 한마당, 1986, p. 25.

14) 이 점과 관련해 진형준은 다음과 같이 수사적으로 해설한다. 황지우의 시에서 "순전히 실존적인 시간·육체·역사는 그 실존을 버리지 않은 채 그 실존을 넘나드는 시간성·육체성·역사성으로 변모하면서 부피를 얻는다. 시인이 마냥 자유롭고 싶은 때 그의 실존은, 시간·육체·역사는 그에게 걸리적거리겠지만, 그것이 시간성·육체성·역사성으로 화하면서, 시인의 돌아다니는 궤적의 부피를 늘려주고, 그에게 걸리적거리던 것은 내구성을 부여받는다." ― 진형준, 「걸리적거림, 사이로 돌아다님」, 황지우, 『게 눈 속의 연꽃』 해설, 문학과지성사, 1990, p. 143.

15) 졸고, 「시대의 전위에서 '아름다운 폐인'에 이르는 길 ― 황지우론」, 『환각의 칼날』, 청동거울, pp. 154~155.

16) 졸고, 앞의 글, p. 155.

도 세상을 뜨는구나」와 「너를 기다리는 동안」이 실려 있다. 이 시들은 황지우가 1980년대에 쓴 시만이 아니라 그의 시세계 전체를 대표하는 완성도 높은 작품들이다. 그러나 이 시들이 선정되는 과정에서도 역시, 앞에서 언급한 세 가지 '배제의 논리'가 작동했다는 것을 어렵지 않게 간파할 수 있다.

映畫가 시작하기 전에 우리는
일제히 일어나 애국가를 경청한다
삼천리 화려 강산의
을숙도에서 일정한 群을 이루며
갈대 숲을 이륙하는 흰 새떼들이
자기들끼리 끼룩거리면서
자기들끼리 낄낄대면서
일렬 이렬 삼렬 횡대로 자기들의 세상을
이 세상에서 떼어 메고
이 세상 밖 어디론가 날아간다.
우리도 우리들끼리
낄낄대면서
깔쭉대면서
우리의 대열을 이루며
한 세상 떼어 메고
이 세상 밖 어디론가 날아갔으면
하는데 대한 사람 대한으로
길이 보전하세로

각각 자기 자리에 앉는다

주저앉는다.

－「새들도 세상을 뜨는구나」(『새들도 세상을 뜨는구나』, 1983) 전문


네가 오기로 한 그 자리에

내가 미리 가 너를 기다리는 동안

다가오는 모든 발자국은

내 가슴에 쿵쿵거린다

바스락거리는 나뭇잎 하나도 다 내게 온다

기다려본 적이 있는 사람은 안다

세상에서 기다리는 일처럼 가슴 애리는 일 있을까

네가 오기로 한 그 자리, 내가 미리 와 있는 이곳에서

문을 열고 들어오는 모든 사람이

너였다가

너였다가, 너일 것이었다가

다시 문이 닫힌다

사랑하는 이여

오지 않는 너를 기다리며

마침내 나는 너에게 간다

아주 먼 데서 나는 너에게 가고

아주 오랜 세월을 다하여 너는 지금 오고 있다

아주 먼 데서 지금도 천천히 오고 있는 너를

너를 기다리는 동안 나도 가고 있다

남들이 열고 들어오는 문을 통해

내 가슴에 쿵쿵거리는 모든 발자국 따라

너를 기다리는 동안 나는 너에게 가고 있다.


着語 : 기다림이 없는 사랑이 있으랴. 희망이 있는 한, 희망을 있게 한 절망이
있는 한, 내 가파른 삶이 무엇인가를 기다리게 한다. 민주, 자유, 평화, 숨결 더운
사랑. 이 늙은 낱말들 앞에 기다리기만 하는 삶은 초조하다. 기다림은 삶을 녹슬게
한다. 두부 장사의 핑경 소리가 요즘은 없어졌다. 타이탄 트럭에 채소를 싣고 온
사람이 핸드마이크로 아침부터 떠들어대는 소리를 나는 듣는다. 어디선가 병원에
서 또 아이가 하나 태어난 모양이다. 젖소가 제 젖꼭지로 그 아이를 키우리라. 너
도 이 녹 같은 기다림을 네 삶에 물들게 하리라.

– 「너를 기다리는 동안」(『게 눈 속의 연꽃』, 1990) 전문

두 편의 시는 "서정시의 전통적인 기율과 미학을 따르는 시들을 선
호하고, 전위적이고 형태 파괴적이며 실험적인 시들은 가급적 배제
한다."는 첫 번째 기율에 부합하는 작품들이다. 이 시들이 구사하는
시어, 화법, 행갈이, 수사법 등은 서정시의 전통적인 질서에서 크게
벗어나지 않는다. 「새들도 세상을 뜨는구나」는 극장에서 영화가 상
영되기 전 애국가가 나올 때의 풍경을 그리는 점에서 소재가 독특하
며, "낄낄대면서", "깔쭉대면서" 등의 언어 선택도 이채롭다. 애국가
가 나올 때 모두 일어나 경청했다가 일제히 자리에 앉는 모습을, 권
력에 순응하는 힘없고 비굴한 소시민들의 알레고리로 활용하는 극적
(劇的) 묘사의 기법도 독창적이고 뛰어나다. 그러나 이는 익숙한 대
상을 다른 각도에서 포착하는 '낯설게 하기'의 전통적인 범주에서
크게 이탈한 것이라고 보기는 어렵다. 「너를 기다리는 동안」은 시의

후반부에 에필로그 형태로 부기(附記)되어 있는 '着語(착어)'가 이질
적인 느낌을 자아내는 작품이다. 흔히 시인들이 작품과 별도로 쓰는
시작 노트를 시 텍스트 안에 포함시킨 점에서 새로운 형식 실험이라
고 할 수 있다. 그러나 이 '着語(착어)'가 시에서 차지하는 비중은 그
리 크지 않으며, 이 시를 보편적인 사랑시로 읽을 수 있는 가능성을
작가의 의도에 의해 제한하는 부작용을 초래할 수 있다. 더불어, 이
시의 본문은 전형적인 사랑시의 형식과 미학을 거의 그대로 따르고
있다. 덧붙이는 말을 의미하는 '着語(착어)'가 시의 일부를 구성하고
있는 「너를 기다리는 동안」은 형식과 기법에 있어 「새들도 세상을 뜨
는구나」에 비해 파격적인 측면이 있지만, 본질적으로는 두 편 다 서
정시의 보수적인 질서에서 크게 이탈하고 있지 않은 것이다.

　둘째로, 이 시들은 "정치적·이념적 색채가 부재하거나 상징적·우
회적으로 드러난 '온건한' 시들을 선호하고, 정치적·이념적 색채가
짙거나 과격하게 표출된 시들은 가급적 배제한다."는 두 번째의 암
묵적인 기율도 별 문제 없이 통과한다. 「새들도 세상을 뜨는구나」에
서 "각각 자기 자리에" "주저앉는" 관객들이 가지 못하는 "이 세상
밖 어디론가"는, 이 시가 쓰인 시대의 독재정권 사회의 대립 장소로
서 정치적 색채만을 갖는 것이 아니다. 그 '밖'은 우리를 묶고 있는
현실의 모든 제약으로부터 벗어난 상징적인 의미의 '자유'와 '해방'
의 장소로, 이 시를 읽는 독자에 따라 다양하게 해석될 수 있다. 「너
를 기다리는 동안」의 기다림의 대상인 '너'의 의미 역시 읽는 이가
간절히 기다리는 모든 대상으로서 풍부한 해석의 유연성을 갖는다.
'착어'에는 시적 주체의 기다림의 대상인 '사랑하는 이' = '너'의 정
체가 "민주, 자유, 평화, 숨결, 더운 사랑"이라는 설명이 붙어 있지

만, 반드시 이 부착된 잉여의 설명에 따라 시의 의미를 해석해야 할 필요는 없다. 본문 자체의 맥락을 볼 때도, 이 시가 당대 사회의 현실적 문제와 직결된 정치적·이념적 의미로 읽혀져야 할 필연성은 크지 않다고 할 수 있다.

셋째로, 두 편의 시는 "현실비판적인 시들을 수록하는 경우에는 특정 대상이 아닌, 사회의 부정적인 현실을 상징적으로 다룬 시들을 선호하고, 특정 사건이나 대상을 구체적으로 비판한 시들은 가급적 배제한다."는 세 번째 기율에도 무리 없이 호응한다. 사실 정확한 배경지식이 없이 이 시들이 1980년대에 창작된 작품이라는 것을 알기는 쉽지 않다. 두 편의 시 모두 시대적 배경을 우회적으로 시사할 뿐 특정 시기와 사건을 예각화해 언표하지 않기 때문이나. 극상에서의 경험을 그린 「새들도 세상을 뜨는구나」의 경우, 이 시는 소시민의 경제적·문화적 일상에까지 깊이 파고든 정치권력의 횡포를 알레고리로 형상화한다. 극장에서 평화롭게 영화를 보는 소시민들의 경제·문화적 향유가 정치적 억압과 긴밀히 유착되어 있다는 것을 암시적으로 이야기하는 것이다. 이 경제적·문화적 향유는 폭력적이고 억압적인 권력에 대한 굴복과 유착되어 있는 점에서 불온하고 불행한 것이다. 이 시의 텍스트가 허용하는 해석학적 지평은 대략 여기까지이다. 만일 이 시를, "한국의 군부권위주의는 경제적 측면에서는 '성장주의'로 구현되면서 반민주적·반민중적 정치체제의 결여를 메우는 역할을 했다."[17]는 정치사회사적 시각이나, "개인을 믿고 개인을 밀어 주는 것은 경제 발전을 가져오는 가치 체계의 중요 요소이다. 이와는 대조적으로 개인을 불신하고 감시하고 통제하려는 것은 개발저항적 사회의 전형적 행태이다."[18]와 같은 체제비판적 관점과 연결시키는 것은 텍스트의 본질을 이탈한 과잉 해석이 된다. 뒤집어 말하면, 이 시들은 개인의 일상에 내재화된 권력의 횡포(「새들도 세상을 뜨는구나」)와 현실에 부재하는 좋은 것(great thing)에 대한 적극적인 기다림의 자세(「너를 기다리는 동안」)를 '보편적으로' 사유하게 해 주지만, 우리가 속한 사회와 역사의 국면을 '특수하게' 지시하거나 체험하게 하지는 않는다. 황지우 시세계의 정수(精髓)이자 그가 한국시사의 발전에 공헌한 부분인 현실비판적 해체시에 관해 교육 방법론과 교육적 효용을 숙고해야 하는 근거는 이 지점에 있다.

현실비판적 해체시가 현재 교과서에서 배제되는 이유는 크게 두 가지라고 할 수 있다. 첫째, 현실비판적 해체시는 "소우주와 대우주가 동일하다는 형이상학적 주장", 즉 "개인은 우주의 축소판이 되고 우주는 개인의 확대판이 된다."[19]는 유기적 시관이 추구하는 '행복한 동일성'의 세계와는 다른 세계를 그려낸다. 부정성과 균열, 허위와 모순으로 가득 찬 세계를 그리는 낯설고 파편적인 형태의 시는 시의 바람직한 교육 모델로 적합하지 않다고 판단되고 있는 것이다. 둘째, 기존의 권위와 질서를 해체하고 전복하는 현실비판적 해체시는,

---

17) 최장집의 설명에 의하면, 경제사회적 측면에서 '성장주의'로 구현된 한국의 군부권위주의 체제는 '민주주의에 대한 안티테제'로서의 '정치적 결여'를 교묘하게 메우며 20세기 중·후반 한국사회의 지배 이데올로기로 기능했다. 경제사회적 측면에서 "한국의 권위주위는 이른바 박정희식 발전모델로 국내외적으로 알려져 있듯이 국가 주도의 산업화와 경제성장이 아닐 수 없다. 그것은 국가가 주도하고 재벌 대기업을 견인차로 하고, 노동을 정치적으로나 노사관계 수준에서나 배제하는 것을 핵심 내용으로 했다. 이렇게 해서 성장주의는 권위주의 체제가 정치적으로 결여했던 것을 내용적으로 보전했던 정당성화의 기제로서 기능하는 동안 중요한 지배적 이데올로기로서 자리 잡게 됐다." - 최장집, 「정치적 민주화: 한국 민주주의, 무엇이 문제인가」, 『비평』 통권 14호, 생각의 나무, 2007. 봄, pp. 20~21 참조.

18) 마리아노 그론도나, 「경제 발전의 문화적 유형」, 새뮤얼 헌팅턴·로렌스 해리슨 공편, 이종인 역, 『문화가 중요하다』, 김영사, 2001. p. 103.

19) 구모룡, 「서정시학·유기론·제유의 수사학」, 최승호 편, 『서정시의 본질과 근대성 비판』, 다운샘, 1999. p. 232.

"상상력을 통해 재구성된 문학의 세계는 허구적 특성을 가지지만 인간의 심미적 가치를 바르게 실현시키고 조화로운 삶에 긍정적인 기여를 할 수 있다."[20]는 문학교육의 일반적인 전제 및 문학에 대한 신뢰에 부응하기 힘든 측면을 갖고 있다. 낯설고 이질적인 해체시의 미학에서 "인간의 심미적 가치를 바르게 실현시키고 조화로운 삶에 긍정적인 기여를 할 수 있"는 문학의 미덕을 찾기는 어렵다고 볼 수 있기 때문이다.

그런데 우리가 살고 있는 근대의 문학은 차이, 타자성, 균열, 간극, 분열과 이화(異化), 소외의 경험 등을 중요한 특성으로 하며, 이러한 특성의 작품들은 현재 우리의 세계와 삶을 설명하는 데 다양한 힘을 발휘한다. 최근 발표되는 문학작품과 연구들이 이러한 측면에 집중되어 있는 것은 단지 시대적인 흐름만은 아닌 것이다. 문학작품을 읽고 수용하는 해석학적 관점에서도 이러한 이질성에 대한 경험은 매우 중요하다. 짱 룽시가 통찰한 바에 의하면, 해석학의 과정이자 궁극적인 목적은 "이질적인 것을 우리의 일부가 될 때까지 흡수"하는 '이해의 과정', 즉 '배움, 혹은 자아 수양의 과정'인데, 이는 문학교육의 궁극적인 목적과 분리될 수 없는 것이다. 기존의 문학교육이 암묵적으로 설정해 둔 내용적·형식적(미학적) 경계를 (아슬아슬하게) 뛰어넘어 현실비판적 해체시에 대한 교육방법론과 교육적 효용을 생각해야 하는 이유는 '이질성에 대한 이해와 배움'이라는 측면만으로도 충분하다고 할 수 있다.

---

20) 윤여탁, 「문학교육에서 상상력의 역할」, 『문학교육학』 제3집, 한국문학교육학회, 1999, p. 247.

무언가 이질적이고 친숙하지 않은 것과의 만남이 해석학이 시작되는
지점이라면, 자아와 타자의 상호 연관 속에서 경험과 지식을 풍부하게 하
는 것, 혹은 가다머가 '지평의 융합(fusion of horizon)'이라고 불렀던 것
은 우리가 도달해야 할 해석학의 궁극적인 목적지인 것이다. 이해의 과정
은 배움, 혹은 자아 수양(Bildung)의 과정이다. 그 속에서 우리의 지식의
보고(寶庫)는 더욱 풍성해지고, 낯선 것은 친밀해지며, 이질적인 것은 우
리의 일부가 될 때까지 흡수되는 것이다."[21]

## 3. 현실비판적 해체시의 교육 방법론과 기대 효과

### 1) 황지우의 시 「묵념 5분 27초」의 예

해체적 기법을 활용한 황지우의 시가 지닌 큰 미덕은 독자 중심의
열린 시 텍스트를 구성하는 데 있다. 황지우는 해체시를 쓰게 된 동
기(motive)인 1980년대의 폭압적인 사회질서를 해체적 시 기법을 통
해 파괴하고자 한다. 황지우의 해체와 파괴는 그 자체로 끝나지 않
고, "파괴를 양식화하"는 새로운 시형식의 창출이라는 생산적인 결
과를 낳는다. 시 「묵념 5분 27초」는 황지우의 현실비판적 해체시 가
운데 가장 전위적이며 실험적인 예에 속한다.

---

21) 짱 롱시, 정진배 감수, 백승도 · 서은숙 · 조미원 · 최정섭 역, 『도와 로고스』, 강, 1997, p. 14.

- 「묵념 5분 27초」(『새들도 세상을 뜨는구나』, 1983) 전문

　본문 내용이 없는, 혹은 본문 내용이 텅 빈 백지 상태로 이루어진 이 시는, "시는 고도로 조직된 언어의 결정체"라거나, "서정시는 넘쳐흐르는 감정의 자발적인 발로"(W. Wordsworth)라는 등의 고전적인 시관(詩觀)을 충실히 학습 받아온 학생들에게 충격을 던지기에 충분하다. 김준오는 이를 텍스트의 '공동화 현상'이라고 지칭한 후, 이런 침묵 자체는 기존의 모든 담론은 물론 세계에 대한 태도일 수 있다[22]고 말하면서 황지우의 해체시가 지닌 전복적인 성격을 밝힌다. 이 시를 가르치는 방법은 해체시의 개념과 미학에 대한 이론적인 접근을 사전에 제시하지 않은 상태에서도 얼마든지 가능하다. 일단 교사의 역할은 학생들에게 아무런 선입견이나 배경 설명 없이 이 시를 제시하는 것만으로 충분하다. 본문이 텅 빈 시를 처음 읽는/보는 학생들은 인쇄가 잘못된 것은 아닌가를 의심하면서, "이것이 시인가?"라는 의문을 가질 것이다. 더불어 그동안 지녀온 시의 정체성과 본질에 대해 혼란과 함께 이 시에 제시된 유일한 언술인 '묵념 5분 27초'라는 제목의 숨은 의미가 무엇인지 호기심을 갖게 될 것이다. 시 「묵념 5분 27초」의 교육 방법은 이 질문과 혼란, 호기심을 학생들이 각

---

22) 김준오, 『문학사와 장르』, 문학과지성사, 2000, p. 372.

자 경험하게 하는 것으로 족하다고 할 수 있다. 이러한 질문과 혼란, 호기심이야말로 시 교육의 좋은 자산이며, 학습자들이 시를 자신의 것으로 만드는 데 토대가 되는 것이기 때문이다. 교사는 이 시를 제시하는 것만으로도 학생들에게 열린 해석의 가능성을 경험하게 하고, 파격적인 상상력으로 기존의 시를 전복하는 새로운 시 텍스트의 실체를 목도하게 할 수 있다. 많은 부분을 학습자가 스스로 느끼고 생각하도록 열어두는 비교적 간단한 교육 방법론에 비해, 이 시를 통해 성취할 수 있는 교육적 효과는 다양하고 깊이 있는 것이다. 무엇보다 시(문학)의 본질을 성찰하는 근원적인 효과가 기대된다.

첫째, 이 시를 통해 독자/학습자는 '시란 무엇인가'에 대한 본질적인 질문에 대해 생각해 보고, 시에 대한 기존의 인식을 성찰하고 발전적으로 재구성하는 기회를 가질 수 있다.

둘째, 독자/학습자는 시의 내용과 '시적인 것'이 정해진 한계가 없는, 끊임없이 새롭게 개발되고 상상되는 대상이라는 것을 이해할 수 있다.

셋째, 독자/학습자는 시의 형식과 미학이 정해진 규칙이 없는, 끊임없이 새롭게 개발되고 상상되는 대상이라는 것을 이해할 수 있다.

넷째, 독자/학습자는 "말할 수 없음으로 양식을 파괴하는 것이 아니라, 파괴를 양식화하"는 황지우의 해체시 전략이, 부정적인 세계에 대한 저항의 미학적 산물임을, 즉 현실의 질서가 용인하지 않는 내용을 현실의 질서에 속하지 않은 새로운 형식으로 구현해낸 것임을 이해할 수 있다.

다섯째, 독자/학습자는 시에 대한 해석의 많은 부분이 독자의 몫임을 실감하고, 그 열린 해석을 스스로 능동적으로 수행해 볼 수 있다.

　여섯째, 독자/학습자는 이 시를 통해 '묵념'이라는 내면의 행위를
촉발 받음으로써 시가 언어의 구성물로서 단순히 담론의 차원에 머
무는 것이 아니라, 실질적인 실천 행위로 전환될 수 있는 것임을 이
해할 수 있다.

　일곱째, 독자/학습자는 (교사의 도움을 받아) '묵념 5분 27초'의 숫자
가 광주민주화항쟁이 진압된 날인 5월 27일을 의미하는 것이라는
'발견'에 도달함으로써, 한국 현대사의 비극적인 사건을 새롭고 충
격적인 미학적 경험을 통해 성찰하는 기회를 가질 수 있다.

　결론적으로, 시「묵념 5분 27초」를 통해 독자/학습자는 '시란 무
엇인가'라는 문학에 대한 근원적인 질문에서 출발해 광주민주화항쟁
이라는 비극적인 사건에 관한 진지한 역사인식에 이를 수 있다. 이
과정에서 독자/학습자는 이 시의 전복적인 형식/미학이 당대 사회
의 부정적인 질서에 대한 저항의식에서 나온 것이며, 미학과 현실인
식이 동일한 구조와 논리의 산물이라는 것을 이해할 수 있다. 시「묵
념 5분 27초」는 그 탁월한 예로서 시에 대한 독자/학습자의 인식을
심화·확대하는 데 기여하게 될 것이다.


## 2) 황지우의 시「한국생명보험회사 송일환씨의 어느 날」의 예


　시「한국생명보험회사 송일환씨의 어느 날」은 '1983년 4월 20일'
의 '송일환씨'의 하루를 구체적으로 예시하면서 일상에 각인된 현실
의 모순과 파행성을 산발적인 전시(display)의 형태로 보여준다. 말로
표현할 수 없는 상황을 텅 빈 백지 상태로 제시한 시「묵념 5분 27

초」에 비해 다양하고 화려한 몽타주 기법을 구사하는 이 시는 해체
시의 진수를 보여주는 교육적 사례로 부족함이 없다.

    1983년 4월 20일, 맑음, 18°C

    토큰 5개 550원, 종이컵 커피 150원, 담배 솔 500원, 한국일보 130원,
    짜장면 600원, 미쓰 리와 저녁식사하고 영화 한편 8,600원, 올림픽 복권
    5장 2,500원

    표를 주워 주인에게 돌려
    준 청과물상 金正權(46)

    령＝얼핏 생각하면 요즘
    세상에 趙世衡같이 그릇된

    셨기 때문에 부모님들의 생
    활 태도를 일찍부터 익혀 평

    가하는 것이 더욱 중요한 것
    이다. (李元柱군에게) 아

    임감이 있고 용기가 있으니
    공부를 하면 반드시 성공

대도둑은 대포로 쏘라

———안의섭, 두꺼비

(11) 弟10610號


▲일화15만엔(45만원) ▲5.75캐럿물방울다이어1개(2천만원) ▲남자
용파텍시계1개(1천만원) ▲황금목걸이5돈쭝1개(30만원) ▲금장로렉스
시계1개(1백만원) ▲5캐럿에머럴드반지1개(5백만원) ▲비취나비형브로
치2개(1천만원) ▲진주목걸이꼰것1개(3백만원) ▲라이카엠5카메라1대
(1백만원) ▲청자도자기3점(싯가미상) ▲현금(2백 50만원)

　너무 巨하여 귀퉁이가 안 보이는 灰의 왕궁에서 오늘도 송일환씨는 잘
살고 있다. 생명 하나는 보장되어 있다.

－「한국생명보험회사 송일환씨의 어느 날」(『새들도 세상을 뜨는구나』, 1983) 전문


이 시에 대해, 황지우 시의 탁월한 해석자이며 비평가였던 김현은
명민하고 섬세한 해석을 제시해 놓은 바 있다. 김준오도 문학사회학
적 관점에서 치밀한 해석을 제기해 놓고 있다.

이 시는 한 평범한 월급장이의 하루를 간략하게 요약해서 보여준다. 그

는 버스를 타고 출퇴근을 하며, 조간신문을 사서 보고, 종이컵 커피를 마신다. (…) 그 월급장이가 4월 20일자의 한국일보를 읽는다. 그는 첫줄부터 끝줄까지 자세히 읽는 것이 아니라, 만화는 자세히 읽는 모양이지만, 띄엄띄엄 읽는다. 그의 마음을 울리는 것은 정직한 사람들의 삶이다. 그 기사들 곁에 놀라운 보물들의 목록이 실려 있다. 띄엄띄엄 읽어 나가던 송일환씨의 눈은 그 목록을 자세히 하나하나 읽어 내려간다. 그의 마음속에서는, 아니 그의 마음을 따라가는 우리의 마음속에서는, 정직하게 살면 뭐하나, 어지간하군, 대단하군 따위의 울림이 한꺼번에 울린다. 그의 시는, 이처럼 삶의 모습을, 있는 그대로 보여주는 척하면서, 그것을 해석하는 해석자의 세계관을 은연중에 드러낸다. 보고서처럼 객관적으로 사실들을 드러내면서, 그 보고서 속의 삶의 모습들의 순서, 위치를 바꿈으로써, 시인은 그것의 해석자가 자기라는 것을 드러낸다.[23]

황지우의 「한국생명보험회사 송일환씨의 어느 날」은 신문 기사를 임의로 가위질하여 재배열한 것이다. 그러니까 기성품의 조립이 작품의 구성원리다. 시인은 편집자에 지나지 않고 더 이상 화자가 아니거나 화자의 기능이 극소화되어 있다. (…) 하우저가 적절히 기술했듯이, 황지우의 이런 작품들은 "현실의 습득물" 또는 "현실의 표절"로서 반시(反詩)다. 전통적 안목으로는 단순한 제재에 지나지 않는 이런 기성품들은 어떤 기호로서 현실을 지시하는 것이 아니라 그 자체가 현실이다. 이런 기성품들의 편집이나 선택이 의미 창출의 방식이다.[24]

---

23) 김현, 「타오르는 불의 푸르름」, 황지우, 『새들도 세상을 뜨는구나』 해설, 문학과지성사, 1983, pp. 120~121.
24) 김준오, 앞의 책, pp. 370~371.

김현의 해석은 세 가지로 요약된다. ① 송일환씨가 신문을 읽는 과정과 방식('자세히', '띄엄띄엄' 등), 위치 등이 시의 내용이자 형식으로 그대로 등록되어 있다는 것, ② ①의 방식을 통해 이 시는 사실 그 자체를 보여주는 척하면서 해석자/시인의 세계관을 해석의 대상 속에 투영해 드러낸다는 것, ③ 독자는 이 텍스트를 해석하면서 자연히 현실 세계와 삶의 방식에 대한 윤리적인 판단에 이르게 된다는 것 등이 그것이다. 김현의 이러한 견해는 시「한국생명보험회사 송일환씨의 어느 날」이 독자 중심의 시 학습을 전개하는 데 적합한 예라는 사실을 비평적으로 지지해 준다. 낱개의 조각이 듬성듬성 빠져 있는 퍼즐의 형태를 취하고 있는 이 시는, 김현이 예리하게 간파한 것처럼 독자/학습자의 적극적이고 능동적인 읽기와 해석의 작업을 요구한다. 일기의 서두 형식을 빌린 1행(1연)[25], 하루의 지출내역을 쓴 금전출납부 형식의 2연, 이어지는 파편적인 기사 인용문들과 만화 전문, 조세형이 훔친 부유층의 물건 목록 등은 '송일환씨'의 삶을 다양한 종류의 언어 정보를 통해 제시하면서, 독자에게 '퍼즐 맞추기 게임'으로서 시의 의미를 재구성할 것을 은연중에 독려한다. 김준오 역시 기성품의 조립과 편집, 현실의 기호가 아닌 현실 자체를 제시하는 반시(反詩), 화자의 기능의 극소화 등의 특징을 분석하면서, 이 시가 지닌 새로움과 독자 중심의 해석학적 요인들을 설명한다. 바꾸어 말하면, 이 시에는 시의 형태 자체에 교사의 지도보다 학습자의 능동적인 해석을 촉발하는 요소들이 강하게 들어 있다. 실제로 이 시를 처음 접

---

25) 이 시의 행갈이와 연의 배치는 전통적인 의미의 행과 연의 개념으로 이해하기에는 무리가 있다. 사실과 정보들을 시선의 이동 경로와 속도에 따라 '보여주기'의 형태로 배치한 이 시의 행갈이와 시어(기호와 만화 포함) 구성 방식은, 리듬과 의미의 연쇄 및 휴지로서의 전통적인 행과 연의 배치와는 다른 맥락에 있다.

한 학생들은 낯설고 이상한 형태의 시 앞에서 당황하면서, "이게 무
슨 뜻이지?"라는 의문과 함께 자신도 모르게 해석의 작업을 시도하
게 될 것이다.

　이 시의 바람직한 교육 방법은 독자/학습자 중심의 능동적인 해석
작업을 위주로 이루어져야 하며, 크게 세 가지 단계로 나누어 진행될
수 있다. ① 독자/학습자가 아무런 사전 정보 없이 이 시를 읽고 독
특한 내용과 형태에 낯선 이질감과 신기함을 느끼며, 무의식중에 자
기만의 창조적인 해석에 돌입하는 단계. ② 독자/학습자가 시에 파
편적으로 제시된 정보들을 일종의 '퍼즐 맞추기 게임'으로 재구성하
며 시의 의미를 스스로 이끌어내는 단계. ③ 재구성된 의미를 바탕으
로 독자/학습자가 이 시가 형상화하는 현실세계에 대해 윤리적 성
찰과 비판을 행하는 단계.

　독자/학습자들이 시「한국생명보험회사 송일환씨의 어느 날」에 대
한 이러한 단계적 과정을 거쳐 얻을 수 있는 교육적 효과는 다음과 같
다.

　첫째, 독자/학습자는 사실(fact)의 세계를 그대로 제시하는 듯한
시의 내용 속에 시인의 현실세계에 대한 가치 판단이 내장되어 있음
을 이해할 수 있다.

　둘째, 독자/학습자는 이 시를 통해 시의 창작 과정과 내용 전개 과
정, 읽기 과정이 하나로 통합되어 있는, 즉 시인과 시 속의 인물('송
일환씨')과 독자의 의식의 흐름이 동일하게 합치하는 독특한 경험을
할 수 있다.

　셋째, 독자/학습자는 시적 주체의 개입이 최소화된 상태[26]에서 일
방향적으로 자신의 목소리를 전달하는 종래의 시와는 다른, 독자/

학습자 자신이 주체가 되어 발화하고 의미를 생성하는 경험을 할 수 있다.

넷째, 독자/학습자는 경제적 억압에 종속된 소시민의 일상과, 경제적 욕망에 굴복해 윤리성을 폐기한 부유층의 생활상을 대비하면서, 올바른 삶의 가치관과 방식의 문제를 진지하게 숙고해 볼 수 있다.

다섯째, 독자/학습자는 시의 질료가 언어만이 아니라, 만화, 신문기사, 기호 등의 모든 의미구성체가 될 수 있다는 것을 이해할 수 있다.

여섯째, 독자/학습자는 현실의 부정성과 모순을 비판하는 방식이 새롭고 창조적인 미학과 결합할 때 그 효과가 극대화됨을 실감할 수 있다.


## 4. 결론

문학연구의 성과는 문학의 영역을 넘어, 성장기의 학습자를 대상으로 한 문학교육에 적극적으로 활용되어야 한다. 문학작품과 문학연구의 성과는 문학교육을 통해 개인과 사회 전체의 바람직한 변화에 폭넓게 관여할 수 있다. 이 장에서는 문학교육이 교육의 진보적인 몫을 대행하는 데 최적의 분야라는 판단 아래, 주체적·비판적인 사

---

26) 이 시에서 시적 주체의 직접적인 목소리는 마지막 구절인 "너무 트하여 귀퉁이가 안 보이는 灰의 왕궁에서 오늘도 송일환씨는 잘 살고 있다. 생명 하나는 보장되어 있다."는 부분에서만 표출된다.

고력 함양에 유용한 문학 텍스트를 발굴하고, 그 텍스트에 부합하는 교육 방법론을 탐구하였다. 특히 1980년대에 황지우가 쓴 현실비판적 해체시를 대상으로, 학문과 비평의 장에서 축적된 문학연구 성과를 고등학교 문학교육에 활용하는 과정에서 발생하는 '배제의 논리'에 관해 성찰했다. '배제의 논리'는 ① 서정시의 전통 미학에서 벗어난 형태 파괴적이고 실험적인 시들, ② 정치적·이념적 색채가 과격하게 표출된 시들, ③ 현실비판적인 시들 가운데 특정 사건이나 대상을 구체적으로 비판한 시들에 대해 주로 작동된다. 이 '배제의 논리'가 작동하는 과정에서 문학과 문학연구의 척도, 문학교육의 척도 사이에는 균열과 간극이 발생한다. 문학교육은 특성상 '교육'의 목적이 우선시되어야 하는 만큼 두 영역의 항상 일치할 수는 없지만, 기존의 닫힌 척도를 고수함으로써 새로운 문학작품과 문학연구의 성과를 반영하지 못한다면 이 또한 문학교육의 본질에서 벗어나는 것이라고 할 수 있다.

황지우의 시를 비롯해 현실비판적 해체시는 이러한 배제의 논리를 넘어 문학교육의 진보적인 몫과 독자 중심의 주체적이고 능동적인 문학교육 방법을 성취할 수 있는 좋은 자산이 된다. 한국문학에서 해체시는 1980년대에 황지우의 뛰어난 활약으로 오늘날 주요한 문학 형식의 하나로 인정받게 되었다. 그 가운데 시 「묵념 5분 27초」와 「한국생명보험회사 송일환씨의 어느 날」은 독자/학습자들에게 시의 본질, 기존의 시를 전복하는 새롭고 독창적인 상상력, 미학과 현실인식의 행복한 결합, 낯설고 독특한 시의 형태와 질료들, 두 시의 해체의 대상인 현실 역사의 모순 등을 성찰하고, 독자/학습자의 주체적이고 능동적인 해석을 촉발하는 탁월한 교육적 예에 속한다. 이 시들

은 독자/학습자에게 시의 새로운 미학과 시〔문학〕에 대한 새로운 인
식을 경험하게 함으로써, 이를 바탕으로 현실세계를 비판적이고 주
체적으로 바라볼 수 있는 시각을 길러줄 수 있다. 1980년대 이후 최
근 문학의 중요한 성과와 문학연구의 결과를 고등학교 문학교육에
적극 반영하는 측면에서도 이처럼 새로운 유형의 시 텍스트를 발굴
하고 새로운 교육 방법론을 시도함으로써 기존의 문학교육의 한계
를 갱신하는 작업은 반드시 필요한 일이다.

# 제3부

# 문학교육의 자산,
# 문학비평의 실제

# 서정주, 한국 현대시의 신화
## - 서정주의 시세계


## 1. 서정주의 시, 한국 현대시의 최고 수준


미당 서정주(未堂 徐廷柱, 1915~2000)의 시는 사유의 종합력을 바탕
으로, 이를 탁월한 언어미학으로 형상화함으로써 한국 현대시의 최
고 수준을 성취하고 있다. 서정주의 시는 동양과 서양의 다양한 사상
들, 즉 기독교, 상징주의, 불교, 영원주의, 도교, 무속신앙(샤머니즘)
등을 20세기 한국사회의 문화적 토대 위에서 탁월하게 융합하고 있
다. 이 때 중심에 놓이는 것은 이 다양한 사상들을 제어하는 시인 서
정주의 '미학적 능력'이다. 서정주는 서로 다른 역사·사회·문화 영
역에 속해 있는 것들을 자신의 내면에서 미학적으로 융합하는 능력
을 지니고 있다. 그가 서양의 성경에 나오는 아담과 이브에서부터,
고대 신라의 역사 속에 등장하는 선덕여왕, 수로부인 등까지를 다양
하게 시의 소재로 채택하는 것이 그 증거의 하나다. 서정주가 초기에

는 서양 근대시를 대표하는 보들레르, 랭보, 릴케 등의 영향을 강하
게 받았지만, 후기로 오면서 한국의 전통과 풍속에 대한 탐구를 깊이
있게 행한 것도 이러한 '미학적 통합'의 능력에 기인한다.

　서정주가 그가 처한 사회·역사 현실과 그가 탐구한 다양한 사상들
에 대해 한결같이 미학적으로 대응해 왔다는 것은 서정주 시의 의의
와 한계를 동시에 설명해 준다. 미학의 영역은 우리가 살고 있는 현
실의 질서와는 다른 질서에 의해 움직인다. 아름다움을 최상의 가치
로 여기는 미학은 어떤 목적을 위해 갈등하는 현실의 타락한 질서에
무관심하거나 그것을 초월한다. 이렇게 볼 때, 서정주의 시에 나타나
는 현실인식과 역사의식의 부족은 그가 현실의 억압적인 질서에서
이탈하여 인간의 본질에 대해 탐구하는 과정에서 치른 대가였다고
할 수 있다. 아이러니컬하게도, 서정주가 현실인식과 역사의식이 부
족하다는 비판을 끊임없이 받으면서도 왕성한 창조력과 강인한 생명
력을 유지한 비결은 그 비판의 근거였던 미학적 태도와 세계관에 있
는 것이다.

　지금까지 서정주의 시는 많은 연구자들에 의해 활발하게 연구되어
왔다. 이 연구들이 서정주 시에 대해 내린 평가는 긍정과 부정의 두
극단적인 지점에 걸쳐 있다. 긍정의 관점은 서정주 시가 이룩한 미학
적 성과를 높이 평가하는 것이고, 부정의 관점은 서정주 시에 노출된
현실인식과 역사의식의 미비를 질타하는 것이다. 다음에 인용하는 글
들은 서정주에 대한 고평과 혹평의 대표적인 예들이다.

　①여러 모로 미당은 이 나라에서 가장 그릇 큰 시인이 되었다. 어떤 말
　　이나 붙잡아 놀리면 그대로 시가 되는 경지에 이른 미당을 뛰어난

부족 방언의 요술사라고 부는 데 유보감을 드러내는 이 또한 없을 것이다.[1]

② 서정주의 시세계는 놀라운 폭과 깊이를 지니고 있다. 그 속에는 겨레의 아름다운 말들이 신들려 살아 움직이고, 겨레의 둥글고 부드럽고 어질고 지혜로운 마음씨가 가득하다.[2]

③ 『화사집』(1941), 『귀촉도』(1948) 이후의 『서정주시선』(1955), 『신라초』(1960), 『동천』(1968)으로 이어지는 그의 시적 역정은 한 시적 영혼의 가열찬 자기 계발을 보여주는 것이면서, 근대적 자기 정체성을 향해 역사를 포복해 간 한국 현대시사의 고행을 상징적으로 그려주고 있다.[3]

④ 서정주 시의 발전의 한국의 현대시 50년의 핵심적인 실패를 가장 전형적으로 드라마화한다. 그의 초기시는 한쪽으로는 강렬한 관능과 다른 한쪽으로는 대담한 리얼리즘을 그 특징으로 했다. 이것은 육체와 정신의 필연적인 갈등, 개인과 사회의 갈등을 솔직하게 인정함으로써 가능한 것이었다. 그러나 후기시에서의 종교적인 또는 평속적인 입장을 그 직시적인 구제의 약속으로 그의 현실 감각을 마비시켰다.[4]

---

1) 유종호, 「소리 지향과 산문 지향」, 조연현 외, 『미당연구』, 민음사, 1994. p. 338.
2) 이남호, 「겨레의 말, 겨레의 마음」, 조연현 외, 앞의 책, p. 416.
3) 이광호, 「영원의 시간, 봉인된 시간」, 조연현 외, 앞의 책, p. 362.
4) 김우창, 「한국시와 형이상」, 조연현 외, 앞의 책, p. 36.

①, ②, ③의 글들은 서정주의 시에 대해 극찬을 아끼지 않고 있다. ①은 서정주의 시가 한국어를 가장 아름답게 형상화하고 있으며, ②는 서정주가 한국의 전통과 언어, 한국인의 심성을 '신들린' 경지에서 표현하고 있다고 찬사를 보낸다. ③은 전통세계를 견지한 서정주의 시적 여정이 20세기 근대역사 속에서 자아의 정체성(이 정체성은 서정주 자신의 것이면서 한국시와 한국의 것이기도 하다)을 찾는 치열한 싸움의 과정이었다고 평가한다. ③의 평가는 서정주 시에 대한 최악의 혹평인 ④의 논지와 반대되는 것이다. ④는 서정주 시는 한국 현대시 50년의 핵심적인 실패에 해당하는 예라고 폄하한다. 그 이유는 초기 시에 나타난 다양한 갈등 양상이 후기로 갈수록 사라지면서 현실 감각의 마비로 치달았다는 것이다. 그런데 ④의 글을 쓴 김우창은 "서정주의 실패는 한국시 전체의 실패"라고 규정하면서, 역설적으로 서정주가 한국시에서 얼마나 중요한 위치를 차지하는 시인인가를 보여준다. 한 시인의 실패가 한국시 전체의 실패가 된다면, 이는 그 시인이 한국시 전체를 대표하는 가장 뛰어난 시인이라는 의미이기 때문이다.

즉 서정주의 시는 미학과 언어를 다루는 솜씨, 시의 맛과 멋, 한국의 전통을 탁월하게 살린 점 등에서 높은 점수를 받고 있으며, 현실과 역사를 비껴선 점에서는 낮은 점수를 받고 있다. 이 두 가지를 조화롭게 결합한 시인은 더할 수 없이 훌륭한 시인이라고 할 수 있다. 그러나 서정주는 후자의 면이 부족함에도 그것을 상쇄하거나 뛰어넘는 훌륭한 시를 많이 남김으로써, 그의 시의 탁월성을 인정하지 않을 수 없게 하는 한국시사의 큰 별로 자리잡고 있다. 서정주가 작고한 뒤 스승을 혹독하게 비판함으로써 논란을 일으켰지만, 일찍이 서정

주의 제자 고은이 서정주를 가리켜 한국시의 '언어의 정부(政府)'[5]라
고 칭했던 것은 수사의 차원만은 아니었던 것이다.


## 2. '바람'과 '생명'의 여정

　서정주의 첫 시집 『화사집(花蛇集)』(1941)에는 모두 24편의 시가 실
려 있다. 서정주의 시적 출발을 알리는 이 시집에는 그가 젊은 시절
에 지녔던 삶과 시에 대한 다양한 고뇌가 압축되어 있다. 첫 페이지
에 실려 있는 「자화상」은 서정주의 첫 시집의 자서(自序)이자, 서정
주 시 전체의 자서(自序)로 볼 수 있는 시이다. 서성주는 스물세 살의
새파랗게 젊은 나이에 쓴 이 시에서 "애비는 종이었다"와 "나를 키운
건 팔할이 바람이다"라는 두 개의 문장으로 자신의 정체성을 단호하
고 비장하게 요약한다.

　　애비는 종이었다. 밤이 깊어도 오지 않았다.
　　파뿌리같이 늙은 할머니와 대추꽃이 한 주 서있을 뿐이었다.
　　어매는 달을 두고 풋살구가 꼭 하나만 먹고 싶다 하였으나…… 흙으로
　바람벽한 호롱불 밑에
　　손톱이 까만 에미의 아들.
　　갑오년이라든가 바다에 나가서는 돌아오지 않는다하는 외할아버지의
　숱 많은 머리털과 그 크다란 눈이 나는 닮았다 한다.

<hr>

5) 고은, 「서정주 시대의 보고(報告)」, 조연현 외, 『서정주 연구』, 동화출판공사, 1975, p. 290.

스물세햇 동안 나는 키운 건 팔할(八割)이 바람이다.

세상은 가도 가도 부끄럽기만 하더라.

어떤 이는 내 눈에서 죄인을 읽고 가고

어떤 이는 내 눈에서 천치를 읽고 가나

나는 아무것도 뉘우치진 않을란다.


찬란히 틔어오는 어느 아침에도

이마 우에 얹힌 시의 이슬에는

몇 방울의 피가 언제가 섞여 있어

볕이거나 그늘이거나 혓바닥 늘어뜨린

병든 수캐마냥 헐떡어리며 나는 왔다.

-「자화상」(『화사집(花蛇集)』, 1941) 전문


자신을 키운 것의 '팔할이 바람'이라고 말하는 시인은 뿌리 없이
방황하면서, 혹은 자신의 의지로 자유롭게 떠돌면서 성장해 온 사람
이다. "애비는 종이었다"는 진술이 서정주의 아버지의 지위(서정주의
아버지는 전북 고창의 질마재 마을에서 소작인들을 관리하는 '마름', 즉 중간 지
주였다)와는 상관없이, 일제 식민지 치하에서 노예 상태에 있던 우리
민족의 처지를 비유한 것이라고 해도 그렇다. 이 시에서 서정주는 가
난의 고통과 '죄인'과 '천치'의 삶을 강요하는 억압적인 현실을 부정
하고자 한다. 또한 그러한 현실 속에서 살아가는 자신의 모습과 태생
까지도 부정하고자 한다. "나를 키운 건 팔할이 바람"이라는 말은 이
러한 부정의식에서 나온 것이다. 한 가지 주목해야 할 것은 "애비는
종이었다"는 도발적인 발화로 아버지의 가계를 부정하는 서정주가

모계의 혈통은 순순히 인정하고 있다는 점이다. "갑오년이라든가 바다에 나가서는 돌아오지 않는다하는 외할아버지의 숱 많은 머리털과 그 크다란 눈이 나는 닮었다 한다."는 서정주의 말에는 지금의 현실 속에는 부재하지만 자신의 피 속에 살아 있는 '외할아버지'의 혈통에 대한 긍정과 애정이 깃들어 있다. 서정주에게 '종'인 '애비'가 식민지 현실을 촉발한 부정과 원망의 대상이라면, "숱 많은 머리털과 그 크다란 눈"으로 표현된 순연한 이미지의 '외할아버지'는 식민지 현실 속에 억눌려 있는 한국의 전통세계를 상징하는 긍정과 계승의 대상인 것이다. 이 시에서 서정주가 앞으로 시인으로 살아갈 것을 선언하면서 "이마 우에 얹힌 시의 이슬에는/언제나 몇 방울의 피가 섞여 있"다고 말할 때, 그 '피'는 '외할아버지'로 상징된 한국인의 전통과 문화, 풍속을 의미하는 것이라고 할 수 있다. 이 점을 서정주는 이후 60년을 넘게 전개된 그의 시세계의 여정을 통해 생생하게 보여주었다.

『화사집』에서 서정주는 성(性)을 핵심적인 제재로 삼음으로써 종인 '아버지'의 가계에 대한 부정을 수행한다. 성은 현실적인 제도와 관습, 식민지의 강압적인 질서를 부정하는 서정주의 시적 도구였다. 동시에 서정주에게 성은 근대사회의 현실과 문명을 부정하고 동물적이고 원초적인 상태로 돌아가고 싶은 욕망의 상징이었다. 서정주는 이러한 욕망을 그가 당시에 탐닉했던 보들레르의 시집 『악의 꽃』에 그려진 관능적이고 악마적인 세계에 대한 동경을 통해 그려낸다. 흥미로운 것은 이러한 서구적인 세계를 묘사하는 서정주의 시의 어법과 풍경이 지극히 한국적이며 토속적이라는 사실이다. 시 「화사(花蛇)」는 서양과 동양, 이국적인 것과 토속적인 것을 능수능란하게 버무려내는 서정주의 솜씨를 단적으로 목도하게 한다.


사향 박하의 뒤안길이다.

아름다운 배암……

얼마나 커다란 슬픔으로 태어났기에, 저리도 징그러운 몸뚱어리냐


꽃다님 같다.

너의 할아버지가 이브를 꼬여내던 달변의 혓바닥이

소리 잃은 채 낼룽거리는 붉은 아가리로

푸른 하늘이다…… 물어뜯어라. 원통히 물어뜯어,


달아나거라, 저놈의 대가리!


돌팔매를 쏘면서, 쏘면서, 사향 박하 ㅅ길

저 놈의 뒤를 따르는 것은 우리 할아버지의 안해가 이브라서 그러는 게

아니라

석유 먹은 듯…… 석유 먹은 듯…… 가쁜 숨결이야

— 「화사(花蛇)」(『화사집』, 1941) 부분


성적 관능과 일탈의 욕망 외에도 이 시에서 또 한 가지 읽어내야 할 것은 "징그러운" 뱀의 형상으로 꿈틀거리고 있는 생명력이다. "소리 잃은 채 낼룽거리는 붉은 아가리"는 가난하고 부자유스러운 식민지 현실 속에서 암울하게 살아가는 사람들을 표상하지만, 다음에 이어지는 "푸른 하늘이다…… 물어뜯어라. 원통히 물어뜯어"라는 서술

부는 그 '소리 잃은 붉은 아가리'에 숨어 있는 강력한 생명력을 실감나게 펼쳐 보인다. 공격적이고 폭력적이기까지 한 이 생명력은 서정주가 「자화상」에서 드러낸 자신을 둘러싼 현실과 자신에 대한 부정적이고 비극적인 인식을 극복하는 원천이 된다. "볕이거나 그늘이거나 혓바닥 늘어뜨린 / 병든 수캐마냥 헐떡어리며 나는 왔다."는 「자화상」의 지치고 수세적(守勢的)인 '나'는, 이 시에서는 "돌팔매를 쏘면서" "석유 먹은 듯……가쁜 숨결"로 "저 놈의 뒤를 따르는" 공세적(攻勢的)이고 생명력 넘치는 '나'로 변해 있는 것이다.

이 생명력은 서정주의 두 번째 시집인 『귀촉도』(1946)에서 과거의 고향과 연결되면서 신화적이고 설화적인 색채를 지니게 된다. 어릴 때 친구였던 네 명의 소녀들과 함께 나물을 캐러 샀던 기억을 떠올리는 다음의 시는 「화사」와는 다른 형태의 생명력을 시화한다. 「화사」의 관능적이고 동물적인 생명력은 시 「무슨 꽃으로 문지르는 가슴이기에 나는 이리도 살고 싶은가」에 와서는 순결하고 식물적인 생명력으로 변주된다. 그 네 명의 소녀들은 지금은 세상을 떠난 죽은 소녀들이기 때문일 것이며, 죽은 소녀들에 대한 관심을 통해 짐작할 수 있는 것처럼 이 시기 서정주의 현실인식과 세계관이 보다 비극적인 쪽으로 기울어졌기 때문일 것이다. 이 지점에서 서정주의 시세계와 상상력은 현실에 거리를 두고 과거의 낭만적이고 비현실적인 공간으로 돌입하게 된다.

아조 할 수 없이 되면 고향을 생각한다.
이제는 다시 돌아올 수 없는 옛날의 모습들. 안개와 같이 스러진 것들의 형상을 불러 일으킨다.

귓가에 와서 아스라이 속삭이고는, 스쳐가는 소리들. 머언 유명(幽明)에서처럼 그 소리는 들려오는 것이나, 한마디도 그 뜻을 알 수는 없다.

(…)

그러나 내가 가시에 찔려 아파할 때는, 네 명의 소녀는 내 곁에 와 서는 것이었다. 내가 찔레가시나 사금파리에 베혀 아파할 때는, 어머니와 같은 손가락으로 나를 나시우러 오시는 것이었다.

손가락 끝에 나의 어린 핏방울을 적시우며, 한 명의 소녀가 걱정을 하면 세 명의 소녀도 걱정을 하며, 그 노오란 꽃송이로 문지르고는, 하연 꽃송이로 문지르고는, 빠알간 꽃송이로 문지르고는 하든 나의 상처기는 어쩌면 그리고 잘 낫는 것이었든가.

정해 정해 정도령아
원이 왔다 문 열어라.
붉은 꽃을 문지르면
붉은 피가 돌아오고.
푸른 꽃을 문지르면
푸른 숨이 돌아오고.

*

소녀여. 비가 개인 날은 하늘이 왜 이리도 푸른가. 어데서 쉬는 숨소리기에 이리도 똑똑히 들리이는가.

무슨 꽃으로 문지르는 가슴이기에 나는 이리도 살고 싶은가.

　　　　　　　－「무슨 꽃으로 문지르는 가슴이기에 나는 이리도 살고 싶은가」

　　　　　　　　　　　　　　　　　　　（『귀촉도』, 1946) 부분


　그러나 '현실성'과는 무관한 자리에서 이 시는 서정주의 전체 시 중 가장 아름다운 명편의 하나로서 신비롭고 고혹적인 장면을 연출하고 있다. 긴 산문의 내부를 유유히 흘러가는 리듬, 읽는 사람의 가슴을 자유자재로 조이고 풀며 이어지는 주술과도 같은 말들의 향연, 정도령 설화를 차용한 마법적인 '꽃'의 재생의 이미지 들이 한데 어울려 빚어내는 이 시의 풍경은 한국 현대시가 도달한 가장 아름다운 풍경의 하나로 손색이 없다. 이 시는 서정주가 전통의 풍속과 생활세계로 진입하는 출발점이 되는 시이기도 하다. 이후 서정주가 신라의 영원주의와 신라 사람들의 예술적인 삶에 깊은 관심을 갖고 이를 시적으로 재현한 것, 1970년대에 들어서는 고향 '질마재'의 삶의 기억을 하나의 신화적 세계의 차원으로 재구성한 것은 이미 이 지점에서 그 싹이 돋아나고 있었던 셈이다.


## 3. 한국의 전통문화와 언어의 보물창고


　서정주의 시는 한국의 전통문화와 언어의 보물창고이다. 서정주의 현실인식에 비판적 관점을 지닌 사람들도 이 점은 부정하지 않고 있다. 비공식적인 언술이지만, 서정주가 오백 년에 한 번 나올까 말까 하는 시인이라는 세간의 평가도 이러한 사실을 반영하고 있다. 우리가 살고 있는 21세기의 세상이 점점 더 빠르게 서구화, 현대화, 다국적화, 무국적화되고 있는 점을 생각할 때, 서정주 시의 가치는 그에 비례해 점점 더 커진다고 할 수 있다. 서정주의 시를 염두에 두고, 오늘의 시점에서 이렇게 질문해 보기로 하자. 이제 우리는 어디에서 우리의 전통문화와 풍속과 언어를 찾을 것인가? 거기에 담긴 한국인의 내밀한 감각과 섬세한 인간미와 한국어의 리듬을 현재형으로 경험할 수 있을 것인가? 우리의 내면을 흐르는 역사와 문화를 가장 생생하게 증언하고 있는 현장의 하나가 서정주의 시라는 점에 이의를 달 사람은 없을 듯하다. 자본주의와 전자문명의 사막에서 우리가 서정주의 시를 읽어야 하는 이유가 여기에 있다.

# 고독의 존재론과 공존의 기술
– 조병화의 시세계

## 1. 여행자의 탄생

조병화(1921~2003)는 생전에 모두 52권의 신작 시집을 펴냈다. 인생을 '고독한 존재의 여행'이라고 생각한 조병화는 그 여정을 부지런히 시로 기록했다. 조병화에게 시는 여행이라는 생의 형식에 걸맞는 최상의 예술 형식을 의미했다. 그에게 시는 불가해한 인생과 존재의 내용물을 담는 훌륭한 그릇이었다. '다작(多作)의 신화'를 이룬 조병화의 시들은 생의 여행에서 목도한 풍경을 스케치한 기행문이자, 여행의 주체인 자신에 관해 토로한 고백록이며, 여행의 테마인 생의 본질을 성찰한 잠언록의 성격을 지닌다. 조병화는 생에 관해 느끼고 생각한 모든 것을 시로 설명하고 정리하고자 했다. 한국시사에 남을 52권의 기록적인 분량은 83년 동안 세상을 떠돈 여행자에게는 오히려 부족한 것이었는지도 모른다.

잠시 우회하자면, 문학과 예술에 매혹된 한국의 청소년들에게는 예외 없이 거치는 관문이 있다. 외국문학 작품을 접하며 이국적 감성과 낭만적 취향에 사로잡히는 것이다. 성장기에 읽은 워즈워드, 예이츠, 프루스트, 헤르만 헤세, 사르트르, 까뮈, 생 텍쥐베리 등의 작품은 이국에 대한 막연한 꿈과 그리움을 소년·소녀들의 내면에 새겨 놓는다. 이 자기 환상에 가까운 엑조티시즘(exoticism)과 낭만성은 성장기의 종료와 함께 뒤로 물러난다. 그 자리에 육중한 실체의 현실이 들어앉기 때문이다. 흥미롭게도, 이러한 특징은 우리 근대문학의 전개 과정에서도 그대로 발견된다. 1910년대에 유입되어 20년대를 거쳐 30년대의 문학에까지 꾸준히 출현한 엑조티시즘과 낭만성은 아직 근대의 정체를 제대로 파악하지 못한 식민지 청년들의 자기 환상의 결과물이었다. 심지어 1950년대의 김수영, 김경린, 조향 등의 시에서도 우리는 순진한(?) 오해로서의 근대와 이국에 대한 환상을 발견할 수 있다. 그 후의 문학에도 이런 환상은 형태를 바꾸며 은밀하게 반복된다. 근대와 이국에 대한 환상은 우리에게 같은 품목으로 경험된 하나의 덩어리였던 셈이다.

조병화를 논함에 있어 근대 한국인의 내면의 발전 과정으로서의 엑조티시즘과 낭만성을 거론하는 이유는 이와 관련된다. 조병화에게 엑조티시즘과 낭만성은 하나의 단계가 아니라, 평생을 지배하는 삶과 시의 원천이었다. 조병화는 초(超)한국적·탈(脫)한국적인 것을 동경하면서 존재의 탈출구와 이국적 취향으로서의 낭만성을 열애했다. 그는 자기 환상과 위안의 엑조티시즘과 낭만성에 의도적으로 고착했고, 나름대로는 이를 현실의 버팀목으로 활용하고자 했다. 조병화의 시가 국적을 초월한 보편적인 언어들을 지향하는 것은 이 때문이다.

그 저변에는 그가 살아온 격변의 한국 근대사가 깔려 있다. 조병화는 고독, 사랑, 생명, 자유, 시간, 무상(無常) 등을 노래하면서, 그 속에 현실과 역사의 구체적인 세목들을 녹여내고자 했다. 이에 따라 조병화의 시에는 고유명사나 세부 어휘들이 거의 등장하지 않는다. 한 마디로 말하면 조병화의 시는 '보통명사 차원의 시'이다. 고유명사와 고유명사에 준하는 특정 사건, 인물, 사물, 시간, 장소 등은 그의 시에 거의 등록되어 있지 않다.(단, 외국의 여행지를 소재로 택한 시들의 경우에는 예외적으로 구체성을 띤다) 조병화가 반 세기 동안 유사한 색채의 시를 써온 동인(動因)은 시대와 삶의 구체성을 휘발시킨 이국적·낭만적 고착에 있다고 할 수 있다. 그 결과 조병화의 시는 보편적인 공감과 흡입력의 시, 현실을 외면한 감상적인 낭만성의 시의 양면성을 갖게 된다. 조병화의 시에 대한 평가는 이 둘 사이에서 진동하는 것이다.

## 2. 고독한 삶과 작별의 기술 – 1950년대의 조병화

조병화의 시세계는 첫 시집 『버리고 싶은 유산』(1949)부터 50여 년간 유사한 반경을 보여준다. 바꾸어 말하면, 조병화 시의 시기를 구분하는 작업은 그다지 유용한 일이 아니다. 그렇다면 줄곧 동심원을 그려온 조병화 시의 중심에 있는 에너지는 무엇일까? 가장 유력한 답은, 젊은 시절의 조병화를 굴복시킨 역사의 폭력과 부조리라고 할 수 있다. 조병화는 자신이 평생 추구해온 시정신을 이렇게 설명한다.

나는 지금까지 줄곧 시대를 초월한 인간사, 변하는 역사의 현장을 초월
한 그 인간의 피해적 존재를 추구하면서 그 인간 존재의 보편성을 살려고
애썼을 뿐이옵니다.

그런데, 그것이 이 땅에서 왜, 그렇게 어려웠는지.
— '머리말' (제 39宿* 『잠 잃은 밤에』, 동문선, 1993) 중에서

이 자술(自述)은 '인간 존재의 보편성'을 지향한 조병화 시의 기원
이 역사와 현실의 피해의식임을 드러낸다. 혼돈의 해방기와 한국전
쟁을 겪으며 청춘을 박탈당한 시인은 생존의 참혹함과 세계에 대한
분노를 먼저 배운다. 『하루만의 위안』(1950)에서 『기다리며 사는 사
람들』(1959)까지 7권의 시집을 낸 1950년대의 조병화에게, 시는 그
분노와 불신을 표출하는 유일한 통로였다. 폭력적인 세계 앞에 몰락
한 젊은 시인은 세계의 폭력성을 거부하면서도 무기력하게 용인할
수밖에 없었던 '1950년대의 존재론'을 이렇게 작성한다.

우리는 날 때부터 피뿌린 돌풀밭 녹슬은 시간이었다
피뿌린 돌풀밭 녹슬은 시간에 끼어
눈치를 보면서 마냥 견디고 기다리다 가는 것뿐이다
우리는 한번도 살아보질 못했다
– 우리는 스스로 아무런 까닭도 없이 우리 스스로를 학살했을 뿐이다

---

* 조병화는 시집의 권수를 헤아리는 독특한 용어로 '宿(숙)'이라는 단어를 쓴다. 이 지상에서
잠시 머물다 가는 존재인 인간의 숙명을 자신이 펴낸 시집의 수량 개념에 반영한 것이다.

아무런 죄는 없다



　조병화의 '1950년대의 존재론'은 죄의식조차 소멸된 척박한 땅의 서사로 점철된다. "날 때부터 피뿌린 돌풀밭 녹슬은 시간"을 산 세대는 "아무런 까닭도 없이" "스스로를 학살"했다. 그럼에도, "아무런 죄는 없다". 죄가 없는 것이 아니라, 생존의 문제가 죄의 차원을 앞지른 것이다. 살아남는 일이 제1의 과제였던 시대에 시인들이 선택할 수 있는 길은 사실 많지 않았다. 역사의 참상을 고발하거나(구상, 조지훈, 박남수), 전통의 유산에 의지하거나(서정주, 박목월, 이동주), 현학적인 실험성신을 발휘하는(김수영, 김춘수, 조향, 김경린) 것 등이 대락의 형국이었다. 그런 가운데, 조병화는 자신의 내면에 흡착된 현실의 압박을 희석하는 데 몰두한다. 현실이라는 거대한 적과 정면으로 맞서기에는 내심 두려웠거나, 폭력적인 현실을 무가치한 것으로 치부했기 때문일 것이다. 현실의 압박을 내적으로 상쇄하는 대가로 젊은 시인이 지불한 것은 '고독'이었다. 조병화는 현실이 부과한 '위태로운 생존'을 '고독한 실존'으로 전환함으로써 자기 정체성의 최소한의, 동시에 최대한의 근거를 마련한다. 그의 삶과 시가 "실로 스스로의 쓸쓸한 투쟁이었으며/스스로의 쓸쓸한 노래"(「헤어지는 연습을 하며」, 시선집 『길』, 1987)였던 것은 처음부터였다.

　조병화의 전 시세계를 지배한 '고독의 존재론'은 "큰 바다 기슭엔/온종일/소라/저만이 외롭답니다"(「소라」, 제 1宿 『버리고 싶은 유산』, 1949)라는 처녀작에서부터 발아한다. 그는 '철저한 보헤미안의 마음'(자작시해설서 『밤이 가면 아침이 온다』)으로 끝없는 고독의 여행을 떠난다. 이 여행에 수반된 몇 개의 소도구들, 즉 이루지 못한 사랑의 상처, 덧없는 시간의 무상감, 텅 빈 삶에 대한 허허로움과 우수, 생명에 대한 연민, 죽음에 대한 비애 등은 1950년대부터 조병화의 시를 가득 메우게 된다. 1949년을 포함, 1950년대는 조병화의 시적 원체험의 무대로, 조병화의 시는 이 무대에서 50여 년간 장기공연된 연작물이라고 해도 지나치지는 않다. 그만큼 조병화의 시는 1950년대를 구심점으로 반복적으로 변주, 재생, 확산되어온 것이다.

아이러니컬하게도, 조병화의 '고독의 존재론'은 '존재의 파산 선고(破産宣告)'에서 시작된다. 역사와 문명과 인간의 파산을 체험한 그는, 자신이 속한 세계의 유산을 버리고 고독에 침잠하면서 고독 자체에서 위안을 구한다. "고향을 가지 못한 어느 '시대의 기형아'와 같이, 혹은 유전병 환자와도 같이" 좌절한 그에게 가장 필요한 것은 "끝없는 위안과 휴식"('후기', 제 1宿『버리고 싶은 유산』, 산호장, 1949)이었다. 파산한 존재는 과거를 잊고, 자신을 버리며, 삶에 무감해져야 한다. 이런 시적 주체가 쓰는 시에서는 자연히 청유와 기원과 당위가 시의 주된 화법이 되고, 반복과 은유가 수사의 중심이 된다.(동심원의 반경을 그리는 조병화의 시에서 차이의 사유인 환유는 찾아보기 어렵다.) 불행한 시대의 우울한 보헤미안이었던 조병화의 1950년대의 내면 풍경은 이렇게 전개된다.

잊어버려야만 한다
진정 잊어버려야만 한다
오고가는 먼 길가에서
인사 없이 헤어진 지금은 누구던가

그 사람으로 잊어버려야만 한다

온 생명은 모두 흘러가는 데 있고

흘러가는 한 줄기 속에

나도 또 하나 작은

비둘기 가슴을 비벼대며 밀려가야만 한다

— 「하루만의 위안」(제 2宿 『하루만의 위안』, 1950) 부분


이별하기에/슬픈 시절은 이미 늦었다//

　모두가 어제와 같이 배열되는/시간 속에/나에게도 내일과 같은/그날
이 있을 것만 같아/그날을 위하여/내 모든 사랑의 예절을 정리하여야 한
다//

　떼어버린 캘린더 속에/……모닝커피처럼/사랑은 가벼운 생리가 된다

— 「너와 나는」(제 3宿 『貝殼의 寢室』, 1952) 부분


군우리 전투에 쓰러진 남편의 소식을/미세스 최는 가끔 잊어버린다//

(…)

직업부인 미세스 최가/쇼윈도 안에서 밀크와 토스트를 든다//

전쟁이/온종일 토스트집 쇼윈도에 기대선다

— 「미세스와 토스트」(제 3宿 『貝殼의 寢室』, 1952) 부분


천 구백 오십 이년 십이월

정오의 태양이 파란 가슴에 고여들고

나는 먼 보헤미안 시절의 그와도 같이

차창에 기대어

고독의 존재론과 공존의 기술 **283**

사랑이라는 것은 이와도 같이

외로운 시절의 편지라고 생각에 잠겨갔습니다

－「차창」(제 4宿 『人間孤島』, 1954) 마지막 연


길은 막히고 저물어 가는 인생의 벌판

(…)

당신마저 내 곁을 비켜서야만 한단 말입니까

나 호올로 내 곁을 지나가야만 한단 말입니까

－「사랑이 가기 전에」(제 5宿 『사랑이 가기 전에』, 1955) 부분


모두 홀로 제각기 자기 자리／묵묵한 자리／떼지어 흐르는 안개 틈틈이／먼 시간의 찬 기침소리／나는 밀려／어디로인지 자꾸만 가고 있는 것이다

－「안개」(제 6宿 『서울』, 1957) 부분


타이페이의 밤은 젖은 마음／모든 정 다 풀어놓아도 모자라는 마음／엔핑베이루 정의 거리／밤마다 장미의 거리／밤 깊이 여정을 끌어주는／가로등／젖은 남도의 거리

－「엔핑베이루」(제 7宿 『석아화』, 1958) 부분


조병화의 시가 쓰여지는 곳은 집도, 거리도, 들판도 아니다. 그것은 낯선 숙소의 조그만 테이블이거나 오렌지빛 램프가 켜진 카페의 탁자, 달리는 기차 안이거나 배 위이다. 혹은 이국의 호텔이거나 쓸쓸한 바닷가이다. 조병화는 일상의 생활인이 아닌, 타지(他地)의 여

행자인 것이다. 여행자인 그는 삶을 '이승이라는 낯선 숙소에서의 짧은 숙박'이라고 생각한다. 그가 시집의 권수를 '권(券)'이 아닌 '숙(宿)'으로 헤아려 표기한 것은 단적인 증거이다. 현실 세계를 잠시 머무는 숙소로 받아들이는 존재는 두 가지 부수적인 효과를 얻는다. 하나는 현실에 대한 거리와 미학적 시선이며, 다른 하나는 초라한 현실에 속해 있지 않다는 존재적 우월감과 자족감이다. 이렇게 볼 때, 조병화의 고독은 시대와 역사에 의한 것이면서, 그가 자신의 정체성의 근거로 확보해나간 것이라고 할 수 있다. 고독은 가혹한 실존의 형벌이지만, 깊이 탐닉하다 보면 충만하고 황홀하기까지 한 것이 될 수 있다. 이 점에서 조병화가 열망한 사랑은, 그가 열애한 '절대 고독' 앞에서 차라리 이루어져서는 안 되는 것이었다. 끝없이 길을 떠나는 여행자에게 사랑은 금지된 정착의 표지에 불과하다. 실제로, 조병화의 사랑은 이중의 장벽에 가로막혀 있다. 전쟁이 가져온 인간의 파산과, 도시를 떠돌아야 할 근대적 보헤미안의 운명이 그것이다.

그런데 결핍과 상실은 처음부터 보헤미안의 운명의 일부였다. 위의 시들에는 조병화가 1950년대에 경험한 비극과 상실이 잘 나타나 있다. "오고가는 먼 길가에서 인사 없이 헤어진 지금", "이별하기에 슬픈 시절", "가벼운 생리가 된" '사랑', "전투에 쓰러진 남편"과 "직업부인 미세스 최", "막히고 저물어가는 인생의 벌판" 등은 전쟁이 휩쓸고 간 시대의 갖가지 상처들을 보여준다. 상처를 덜기 위해 조병화는 '망각과 작별의 기술'을 배우고자 한다. "잊어버려야만 한다", "내 모든 사랑의 예절을 정리하여야 한다"와 같은 다분히 감상적인 다짐은 그러한 학습의 일환이다. 조병화가 현실이 남긴 실존의 '빈 곳'을 처리하는 방식은 차단이나 거부에 있지 않다. 그는 생의 불가해한 고통을 최대한 가볍게 만들어 휘발시키고자 한다. 작별을 담담히 받아들이고, 고통을 순순히 앓으며, 사랑의 상실을 삶의 필연으로 이해하는 것이다. 이런 맥락에서 볼 때 조병화에게 사랑과 고독은 같은 자리에 있다. "아, 나의 사랑은 사랑을 해도 외롭고/사랑을 하면 할수록 더욱 외로워"(「달팽이의 사랑」 전문, 시선집 『사랑이 그러하듯이』, 2003), 홀로 쓸쓸히 떠도는 "이 세상은 사랑의 흔적/두고 가는 자리"인 것이다.(「나 돌아간 흔적」, 제 5宿 『사랑이 가기 전에』, 1955) 많은 경우, 조병화의 '고독의 존재론'은 '사랑의 존재론'과 겹쳐진다. 조병화의 설명에 의하면,

> 고독은 인간에의 의욕을 포기지 않는 압축과 인내에서 오는 인간의 사랑이요, 침투는 인간과 인간, 군중과 군중 사이를 뚫고 부단히 흐르는 감정의 해류—애수와 같은 호소의 엉김이다. (…) 나는 이러한 곳—위치, 장소에서 내 대화 '시'를 찾아내고 있는 것이다.
>
> — '후기'(제 4宿 『人間孤島』, 산호장, 1954) 중에서

세계에 대한 절망에서 출발한 조병화의 '고독의 존재론'은 "온 생명은 모두 흘러가는" 존재라는 슬픈 긍정을 거쳐 '대화'로서의 시를 발견하기에 이른다. 고독에서 위안을 찾으며 작별의 기술을 배우려 한 1950년대의 조병화는 이렇게 완결된다. 시를 타인과의 대화로 인식하면서 조병화는 고독한 '남남의 공존'을 화두로 삼는다. 그의 관심은 개인적인 것에서 인간의 보편적인 문제로 확대되며, '작별의 기술'은 단절을 수용하는 '공존의 기술'로 변주된다. 나와 타인은 동일한 존재라는 인식이 조병화를 존재의 보편성과 대화

의 장으로 이끈 것이다.


### 3. 공존의 기술과 고독의 완성 – 1960년대에서 2003년까지


그러나 조병화의 '대화'는 그가 타인에게 들려주는 한 방향의 말들로 이루어진다. 모든 인간을 이승에서 숙박하는 여행자로 동일시한 그에게는 전혀 문제될 것이 없었다. 조병화의 대화는 타인을 향한 설득과 위로의 형태를 갖추지만, 결국은 그 자신을 향한 말이 된다. 말을 바꾸면, 조병화의 대화는 타인을 청중으로 상정한 독백이며, 대화를 상상하는 독백이다. 조병화의 대화와 독백은 교묘히 어긋니면서도 하나로 뒤섞인다. 조병화의 시가 많은 독자들을 매혹시킨 비결은 유려한 독백/대화의 기술에 있다고 할 수 있다. '남남의 공존'을 탐구하면서 조병화의 시에는 실제로 대화의 화법이 자주 등장하게 된다.

남남이 공존하는 세계에서 가장 중요한 사건은 역시 사랑과 작별이다. 사랑과 작별은 남남의 공존에 수반되는 상처이자, 존재의 내적 성장에 필요한 자양분이다. 조병화는 '버림'과 '잊음'을 강조하는 한편으로 사랑의 상실과 작별의 슬픔을 아프게 노래한다. 그는 단독자인 인간에게 본질적으로 허락된 삶의 방식은 '공존'과 '동행'이라는 결론을 내린다. 사랑과 작별이라는 존재적 사건은, 결국 공존과 동행의 법칙을 연습하는 문제로 귀결된다.


깊이 사귀지 마세/작별이 작은 우리들의 생애//

가벼운 정도로/사귀세//

악수가 서로 짐이 되면/작별을 하세

- 「공존의 이유·12」(제 11宿,『공존의 이유』, 1963) 부분


아름다운 얼굴, 아름다운 눈

아름다운 입술, 아름다운 목

아름다운 손목

서로 다하지 못하고 시간이 되려니

인생이 그러하거니와

세상에 와서 알아야 할 일은

'떠나는 일'일세

- 「헤어지는 연습을 하며」(시선집『길』, 1987) 부분


깊이 내린 뿌리만큼 날 뽑아버려라

아픈 사랑만큼 날 뽑아버려라

- 「남남 2」(제 22宿『남남』, 1975) 부분


인간이여

남남의 동행이여

- 「남남 55」(제 22宿『남남』, 1975) 부분


　삶은 끊임없는 작별이자, 작별 속에서 이루어지는 '남남의 동행'이다. 따라서 존재의 의무는 작별과 동행에 익숙해지는 것이며, 마침내 고독을 흔쾌히 수락하는 것으로 귀결된다. 조병화에게 작별과 동행의 대상은 타인과 세계이며, 또한 자기 자신이다. 조병화는 시

를 쓰는 이유조차도 자기 자신과의 작별과 고독의 숙련에서 찾는
다. "내가 시를 쓰는 건/나를 버리기 위해서다/나를 떠나기 위해서
다/나와 작별을 하기 위해서다".(「내가 시를 쓰는 건」, 시선집 『길』,
1987) 동일한 생각을 조병화는 다른 말로도 표현한다. "시는 나에게
있어서 그러한 작별의 종교였습니다. 그러한 순수고독이었습니
다".('자서', 제 22宿 『남남』, 일지사, 1975)

　대상과의 합일이 아닌 공존과 동행은 존재의 상처를 감소시키는
유용한 방법이 된다. 공존을 통해 존재는 버리고 순응하는 법을 배우
기 때문이다. 하지만 같은 이유로 "네게 필요한, 그 마지막이었으면
했다."(「남남 27」, 제 22宿 『남남』, 1975)는 간절한 소망은 말 그대로 소
망에 머물게 된다. 존재가 최후까지 소유하고 소속될 수 있는 것은
자기 자신밖에 없기 때문이다. 뿐만 아니라, 작별과 공존의 기술은
치명적인 부작용을 낳기도 한다.

　　버릴거 버리며 왔습니다
　　버려선 안 될 것까지 버리며 왔습니다
　　그리고 보시는 바와 같습니다.
　　　　　　　　　(어느 自畵像)

– 「남남 26」(제 22宿 『남남』, 1975) 전문

　삶의 숱한 작별의 과정에서 조병화는 "버려선 안 될 것까지 버리"
기에 이른다. 작별과 공존의 기술이 삶이 선험적으로 존재에게 요구
하는 삶의 방식이라고 해도, 삶의 몇 가지 '기술'만으로 거대한 삶의
사막을 무사히 통과할 수는 없는 일이다. 불가해한 삶은 예측할 수

없는 시련으로 존재를 위협한다. 그 속에서 존재가 끝내 확인하게 되는 것은 다시 '고독'이다. "버려선 안 될 것까지 버"린 존재, "그리고 보시는 바와 같습니다"라는 한 줄의 문장으로 서글프게 요약되는 존재는 다시 고독 속에 유폐된다. 시간은 빠르게 흘러가고, 마지막 종착점마저 선명하게 보이기에 이른다.

> 인간은 혼자 죽는 것
> 인간은 혼자 죽는 것
> 인간은 혼자 죽는 것
>
> 깊은 산 속의 작은 벌레처럼.
>
> — 「낮과 밤·14」(제 11宿, 『공존의 이유』, 1963) 전문

> 아, 산다는 것은 이러한 것일까.
>
> 나무에 높이 올라갈수록
> 혼자가 되는 것을.
>
> — 「나무에 올라갈수록」(제 44宿 『아내의 방』, 1996) 부분

> 시간은 이렇게 촉박한 거,
> 그저 잠시 머물다간 떠나가야 하는 거.
>
> — 「자유의 언덕에서」(제 33宿 『지나가는 길에』, 1989) 전문

삶의 최종 귀결점인 고독, 존재의 전재산인 고독을 확인하는 과정

에서 조병화의 시는 페시미즘에 물든 센티멘탈리즘의 향취를 풍긴
다. 이러한 성향은 엑조티시즘과 함께 조병화가 처음부터 내보였던
낭만적 지향성의 한 갈래를 형성한다. 조병화에게 허무감과 감상성
을 촉발하는 것은 고독과 함께 그를 묶고 있는 시간의 굴레이다. 시
간의 굴레에서 벗어나기 위해 그는 현실의 공간을 이동한다. 조병화
가 외국 여행을 좋아한 것은 잠시 시간의 밖에서 산다는 착각이 들었
기 때문이다. "고국을 떠나 외지를 돌아다니는 것은/잠시 세월을 떠
나 시간 밖에서 사는 생각,/낯선 풍경, 낯선 사람,/이곳에서 세월이
없어 편안하여라".(「고국을 떠나면」, 제 49宿 『따뜻한 슬픔』, 1999) 조병화
의 엑조티시즘은 외국에 대한 순수한 동경보다는, 자신이 속한 현실
에서 벗어나고 싶은 욕망을 내용으로 한다. 엑조티시슴은 환멸과 절
망의 현실을 견디기 위한 그만의 심리적 방어 기제인 것이다.
　조병화에게 삶은 절대 고독과 제한된 시간으로 짜여진 불가해한
숙명(宿命)이다. 숙명에 의해 지상의 숙소(宿所)를 떠도는 숙객(宿客)
인 그는 벗어날 수 없는 고독을 불합리한 세계를 견디는 힘으로 전환
한다. 그는 자신을 살게 한 힘은 "무엇보다도 강한 고독의 힘이었"다
고 이야기한다.

　　　포화가 터지던 죽음과 같은 시대에서도
　　　노도와 같이 밀려들던 이데올로기 바람 속에서도
　　　욕설과 굴욕의 세월 속에서도
　　　흔들리지 않는 나를 살아온 것은
　　　무엇보다도 강한 고독의 힘이었습니다
　　　　　　　　　　　　－「自述」(제 39宿 『잠 잃은 밤에』, 1993) 부분

외로움이 이렇게 고요하고, 평화스럽고,

사랑스럽고, 아름다울 수가 없습니다


그것은 맑은 생명의

생생한 혈액 같습니다

-「가장 깊은 밤 속으로」(제 39宿『잠 잃은 밤에』, 1993) 부분


내 속은 어떻는지, 되돌아보니

칠십이 넘은 세월의 내 몸, 이젠

그 많았던 욕망이 생존에 엉겨 흘러간 자리

속은 텅 빈 가벼운 구멍

술술 가을 하늘이 지나가고 있었습니다

-「파이프를 청소하고 있노라니」(제 39宿『잠 잃은 밤에』, 1993) 부분


후기로 올수록 조병화의 '고독의 존재론'에는 현실에 대한 발언, 생명에 대한 외경, 자신에 대한 냉엄한 성찰이 많은 비중을 차지하게 되며, 이에 따라 초기시에 드러난 고독에 대한 도취와 미학적 탐닉, 우수에 찬 낭만적인 분위기 등은 감소하게 된다. 조병화의 현실에 대한 발언은 자신의 지난 선택에 대한 해명이나, 생태 위기에 대한 관심으로 가시화된다. "아, 지금 지구는/사람의 번식으로 망가져 가는/꽃밭"(「고국을 남남 16」, 제 22宿『남남』, 1975)에서 보듯, 1970년대에 소박한 탄식으로 시작된 생태 의식은 크게 진전되지는 못하지만, 조병화의 후기시에서 지속적인 테마로 자리잡게 된다. "몇 세기 전엔/신들이 죽어갔다고 하지만/이젠 인류들이 죽어가고 있습니다"(「죽어

가는 생명」, 제 39宿『잠 잃은 밤에』, 1993), "황폐로, 멸종으로 치닫고 있는 지구/인간도 청렴결백한 사람부터/서서히 멸망해 가리니"(「은어」, 제 49宿『따뜻한 슬픔』, 1999) 등은 그 단적인 예이다.

사실, 생명에 대한 외경은 초기부터 조병화 시의 핵심을 이루어온 주제였다. 단, 초기시가 생명에 대한 연민과 슬픔에 초점을 둔 데 비해, 후기시는 생명의 아름다운 가치와 감동을 노래하는 차이를 보인다. 한편, 조병화는 자신을 성찰할 때 '파이프'를 도구로 활용하기를 즐긴다. 조병화의 엑조시티즘과 낭만주의의 현실적 장식품이었던 '파이프'는, "칠십이 넘은 세월의" '몸'에 "그 많았던 욕망이 생존에 엉겨 흘러간 자리"를 '속'이 "텅 빈 가벼운 구멍"으로 보여준다. 늙은 여행자의 내면을 상징하는 파이프의 '텅 빈 구멍'은 깊은 허탈감을 안겨주는 반면, 그가 도달하고 싶은 생의 최종 지점으로 남게 된다.

> 험준한 인생 산맥의 긴 터널을 나와선
> 여기 열려져 있는 무한한 세계
> 허허로운 하늘
> 허허로운 세월
> 허허로운 산천
> 아, 너무 허허로워
>
> 이제 어디로 가지!
> ─「험준한 인생 산맥 지나서」(제 52宿 『남은 세월의 이삭』, 동문선, 2002) 전문

> 팔십의 세월

인생 희비애락이 지나간 나의 생애

빈 허공으로

그저 아무런 흔적 하나 없이 허공으로 있길

– 「나의 마지막 꿈은」(제 52宿 『남은 세월의 이삭』, 2002) 부분

노시인의 '팔십의 세월'이 수렴되게 될 '빈 허공'은 그가 오래도록 갈고 닦아온 고독이 완성되는 지점이기도 하다. 일찍이, "결국, 나의 천적은 나였던 거다."(「天敵」 전문)라고 간파한 조병화의 혜안은 생의 다른 부분에도 그대로 응용된다. 고독의 천적은 고독이었고, 존재의 천적은 존재였으며, 생의 천적은 생이었다. 같은 것과 같은 것 사이의 투쟁, 하나 속의 선험적인 내적 균열이 바로 생을 편력하는 존재의 숙명인 것이다. 존재의 고독한 생은 이 균열을 발견하는 과정이며, 그러한 생의 내부에, 또 생의 목적지이자 외부에 있는 것은 허허로운 '빈 허공'이다. 서글픈 점은 그 '빈 허공'조차 인간 존재에게는 약속된 것이 아닌 간절한 소망으로 남는다는 사실이다. 미력한 존재는 생의 외부에 무엇이 있는지 결코 알 수 없으며, 그것은 각각의 존재가 홀로 감당해야 할 마지막 숙명이기 때문이다.


## 4. 20세기의 마지막 보헤미안

조병화의 생과 시의 여행은 2003년에 그가 세상을 떠남으로써 현실적으로 종료된다. 그의 고독한 여행에는 실질적으로 많은 동행들이 함께 해 왔다. 1950년대를 전후해 출발한 같은 세대의 시인들 중

조병화만큼 많은 독자를 거느린 행복한 시인은 많지 않았다. 그의 시집의 판매 부수를 높이고 판형을 수없이 갈아치운 독자들은, 때로 조병화의 시가 본격문학의 중심에서 소외되는 결과를 초래하기도 했다. 아마도 조병화는 대중시, 베스트셀러로 통칭되는 상업적인 시의 혐의에 본격적으로 휘말린 최초의 현대 시인일 것이다. 조병화의 시가 비판받을 소지를 가진 것을 완전히 부정할 수는 없지만, 그가 한국 현대시의 대중화에 공헌한 바는 명백히 인정되어야 할 것이다.

조병화가 시의 대중화에 기여할 수 있었던 요인은 그의 시가 지닌 보편적 지향에 있다. 조병화의 보편적 지향은 한국 현대사의 구체적 현실에 대한 환멸과 절망에서 싹튼 것으로, 현실의 갈등을 휘발시키는 문제점을 안고 있다. 반면, 삶과 내면이 초토화된 전쟁 세대가 참담한 실존을 견뎌내는 방법으로 삼았다는 점에서 나름의 역사적·문학사적 의미를 갖는다. 생을 고독한 여행으로 생각한 20세기의 마지막 보헤미안인 조병화는 생활과 일상을 넘어 본질적이고 보편적인 문제에 심취했다. 앞서 살펴보았듯이, 그 문제는 고독, 사랑, 작별과 공존의 기술, 죽음과 허무 등이었고, 조병화의 시에 줄기차게 드러나는 엑조티시즘과 낭만성은 그러한 보편성에 대한 심취의 문학적 포즈라고 할 수 있다. 조병화의 장점은 이 포즈를 자기 것으로 체질화하여 누구나 공감할 수 있는 쉽고 명료한 시로 형상화한 데 있다. 적어도 그는 현학적인 수사나 기교에 젖어들지 않았고, 낭만적인 포즈 속에서도 삶의 본질을 날카롭게 포착하는 안목을 보여주었다. 이 과정에서 조병화의 시는 생의 잠언으로까지 화하는 비상술(飛上術)을 펼치는데, 그로 인해 간혹 시의 본도에서 이탈하는 장면을 연출하기도 한다. 보헤미안의 숙명을 타고난, 혹은 스스로에게 부여한 조병화는 '시'의 영토조차 온전히 머무를 수 없는 숙소로 인식했던 듯하다. 한 가지 분명한 사실은 이처럼 철저한 방랑의식을 지닌 조병화를 통해 한국 현대시는 현대 문명을 편력하는 고독한 보헤미안의 내면과 그 시적 공과를 두루 경험할 수 있었다는 것이다. 이 점에서 조병화의 기여는 독특하고 독보적인 것이라고 할 수 있다.

# '그 여자'의 오래된 말들
– 강은교의 시세계

## 1. '그 여자'의 정체

강은교의 시집들은 '그 여자'의 말들을 채록한 구술집(口述集)과 같다. 남성 중심의 역사의 타자들인 '그 여자'의 이야기들은 비역사적이거나 심지어 무역사적으로까지 보인다. 시간과 공간적 배경도 구체성이 휘발된 경우가 많으며, 주인공은 고유한 이름조차 갖고 있지 않다. 성별만을 표시하는, 익명의 불특정 존재를 지칭하는 '그 여자'가 주인공이 소유한 호칭의 전부일 뿐이다. 강은교의 시는 이렇게 역사 바깥의 역사, 이름(제도화된 언어와 질서) 바깥의 이름을 호출하면서 우리 시에 새로운 공간을 창조해냈다. 흥미롭게도 그 창조의 힘은 주술에 의지하고 있다. 주술이란 훼손된 것을 되살리기 위해 인간의 내적 힘을 발산하려는 열망과 노력이며, 그것을 자신의 몸으로 현시하려는 자가 곧 주술사이며 무당이다. 무당은 기존의 세계에서 '그 여자'로 타자화된 여성들 가운데 가장 억압받은 여성이자, 그 억압을 해체하는 데 앞장서 온 여성이기도 하다. 강은교는 이 무당의 피를 이어받은 현대의 여성시인들 가운데 맨 앞자리에 위치하고 있다. 치유와 재생의 언어, 몸과 마음이 합치된 언어인 무당의 언어를 현대적 담론으로 변용한 최승자, 김혜순, 김승희, 박서원, 김정란, 노혜경, 김선우 등의 여성 시인들 앞에는 강은교가 있는 것이다. 1970년대의 시단에 화려하게 주목받으며 등장한 강은교는 1980년대와 90년대에 풍성한 수확을 거둔 여성 시인들의 전사(前史)에 해당하는 시인으로서 뚜렷한 족적을 남기고 있다.

지난 30여 년간 강은교의 시에는 지속적으로 '그 여자'가 등장해 왔다. '그 여자'는 이 땅의 어디에나 있고 어느 시간 속에나 있는 여자들, 즉 버려지고 상처받은 여자들이다. 이들은 놀랍게도 자신의 고통을 타인에 대한 사랑과 삶의 에너지로 변화시키려 한다. '그 여자'는 강은교 자신이자 그녀 주변의 여자들이고, 실재하는 여자이자 유추된 상상 속의 여자들이며, 특정한 여자이자 여자 일반으로서의 여자를 모두 포함한다. 이 점에서 '그 여자'는 단수이자 복수이며, 대상이자 주체이고, 실물이자 추상이다. '그 여자'는 하나의 독립된 육체가 아닌, 무정형의 '살'과 '뼈'(강은교의 시에서 '뼈'는 허무의 뼈, 소리의 뼈 등의 무형의 존재성을 형상화한다)와 '피'로 떠돈다. 살과 뼈와 피는 생의 안쪽과 바깥쪽에 걸쳐 산재하면서 나무와 강물, 바람과 어둠, 뿌리와 눈(雪)과 별 등으로 수시로 모습을 바꾼다. 이들은 살아 있는 것, 흐르는 것, 보이지 않는 것들과 자유롭게 뒤섞이고 그 속에 용해된다. 독립된 몸의 개체성이 아닌, 살과 뼈와 피의 원형질로 존재하는 '그 여자'는 늘 타자에게 흘러들어갈 준비를 갖추고 있다. '그 여자'는 특정 시대와 현실의 공간에 귀속되어 있지 않으며, 역사의 테두리를 넘어 원초적인 세계와 깊이 연결되어 있다.

강은교의 시는 '그 여자'가 지닌 '살'과 '뼈'와 '피'의 원형적인 실존의 방식으로 혼돈의 세계를 살아내려는 의지의 산물이다. 무정형과 무형의 존재 방식, 자유로운 변신과 흐름의 존재 방식을 달성하려는 의지는 강은교 시의 기본 골격을 형성한다. 첫 시집 『虛無集』(1971)에서 가장 최근작인 『등불 하나가 걸어오네』(1999)까지 30년에 걸쳐 출간된 강은교의 시집들[1]은 심층적 차원에서 하나의 일관된 주제를 다룬다. 아직 독립된 육체를 이루지 못한, 살과 뼈와 피의 질료의 상태로 떠도는 존재인 '그 여자'의 운명이 그것이다. 강은교는 여성의 내면의 현상학과 부조리한 생에 처형된 인간의 존재론을 하나로 결합시키면서 여성 시인만이 탐사할 수 있는 새로운 세계를 열어 보인다. 고대 설화의 세계와 현대적 감수성을 적절히 조화시킨 것도 그녀의 시가 거둔 중요한 성과이다. 일찍이 고은은 "그는 우리들과 함께 시를 쓸 수 있는 유일한 여자인지도 모른다"(「虛無의 註」-강은교, 『허무집』 발문)라고 말한 바 있다. 이는 불온한(?) 남성우월주의적 발상이기는 하나, 감성의 테두리에 갇혀 있던 한국 여성시에 강은교가 불어넣은 새로운 활력을 반증하는 단적인 사례라고 할 수 있다. 따라서 이제 문제는 그 활력의 실체를 밝히는 일이며, 그 활력이 30년간 어떻게 변화해 왔는가를 짚어보는 일이 된다.

---

1) 지금까지 강은교가 낸 시집의 권수를 명확하게 단정짓기는 어렵다. 순수하게 신작으로만 이루어진 시집은 『虛無集』(1971), 『貧者日記』(1977), 『소리集』(1982), 『바람노래』(1987), 『오늘도 너를 기다린다』(1989), 『벽 속의 편지』(1992), 『어느 별에서의 하루』(1996), 『등불 하나가 걸어오네』(1999) 등 8권이지만, 시선집인 『풀잎』(1974), 『붉은 강』(1984), 『우리가 물이 되어』(1986) 등에도 신작시가 일부 포함되어 있기 때문이다.

## 2. 비리데기의 탄생과 고난의 여정

살과 뼈와 피로 떠도는 그 여자, 강은교는 자신의 정체성을 '비리데기'로 규정하면서 시의 출발점을 마련한다. 1971년에 출판된 첫 시집 『허무집』에 실린 「비리데기의 여행 노래」 연작은 이 점을 분명히 드러내며, 고대의 서사무가를 연상케 하는 「황혼곡조」 연작, 「단가 3편」, 「여행가」 등의 작품도 강은교의 시적 지반을 충분히 확인하게 한다. 강은교가 비리데기 설화를 시에 차용하면서 얻은 효과는 상당히 높았다. '버림받은 여자가 (아버지의) 세상을 구원한다.'는 메시지로 요약되는 옛 비리데기 설화를 현대시에 부활시킴으로써 가부장제의 실체를 환기하고, 억압된 여성의 말을 본격적인 시의 담론으로 부상하게 만든 것이다. 더욱이 이 말을 전하는 그녀의 귀기 서린 목소리는 독자들에게 선명한 인상을 남기기에 충분했다.

강은교의 시에서 비리데기 설화는 시간차를 두고 되풀이해서 변주된다. 첫 시집 이후 25년이 지난 1996년에 출간된 『어느 별에서의 하루』에는 '비리데기, 가장 일찍 버려진 자이며 가장 깊이 잊혀진 자의 노래'라는 부제를 단 6편의 시들이 연작 형태로 실려 있어, 비리데기 의식이 강은교의 내면에 지속적으로 묻혀 있음을 증거한다. 강은교의 시가 비리데기 의식에 뿌리를 두고 있음은 이미 많은 논자들이 지적한 것으로, 크게 새로운 견해는 아니다. 그러나 그 내적 필연성이나 시인의 삶의 체험과의 관련성 등의 세부 사항들은 충분히 논의되고 있지 않은 것이 현실이다. 강은교의 시세계를 세밀하게 이해하는 데 좋은 참조가 되는 것은 그녀의 산문들이다. 강은교는 시뿐만 아니라 많은 산문으로도 자신의 세계를 진솔하게 표현해 오고 있다.

그 산문들 중 다음의 장면은 그녀의 비리데기 의식이 어디에서 연유했는가를 암시해 준다. 강은교의 무의식적 강박을 촉발한 유년의 체험에서 가장 중심에 있는 것은 '아버지'와 '어둠'이며, 이 두 대상은 모두 시인의 의식에 '벽'의 이미지로 각인된다.

### 기억 2

큰 집을 팔아 우리는 보다 작은 집으로 이사했다. 정계에서 은퇴한 아버지는 내가 학교에서 돌아올 때쯤이면 대문 앞에 나와 기다리고 계시곤 하셨다. 골목을 돌면 하늘이 나타났다. 그 하늘 아래 아버지는 언제나 서 계셨다. 뒷짐을 지고, 한복을 입고, 그리고 먼데를 보고 계셨다. 그래서 어떤 때는 내가 다가가도 나를 몰라보고 계속 하늘을 쳐다보고 계시는 때도 있었다. 아버지는 하늘의 어떤 곳을 보고 계셨을까. <u>그럴 때 나에게 아버지는 결코 닿을 수 없는 그 어떤 곳, 그곳의 나무라든가 아름답고 튼튼한 벽 같은 것, 그런 안타까운 것으로 보이곤 했다.</u> 아버지의 등뒤에서 하늘은 언제나 희끄무레한 빛깔을 지니고 있었다. (…)

### 재생 2.1

그 이미지는 오랜 후 '가장 넓은 하늘은 그대 등뒤에 있다'는 이미지로 나의 시를 이끌었다.

(…)

### 기억 4(……의 斷片)

6·25피난 시절, 부산 관사에 살고 있을 때, 어느 날 밤 아주 큰 눈이 왔었다. 집 안의 불이란 불들은 전부 나가버리고, 그 때문에 형제들 중 가장

컸던 나는 양초를 사오는 심부름을 하게 되었다. 어둠 속에서 현관을 나서니 눈이 무릎까지 빠졌다. 아무것도 보이지 않았다. 어찌어찌 양초를 샀다. <u>그때 무릎까지 빠지던 눈과 눈에 아랫도리를 적시고 있던 나무들, 벽들, 캄캄한 어둠의 조각들, 내 안에 아주 깊이 각인되어버린 벽 또는 어둠이란 이름의 세상.</u>

– 강은교 산문집, 『젊은 시인에게 보내는 편지』, 문학동네, 2000,<br>pp. 197~201. (밑줄 강조 인용자)

"정계에서 은퇴한 아버지"는 하릴없이 먼 하늘만 보며 여생을 보내고, 딸은 그 아버지에게 "아름답고 튼튼한 벽 같은 것, 그런 안타까운 것"을 느끼며 성장한다. 권력을 잃고 무력해진 아버지는 비리데기 설화에 나오는 병든 아버지(/병든 왕)와 같으며, 그 아버지를 보며 슬퍼하는 딸은 아버지를 구하기 위해 험한 길을 떠나려는 어린 비리데기에 해당한다. 아버지가 가장 권위 있게 다가오는 어린 시절에 아버지의 몰락을 목격한 것은 딸의 의식에 깊은 상처를 입힌다. 그러나 딸은 이 상처를 아버지를 구원하고자 하는 열렬한 소망으로 전환한다. 즉 몰락한 아버지에게 하강적인 동일시와 사랑, 자기 희생의 의지를 품는 것이다. 권위를 지닌 아버지는 부정과 극복의 대상이 되지만, 권위를 잃은 아버지는 이처럼 연민과 구원의 대상이 된다. 한편, 어린 딸은 아버지가 늘 바라보던 '먼 하늘'을 통해 절대적인 상실과 허무를 체득하게 된다. 강은교가 존재와 생의 뒤편에 도사리고 있는 거대한 허무를 감지한 것은 이 무렵이었다. "떠나고 싶은 자/떠나게 하고/잠들고 싶은 자/잠들게 하고/그리고도 남는 시간은/침묵할 것// (…) //실눈으로 볼 것/떠나고 싶은 者/홀로 떠나는 모습을/

잠들고 싶은 者/홀로 잠드는 모습을//가장 큰 하늘은 언제나/그대 등 뒤에 있다."(「사랑法」)는 강은교의 초기시의 진수의 하나는 이런 경로를 거쳐 탄생한다.

아버지의 몰락 이전에 강은교에게는 또 하나의 결정적인 원체험이 있었다. 6·25 피난 시절 부산 관사에서 살 때(관사에 살았던 것으로 보아 아버지는 권력을 갖고 있었다.), 정전이 되어 혼자 양초를 사러 갔던 일이 그것이다. 위 글에 이어 강은교가 직접 인용한 시에 따르면, 그때 그녀의 나이는 겨우 다섯 살이었다.


나는 그때 다섯 살이었어요/아무것도 뵈지 않았어요/대문을 여니 눈이 발목까지 빠졌죠/길이 없었어요/캄캄함이 사방에서 날려들었어요/나는 한참 동안이나 서서 내 뺨에, 허리에 달라붙는 캄캄함의 조각들을 떼어내고 있었죠/식구들은 어둠 길게 누운 방 안에서 나를 기다릴 거예요/양초를 사올 나를 말이죠/길고, 흰, 주홍빛 불꽃/그런데 내 앞에는 벽돌밖에 없었어요/튼튼히 늘어선 벽, 눈 속에 아랫도리를 파묻고/영차 어영차 세상을 밀고 있었어요
넓적다리까지 빠졌죠, 쯧쯧 이런/머나먼 나라를 향하여
– 「머나먼 나라」(『어느 별에서의 하루』, 1992) 전문


다섯 살의 '나'는 어둠 속에 있는 식구들을 위해 혼자 집을 나선다. 눈이 가득 쌓인 겨울밤, 아이가 혼자 마주한 세상에는 아무 "길이 없었"고, "캄캄함이 사방에서 달려들었"다. 무섭도록 "튼튼히 늘어선 벽"만이 앞을 가로막았다. 다섯 살의 '나'는 그 벽에 맞서 "영차 어영차 세상을 밀고" 나간다. 이 시련은 짧고 단순한 것이지만, 온갖 고

난과 죽음의 위협을 뚫고 부모를 살릴 약수를 구해 오는 비리데기의
여정을 닮아 있다. 비리데기처럼 '나'는 식구들을 위해 "길고, 흰, 주
홍빛 불꽃"을 갖고 집으로 돌아와야 하는 것이다. 하지만 '어둠'과
'벽'을 헤치고 길을 가기란 쉽지 않다. 더구나 세상의 어둠은 다섯 살
의 여자아이가 '양초' 몇 개로 없앨 수 있는 성격의 것이 아니다. 이
를 반증하듯, 위 시는 어린 '나'가 어떻게 집으로 돌아와 불을 밝히는
지를 생략한 채로 끝이 난다. 어린 '나'의 마음에 새겨진 것은 불꽃이
아닌 '어둠'이며, 어둠이 불러일으킨 외로움과 두려움인 까닭이다.
겨우 다섯 살의 나이에 대면한 세상의 어둠은 강은교의 내면에 짙게
착색되어 이후의 삶에서 다양한 의미로 변화된다. 존재를 둘러싼 위
험, 단절, 죽음 등을 의미하는 '어둠'은 '벽'과 동일한 상징으로, 앞
서 논의한 '허무'와도 긴밀히 연관된다. 어둠과 허무의 검은 심연은
강은교의 시에서 가장 강렬한 풍경의 하나로 자리잡는다.

> 길이 멎고
> 앞선 江이 끊어진다.
> 몇 집이 공터에서 헤어져
> 바깥바다로 끌려가고
> 마지막으로
> 우리는 虛空에 도착한다.
>
> — 「旅行歌」(『허무집』, 1971) 부분

> 1인의 어둠이 쓰러진다. 그 뒤로
> 2인의 어둠이 쓰러진다. 그 뒤로

3인의 어둠이 쓰러진다. 그 뒤로

(…)

길은 어디에도 있고

그러나 어느 곳에도 이르지 않는다.

– 「풍경제 – 길」(『풀잎』, 1974) 부분

내 살은 한때/허공이었네/ (…) // 아아, 한때/캄캄하던 나/아아, 한 때/텅비어 있던 그대들/죽은 꽃처럼 눈 안 뜨는/바다로//나아가라 빛 속에 빛/열어라 암흑 밤 뿌리.

– 「스스로를 기억하는 노래」(『빈자일기』, 1977) 부분

가슴에 박힌 땅 우르르르

핏물로 범벅되어 일어서면

어화넘차 구름떼 달려오는데

숨살이는 숨에 넣어

뼈살이는 뼈에 넣어


오 진흙 위에 내리는

이 포도주

진흙 위에 내리는

이 살

– 「소리 11」(『소리집』, 1982) 부분

강은교의 초기시는 이렇듯 끊어지고 헤어지며 쓰러지고 일어서는

과정으로 점철된 고통스러운 삶의 몸부림으로 가득 차 있다. 많은 고난을 거쳐 그녀가 마지막으로 도착한 곳은 '허공'과 "어느 곳에도 이르지 않는" 끝없는 '길' 위이다. 비리데기의 운명은 그녀를 이렇게 끊임없이 방황과 모험의 길로 인도한다. 강은교의 내면을 점령한 어둠과 허무, 비리데기의 의식은 유년기의 원체험뿐만 아니라 시대적인 상황과도 관련을 맺고 있다. 유신독재 하의 1970년대에 본격적인 작품 활동을 시작한 강은교는 시대의 어둠을 피할 수 없는 재난으로 인식하면서, 그 재난과 자신의 운명을 하나로 연결짓게 된다. "1인의 어둠이 쓰러지"면 "그 뒤로/2인의 어둠이 쓰러지"는 가혹한 시대에 그녀는 자기 희생의 '비리데기'의 운명과 부조리한 모더니즘의 세계관을 한꺼번에 끌어안는다. 말하자면 전통과 현대의 경계, 개인과 역사의 경계를 무너뜨리면서 재통합한 것이다. 강은교는 세계의 죽음 앞에서는 "귀신이 되어 울"(「黃昏曲調 二番」)며 "숨살이는 숨에 넣"고 "뼈살이는 뼈에 넣"는 부활의 굿을 펼쳤고, 일상의 부박한 실존 앞에서는 "날이 저문다./날마다 우리나라에/아름다운 여자들은 떨어져 쌓인다./ (…) /한 겹씩 벗겨지는 생사의/저 캄캄한 수세기를 향하여/아무도/자기의 살을 감출 수는 없다."(「自轉 1」)고 난해한 관념의 언어들을 분출하면서 가장 어둡고 불행한 시대를 통과한다. 한편 고전과 현대가 어우러진 이 이질적인 불협화음의 이중주는 조금씩 화음을 달리하면서 강은교의 시세계의 저변을 흐르게 된다.

## 3. 살과 뼈와 피, 비리데기의 존재 방식

　고독한 비리데기이자 허무주의적 모더니스트인 강은교는 죽은 세계를 구원하기 위해 본격적으로 현실에 대항하기 시작한다. 이 과정에서 그녀가 1970, 80년대를 뒤덮은 사회·역사적 모순에 관심을 갖게 된 것은 자연스러운 행로였다. 특히 1980년대의 강은교는 민중문학 진영의 작가로 분류될 정도로 민중의 고통과 자본주의의 현실에 주목한다. 이에 따라 강은교 시의 숨은 발화 주체인 '그 여자'도 아침마다 생굴을 파는 여자(「그 여자 1」), 홍은동 언덕받이 철거 동네에 사는 여자(「그 여자 2」), 피맺힌 손끝으로 뜨거운 사탕을 만드는 사탕공장의 김 양(「그 여자 3」) 등 현실의 고통에 신음하는 하층민으로 변모하게 된다.

　강은교의 민중주의적 세계관의 시에 대해서는 긍정적인 평가가 많이 제시되어 있다. "섣불리 당위적 현실의 형상화를 시도한 80년대의 사실주의 시들이 좌초했던 민중시의 현장에서 그의 시가 오롯이 살아남을 수 있는 것은 사물의 존재성에 튼튼한 뿌리를 내리고"(이영섭) 있었기 때문이라는 호의적인 진단이나, "강은교의 민중의식은 그 전부터 지속되어온 낮은 것, 작은 것에 대한 그녀의 각별한 애정과 연결된다"(이선영)는 부드러운 지적 등이 대표적인 사례에 해당한다. 강은교의 허무주의에 대해 "찰나간에 스쳐 지나가는 존재와 시간의 그림자를 거울처럼 투명하게 반사시키던 그의 허무는 살아있는 것들의 통증에 뿌리를 둔 것"(이영진)이라고 해명하는 관점도 그녀의 시가 바람직한 민중 의식을 형상화하고 있음을 간접적으로 시사하고 있다. 뒤에서 다시 이야기하겠지만, 이러한 긍정적인 효과는 강은교의 독특한 시작 방법에서 기인하는 측면이 강하다.

고통 받는 민중의 현실과 정면으로 대면하면서 강은교의 비리데기 의식은 더욱 강화된다. 시대와 민중의 상처를 끌어안으려는 비리데기의 여정은 '살'과 '뼈'와 '피'의 존재 방식을 육화하는 과정으로 나타난다. '살'과 '뼈'와 '피'란 육체를 이루고 있는 원형적인 질료들이다. 아직 육체를 이루지 못했거나 해체된 육체에서 떨어져 나온 '살'과 '뼈'와 '피'로 존재하는 방식은 '상처를 사는[生] 삶'과 '치유하는 삶'의 경계를 넘나드는 강인한 생명력의 근원이 된다.

> 만리길 밖은
> 베옷 구기는 소리로 어지럽고
> 그러나 나는 시냇가에
> 끝까지 살과 뼈로 살아 있다.
>
> — 「비리데기의 旅行노래 — 三曲·사랑」(『허무집』, 1971) 부분

> 정말 축하하시지요. 이 발뿌리 손뿌리 이뿌리 피뿌리, 덕분에 질기고 질기게, 어디로인가로 무궁 뻗어감을.
>
> — 「시드는 꽃노래」(『빈자일기』, 1974) 부분

> 아, 이제 보이네요/벌판 따라 일어서는 길 저 끝으로/춤추며 반가운 아리라.**/피멍 맺힌 뼈/마디 마디마다/첨 보는 꽃들 웃으며 오고/한숨 수북 쌓여 있는 가슴께에선/신천지라 신천지라/잔물결 이는 소리.
>
> (** 아리라 : 송화강의 옛 이름)
>
> — 「소리 1」(『소리集』, 1982) 부분

들오소서 들오소서/흰 뼈들 펄럭펄럭 들오소서/정강이뼈 무릎뼈 데걱 데걱/안개에 걸린 아래턱뼈들/먹구름에 앉은 두개골들/아아 여기가 바로 해동국이라네/조선팔도 반란강산이 눈앞에 펼쳐지는구나/일어서다 일어서다 발목 부러진 길/가다 가다 능지처참당한 길/돌아 돌아 끝내 오지 못하는 길/아아 여기가 아리랑 고개라네

— 「아리랑 1-혼맞이」(『바람노래』, 1987) 부분

밤마다 그는 벽 속에 앉아
담배를 피운다.
(…)
그는 지난 낮의 길들을 생각한다.
길 위에 흘러내린 눈물들을 생각한다.
굶주린 땀들을 생각한다.
슬픔의 뼈마디들과
자본의 두꺼운 지느러미를 생각한다.

— 「그의 초상」(『벽 속의 편지』, 1992) 부분

존재론적인 허무와 어둠을 노래하며 출발한 강은교의 시가 민중적 정서로 무리 없이 이행한 데는 전통의 주술적인 가락과 상징적인 시어들이 중요한 역할을 했다. 강은교는 생경한 시어나 이념을 도입하기보다는, 그녀가 갖고 있는 시적 장치와 언어들을 그대로 유지한 채 비유적인 화법을 채택했기 때문이다. 강은교에게 이 시기의 변화는 세계관의 변모에 따른 것이라기보다는 현실의 변화를 수용한 자연스러운 결과라고 할 수 있다. 이념에서 문화로 급속하게 선회한 1990

'그 여자'의 오래된 말들 309

년대에 이르러 강은교는 또 한번 시세계의 변화를 꾀한다. 마찬가지로, 새로운 것을 채택하는 방식이 아닌 그녀가 지닌 오래된 것을 다듬는 방식을 통해서이다. 『벽 속의 편지』(1992) 이후에 출간된 『어느 별에서의 하루』(1996)와 『등불 하나가 걸어오네』(1999)의 두 시집은 타자를 구원하려는 비리데기 의식을 견지한 가운데 모던한 감수성과 감각적인 상상력을 자유롭게 펼쳐 보인다.

　　햇빛이 '바리움'처럼 쏟아지는 한낮, 한 여자가 빨래를 널고 있다, 그 여자는 위험스레 지붕 끝을 걷고 있다. 런닝 셔츠를 탁탁 털어 허공에 쓰윽 문대기도 한다. 여기서 보니 허공과 그 여자는 무척 가까워 보인다, 그 여자의 일생이 달려와 거기 담요 옆에 펄럭인다, 그 여자가 웃는다, 그 여자의 웃음이 허공을 건너 햇빛을 건너 빨래통에 담겨 있는 우리의 살에 스며든다, 어물거리는 바람, 어물거리는 구름들,

– 「빨래 너는 여자」(『어느 별에서의 하루』, 1996) 1연

빗방울 하나가/창틀에 터억/걸터앉는다//잠시//나의 집이/휘청— 한다

– 「빗방울 하나가 · 1」(『등불 하나가 걸어오네』, 1999) 전문

「自轉」 연작과 같은 실험적인 경향의 초기시를 연상하게 하는 이 시편들은 "그 여자의 일생"을 '담요' 한 장으로 압축하는 분방한 상상력과, "빗방울 하나"가 "나의 집"을 "휘청—"거리게 한다는 초미립자적 감각을 발휘하고 있다. 강은교는 시선을 극도로 확대하거나 축소함으로써 새로운 풍경을 조형해내는데, 90년대에 쓴 시들에서 이러한 창작 방법은 보다 적극적으로 활용된다. 이런 가운데 강은교 시

의 주인공인 '그 여자'도 역사와 거친 노동의 현장에서 평온한 일상
으로 귀환한다. 시 「빨래 너는 여자」에서 보듯, '그 여자'는 '바리움'
(수면제)처럼 쏟아지는 '햇빛'의 감각적이고 관념적인 세계를, '빨래'
로 상징된 일상의 세계와 잘 융화시키는 중에 있다. 그렇다면 이제
강은교는 소박하고 따뜻한 일상의 세계로 귀환해 안주하기에 이른
것일까? 그녀의 시가 들려주는 답은 '그렇지 않다'이다. 구원의 소명
을 짊어진 비리데기로, 세상 속의 수많은 '그 여자'로 30년의 세월을
떠돈 그녀는 놀랍게도 자신이 길 밖으로 "한발짝도 나가지 못했다"
고 이야기한다. 그리고 다시 길 떠날 차비를 하며, 차라리 스스로
"길이 되"고자 한다.

너무 멀리 왔는가
아니다, 아니다, 우리는 한발짝도 나가지 못했다.
그리움이 저 길 밖에 서 있는 한.
　－「너무 멀리－비리데기, 가장 일찍 버려진 자이며 가장 깊이 잊혀진 자의 노래」
(『어느 별에서의 하루』, 1996) 부분


이제 일어설까, 일어서 떠나볼까.

나의 허약한 아버지가 나를 부르고 있으니
가장 작은 지상의 것들이 나를 부르고 있으니

지상에서 가장 작은 불을 켤 수밖에 없는 이를 위하여,
눈물 하나가 끌고 가는 눈물을 위하여,

하루 치의 그림자밖에 없는 이를 위하여,

(…)

그대여, 길이 될 수밖에 없다.

– 「새벽 바람 – 비리데기, 가장 일찍 버려진 자이며 가장 깊이 잊혀진 자의 노래」

(『어느 별에서의 하루』, 1996) 부분

"그리움이 저 길 밖에 서 있는 한", "가장 작은 지상의 것들이 나를 부르고 있"는 한, 강은교의 길 떠남은 계속될 수밖에 없다. 그녀는 아직 자신의 "허약한 아버지"를 온전히 되살리지 못했고, 오래된 어둠과 벽은 여전히 눈앞에 가로놓여 있다. 가부장제 질서와 근대 세계의 그늘에 가려진 '그 여자'의 말들은 여전히 하나의 육체를 얻지 못하고 '살'과 '뼈'로 부유한다. 그러나 육체를 얻는 일은 그 자체로 이 세계에 종속되는 일이며, 자유로운 영혼의 여정을 마감하는 일이 될 수 있다. 아이러니컬하게도 '살'과 '뼈'의 무정형의 실존을 고수하는 것이야말로, 강은교가 다섯 살 어린 나이에 홀로 헤쳐 나가기 시작한 세상의 어둠과 허무를 다스리는 비법이 되는 것이다. 그 오랜 여정의 후반부에서 강은교는 현재 다음과 같은 경지에 도달해 있다. '어둠'과 '절벽'이 '내 살'과 '내 뼈'가 되는 지점, 허와 무와 단절을 존재와 삶의 원리로 받아들이는 지점이 그것이다.

— 하두 오래 어둠을 만지고 앉아 있었더니 어둠이 내 살 같아졌군요
— 절벽 앞에 하두 오래 앉아 있었더니 절벽은 이제 내 뼈

– 「세 여자」(『등불 하나가 걸어오네』, 1999) 부분

## 4. 오래된 꿈

강은교 시의 가장 큰 특색의 하나는 대부분의 시어들이 고유명사가 아닌 보통명사의 범주에서 채택되고 있다는 점이다. 살, 뼈, 피, 어둠, 길, 하늘, 바람, 구름, 강물, 바다, 새 등 강은교 시의 중요한 이미지와 상징들은 거의 예외 없이 구체어가 아닌 일반어의 형태로 등록되어 있다. 이 점은 강은교 시의 성공과 실패를 두루 지배하는 요인이 된다. 우선 성공적인 면을 보면, 평이하고 보편적인 언어가 비유와 상징으로 활용될 때 그만큼 의미의 진폭은 커지며, 읽는 이에게도 쉽게 스며들게 된다. 강은교의 시가 여러 의미로 해석되며 다양한 독자층에게 사랑 받아온 것은 이 때문이라고 할 수 있다. 우리 시에서 이처럼 보통명사 차원의 이미지와 상징을 잘 활용한 대표적 시인으로는 조병화, 정호승, 안도현 등을 들 수 있다. 그런데 보통명사란 개별적인 고유명사들을 합산하여 개념화한 결과물이어서, 그 자체로 관념적이고 추상적인 속성을 지니게 된다. 다시 말해 한 걸음 떨어진 상태에서 현실과 접촉하게 될 가능성이 크다. 김정환과 같은 논자들이 강은교의 시에서 역사성과 구체성의 부족을 지적할 때, 비판의 화살은 이 부분을 향하고 있다. 고유명사 차원의 시적 진술은 형상화되지 않은 관념을 단순하게 노출하거나, 자칫 경구와 잠언으로 흐를 위험을 안고 있는 까닭이다. 이런 유형의 시들이 자주 대중성의 혐의에 휘말리는 것도 같은 연유에서이다. 강은교 시의 아킬레스건도 이 부분에 있으며, 앞으로 강은교 시의 향방은 이 위험에서 얼마나 성공적으로 비껴나는가에 따라 좌우되게 될 것이다.

강은교는 우리 시에 소중한 디딤돌을 마련해 놓은 시인으로 선명히 기억될 필요가 있다. 특히 황량했던 1970년대의 여성 시단에 강은교가 불러일으킨 활력은 놀라운 것이었다. 오랜 세월 억압된 '그 여자'의 말들이 우리 시에서 불을 뿜기 시작한 것은 강은교가 '그 여자'들을 위해 자신의 몸을 발화의 통로로 사용한 덕분이었다. '허약한 아버지'와 그 아버지들이 지배한 세계 또한 그녀에 의해 구원의 대상으로 떠오르게 되었다. 타자와 세계의 고통을 자신의 고통으로 상쇄하려는 강은교의 '강인한 비리데기'의 여정은 30여 년의 세월 동안 변함없이 계속되고 있다. 그 사이 강은교는 허무주의에 침잠하기도 하고, 역사와 민중에 깊이 개입하기도 하였으며, 관념의 유희에 사로잡히기도 하였고, 일상의 세부를 찬찬히 들여다보기도 하였다. 그러나 비리데기의 소망인 '치유의 꿈'은 한결 같은 형태로 유지해왔다. 이는 최근의 시에서도, "요즘 들어 부쩍 나는 아궁이를 그리워하고 있다./ (…) /꽃불 속에서 요정들이 춤추며 나오던 아궁이/황야를 들끓게 하던 아궁이/ (…) / 상처란 상처마다 한줌씩 희망의 재 발라주던 아궁이."(「아궁이에 대해서」, 『등불 하나가 걸어오네』, 1999)와 같은 시구를 통해 확인된다.

비리데기는 자신을 치유하기 위해서가 아니라, 처음부터 타자를 치유하기 위해 길을 떠나는 존재이다. 이 버림받은, 보잘것없는 여자가 죽음의 위험을 통과해 구해오려 한 것은 생명의 정수이자 원동력이었다. 그런데, 그 원동력은 혹시 강은교가 처음에 예감했던 것처럼 어둠과 허무의 본질에 맞닿아 있는 것은 아니었을까? 생명의 살과 뼈, 허무의 살과 뼈는 그 심연에서 본래부터 하나로 이어져 있는 것이 아닐까? 지금 강은교는 이렇게 초기의 존재론적 질문으로 회귀하면서 존재와 생의 본질에 보다 가까이 다가가고 있다. 우리로서는 그

녀의 회귀와 새로운 여행이 또 어떤 형태로 이루어질지 다시금 궁금
해지는 시점에 있는 것이다. 그 궁금증을 달래주기 위해 강은교가 미
리 마련해 놓은 진언 혹은 주문(呪文)은 이러하다.

　아직도 나는 그를 기다리고 있다. 공허 속의 긴 뼈 하나를, 깊은 살 하
나를, 맑게 출렁이는 피 일 그램을……
　　　　　－「자서」(『貧者日記』, 1974. － 문학동네, 1996 재출간본) 부분

# 식탁, 세계화되는 '몸'의 현장
- 이문재의 시세계

2008년 현재, '나폴리(Napoli)'와 '토트네스(Totness)'는 정확히 반대말이다. 나폴리는 오랜 역사를 지닌 세계 제일의 미항에서 악취 나는 거대한 쓰레기장으로 전락했다. 토트네스는 산업혁명의 한 발상지에서 세계에서 가장 깨끗한 자연주의 마을로 거듭났다. 나폴리는 맹독성 폐기물을 마구 버린 마피아의 쓰레기 사업이 철퇴를 맞으면서 시스템이 마비돼 도시 가득 쓰레기가 쌓여 방화가 잇따르고 있다. 토트네스는 대량기계와 화학물을 쓰지 않고 자급자족하면서 평화로운 자연의 천국을 이룩하고 있다. 세계적 명성의 나폴리 치즈는 다이옥신이 검출돼 수출길이 막혔고, 나폴리의 관광객은 10분의 1로 줄었다. 토트네스는 빵과 맥주, 옷과 신발 등 유기농 수제(手製) 생산물이 세계인의 사랑을 받으면서 관광객이 갈수록 늘고 있다. 나폴리의 아이들은 몹쓸 환경병을 앓고, 토트네스의 아이들은 길가의 채소를 아무 걱정 없이 뜯어 먹으며 건강하게 자란다. 나폴리에는 오염과 공포와 폭력이 난무하고, 토트네스에는 욕심 없는 농부들과 자연주의 철학을 연구하고 실천하는 대학과 세계 경제의 영향을 받지 않는 지역 화폐가 있다. 나폴리는 빠르게 피폐해 가고, 토트네스는 이미 충분히 풍요롭다.

토트네스에 중세의 나병환자들을 낫게 했다는 '치유의 샘'이 있다는 사실은 의미심장하다. 21세기의 토트네스는 사람들과 마을 전체가 현대문명의 독소를 제거하는 '치유의 샘'으로 진화하고 있는 까닭이다. 이 진화는 '오래된 미래'를 향해 (되돌아)가는 방향을 택한다. 하지만 깨끗하고 살기 좋은 자연은 토트네스로 대표되는 자연주의와 생태운동만이 추구하는 대상은 아니다. 현대문명 역시 같은 방향을 탐욕에 찬 시선으로 흘깃거린다. 무한생산과 침단기술로 무장한 현대문명이 제조 불가능한 초고가의 재화로 최종 평가한 것은, 아이러니컬하게도 오염되지 않은 '천연 그대로의 자연'이다. '인위'가 개입되지 않은 곳/것일수록 귀해지고 비싸지는 현실은 현대문명이 처한 자가당착의 진풍경을 여실히 보여준다. 마치 자승자박하듯이 현대문명은 자연의 자질과 산물들을 최고의 상품 가치로 판정한다. 유기농, 무공해, 자연산, 수제, 소량생산, 첨가물 없음, 자연 숙성, 자연 전망, 내추럴, 자연에 가까운 것, 그리하여 자연 자체!

이 '자연 자체'는 현대문명이 발견한 최후의 강력한 상품 전략이자, 현대 자본주의의 상품회로가 끊임없이 재생산해내는 자연의 매트릭스이다. 슈퍼마켓의 진열대 위에 깔끔하게 정렬된 유기농, 무공해, 내추럴, 자연 들! 빤한 술수이거나 빈약한 기표에 불과한 저 '자연 표' 상품들의 호소 방식은 요란할 뿐 아니라 거의 선정적이기까지 하다. 문명을 벗고 자연을 육화하(고 있다고 주장하)는 상품들의 노골적인 발언과 표정, 얄팍하고 허술한 무대화의 미장센을 보라. 그렇게 하여 자연은 슈퍼마켓의 상품으로 부활하고, 지구는 슈퍼마켓의 진열대 위에 간단히 압축되고 재구성된다. 초월적인 훌륭한 시장, '슈퍼마켓(Super-Market)'은 전 세계 곳곳의 자연을 자본의 회로를 통해 간단히 수합하고 유통시키고 판매하는 것이다.

실제로 세계 도처에서 온 포도, 오렌지, 키위, 치즈, 와인, 호도, 홍어, 킹크랩 등을 슈퍼마켓에서 사는 것은 별안간에 그리 이상할 것 없는 우리의 일상이 되었다. 이런 속도대로라면, 아마존의 산소와 남극의 빙하수를 슈퍼마켓에서 1+1(원 플러스 원)의 특별 기회로 구매하게 될 날도 머지않을 것이다. 다른 각도로 말하면, 현대인의 쇼핑이 원시인의 수렵채취의 변주라는 말은 단지 행위와 목적의 유사성만을 뜻하지 않는다. 문명에 중독된 현대인과 문명을 모르는 원시인은 정말이지 같은 대상을 욕망하고 구(매)한다. 다만, 그것이 자연의 실재/실체인가, 이데올로기와 이미지와 상품성과 범벅된 자연(?)의 실재/실체인가의 차이가 있을 뿐.

현대문명에 대해 토트네스가 근본적으로 거부하는 것은 자본의 세계화 논리와 자연의 매트릭스이다. 토트네스 사람들은 삶의 반경을 자신들이 사는 지역/자연의 영토와 일치시키며, 지역적·가족적·소규모적·수공업적·자연(친화)적이 되고자 한다. 이들은 세계 시민이나 영국 국민의 관념적·이데올로기적 차원이 아닌, 토트네스 사람이라는 구체적·실물적 정체성의 소유자로 살아간다. 삶의 방식 또한 그러하다. 먹거리에 관한 것이 대표적인 예다. 토트네스 사람들은 자신과 이웃이 직접 기르고 수확하고 가공하고 요리한 것을 먹는다. 자연의 성찬(盛饌)이자 성찬(聖餐)인 토트네스의 식탁에는 다른 나라

에서 비행기와 배로 운송된 세계화의 경쟁상품들이 끼어들 틈이 없
다. 광우병이나 광우병에 대한 강박적인 공포가 스며들 여지 또한 없
다. 바꾸어 말하면, 토트네스는 고유지역이고, 고유자연이며, 고유문
화이고, 고유한 삶의 터전이다. 사실 자연의 모든 것들은 본래 저마
다 고유하다. 자연의 방식을 따르는 삶의 문화 또한 그 자연에 걸맞
게 고유한 특성을 지닌다. 그것을 언제, 어디서, 누가, 어떻게 만들었
는가를 설명하는 브랜드나 품질인증서가 필요 없이 스스로 그러하다
〔自然〕.

　이 일련의 이야기를 최근 한국 사회의 현실과 미래의 희망에 관한
판본으로 쓰면 다음과 같은 형태가 된다. 글쓴이는 시인 이문재다.


　　식탁은 지구다


　　중국서 자란 고추
　　미국 농부가 키운 콩
　　이란 땅에서 영근 석류
　　포르투갈에서 선적한 토마토
　　적도를 넘어온 호주산 쇠고기
　　식탁은 지구다


　　어머니 아버지
　　아직 젊으셨을 때
　　고추며 콩
　　석류와 토마토

모두 어디에서
나는 줄 알고 있었다
닭과 돼지도 앞마당서 잡았다
삼십여 년 전
우리 집 둥근 밥상은
우리 마을이었다

이 음식 어디서 오셨는가
식탁 위에 문명의 전부가 올라오는 지금
나는 식구들과 기도 올리지 못한다
이 먹을거리들
누가 어디서 어떻게 키웠는지
누가 어디서 어떻게 만들었는지
누가 어디서 어떻게 보냈는지
누가 어디서 어떻게 보냈는지
도무지 알 수 없기 탓이다

뭇 생명들 올라와 있는 아침이다
문명 전부가 개입해 있는 식탁이다

식탁이 미래다
식탁에서 안심할 수 있다면
식탁에서 감사할 수 있다면
그날이 새날이다

그날부터 새날이다



  이문재는 우리 시에서 자연과 문명의 '고유성(/지역성)'의 문제를 유기적으로 인식하고, 그 둘의 연쇄적인 파괴 실태와 해결 방안을 본격적으로 거론한 최초의 시인이라고 할 수 있다. 자본의 획일적인 법으로 전 세계를 폭력적으로 통폐합하는 현대문명을 탄핵하는 것, 인간과 자연과 문명의 고유성을 기억하고 수호하는 것, 현대문명의 반자연적이며 반인간적인 지배에 저항하며 온전한 '개인＝시인＝지역인'으로 살아가는 것, 이문재의 시쓰기는 이 문명사적 책임과 임무를 향해 수렴되어 왔다. 첫 시집 『내 젖은 구두 벗어 해에게 보여줄 때』(1988)에서 '도보고행'의 행장을 꾸린 후 『산책시편』(1993)과 『마음의 오지』(1999)를 거치며 '고독한 산책자'의 지극한 이력이 붙은 이문재의 생태인식은 『제국호텔』(2004)에 이르러 세계화된 자본-제국의 구조에 대한 비판적 성찰로 심화된다. 이 여정은 도시 한복판에서 쓰이는 생태시, 현대문명의 체계와 생리를 거시적인 동시에 미시적으로 해부하는 문명사적 조망력을 지닌 생태시가 우리 시에 보태어진 과정과 같다.

  『제국호텔』에 실려 있는 작품 「식탁은 지구다」에서 이문재는 현대문명의 구조와 작동 시스템을 우리가 매일 대하는 '식탁'의 풍경으로 스케치한다. 그러나 이 풍경을 빚어낸 것은 시인 이문재가 아니라, 현대문명의 구조와 작동 시스템 자체이다. 식탁의 풍경은 비유나 상상의 산물이 아닌, 지구상의 현대문명사회에서 매일 일어나는 실제의 사건인 것이다. 세계화의 기치를 높이 들고 점점 더 먼 곳에서,

점점 더 많은 먹거리를 수입해 오는 현대사회는 급기야 "식탁은 지구다"라는 명제를 하나의 사실로 성립시키기에 이른다. "중국서 자란 고추/미국 농부가 키운 콩/이란 땅에서 영근 석류/포르투갈에서 선적한 토마토/적도를 넘어온 호주산 쇠고기"가 실시간으로 함께 차려지는 식탁, "식탁은 지구다"라는 정의는 조금도 과장되지 않은 신생의 사실명제이다.

"식탁은 지구다"라는 21세기형 사실명제는 "우리 집 둥근 밥상은/우리 마을이었다"라는 "삼십여 년 전"의 사실명제와 정면으로 어긋난다. 먹거리들이 "모두 어디에서/나는 줄 알고 있었"고, "닭과 돼지도 앞마당서 잡았"던, 불과 '삼십여 년 전'의 음식문화는 실상 수천 년에 걸쳐 유지되어온 우리의 삶의 방식이자 고유한 전통이었다. 그 심원한 문화?전통은 자연에 대한 깊은 경의와, 자연과 인간의 화합 및 공생의 관계에 기초했다. 그러나 "식탁 위에 문명의 전부가 올라오는 지금", 우리는 "누가 어디서 어떻게 키웠는지/누가 어디서 어떻게 만들었는지/누가 어디서 어떻게 보냈는지/누가 어디서 어떻게 보냈는지/도무지 알 수 없"는 정체불명의 음식-상품을 먹으며 소외와 익명의 감각에 길들여진 채 현대적 삶(modern life)을 영위한다.

단언하건대, 매끼 지구적 규모의 식탁에서 밥을 먹는 세상에서는 정체불명의 음식-상품의 운명은 그것을 먹고 살아가는 인간-주체의 운명과 점차 구별될 수 없게 될 것이다. 더불어 그러한 세계에서 "도무지 알 수 없"는 가장 곤혹스러운 대상은 바로 '나' 자신이 될 것이다. 방부 처리된 세계화의 먹거리들은 몸을 오염시키고, 자연(의 생태감각)을 오염시키며, 고유한 삶의 전통과 문화를 오염시키며, 인간-주체를 오염시킨다. 이문재가 단순히 환경오염을 고발하고 생명

존중을 촉구하는 생태시를 쓰지 않는 이유는 여기에 있다. 단순한 주장을 관철하는 듯이 보이는 이문재의 시가 단순하게 이해될 수 없는 이유 역시 여기에 있다. 오늘날 생태는 현상을 동반한 본질의 문제이고, 부분을 동반한 전체의 문제이며, 인식을 동반한 실존의 문제이다. 그것은 환경의 국지전이 아닌, 존재와 삶의 전면전이다.

 "식탁은 지구다"와 "우리 집 둥근 밥상은/우리 마을이었다"의 두 명제에는 자연인식과 인간의 삶의 문화적 차이만이 새겨져 있는 것은 아니다. '식탁'과 '우리 집 둥근 밥상'의 사물-주체의 차이도 선명히 각인되어 있다. '식탁'은 서구적 근대화, 비인간적인 사물, 획일적인 보편, 익명성, 격음의 어감이 주는 물질적 차가움과 삭막함 등을 내포한다. 반면에, '우리 집 둥근 밥상'은 지역적 전통, 인간적인 혹은 인간의 삶의 일부가 된 사물, 제각기 다른 구체성, 고유성, '둥근'의 형태와 유음의 울림이 주는 정겨움과 가족공동체의 따뜻한 친밀감 등을 함의한다. '식탁'과 '우리 집 둥근 밥상'이라는 이질적인 사물-주체는 '지구'와 '우리 마을'이라는 삶의 공간과 그 지속 원리의 차이를 뚜렷하게 반영하는 것이다. 이 차이는 규모와 양의 차원이 질적인 차원과 역전되는 지점에서 격렬하게 발생한다. "우리 마을"로 한정된 "우리 집 둥근 밥상"의 소박한 규모는 "문명 전부가 개입해 있는 식탁"의 거대한 규모에 대해 비교할 수 없는 질적 우위를 갖는다. 대부분 경우, 인간의 삶의 질은 삶의 소박한 규모와 밀접한 관계를 맺고 있다. 행복한 삶은 대체로 소박하게 먹고 마시고 일하고 욕망하고 누리고 꾸려나가는 데서 비롯된다. 충만함의 역설을 지닌 '소박한 삶'의 현장은 인간 존재와 삶의 고유성과 구체성, 삶의 생생한 경험과 감각이 현존하는 자리이기도 하다.

「식탁은 지구다」는 '식탁은 지구다'라는 현황 진단의 사실명제에서 시작해 '식탁이 미래다'라는 정언명령의 가치명제로 마무리된다. 일찍이 이문재는, "만일 지금 예수가 오신다면/십자가가 아니라 똥짐을 지실 것이라는/권정생 선생의 글을 읽"으며, "농업박물관에 전시된 우리 밀/우리 밀, 내가 지나온 시절/똥짐 지던 그 시절이 미래가 되고 말았다/우리 밀, 아 오래 된 미래"(「농업박물관 소식—우리 밀 어린싹」, 『마음의 오지』)라고 통렬히 간파한 바 있다. "우리 밀, 아 오래 된 미래"의 감탄형 진술은 실상은 진술이 아닌 명제였던바, 그 명제의 사실성은 시간이 흐를수록 더 냉혹하게 확인되고 있다. "똥짐 지던 그 시절"과 "우리 밀"이 '오래된 미래'가 된(/되어야 하는) 한국의 현재는 가격이 폭등한 수입 밀가루와 또 다른 종류의 엄청난 수입 곡물과 미국산·호주산·뉴질랜드산 등 다양한 국적의 쇠고기에 포위되어 있다. 먹거리의 문제는 이제 정치·경제·사회·문화를 입체적으로 관통하는 총체적인 현안이 되었다. 첨단 유전공학과 디지털의 시대에 먹거리는, 과거의 배고픈 시대의 역사를 재연하듯, 세계 곳곳에서 시위와 분쟁의 뇌관이 되고 있다.

그러나 현대의 제국은 '문명 전부'를 동원한 '식탁'으로 우리의 몸을 세포 하나하나까지 세계화하는 행군을 멈추지 않는다. 동시에 그에 대한 개인—지역—국가의 각성과 자의식을 교묘히 희석한다. 이문재가 수행하는 현대사회와 자연/인간의 실상에 대한 날카로운 인식, 자연 상태의 몸과 감각의 보존, 모호한 이미지의 명료한 메시지화, 간명한 명제 창출 등은 현대문명의 체계와 전략에 대응하는 그의 시적 체계이자 전략이다. 이 전략이 두드러질 때, "식탁이 미래다/식탁에서 안심할 수 있다면/식탁에서 감사할 수 있다면/그날이 새날이다

/그날부터 새날이다"와 같은 직설적인 선언형의 진술이 텍스트에 도
드라지게 된다.

메시지의 전면화는 이문재의 의도적이고 적극적인 선택이자, 그의
시적 신념의 실천방법이다. 이문재의 심중을 읽어내자면, 시는 갈수
록 정교해지는 자본-제국의 고도전략에 맞서야 하며, 그러기 위해
서는 간결하고 강렬한 메시지를 계속해서 사람들에게 송출해야 한
다. 이문재의 시는 제국의 표준 주파수에 대한 방해전파이자, 때로는
아예 제국의 전원을 끄는(power off) 동력차단기가 되고자 한다. 자
본-제국의 횡포에 대한 '방해'와 '차단'은 제국의 상품들이 "거쳐온
길들을 묻"는 '질문법'을 통해 결행된다. 「식탁은 지구다」의 전작(前
作)인 「농업박물관 소식」 연작 중 한 편은 '식탁이 미래'라는 메시지
를 '『토지』가 키운 달고 매운 풋고추'를 오브제로 하여 그려낸다.


『토지』가 완성되던 해 여름, 박경리 선생댁에서 풋고추 한줌 얻어왔더
랬는데요, 원주 시계를 벗어나기도 전에 그 고추가 먹고 싶어 안달이 났
더랬습니다, (…)

나는 식탁에 앉아 가끔 식탁에 올라 있는 것들이 내 앞에 오기까지 거
쳐온 길들을 묻곤 합니다, 식탁에 올라와 있는 동식물들의 고향의 사정을
넘겨짚어보곤 합니다, 살을 빼야 한다는 딸애에게 이 질문법은 가르쳐주
지 않고 있습니다, 나처럼 식탁에서 중얼거리다 보면 다이어트가 아니라
아예 단식이 되어버릴 것이기 때문이지요

아, 언제 『토지』 풋고추 같은 아름다운 음식을 받길 수 있을까요, 언제
먹을거리들의 고향과 그것이 지나온 길이 투명해질까요

─「농업박물관 소식 ─ 식탁에서 길을 묻다」(『마음의 오지』) 부분

박경리 선생이 직접 기른, 『토지』를 키운 토지에서 땡볕을 받고 자란 '풋고추'는 '식탁이 미래'인 녹색 세상의 열쇠이자 지도이다. 이문재가 '아름다운 음식'이라고 부르는 이 풋고추는 그것이 지나온 투명한 길의 총합이다. 그로 인해 더없이 청정하고 달고 맵다. "먹고 싶어 안달이 나"게 하는, 그토록 "반가"운 자연—음식은 그러나 지금은 지나간 과거이거나 대단히 희귀한 현재일 따름이다. 이문재의 통찰에 의하면, 우리가 식탁에서 매일 대하는 음식은 안달과 반가움이 아닌, 불편한 질문과 단식을 유발하는 위험한 타자들이다. 이 위험한 타자들은 우리 몸에 들어와 몸과 생명 자체를 위협한다. 더욱이 우리는 그 타자들이 언제 어떤 방식으로 우리를 공격해 올지 알지 못한다. 환히 들여다보이는 풋고추의 투명한 길과 혼탁한 문명의 미로 사이의 거리는 이렇게 무한하리만큼 멀다.

"식탁에 올라와 있는 동식물들의 고향의 사정"과 "거쳐온 길들"에 관한 이문재의 질문법은 현대문명의 반자연적이며 반생태적인 경제지리학을 폭로하기 위한 것이다. 이 질문법의 마지막 문장은 "언제 먹을거리들의 고향과 그것이 지나온 길이 투명해질까요"로 정리된다. '식탁'이 자본에 초토화된 '지구'에서 인간의 희망적인 '미래'가 되는 방법은 이 질문 안에 담겨 있다. 질문이라기보다는 정언명령에 가까운 이 문장은 먹을거리들의 고향과 지나온 길을 투명하게 만드는 것이 해답임을 피력한다. 그것은 '우리 집 둥근 밥상'이 지구화·세계화된 식탁을 대체하고 재전유하는, 오래된 대안의 길임에 분명하다.

아마도 이문재가 제국의 시스템에 맞세우는 자연·인간의 고유성·지역성·개별성은 그가 '우리 집 둥근 밥상'을 통해 체현한 것일

터이다. 이문재의 시는 '우리 집 둥근 밥상'이 '지구화된 식탁'으로 바뀐 길을 되돌리고 투명하게 만들기 위해 분투한다. 그것은 가능할까? 토트네스의 사례를 보건대, 크게 불가능한 일은 아닐 듯싶다. 이문재는 제국 태생의 시가 할 수 있는, 해야 하는 최대한의 일은 '식탁이 미래'가 되게 하는 일이라고 믿는다. 그 믿음이 틀리지 않았음을 증명하는 것은 지금 우리가 먹고 있는 전 세계로부터 온 의혹에 찬 음식들이다.

　오늘날 생태혁명이 전 지구적으로 일어난다면, 그 전진기지는 '식탁'이 되어야 한다. 이문재는 생태시의 소임이 자연과 인간과 문명의 생태를 함께 기술하는 것이며, 왜곡된 자연과 인간과 문명의 생태계를 바로삽는 일이 서장하고 요원한 일이 아님을 일깨워 준다. 그가 주장하는 바는 분명하다. 그리고 옳다. 그의 말대로, "식탁에서 안심할 수 있다면/식탁에서 감사할 수 있다면/그날이 새날이다/그날부터 새날이다". '새날'을 향해 던지는 이문재의 메시지와 질문이 '새날'을 앞당기는 데 기여할 수 있는가의 여부는 그것을 읽는 우리에게 있다. 시와 현실, 시인과 독자, 먹거리와 먹는 주체-인간이 이처럼 하나의 운명이었던 예는 없었다. 그것을 일러 우리는 '생태시'라 부른다.

# 박완서의 소설을 읽는 고통스러운 행복
—박완서 소설집, 『환각의 나비』(푸르메, 2006)

## 1. 웅숭깊은 재미와 충족감의 정체

박완서의 소설은 오래 고통을 삭인 사람의 명치끝에서 터져 나오는 신음이자 비명이다. 이 신음 또는 비명은 서늘한 아픔과 함께, 놀랍게도 가슴 뻐근할 정도의 진한 충족감을 안겨 준다. 충족감의 연원은 삶에 대한 우리의 시선과 관계한다. 혼란스러워서, 두려워서, 혹은 기타 등등의 이유로 우리가 겉돌고 에돌아 온 삶의 실체가 문득 눈앞에 낱낱이 펼쳐지기 때문이다. 비유하자면, 박완서의 소설을 읽으며 충족감을 느낄 때 우리는, 삶의 가시 돋친 껍질을 맨손으로 벗겨내 그 쓰디쓴 알맹이를 입에 넣으며 자신을 향한 피학적이며 가학적인 쾌감에 전율하는 셈이 된다. 그도 그럴 것이, 박완서의 소설을 통해 우리가 음미하는 삶의 알맹이는 더할 수 없이 흉하고 쓰디쓴 것이기 때문이다. 흉하고 쓰디쓴 삶의 알맹이를 천천히 씹어 삼키는 일

의 기묘한 쾌감(!). 아니러니컬하게도, 이 고약한(?) 사도—마조히즘
적 쾌감이 박완서의 소설을 읽는 웅숭깊은 재미와 충족감의 요체를
이루고 있는 것이다.

국내 유수의 문학상을 휩쓴 박완서의 수상작들로 구성된 선집『환
각의 나비』(푸르메, 2006)의 매력도 여기에 있다. 「그 가을의 사흘 동
안」, 「엄마의 말뚝 2」, 「꿈꾸는 인큐베이터」, 「나의 가장 나중 지니인
것」, 「환각의 나비」 등 다섯 편의 중·단편 소설은 모두 등장인물의
생을 통째로 뒤흔든 가혹한 상처에서 출발한다. 각 소설은 해당 인물
의 반생 혹은 평생에 걸친 시간을 통과해 마침내 상처의 뿌리에 도달
한다. 소설의 여정은 상처의 여정과 일치하고, 소설의 서사는 상처의
내력과 파장을 따라 섬세하게 구조화된다. 따라서 이들 소설의 진징
한 주인공은 차라리 상처 자체라고 할 수 있다. 상처가 드러나고 치
유되는 과정, 즉 소설의 서사적 긴장과 이완의 경로는 인물들에게 가
슴속에 산적한 신음과 비명을 터뜨리게 한다. 이 신음과 비명이 곧
박완서 특유의 수다와 달변의 알짜 성분이며, 박완서의 소설세계의
원천인 것이다.

선집에 실린 작품들은 박완서의 다른 대부분의 소설들과 마찬가지
로 여성을 화자와 주인공으로 삼는다. 이 중 「그 가을의 사흘 동안」
과 「꿈꾸는 인큐베이터」는 '태아 살해(낙태)'를 경험한 여성의 복수
극의 형태를 띠는 점에서 많은 유사성을 갖는다. 또한 「엄마의 말뚝
2」와 「나의 가장 나중 지니인 것」은 현대 역사의 비극 속에서 생떼같
은 아들의 죽음을 경험한 홀어머니의 상처를 다룬 점에서 공통점을
보여준다. 상처의 근원은 조금 다르지만, 「환각의 나비」 역시 젊어
남편을 잃고 세 아이를 키우며 살아온 홀어머니의 내밀한 아픔을 그

려낸 점에서 후자의 소설들과 맥락을 같이한다.


## 2. 복수극 – 자기로부터의 해방

여성 소설가인 박완서가 여성의 이야기를 쓰는 것은 지극히 자연스러운 일이다. 하지만 박완서가 등장하기 전까지 여성작가가 쓴 소설은 대체로 '여류'라는 편협한 수식어에 갇혀 폄하되곤 했다. 불혹의 나이에 문단에 나와 놀라운 필력을 휘두른 박완서가 이룬 공적의 하나는 여성의 이야기를 '여류'의 사슬에서 구해낸 것이라고 할 수 있다. 박완서는 여성의 삶을 가족사의 테두리 안에서 서술하면서, 궁극적으로 이를 한국 현대사의 맥락 속에 위치시켜 왔다. 더 정확히 말하면, 박완서의 소설에서 여성이 겪는 모진 삶의 배후에는 한국 현대사의 어두운 상흔이 드리워져 있다. 박완서는 여성의 고난이 '남성'과 '가족'의 차원을 넘어 '사회역사'의 차원과 직결됨을 줄기차게 증언해 온 것이다.

박완서의 공적은 '여성의 이야기'를 자율적이고 독창적인 궤도에 올려놓은 것에 머물지 않는다. 박완서에 이르러 여성의 이야기는 협소한 여성의 이야기를 넘어, 20세기 중반 이후의 한국의 현대사회를 사는 우리 모두의 이야기가 되었다. 역사적 배경을 중심으로 볼 때, 이 선집 중에서도 특히 세 편의 소설, 즉 「그 가을의 사흘 동안」, 「엄마의 말뚝 2」와 「나의 가장 나중 지니인 것」은 한국전쟁과 1980년대 군사정권 치하에 대한 처절한 음화(陰畵)에 해당한다. 여성이 주체이자 주인공이 된 이 음화(陰畵/陰話)들은 그동안 남성의 관점에서 씌어진 한국의 현대사와 문학의 서사를 보충하고 균형감각을 부여하는 역할을 한다. '태아 살해(낙태)'와 '아들의 죽음'이라는 여성의 통렬한 경험에 주목해 이 선집의 소설을 읽을 때도 결과는 달라지지 않는다. 이 이야기들은 여성의 특수한 경험이 아닌, 이 땅에서 어울려 살아온 우리 모두의 경험이자 기억이기 때문이다.

중편소설 「그 가을의 사흘 동안」은 서정적이고 낭만적인 제목과는 달리, 강간과 낙태의 기억에 평생을 짓눌린 여성의 비극적인 삶을 다룬다. 한국전쟁 중에 미군병사에게 강간당한 후 낙태를 한 '나'는 동란 중이던 1953년 봄, 27세의 나이로 서울 변두리 어수룩한 주택가의 경성상회 2층에 산부인과를 연다. 세월은 흘러 앞으로 사흘 후면 '나'는 만 55세가 된다. 공교롭게도 그날은 도시계획에 걸러 경성상회를 철거해야 하는 마지막 날이기도 하다. 개업 첫날 마수걸이로 황영감의 강간당한 딸의 아기를 받은 것을 제외하면, 화냥기가 흐르는 동네에서 '나'는 삼십 년 동안 소파수술만을 전문으로 돈을 벌어왔다. 그런 '내'가 지금 폐업을 3일 앞두고 엉뚱한 소망 하나를 품고 있는데, 그 소망은 병원 문을 닫기 전 딱 한 번만 살아 있는 아기를 받아보는 것이다. 이 소망은 원래 사진관이던 병원 구석에 놓인 '우단의자'만큼이나 '나'와 이 병원에 어울리지 않는다. "거센 야만족에게 볼모로 잡혀 온 문약(文弱)한 나라의 왕자님처럼 이물(異物)스럽고도 귀골스러워 보이"(10)는 '우단의자'는 내가 마지막으로 본 아버지가 기품 있게 앉아 있던 '품위'의 장소이며, 또한 결정적으로, 폐업하던 날 찾아온 마지막 환자인 "소녀의 미숙아(未熟兒)가 강보에 싸여"(67) 아직 목숨이 붙어 있던 '생명'의 자리이기도 하다. '우단의자'는 황영감에게 '인간 백정' 소리를 들어가며 국민학교와 읍을 몇 개 세울 만큼의 아기를 처치해 온 '나'의 위악적인 모습 속에 깃들어 있는 훼손되지 않은 자아를 상징한다.

이 본래의 자아는 두 개의 탈 속에 억압되어 있다. 그 하나는 원치 않는 아기를 밴 여성들을 고통에서 해방시키는 신(神)보다 영험한 '나'이고, 다른 하나는 낙태의 대상에서 주체가 됨으로써 자신의 가해자들에게 복수하는 '나'이다. 그러나 이처럼 평생에 걸친 '나'의 복수극은 결국 실패로 끝난다. "가장 냉혹하고도 열렬한 살의는 자기 몸속에 있는 것에 대한 살의"(64)임을 '나'는 알고 있으며, "치욕을 핑계 삼아" "한번도 남자를 사랑하지 않고도 잘만 살아온" "나의 의술은 환자의 고통을 대상으로 하지 않고 자신의 불순한 쾌감을 대상으로 하고 있었"(46~47)기 때문이다. 강간당한 소녀의 미숙아를 신생아로 처리해 '우단의자' 위에 놓아둔 것을 발견한 '나'의 포효는 이 오랜 '불순함'이 소멸하는 자리에서 솟아난다.

아아, 이제부터 나는 아무것도 숨길 필요가 없겠다. 나는 아기를 갖고 싶었던 것이다. 기르고 사랑할 수 있는 아기를. 마지막으로 한 번 살아 있는 아기를 내 손으로 받아보고 싶단 소망도 실은 아기에 대한 욕심이 쓰고 있는 가면에 불과했다. 나는 나의 정직한 소망이 모든 억압과 가면을 박차고 생명력으로 억세게 분출하는 걸 느꼈다.(68)

'나'는 아기를 안고 미친 듯이 인큐베이터가 있는 큰 병원으로 달려가지만, 이미 아기는 숨을 거두고 만다. 역설적이게도 '나'는 아기의 죽음을 통해 삶에 대한 열렬한 희망을 회복한다. "아기의 무덤이라도 가져본"(69) 행복한 여자가 된 '나'는 "내년 봄엔 아기가 잠든

땅 위에" "내가 죽인 수많은 아기의 한 번도 의식화되지 못한 작은 눈 같은 채송화씨를"(70) 뿌리겠다고 결심하며, 자신도 모르는 사이 교회당으로 가는 것이다. 「그 가을의 사흘 동안」에서 '나'의 복수와 용서의 대상은 '원치 않은 아기', 즉 생명이자 자기 자신이다. '나'는 평생에 걸친 복수극을 통해 생명의 소중한 가치와 여성의 본능적인 모성을 따뜻이 긍정하기에 이른다. 그러므로 이 복수극은 무참히 실패한 것인 동시에 눈물겹게 성공한 것이 된다.

「꿈꾸는 인큐베이터」는 그릇된 아들선호사상과 '여자의 적은 여자' 라는 세간의 통념에 기초한 작품이다. 이 통념은 시어머니, 시누이, 남편, 며느리가 두루 합세한 가족의 '공모'에 의해 작동한다. 장남인 남편과 결혼해 딸만 둘을 내리 낳은 '나'는 셋째 아이를 임신하자 자의반 타의반으로 양수 검사를 받는다. 딸임이 판명되자 남편의 묵인과 시어머니, 시누이의 성원(?) 속에 '나'는 중절수술을 한다. 그 후 다시 임신해 천신만고 끝에 아들을 낳은 '나'는 "공손한 며느리, 착한 올케에서 쌀쌀하고 무도한 여자로 표변"(180)한다. 어느새 내 키만큼 자라 생각만 해도 뿌듯해지는 아들이 그 표변의 정당한 알리바이가 된다.

아들을 낳음으로써 나는 내가 남자가 된 것처럼 당당해졌다. 정말이지 나는 그들 앞에서 더는 여자 노릇을 할 필요가 없었다. 아들 생각만 하면 나는 겁날 게 없었다. 아들은 나에게 후천적인 남성 성기였다. 그러나 남자가 된 느낌이 고작 남을 해치고 싶은 충동일까. 그건 아닐 것이다. 유난히 시어머니하고 시누이를 보는 게 견디기 어려웠던 것은 공범의식 때문이 아니었을까. 그들만 보면 병원 침대머리에서 나를 지켜보던 두 얼굴이

떠올라 진저리가 쳐진다.(181)

아들을 통해 "후천적인 남성 성기"를 갖게 된 '나'의 '당당한' 의식
은 조카 슬기의 유치원 재롱잔치에서 만난, 딸만 둘을 둔 '그 남자'로
인해 붕괴된다. 아이들을 찍은 비디오 필름을 핑계로, 불륜의 은밀한
열정을 품고 만난 그 남자는 아들에 대한 콤플렉스를 갖고 있지 않
다. 더욱이 그는 여아 살해를 전제로 한 아들 낳기 열풍을 거세게 비
난함으로써 '나'의 죄의식과 상처에 쐐기를 박는다. '내'가 시어머니
와 시누이를 그토록 미워하고 남편과 소원해진 것은 결국 스스로의
죄의식 때문이었다. 그들과 공모해 기꺼이 아들을 낳는 '인큐베이
터'가 되었던 '나'는 이제 스스로 달라질 것을 결심한다. "누구에게
보이기 위해가 아니라 나를 위해 어떡하든지 달라져야"(192) 함을 절
감했기 때문이다. '나'는 처음으로 집과 반대방향으로 차를 몰아 도
시의 바깥으로 달리며 상쾌함을 만끽한다. 이렇게 하여 소설의 후반
에 이르면 이 소설의 제목인 '꿈꾸는 인큐베이터'의 의미는 정반대
로 변화하게 된다. 아들에 대한 병적 열망에 사로잡힌 '나'의 도구적
여성의 모습에서, 새로운 존재로 거듭나고자 하는 주체적 여성이자
인간의 모습으로 그 의미가 갱신되는 것이다.


## 3. 상처와의 투쟁 – 삶을 지속하는 힘

「엄마의 말뚝 2」와 「나의 가장 나종 지니인 것」은 각각 한국전쟁기
와 1980년대 독재정권기에 아들을 잃은 어머니의 참혹한 삶을 묘파

한다. 외형상 두 어머니는 평온하고 의연한 모습을 견지하고 있지만, 이들의 무의식과 내면에는 끔찍한 고통과 슬픔이 출렁이고 있다. 이렇게 출렁이는 고통과 슬픔의 격랑은 언제든 이들의 의식의 표면을 뚫고 나올 태세를 갖추고 있다.

먼저, 「엄마의 말뚝 2」에서 '나'의 어머니는 6·25 때 의용군에 나갔다 반병신이 되어 돌아온 아들이 자신의 앞에서 인민군의 총에 맞아 과다출혈로 죽은 쓰라린 과거를 갖고 있다. 의용군 전력 때문에 피난을 갈 수 없는 아들을 데리고 현저동 산꼭대기집에 숨어 살다 당한 일이다. 이 참혹한 고통은 현재 손자 부부와 함께 살고 있는 86세의 어머니가 눈에 미끄러져 다리가 부러진 일을 계기로 되살아난다. 수술을 거부하던 어머니는 부러진 다리는 쇠막대기로 이어야 튼튼하다는 '나'의 말에 현저동 시절 눈에 미끄러져 손목이 부러졌을 때 아들이 구해온 '산골'을 먹고 나은 일을 떠올리곤 흔쾌히 수술을 받는다. 몇 십 년 전 죽은 아들에 대한 애틋한 사랑의 힘으로 구십을 앞둔 노구에도 큰 수술을 감당한 것이다. 그러나 수술 직후 어머니는 효성스러웠던 아들의 행복한 기억의 반대편에서 그 아들의 처참한 죽음의 기억을 다시 현재형으로 경험하게 된다. 그 일에 있어서만큼은 '나'는 어머니의 딸이기에 앞서 고통의 동료이기도 하다. '내'가 무시무시한 괴성과 힘을 분출하며 발작하는 어머니를 온몸으로 찍어 누르며 제지하는 것도 같은 선상에 있다.

"가엾은 내 새끼 여기 있었구나. 꼼짝 마라. 다 내가 당할 테니."

어머니의 떨리는 손이 다리를 감싸는 시늉을 했다. 그때부터 어머니의 다리는 어머니의 아들이었다. 어머니는 온몸으로 그 다리를 엄호하면서 어머니의 적을 노려보았다. 어머니의 적은 저승의 사자가 아니었다.

"군관 동무. 군관 선생님. 우리 집엔 여자들만 산다니까요."

어머니의 눈의 푸른 기가 애처롭게 흔들리면서 입가에 비굴한 웃음이 감돌았다. 가엾은 어머니, 차라리 저승의 사자를 보시는 게 나았을 것을…….(113)

나는 어머니를 힘껏 찍어 눌렀다. 온몸으로 타고 앉다시피 했다. 어머니의 경련처럼 괴로운 출렁임이 고스란히 전해왔다. 조금이라도 마음이 움직이거나 약해져선 안 된다고 생각했다. 그렇게 되면 어머니가 나를 타고 앉게 될지도 모른다. 내가 아무리 전심전력으로 대결해도 어머니의 힘과는 막상막하하여서 내 힘이 위태로워질 때마다 나는 어머니의 뺨을 쳤다.(116)

그러므로 "악과 악의 대결처럼 살벌하고 무자비한 모녀의 힘의 대결"(117)은 물리적인 힘의 대결이 아니라, 실은 어머니와 '나'의 공동의 상처에 대한 맹렬한 연대라고 할 수 있다. 이 연대는 어머니의 유언에 따라 어머니가 죽으면 오빠처럼 화장을 해 고향 개풍군이 보이는 강화도 바닷가에 재를 뿌리는 일로 마무리될 예정에 있다. 물론, 오빠를 잃은 '나'의 고통이 아들을 잃은 어머니의 고통을 능가할 수는 없는 일이다. 그러나 "내 어머니의 오지에 감춰진 게 선(善)과 평화와 사랑이 아니라 원한과 저주와 미움이었다는 건 정말 너무했다. 설사 인간이 속속들이 죄의 덩어리라고 해도 그건 너무했다"(117)고 오열하는 '나'는 어머니와의 깊은 연대를 거듭 확인하는 중에 있다. 무의식적 차원에까지 이른 이 연대는 크게 보면, 어머니와 '내'가 속

한 세대적 차원의 연대이자 우리 사회가 계승해야 할 역사적 차원의
연대이기도 하다.

「나의 가장 나종 지니인 것」의 주인공 '나'는 백만 시민의 애도 속
에 민주열사로 추앙된 아들을 떠나보낸, 가련하고도 장한 어머니이
다. '나'는 친척과 친구 아들들의 결혼식에 보란 듯이 참석하고, 민가
협 일을 열심히 하고, 지금 여기의 인간사는 아무것도 아니라는 '은
하계 주문'을 외우면서 아들의 부재를 견뎌낸다. 그러던 중 '나'는 친
구 명애가 '나'를 위로해줄 속셈으로 데려간, 교통사고로 식물인간
이 된 아들을 둔 친구의 집에서 그동안 참았던 눈물을 한꺼번에 터뜨
리게 된다. 그 친구가 '웬수덩어리'라고 연신 욕하면서도 "장대한 아
들을 자유자재로 굴리면서 바닥에 닿았던 부분을 마사지하는"(218)
것을 도와주려다 당한 난데없는 봉변이 '나'의 진심을 일깨웠기 때
문이다.

우리의 손이 몸에 닿자마자 환자가 괴성을 질렀어요. 여직껏 흐리멍덩
공허하게 열려 있던 환자의 눈이 성난 짐승처럼 난폭해지더군요. 얼마나
놀랐는지요. 손끝이 오그라붙는 것 같았어요. 그의 흐리멍덩한 눈은 신뢰
와 평안감의 극치였던 거였죠. 그때 비로소 악담밖에 안 남은 것 같은 친
구 얼굴에서 씩씩하고도 부드러운 자애를 읽었죠. 아이구 이 웬수덩어리
가 또 효도하네, 하는 친구의 말로 미루어 어머니 외에 아무도 그를 못 만
지게 한 게 한두 번이 아닌가 봐요.

저는 별안간 그 친구가 부러워서 어쩔 줄을 몰랐어요. 남의 아들이 아
무리 잘나고 출세했어도 부러워한 적이 없는 제가 말예요. 인물이나 출세
나 건강이나 그런 것 말고 다만 볼 수 있고, 만질 수 있고, 느낄 수 있는

생명의 실체가 그렇게 부럽더라구요. 세상에 어쩌면 그렇게 견딜 수 없는 질투가 다 있을까요? 형님. 날카로운 삼지창 같은 게 가슴 한가운데를 깊이 훑어 내리는 것 같았어요. (…) 저는 드디어 울음이 복받치는 대로 저를 내맡겼죠. 제가 그렇게 많은 눈물을 참고 있었을 줄은 저도 미처 몰랐어요. 대성통곡, 방성대곡보다 더 큰 울음이었으니까요.(218~219)

동서인 형님과 '나'의 전화통화, 그것도 '나'의 일방적인 수다로만 이루어진 이 소설은 그 수다를 전주곡으로 하여 "대성통곡, 방성대곡보다 더 큰 울음"에 이른다. "다만 볼 수 있고, 만질 수 있고, 느낄 수 있는 생명의 실체"에 대한 "견딜 수 없는 질투"가 이 울음을 그동안 단단히 무장된 '나'의 내면에서 솟구치게 한 것이다. 그러나 이 무장해제의 울음은 아들을 잃은 어머니가 슬픔에 대한 패배를 자인(自認)하는 것을 뜻하지 않는다. 오히려 이 울음은 비로소 자신의 슬픔을 직시하고 긍정하게 된 그녀의 해방의 순간을 의미한다. 때로는 무방비 상태의 '긍정'이 안간힘의 '극복'보다 더 나은 삶의 투쟁의 기폭제가 되는 것이다.

이 긍정은 「환각의 나비」에서는 보다 부드럽고 평화로운 형태로 제시된다. 젊었을 때 과부가 된 후 세 아이를 힘겹게 길러온 어머니는 노인이 되어 치매 증세를 앓는 지금, 딸의 집에서도 아들의 집에서도 평온을 얻지 못한다. 현재의 어머니에게 위안을 주는 것은 아들도 딸도 아닌, 그 아들 딸들과 함께 정겹게 살았던 과거의 삶의 공간이다. 생계를 위해 하숙을 쳤던 옛날 '종암동 집'이 어머니에게는 마음의 유일한 처소가 되어 있다. 가출한 어머니가 옛날의 허름한 종암동 집을 닮은 '천개사 포교원'에서 꿈꾸듯 안식을 얻은 것은 이러한 이유에서다. 더욱이 천개사 포교원에는 열네 살 때 강간을 당하고 무당이 되어 집안 식구들을 먹여 살려온 '마금이', 즉 현재의 '자연스님'이 살고 있다. 어머니와 자연스님은 살아온 내력과 지향성에 있어 마치 한 쌍의 소울 메이트(soul mate)와도 같은 모습을 보인다. 딸인 영주가 가출한 어머니를 반 년 만에 우연히 찾았을 때, 어머니와 자연스님이 함께 앉아 더덕을 손질하는 장면이 '환상'처럼 느껴지는 것은 우연이 아니다. 어머니와 자연스님은 "살아온 무게나 잔재를 완전히 털어버린 가벼움과 자유로움"으로 현실의 경계를 넘어 비상하고 있기 때문이다.

(…) 부처님 앞, 연등 아래 널찍한 마루에서 회색 승복을 입은 두 여자가 도란 도란거리면서 더덕껍질을 벗기고 있었다. 더할 나위 없이 화해로운 분위기가 아지랑이처럼 두 여인 둘레에서 피어오르고 있었다. 몸집에 비해 큰 승복 때문에 그런지 어머니의 조그만 몸은 날개를 접고 쉬고 있는 큰 나비처럼 보였다. 아니아니 헐렁한 승복 때문만이 아니었다. 살아온 무게나 잔재를 완전히 털어버린 그 가벼움, 그 자유로움 때문이었다. 여지껏 누가 어머니를 그렇게 자유롭고 행복하게 해드린 적이 있었을까. 칠십을 훨씬 넘긴 노인이 저렇게 삶의 때가 안 낀 천진덩어리일 수가 있다니.(262~263)

"날개를 접고 쉬고 있는 큰 나비"의 가벼움과 자유로움에 이르러, 박완서의 신음과 비명의 소설은 초월적인 세계와 살며시 접촉한다. 이 부드러운 접촉의 면이 다시 현실세계로 귀환하는 박완서의 '유턴 지점'(「꿈꾸는 인큐베이터」)이 되었음은 그 후로 지금까지 쓴 소설들에서 박완서가 보여준 바와 같다. 이미 한국문학사의 윗줄에 기록된 위대한 작가 박완서가 초연하면서도 가파르게 삶의 격랑을 헤쳐 온 증거 또한 이 부분에 있다. 박완서의 소설을 읽으며, 우리의 삶이 고통 속에 행복해지는 것을 경험해야 하는 이유도 여기에서 멀지 않다.

# 삶의 추상성과 구체성의 마법
― 김채원의 소설세계


　김채원의 연작소설집 『가을의 환』(열림원, 2003)은 '환(幻)'을 주제
로 한 4악장의 변주곡이다. 각 악장의 제목인 '봄' '여름' '가을' '겨
울'의 사계절은 뚜렷한 의미를 지니지 않으며, 환(幻)의 다양성을 응
집한 수사학적 기표의 상징적인 역할을 한다. 네 개의 계절은 삶의
근원적인 모호성을 묘사하는 네 개의 수식어이자, 그 모호함에 형태
를 부여하려는 작가의 욕망이 투영된 일련의 환유이다. 김채원은 실
체와 경계가 없는 환(幻)의 내용물에 사계절(1년)이라는 완결된 시간
의 형식을 부여해 환의 실체를 해명하는 작업을 최대한 마무리하려
한다. 이 과정에서 봄 여름 가을 겨울은 김채원이 통과한 삶의 환유
적 이동 경로로, 다분히 심리적인 의미의 상징이 된다. 김채원이 삶
의 미궁에 드리워진 환을 묘사하는 데 4악장의 변주곡이 필요했던
것은 당연한 절차였던 셈이다.
　환에 관한 네 편의 연작은 10년이 넘는 시간을 통해 완성된다. 이

번 소설집에서 표제작인 「가을의 환」을 제외한 세 편의 소설은 이미 출간된 이력이 있는 작품들이다. 1989년작인 중편 「겨울의 환」은 이상문학상을 받으며 수상작품집에 수록되었고, 단편 「봄의 환」은 1990년에 출간된 같은 이름의 소설집에 실렸으며, 중편 「미친 사랑의 노래-여름의 환」은 1991년에 발표된 후 개작을 거쳐 1998년에 단행본으로 출간된 바 있다. 재출간과 오랜 창작의 기간은 '환(幻)' 연작에 대한 김채원의 애정이 각별함을 시사한다. 김채원은 언니 김지원과 공동 작품집 『먼집 먼바다』(1976)를 낸 이래, 『초록빛 모자』(1984), 『봄의 환』(1990), 『형자와 그 옆사람』(1993), 『미친 사랑의 노래』(1998) 등에서 존재와 삶의 불투명성이라는 주제를 천착해 왔다. '환(幻)'은 삶의 불투명성을 한 글자로 압축한 것으로, '환' 연작 외의 다른 소설에서도 중요한 키워드가 된다. 심지어 김채원은 북한의 남파공작원과 같은 정치적인 소재를 다룰 때에도 그 공작원의 인간적 실체 및 공작원과 주인공의 관계의 모호한 본질을 문제 삼는다.(「아이네 크라이네」) 이런 점에서, '환(幻)'에 관한 오랜 탐구의 결실인 연작소설집 『가을의 환』은 시간의 축과 주제의 응집력이 맞물린 김채원 소설의 중간 결산본에 해당한다고 할 수 있다.

창작의 순서상 '환' 연작은 겨울에서 시작해 가을로 끝난다. 각 계절의 향취를 담은 제목들은 낭만적이고 미학적인 소설을 기대하게 만든다. 그러나 정작 소설을 가로지르는 것은 상처와 혼돈, 훼손과 절망 등의 삶의 불모성과 불가능성이다. 네 편의 소설은 모두 상처를 안고 실패감에 젖어 살아가는 인물을 주인공으로 삼는다. 이들의 차이는 자의식의 강도나 절망의 크기에 있을 뿐이다. 김채원의 '환' 연작에는 대략 다음과 같은 전제가 깔려 있다. 인간은 운명적으로 상처와 혼란을 피할 수 없는데, 삶이 지닌 모호하고 불투명한 본질과 수시로 바뀌는 변화의 속성 때문이다. 삶의 본질을 정확히 이해할 수 없는 인간은 자신이 누구인지 모르는 불안한 타자에 불과하다. 비유하자면, 인간은 결정적 증거가 소실된 현장에서 사건을 해결해야 하는 탐정과 같다. 인간은 자신의 삶과 존재의 실체를 찾기 위해 바로 자신을 수색해야 하며, 이 과정에서 자신도 모르게 자신을 수정하고 은폐하게 된다. 삶과 자아의 실체가 불투명하므로, 인간은 그 모호한 실체에 대한 간섭과 개입을 멈출 수 없는 것이다. 즉 정답이 없다는 사실은 여러 개의 답이 가능함을 암시한다. 삶의 이러한 다면성은 인간을 무한히 꿈꾸게 하고, 또 한없이 분열시킨다.

김채원의 '환' 연작은 삶과 존재의 실체라는 사건의 수색 과정을 기록한다. 모든 사람에게 일어나는 이 사건의 분류 코드는 바로 '환(幻)'이다. 사전적으로 '변하다, 미혹하다, 홀리게 하다, 허깨비'의 뜻을 지닌 환(幻)은 김채원의 어법으로는 삶과 존재의 실체 없음, 불확실성, 비고정성, 무정형성 등을 의미한다. 아이러니컬하게도, 김채원의 환의 서사는 삶의 허약성에 대한 슬픈 확인과 존재의 실체에 대한 의문을 통해 지속된다. 몽롱한, 흔들리는, 부서진, 없는 등의 불안의 상태가 환의 서사를 지탱하는 역설적인 힘인 것이다. 여기에 극적인 사건이나 치밀한 구성이 끼어들 여지는 많지 않다. 서사를 이끄는 화자의 목소리도 명쾌하기보다는 머뭇거리면서 스스로를 유보한다. 인물들의 이름이나 삶의 내력 역시 비어 있거나 최소한의 정보만이 표시된다. 환의 서사의 진짜 주인공은 특정 인물이 아니라, 삶과 존재의 본질인 환(幻) 자체인 까닭이다. 구체적으로 그것은 나이 들어가는 여자의 떨림과 순도 100%의 삶에 대한 오랜 갈증(「겨울의 환」), 실체 없는 기억과 닿을 수 없는 존재의 순수성(「봄의 환」), 삶의 추상성과 확인될 수 없는 진실(「여름의 환」), 존재의 가면과 관계의 실제성(「가을의 환」) 등으로 변주된다. 이 점에서 김채원의 '환' 연작은 환의 다채로운 풍경을 통해 삶의 이면을 포착한 일종의 사진첩이다. 사진첩의 내부에는 보이지 않는 것, 풍경으로 인화될 수 없는 것들의 영상이 부유한다.

김채원에게 환(幻)은 종종 운명이나 삶의 숨은 힘 등의 말로 풀이된다. 「겨울의 환」은 이를 단적으로 예시하는 작품이다. 담담한 1인칭의 독백체인 이 소설에서 환(幻)의 핵심 내용물은 사랑을 통해 구현되는 여성의 운명과 정체성이다. 이상문학상으로 작품성을 인정받은 바 있는 「겨울의 환」은 한 중년 여성이 자기 안의 여성성과 모성성에 눈뜨며 전통적 가치관을 재발견하는 과정을 섬세하게 기술한다. 마흔세 살의 이혼녀인 '나'는 운명이 핏줄을 통해 세습되는 것이라고 믿는다. 나는 어머니의 운명을 물려받아 "세끼의 밥을 따뜻이 먹게끔 차려주는 여인"이 아닌, "밥상을 깨부수는 힘을 가"진(227) 여자로 산다. 소설 속에서 3대에 걸친 여인의 운명은 밥상에 올릴 음식을 만드는 방식을 통해 그려진다. 가장 비중 있게 묘사되는 것은 어머니이다. 어머니는 오래 두고 먹는 배추김치와 동치미는 맛깔스럽게 담갔지만, 매일 끓여 먹는 된장찌개 같은 음식에는 소홀했다. 된장찌개의 맛을 좌우하는 파를 넣지 않았고, 후추 같은 특별한 양념에도 관심이 없었다. 어머니의 취약점은 매일 반복되는 일상을 매만지는 정성의 부족이었으며, 이 점이 결국 어머니의 운명을 결정해 버린다. 아버지는 다른 여자를 얻어 집을 나가고, 어머니는 교원의 경력에 맞지 않게 화투〔일탈〕로 소일하며 일상을 방치한다. 일상의 기둥인 된장찌개는 어머니의 손을 떠나 어린 딸의 몫이 된다. 어린 딸은 어머니가 끓인 된장찌개에 이것저것을 더 넣어 다시 끓여내면서 어머니의 운명을 잇는다. 성장한 딸은 시집을 갔다가 아이를 낳지 못하고 남편과 헤어지며, 재혼한 남편이 미국에서 아이를 낳고 잘 사는 반면 친정에 돌아와 어머니와 단 둘이 외롭게 살게 된다. 어머니의 운명은 이렇게 딸에게 고스란히 계승된다.

이 작품에서 김채원은 음식과 요리를 여성의 삶과 운명에 대한 알레고리로 사용한다. 특히, 김치와 동치미에 대한 세밀한 묘사는 근래 우리 소설의 단골 아이템인 음식과 요리에 대한 디테일한 묘사의 원조격이라고 할 만하다. 삶을 살아가는 방식과 동일시되는 음식의 요리법은 읽는 이에게 구체석인 실감을 만끽하게 한다. 소설 속에서 '나'의 운명은 된장찌개와 동치미로 압축되는바, 된장찌개가 어머니의 파탄적인 운명의 세습을 상징한다면, 동치미는 어머니와는 다른 새로운 삶의 개척을 암시한다. 어린 시절, 나는 추운 겨울밤에 흰 눈을 밟고 얼음이 사각거리는 동치미를 떠오곤 했다. 이 일은 현재의 나에게 사랑하는 '당신'이 써보라고 한 "나이 들어가는 여자의 떨림"(216)의 원체험으로 각인되어 있다. 떨림은 여성의 "운명과 같은 것"(231)이고, 구체적으로는 "몸 속에 흐르고 있는 선조들의 피, 할머니와 할머니의 어머니, 까마득한 그 너머 어머니들의 숨결을 느끼"(265)는 신성한 일이다. 식구들을 위해 밤눈을 밟고 동치미를 떠온 어린 나는 '하얀 눈'이 표상하는 희생적인 여성성을 이미 체득한 상태에 있다. 그때 문앞에 펼쳐져 있던 "새하얀 눈의 세계"는 "이 세상에 있는 기쁨이나 행복감을 미리 예견해주는"(229) 전조가 된다. 이 소설의 결말이 풍요로운 여성성과 모성성의 상징인 '눈〔雪〕'으로 장식되는 것은 우연이 아니다. 어린 여자애는 중년의 나 안에 있는 '무수한 여자'의 원형으로, 자신은 굶으면서 딸과 손녀들이 피난길에 먹을 주먹밥을 만들던 할머니와도 본질적으로 같다. 「겨울의 환」이 유년시절과 어머니, 할머니에 대한 기억의 서사로 이루어진 것은 이 '원형의 여성'을 찾는 과정의 필연성에 의한다.

「겨울의 환」은 여성과 여성적인 것은 세밀하게 형상화하는 대신, 남성에 관한 부분은 희미하게 처리한다. 여성인 내가 지닌 삶의 "비현실적인 실체감" 또한 남성을 통해 극대화된다. 내가 주변의 남성인 "삼촌을 생각할 때 느끼는 아련한 실체감과 당신을 떠올릴 때 느끼는 실체감은 거의 비슷하"(261)다. 없는 듯하면서 분명히 있는, 그러나 잡을 수 없는 일종의 관념인 것이다. 혼인날 사라져 사람들을 놀라게 했던 삼촌과, 옛집을 찾아 왔다가 우연히 나를 만나 연인이 되었으나 미래를 약속해주지 않는 당신은, 내게는 이해하기 어려운 미혹(迷惑)이다. 나는 당신을 얻기 위해 모든 것을 포기하는 "악마의 내기"(277)로도 사랑의 실체감을 획득할 수 없다. 그것은 "산야의 송림숲을 잿더미로 만들며 무서운 속도로 번져나가는 불길의 환영"(219)처럼 상상과 실제가 뒤섞인 속에서만 순간적으로 느껴질 수 있을 따름이다. 이 점에서 뉴스에 보도된 산불이 내가 집안 아저씨와 낸 것이 아니라, 다른 사람이 낸 것이었음이 밝혀지는 부분은 매우 시사적이다.

모든 것을 걸어도 내 삶의 구체성으로 만들 수 없는 당신, 3년이 지나도 여전히 환(幻)에 불과한 당신을 나는 어떻게 만나야 할까? 소설은 두 가지 방안을 제시한다. 하나는 환(幻) 자체가 삶의 능동적인 에너지임을 깨닫는 것이며, 다른 또 하나는 사랑의 휘발성마저 감싸

안는 모성적 여성성을 발휘하는 것이다. 이것은 나에게 새로운 삶을 여는 가능성과 같은 의미가 된다.

당신이 저를 어둠 속에서 불렀을 때, (…) 그것은 인생에 있어서 어떤 것, 인생이라고 하는 것 속에서 우리가 뽑아낼 수 있는 가장 최선의 것을 순간적으로 맛보게 해준 것이었을까요. 순간이 영원으로 변하는 그 가능성, 아니 무엇인가를 만들어나갈 수 있는, 열리고 더욱 열리며 아름다운 자유의 개념 같은 것, 인간이 근본적으로 갖고자 하는 조건 같은 것, 그런 것에의 형상화가 아니었을까요. (268)

'밥상을 차리는'과 '싸리문 여잡고 기다리는' …… 이 두 개의 영상을 끌어내기 위해, 지난밤 진통을 하며 이 많은 말들을 쏟은 것 같습니다. 저는 삶의 열쇠를 찾은 기분입니다.

(…)

누구인가 제게 따뜻한 밥상을 차려주고 끝까지 기다려주었으면 하는 저의 소망의 마음을 이제 제 편에서 누군가에게 해주는 사람으로 자리잡은 때문입니다.

저는 굳건하게 여기에 섭니다. 그것은 여자로서 서는 것일 뿐만 아니라 또한 할머니나 순쟁이, 그 이전의 선조들이 전해준 마지막 인간의 조건으로서이기도 하지요. 피난가던 때 본 눈 속에 서 있던 나무와 같이 순간이 영원으로 변하는 그 가능성. (284~285)

당신이 나를 처음 불렀던 순간과 내가 당신에게 절망하는 시간은 모두 "순간이 영원으로 변하는 가능성"을 품고 있다. 이것 역시 하나의 환(幻)이겠지만, 생의 가능성으로서의 환은 "인생이라고 하는 것 속에서 우리가 뽑아낼 수 있는 가장 최선의 것을 순간적으로 맛보게 해주"는 놀라운 힘이 된다. 존재는 그 힘을 자신의 내면에 저장하고 오래 지속시킬 수 있다. 나의 소망에 의하면, 심지어 영원히 그렇게 할 수 있다. 삶의 힘을 내면에 품은 존재는 스스로 자신의 존재의 전환을 이룩할 수 있기 때문이다. 나는 "밥상을 차리는"과 "싸리문 여잡고 기다리는" 옛 여인의 영상에서 그 모델을 발견한다. "선조들이 전해준 마지막 인간의 조건"으로서의 삶의 자세는 끊임없이 주는 것을 핵심으로 한다. 어린 시절 식구들을 위해 동치미를 떠왔던 것처럼, 나는 당신을 위해 밥상을 차리고 당신을 계속 기다릴 것이다. 보상 없는 희생을 결심하면서 나는 진정한 여성이 된다. 또한 진정한 여성이 됨으로써 한 사람의 성숙한 인간이 된다. 여기에 이르면, "나이 들어가는 여자의 성"(284)은 성(性, 여성적 정체성), 성(盛, 따뜻한 밥상으로 상징되는 모성성), 성(城, 존재의 집으로서의 자기 정체성), 성(聖, 내면의 성스러운 고양) 등으로 풍부하게 변용된다. 「겨울의 환」이 사랑의 환(幻)에 대한 절망을 통해 도달한 자리는 이처럼 따뜻한 생명력이 넘치는 더 큰 사랑의 자리이다. 아무 것도 기대할 수 없는 사랑을 위해 기꺼이 자신을 희생하는 나는 "나이 들어가는 여자의 떨림"으로 환하게 전율하는 것이다.

「겨울의 환」이 삶과 사랑의 실체를 여성적 관점에서 접근한다면, 「봄의 환」은 개인과 일상의 뿌리를 존재론이고 사회적인 측면에서 통찰한다. 익명의 주인공 '그'와 '여자'는 단자화된 현대인의 상처를 앓는 인물들이다. 김채원은 그와 여자의 삶을 몽타주 기법으로 엇갈려 서술하면서 현대인의 단절을 소설의 구성적 차원에서도 드러낸

다. 그와 여자는 현대인이 공유하고 있는 황폐한 내면이 하나의 인격
(character)으로 전환되어 탄생한 인물들이다. 그와 여자는 가족의 굴
레와 무의미한 일상에 갇혀 있으며, 존재적으로 철저히 고립되어 있
다. 그는 가족이 없고 여자는 가족이 있지만, 두 사람의 고통의 내용
물은 동일하다. 일상의 세목도 마찬가지이다. 그와 여자는 같은 아파
트에 살고, 같은 뉴스를 들으며, 같은 호수로 놀러간다. 그러나 서로
를 모르며, 서로를 느끼거나 인식하지조차 못한다. 그와 여자는 서로
에게 일상의 숱한 영상의 하나로 스쳐 지나가는 환(幻)에 불과하다.

　혼자 사는 그는 기관지를 앓고 있고, 아내는 4년 전 임신 3개월의
몸으로 집을 나갔으며, 유일한 혈육인 노모마저 얼마 전 세상을 떠났
다. 그는 "스스로를 아주 외로운 사람이라고 느낀"다.(15) 노모의 죽
음을 겪으며 그는 인간의 실체에 대한 회의에 사로잡히게 된다.

　단지 노모가 떠났을 뿐인데 노모가 알고 있을 이 거리마저도 떠나고
없는 것이다. 노모가 간직했던 추억도 노모의 실체도 이제 세상 어느 구
석에서도 찾아볼 수 없다. 오직 노모를 알고 있는 소수인의 기억 속에
남아 있을 뿐이다. 짧은 순간의 영상들로서.
　그렇다면 한 사람의 실체란 결국 영상이 아닌가. (18)

　죽은 노모는 폭발한 챌린저호나, 그가 상상 속에서만 맛보는 콜라
맛처럼 영상으로만 존재한다. 영상은 개인의 기억과 상상과 환상, 기
계가 만든 이미지 등을 모두 포함하며, 그는 "한 사람의 실체란 결국
영상"이라는 결론에 도달한다. 그는 이제 눈앞에 보이는 세계를 하나
의 영상(화면)으로 인식하며, 자아와 타자의 차이 및 과거와 현재와

미래의 시간의 경계를 해체해 버린다. 존재는 고정된 실체가 없이 끊임없이 다른 것으로 변화하며, 넓은 시각으로 볼 때 세상의 모든 존재는 하나로 연결된 유기체이기 때문이다. "이 세상의 원소는 결국 같다는" '윤회의 진리'(47)를 깨닫는 순간, 그는 길 건너편의 할머니와 아이와의 동질성을 절감하게 된다. 나아가, 사르트르의 소설 『구토』에서 주인공 로깡땡이 '마로니에 뿌리'에서 자신과 무관하게 '거기 그렇게 존재하는 사물'을 발견하고 경악하는 것처럼, 어느 날 그는 거리의 나무가 자신을 보고 있음을 발견하고 놀라게 된다. 그가 나무를 보는 것처럼 나무도 그를 보고 있다는 사실은 충격적인 인식의 전환을 가져온다. 사물의 독자성을 넘어 사물의 주체성을 확인한 그의 발견은 로깡땡의 발견보다 한 걸음 나아간 것이라고도 할 수 있다.

「봄의 환」은 '나무의 주체성'에 대한 발견을 통해 존재의 개별성과 인간의 주체성도 하나의 환(幻)임을 말한다. 인간을 둘러싼 모든 사물 역시 저마다 하나의 주체인 것이다. 그러므로 "조금만 이제까지의 의식을 무너뜨릴 수 있다면"(48), "자신을 아주 다르게 만들"(45) 수 있는 가능성이 있다. 존재의 전환은 그가 실제로 나무가 되고, 흙이 되고, 타인이 되는 일을 통해 이루어진다.

그는 들판과 나무 호수 모든 것과 자신의 몸이 동일해짐을 느낀다. 함께 같은 리듬으로 호흡함을 느낀다. 호흡해감에 따라 기관지가 저절로 부풀려진다. 부어서 경직된 발도 부드럽게 펴진다.
그의 의식이 확산되는 것 같다. 아직 태어나지 않은 음률, 태어나지 않은 아이들이 함께 어떤 리듬을 만들어가는 것 같다. 이 모든 것들이 언젠가 체험했던 감정이나 일인 듯 그는 느낀다. 조금 전 호수 속에 빠졌던 아이나 챌린저호의 폭발이 그의 체험의 일부인 듯 느껴졌듯이…….

살아 숨쉬는 생명체들, 무생물들, 무엇에 의해서인가 변모되는 존재와 무 속에서의 끝없는 움직임……. (55)

자연과의 합일과 '의식의 확산'을 통해 그는 "무 속에서의 끝없는 움직임"을 감지하고, 그 속에 함께 참여한다. 무의 움직임은 삶과 존재와 우주를 이끌어가는 무한한 동력으로, 이것이야말로 김채원이 찾아 헤맨 세계의 본질이며 환(幻)의 실재라고 할 수 있다. 그런데 거의 룸펜에 가까운 그가 호수에서 황홀한 깨달음을 통해 들판과 나무와 하나가 되는 순간에도, 소설의 다른 축인 여자는 그에게 아무런 반향도 불러일으키지 못한다. 호수는 남자에게는 깨달음의 공간이지만, 여자에게는 폭력적인 일상이 연장되는 공간일 뿐이다. 호수에서 여자는 그가 보고 있는 앞에서 큰 사고를 겪는다. 아이가 여자의 친구의 새 차를 만지다 차와 함께 호수에 빠진 것이다. 나무와 우주의 소리를 듣던 품과는 전혀 다르게, 남자는 타인의 불행한 사고를 별 감흥 없이 지켜본다. 놀랍게도, 한 인간이 다른 인간과 소통하는 일은 무(無) 속에서 끝없이 움직이는 우주의 질서에 참여하는 일보다 훨씬 더 어려운 일인지도 모른다.

이 작품에서 남자의 쌍생아격인 여자 역시 황폐한 실존의 자의식과 일상의 중압감에 시달린다. 여자는 "실패의 기분"(23)과 "자신을 다 바쳐도 삶이 정돈되지 않을 것 같은 절망감"(50)에 빠져 살며, 사람들과 행복한 관계를 유지하지 못한다. 남편은 출장중이고, 아이는 끔찍하게 말을 듣지 않으며, 마음을 나눌 친구조차 없다. 무의미한 일상은 "어떤 믿을 만할 궤도에서 이탈되어 이제까지의 삶이 뒤죽박죽되는 순간"(29)을 반복적으로 선사한다. 사물화된 삶의 내부에는 '개구리알'과 '피아노 소리' 같은 싱싱한 것들도 들어 있다. 막 꼬리가 나오려는 개구리알과 아이가 처음 치던 피아노 소리는 훼손되지 않은 생명력과 순수성을 뿜어낸다. 이에 "여자는 이 세상의 순수성을 확인이라도 하려는 듯 개구리알에 매달리"(52)고, 녹음된 피아노 소리에 "이 세상의 순수성을 확인이라도 하려는 듯 귀를 기울인다".(43) "가장 본질에 가까이 가기 위해", "가장 명중시키는 그 음"(44)을 찾기 위해서이다. 그러나 여자는 아무 것도 명중시키지 못한 채 일상 속에서 서서히 마모되어 간다.

「봄의 환」은 현대사회의 개인이 생명력의 발견과 타자와의 합일, 순수성의 구현에 이르는 과정을 그려낸다. 그러나 그 지점에 이른 순간에도 이들은 여전히 단절되어 있고, 자폐적인 내면의 틀 안에 갇혀 있다. 타자와의 현실적 관계가 결여된 내면 세계는 형이상학적인 관념에 매몰될 위험성을 안고 있다. 「미친 사랑의 노래-여름의 환」은 이 위험을 자각하고 넘어서기 위한 시도의 자리에 있다. 중년의 사랑과 결혼을 주제로 한 이 작품은 '행복'이라는 환(幻)을 밀도 있게 탐구한다. 50세의 여성인 '나(종희)'와 '순미'는 한 집에서 친형제처럼 자란 육촌이지만, 여성으로서 각기 다른 삶을 산다. 결혼을 하지 않은 나와 두 번이나 결혼한 순미는 행복의 감각과 노력에 큰 차이를 보인다. 나는 특별한 사건 없이 안정되지만 단조롭게 살아 왔고, 오래 병환을 앓던 부모님이 돌아가신 지금은 병든 친척 노인을 돌보고 있다. 반면, 고아인 순미는 친척집에서 자라면서도 행복했고, 두 번이나 이혼한 지금에도 "행복에 대한 확신이 있"(64)는 열정적인 삶을 산다. 순미는 50살이 된 지금에도 "연애를 한다면 자신이 없지만 함께 동거한다면 자신이 있어. 서로 함께 생활하는 거라면 말이야."(61)라고 말한다. 나와 순미의 결정적인 차이는 순미의 이 말에서 드러난다. 나는 "삶의 추상성이라도 근본을 캐어들어가 보면 어딘가에 연유된 것일까."(60)라는 '관념'을 좇으며 살지만, 순미는 뺨의 흉터와 여권에 기록된 "50세, 여, 신장 162센티, 국적 미국."의 "객관화되고 일반화"(104)된 모습으로 살아간다. 나는 삶의 추상성과 불모성 쪽에 서 있고, 순미는 삶의 구체성과 생명력 쪽에 속해 있다. 이로 인해 나는 "어디로 데려가는 것일까. 어디로 데려가다오."(58)라고 막연히 절규하며 살고, 순미는 가진 것 없는 50세의 동양인 여자로 다시 미국으로 돌아가 역동적인 생활에 몸을 던진다.

「미친 사랑의 노래—여름의 환」의 중심 뼈대는 20년만에 함께 시간을 보내는 두 여성의 수다와 고백이다. 수다와 고백은 두 여성이 서로를 더 깊이 이해하는 계기이며 과정이다. 특히 '나'는 순미의 불행을 진심으로 가슴 아파한다. '위대한 개츠비'인 줄 알았던 두 번째 남편이 이중 인격의 소유자여서 재혼 1년만에 파경에 이른 점, 삶의 불행이 순미에게 수시로 찾아오는 점 등에 대한 슬픔은 내가 순미의 옛 동창을 만나 마음속으로 말하는 부분에서 잘 나타난다. 그러나 삶의 재난은 순미에게서만 끝나지 않는다. 미국에 있는 그 남자는 순미에게 보낸 것과 똑같은 카드와 선물을 내게 보내온다. 이 일로 순미와 나의 연대감은 흔들리고, 나는 "과거인지 미래인지 꿈인지 생시인지 허위인지 진실인지조차 분간할 수 없"는 "이상한 혼돈"(73)에 빠진다. 순미의 종용으로 내가 남자에게 전화를 걸어 정신병원에 가보라고 말하자, 남자는 길길이 날뛰며 미친 사람은 그가 아니라 나와 순미라고 못박는다. 그렇다면, 도대체 누구의 말이 진실인 것일까? '미친다'는 말을 "밑을 친다는 말"로, 혹은 "세상 끝까지 가본다는 말"(87)로 '우아하게' 해석해도 사정은 달라지지 않는다. 미친, 밑을 친, 세상 끝까지 가본 사람은 나와 순미, 그 남자 중에 누구인 것일까?

소설은 어느 쪽의 손도 들어주지 않은 채 이어진다. 진실은 그것을 판단하는 사람의 시각에 달려 있다. 또한 진실이 무엇인가보다 더 긴박한 문제는 인간은 왜 불행한가, 왜 이토록 훼손될 수밖에 없는가일 수도 있다. 삶의 비극은, 인간에게는 불행이 내재되어 조금만 방심하면 무질서와 혼돈에 빠진다는 '엔트로피 현상'(92)으로는 완전히 설명되지 않는다. 과학의 법칙보다는, "왜인지는 모르지만 무엇인지가 어긋나버려요. 무언지 속아지는 듯한, 정직할 수가 없고, 그래도 아무것도 아니며 아무렇지도 않은 듯이 우리는 살아가지요."(93)라는 탄식이 오히려 공감을 불러일으킨다. 호의를 담은 스승의 손길에 순미의 가발이 벗겨져 꿰맨 럭비공 같은 머리가 드러난 일만 해도 그러하다. 순미는 첫 번째 손길은 재빨리 막아내지만, 긴장 속에서도 두 번째 손길에는 속수무책이었다. 많은 경우, 삶의 비극은 방심 때문에 일어나지는 않는다. 순미가 어릴 때 고아가 된 것, 두 번이나 결혼에 실패한 것, 50의 나이에 가진 것 없이 가난한 것, 나에게는 아무런 삶의 기쁨이 찾아오지 않는 것 등의 원인에는 무언가 다른 것이 있었다.

그것보다 근원적이고 본질적인 것, 그녀의 삶의 지배해왔고 내 삶을 지배해왔으며 모든 사람들의 삶을 지배해온 어떤 것에 대한 무궁한 아픔이

었다. 무엇을 숨기려 했는가. 무엇을 두려워한 걸까. 무엇 때문에 발광을
하다가도 삶에게 시치미를 떼는 것일까.

　무한한 가능성을 끌어뵈어 주는 다른 어떤 세계가 존재하지 않는 것일
까. (99)


　「미친 사랑의 노래―여름의 환」은 "모든 사람들의 삶을 지배해온
어떤 것에 대한 무궁한 아픔"을 기린다. 이 아픔 때문에 사람들은 타
인을 사랑하고 배신하며, 자신을 지키고 부순다. 그러면서, 끝내 살
아간다. 미친/밑을 친 사랑이란, 결국 삶과 사람에 대한 도저한 사
랑이며 격렬한 환(幻)인 것이다. 삶과 사람에 대한 사랑으로서의 격
렬한 환은, 환 연작 가운데 가장 길고 가장 최근에 쓰여진 「가을의
환」에서 집중적으로 다루어진다.
　「가을의 환」은 존재 전환의 욕망과 관계의 실제성의 여부를 초점
에 놓는다. 존재 전환의 욕망이 자신의 본질에 관한 것이라면, 관계
의 실제성의 여부는 사실과 상상의 경계에 관한 문제이다. 「가을의
환」은 앞의 세 작품과는 달리 인물의 관계가 맺어지는 현장을 서술
한다. 기억이나 고백, 독백 등에 의해 에둘러 말하기보다는 구체적인
상황을 세밀하게 재현한다. 「가을의 환」은 김채원의 작품으로는 매
우 이례적인, 독특한 설정에 기초한 실험적인 소설이다. 다른 세 작
품에서 환(幻)이 삶과 존재의 모호한 속성을 뜻하였다면, 이 작품에
서 환(幻)은 존재와 관계의 진위 여부를 의미한다. 주인공 '나'와
'너'는 정반대의 조건과 성격을 지닌, 관계를 맺을 하등의 이유가 없
는 인물들이다. 「가을의 환」은 지극히 다르고 아무 관련 없는 두 사
람이 관계를 맺는 기발한 방식과 과정을 형상화한다. 이 작품에 이르

러 김채원은 삶의 사건들 속에 내재된 추상적 의미를 추출한 기존의
작업에서, 역으로 그 사건 자체의 실제성을 분석하는 작업으로 이행
한다. 사실의 사실성을 의심하는 일은 김채원의 '환' 연작이 나아간
최종 지점에 해당한다. 주체의 욕망이 대상 자체의 실재성을 압도하
는 탐미의 미학이 발생하는 것도 이 지점에서이다.

'나'와 '너'는 한번도 만나지 않은 채 10년 동안 전화 통화만을 한
다. 나(유진희)는 중년의 여성 소설가이고, 처음 전화를 걸 때 스물 다
섯 살이었던 너는 수려한 외모의 부잣집 아들이다. 20년의 나이 차
를 지닌 두 사람은 매우 다르지만, 한 가지 공통점을 갖고 있다. 자신
의 이미지에 사로잡혀 있고, 그 이미지의 압박감을 떨쳐버리지 못한
다는 것이다. "너는 너의 모습에 잡혀 있는 것 같다. 나 또한 그렇
고".(108) 자신의 실재와 이미지 사이에서 분열된 두 사람은 진정으
로 만나기 위해 한번도 만나지 않는다. 형상이 유발하는 선입관과 현
혹(眩惑)을 차단하기 위해서이다. 두 사람은 실체 없는 목소리만으로
만남으로써 완벽한 가면으로 자신과 상대를 보호한다. 완벽한 가면
이란 얼굴이 없는 무형의 가면이며, 이 가면은 아무런 형상도 갖지
않음으로써 현실의 모든 규정들을 무력화시킨다. 나와 너는 "육체의
표면이 아닌 육체가 담고 있는 그 내용"(109)을 나누면서 삶의 형식
(육체, 실체, 이미지)으로부터 자유로워지고 싶은 인간의 욕망을 '전위
적으로' 실천하는 것이다.

현실의 가면을 벗기 위해 또 다른 가면이 필요하다는 것은 관계의
슬픈 아이러니이다. 「가을의 환」은 이 아이러니를 실행하면서 인간
이 자기 자신으로부터 얼마나 소외되어 있는가를 증명한다. "인격변
환의 장치"인 가면은 "일상의 인간과는 다른 몸짓을 유발함으로써

인간을 초월하고 영이나 인간 이전의 야생상태로 변화하게 한"(113)
다. 너의 정의에 의하면 '게임'이며, "일종의 게임의식"(154)이다.
"나는 유진희와도 게임을 하고 싶어."라고 말하는 너는 진정한 삶의
방식은 게임이라고 여긴다. 실제로 너는 게임의 삶을 산다. 너는 밤
마다 홍대 앞에서 놀며 여자애를 사냥하고, 하룻밤 즐긴 여자애들에
게 상처를 주지 않고 헤어지며(적어도 그렇게 믿으며), 아침 7시면 순한
아들의 얼굴로 아버지의 식탁에 앉는다. "너는 환락이 진정 재미있
고 너를 기쁘게 하"지만, 그러나 "그 어떤 것도 자기라는 존재감과 완
전 일치하는 것은 없다고"(174) 고백한다. 자기라는 존재감과 완전히
일치할 수 없는 삶을 최대한 가볍게 수락하는 것! 게임의 원리와 불
가피성은 여기에 있다. 진정한 관계를 맺는 비법이 '한낱' 게임(기면
놀이)이므로, 밤을 새워 모든 것을 이야기해도 나와 너의 갈증은 해
소되지 않는다. 너는 나에게 "묻고 싶은 게 정말 많아"라고 수없이
말하지만, 정작 아무 것도 묻지 않는다. 물어서는 안 되며, 묻는다 해
도 대답을 얻을 수 없다. 누구든 게임 앞에서는 동등하고, 누구도 완
전히 게임을 지배하지는 못하기 때문이다. 삶과 존재와 관계의 게임
에는 승자는 없고 패자만이 있다. 게임의 패자들에게는 다만 스스로
에게 이렇게 묻는 일만이 허락된다. "그런데 이 모든 것이 게임이라
면 게임의 진정한 대상은 누구일까"?(200)

나와 너의 게임은 두 사람이 지닌 차이로 인해 팽팽한 긴장력을 얻
는다. 너는 "스스로도 알 수 없는 어떤 열정"(127)과 "상당한 생명력"
(128), "아기가 태어나면서 쓰는 그대로의 순순한 언어"(128), "이 세
상을 전적으로 믿는 태도", "열등감이 없"고 "자의식에 잡힌 태도가
아닌"(129) 모습을 소유하고 있다. 반대로, 나는 "나의 실체란 패배감

에 젖어 있는 한 중년 여자일 뿐"(171)이라는 자의식과 "두려움과 분노가 내 마음속 주조를 이루고 있다"(172)는 열패감에 젖어 있다. 너의 놀라운 생명력의 발원지는 여성이며, 나에게 황량한 삶을 견디게 하는 힘은 글쓰기이다. 너의 생명력은 "세상의 모든 여자들을 향해 활짝 열려" 눈부시게 "고동치고"(149), 결혼해서 마흔의 나이를 넘어 등단한 나는 글쓰기를 "나의 전부"이자 "가장 낯설지 않은 세계"(172)로 느끼며 스스로를 위무한다. 차이는 두 사람의 게임을 10년이나 지속되게 한 원동력이다. 사실, 차이가 없다면 게임 자체가 성립되지 않는다.

나와 너의 게임은 가면을 쓴 상태에서도 주로 어두운 밤에 이루어진다. 밤은 일탈의 시간이며 향연의 시간이다. 너와 밤새워 전화하는 일은 나에게 "야릇한 쾌감 같은 것이 온몸에 흐르"는 행복감과 "무언가 내 영역 밖으로 나가 보았다는 기쁨"(114)을 준다. 한편 너에게는 유일하게 타인 앞에서 긴장하는 즐거움을 선물한다.(138) 천일야화처럼 펼쳐지는 너와 나의 이야기의 카니발은 네가 지닌 생명력과 자유분방함에 의해 지속된다. 네가 보낸 비디오 테이프에 담겨 있듯 너의 삶은 "일상이 축제처럼 발산되는 분위기"이고, "너의 전화는 항상 축제 같은 분위기를 배경으로 깔고 있"(144)다. 현실을 축제의 감각으로 사는 너에게 술, 마리화나, 여자들, 섹스, 여행, 일본의 카페, 검은 가죽 재킷 등은 축제를 장식하는 소품에 다름 아니다. 축제의 본질은 도취이며, 가장 절대적인 도취는 자기 도취이다. 또한 도취의 본질은 아름다움이다. 내가 비디오 테이프에서 본 너는 황송할 정도로 너무 아름답고, 노래를 부를 때의 자세조차 너무나 완벽하여 나를 완전히 매혹시킨다.

검을 가지고 자결이라도 할 듯 적막한 표정, 극대화된 표정과 절제된 움직임의 교차.

노래 부르는 태도 역시 너의 모든 태도처럼 절제되어 있고 극대화되어 있으며 어느 순간에 멈춘다 해도 완벽한 포즈였다. 다시 말해 움직임 자체에 군더더기가 하나도 없었다. 너는 스스로에 대한 나르시시즘과 열광이 억제할 수 없이 터져 나왔다. 너는 매력이 끓어 넘쳐 모든 태도가 그렇게도 성을 느끼게 했다. (147)


나르시시즘과 열광과 치명적인 아름다움은 축제의 영역에 속한 것이지, 일상의 영역에 속한 것이 아니다. 이것을 그대로 현실 속에 옮겨놓는 순간, 축제는 비극으로 화한다. 비극성은 네가 지닌, "검을 가지고 자결이라도 할 듯 적막한 표정" 속에 이미 내재되어 있다. 축제의 마법이 풀리면, 완벽한 아름다움을 발산하던 축제의 주인공은 현실에서는 '탕아'로 변하게 된다. 탕아는 어릴 때는 '거인'을 따라가고 싶었으나 늘 기회를 놓쳤고, 어른이 되어서는 "먼 여정이 배인" 얼굴(145)로 집을 떠나지만 병에 걸려 결국 집으로 돌아온다. 돌아온 탕아는 축제의 동반자이자 게임의 상대인 나를 찾아와 "아무 책임없이 그냥 그렇게 꿈꾸는 것. 신 이전의 세계"(153)에 대한 오랜 환(幻)을 완성한다. 저물녘 가면을 쓰고 만난 너와 나는 어느 바닷가 모래사장에서 뒤엉켜 처음이자 마지막으로 육체를 통한 전존재의 카니발을 펼친다. 나는 짐승의 탈을 쓴 너와 싸우며 어린 시절의 괴물〔자아의 그림자〕를 물리치고, 너는 네가 꿈꾸던 '황금 폭포수'의 환상을 실현한다.

너 또한 사력을 다해 덤볐으며 우리는 피투성이가 되도록 싸웠다. 문득 정신이 들어 눈을 떴을 때 너는 내 몸에 황금 폭포수를 쏟아 붓고 있었다. 나는 눈이 부셔서 팔로 얼굴을 가렸다가 떼었다. 황금 폭포수는 내 머리에 이마에 가슴에 다리에 그리고 내 입 속에 쏟아져 들어왔다. 나는 목이 너무도 마르던 차에 꿀꺽꿀꺽 받아 마셨다. 나는 태어나서 처음으로 상대를 의식하지 않은 나—나라고 규정짓던 것이 아닌 온전한 나—속에 잠겨 있을 수 있었다. (212~213)

황금 폭포수, 즉 오줌은 억압된 나를 '온전한 나'로 재탄생하게 하는 생명의 물로 화한다. 육체가 방출하는 가장 더러운 물인 오줌은 그러나 어떠한 가식도 담고 있지 않다. 오줌은 존재의 있는 그대로의 원초적 모습을 상징하며, 서로 오줌을 퍼붓고 받아 마시는 행위는 자아를 마음껏 표출하고 타자를 무한히 받아들이는 '진정한 관계 맺음'의 행위가 된다. 극도의 관능성마저 내포한 '황금폭포수의 세례(洗禮) 의식'은 너와 나로 하여금 자아의 본모습에 이르게 하고, 살을 부비며 만나는 관계의 직접성을 체험하게 만든다. 이제 10년 동안의 긴 게임은 끝나고, 너와 나는 비로소 '우리'가 된다.

꿈…… 그것은 어디까지나 꿈일 뿐 이루어지지 않았기에 꿈인 것일 뿐 이루어진다면 그것은 이미 꿈이 아니지 않을까. 마찬가지로 존재감의 일치 또한 같은 이치가 아닐까. 존재가 일치한다면 그것은 이미 타인이 아니지 않는가. 일치된 타인이란 '너와 나'가 아니지 않는가. 우리는 타인일 때 서로 끌어안을 수 있고 그 감동을 가질 수 있는 게 아닐까. (213)

존재의 개별성은 관계의 불가능성의 원인이 아니라, 관계 자체를 가능하게 하는 절대적 조건이다. 이런 깨달음에 이르자, 무언가 탁 터지듯 하나의 그림이 내 앞에 아른거린다. 애벌레가 나비로 변신하는 그림(214)이 그것이다. 이 그림은 내가 너와의 절정의 순간에 목도한 존재 전환의 풍경이며, 실제보다 더 실제적인 내 마음의 환(幻)이다. "네가 내게 황금 폭포수를 쏟아붓고 있을 때 올려다 본 너의 등뒤에서 나비의 날개 같은 것이 돋아나"(214)던 환상은 적어도 나에게는 뚜렷한 하나의 실재(the real)이다. 애벌레가 나비가 되는 존재의 환골탈태의 순간은 존재감이 극대화되고, 자신을 넘어 타자와 일치하며, 네가 내게 주문했던 사랑에 관해 쓸 수 있는 순간이다. 더불어, "아름다운 너를 하나의 미(美)로서 그냥 바라보"(208)는 것이 아니라, "서로 끌어안"으며 살의 생생한 촉각으로 경험하는 순간이다. 따라서 소설의 애매한 진술을 따라 이 순간이 상상인가 실제인가를 따지는 일은 무의미하다. 상상과 현실의 모호한 경계가 바로 「가을의 환」이 속해 있는 자리이며, 삶은 추상성과 구체성이 혼용된 무한한 가능성이라는 사실이 이 소설이 전하는 핵심 요지이기 때문이다.

김채원의 '환' 연작은 삶에 있어 추상성과 구체성, 본질과 현상, 현실과 환상 등이 갖는 비율을 다양한 방법으로 파악한다. 그 중에서도 최근에 쓰여진 「가을의 환」에서 보여준 실험적인 면모는 놀랍기까지 할 정도이다. 물론 이러한 주제가 김채원만의 독자적인 영역인 것은 아니다. 삶을 구성하는 두 영역인 현실과 상상/환상의 경계에 대한 천착은 오정희(「별사」,「어둠의 집」), 최윤(「하나코는 없다」), 윤대녕(「은어낚시통신」), 김영하(「호출」) 등의 다양한 작가층에서 다채롭게 행해져 왔다. 하지만 김채원의 환의 서사는 개인과 사회, 여성과 남성, 중년과 청년, 과거와 현재 등의 층위를 두루 포괄하려 하는 점에서 보다 넓은 시야를 확보하고 있다고 할 수 있다. 또한 중심에는 항상 존재의 정체성과 타자와의 관계라는 본질적인 문제를 깊이 있게 저장해 둔다. 삶의 이원적 면모를 소설의 구도로 치환하면서도 어느 한쪽에 치우치지 않으며, 삶의 본질을 정면으로 파고드는 집중력은 김채원이 갖고 있는 가장 소중한 미덕이다. 이 미덕을 완성도 있게 결집한 네 편의 '환' 연작은 김채원 소설의 대표작이라고 해도 지나치지 않는다. 그러나 타자와의 진정한 관계 탐색이 주인공의 내면화의 차원이나 일탈의 행위, 상징적 처리에 머문 점은 아쉬운 한계로 남는다. 앞으로 김채원의 환의 서사는 삶의 일부인 환을 응시하면서 환과 더불어 가야할, 더욱 먼 현실의 여정을 남겨 놓고 있다. 다른 무엇이 아닌, 바로 우리의 삶이 그것을 요구하고 있기 때문이다.